U0569256

文联版

中国艺术学文库·艺术学理论文丛

LIBRARY OF CHINA ARTS·SERIES OF ART THEORY

总主编 仲呈祥

海登·怀特的元史学理论与当代中国文艺研究

杨 杰 著

中国文联出版社
http://www.clapoet.cn

图书在版编目（CIP）数据

海登·怀特的元史学理论与当代中国文艺研究/杨杰著.--
北京：中国文联出版社，2017.5
（中国艺术学文库.艺术学理论文丛）
ISBN 978-7-5190-0119-3

Ⅰ.①海… Ⅱ.①杨… Ⅲ.①怀特，H.—文艺理论—研究②文艺学—研究—中国—当代Ⅳ.①I712.065②I0

中国版本图书馆CIP数据核字(2015)第168647号

中国文学艺术基金会资助项目
中国文联文艺出版精品工程项目

海登·怀特的元史学理论与当代中国文艺研究

作　者：杨　杰	
出版人：朱　庆	
终审人：奚耀华	复审人：曹艺凡
责任编辑：邓友女　王海腾	责任校对：傅泉泽
封面设计：马庆晓	责任印制：陈　晨

出版发行：中国文联出版社
地　　址：北京市朝阳区农展馆南里10号，100125
电　　话：010-85923074（咨询）85923000（编务）85923020（邮购）
传　　真：010-85923000（总编室），010-85923020（发行部）
网　　址：http://www.clapnet.cn　　http://www.claplus.cn
E-mail：clap@clapnet.cn　　wanght@clapnet.cn
印　　刷：中煤（北京）印务有限公司
装　　订：中煤（北京）印务有限公司
法律顾问：北京天驰君泰律师事务所徐波律师
本书如有破损、缺页、装订错误，请与本社联系调换

开　本：710×1000	1/16
字　数：317千字	印　张：20.75
版　次：2017年5月第1版	印　次：2017年5月第1次印刷
书　号：ISBN 978-7-5190-0119-3	
定　价：62.00元	

版权所有　翻印必究

《中国艺术学文库》编辑委员会

顾 问
（按姓氏笔画）

于润洋　王文章　叶　朗
邬书林　张道一　靳尚谊

总主编

仲呈祥

中国传媒大学艺术研究卷主编

廖祥忠

《中国艺术学文库》总序

仲呈祥

在艺术教育的实践领域有着诸如中央音乐学院、中国音乐学院、中央美术学院、中国美术学院、北京电影学院、北京舞蹈学院等单科专业院校，有着诸如中国艺术研究院、南京艺术学院、山东艺术学院、吉林艺术学院、云南艺术学院等综合性艺术院校，有着诸如北京大学、北京师范大学、复旦大学、中国传媒大学等综合性大学。我称它们为高等艺术教育的"三支大军"。

而对于整个艺术学学科建设体系来说，除了上述"三支大军"外，尚有诸如《文艺研究》《艺术百家》等重要学术期刊，也有诸如中国文联出版社、中国电影出版社等重要专业出版社。如果说国务院学位委员会架设了中国艺术学学科建设的"中军帐"，那么这些学术期刊和专业出版社就是这些艺术教育"三支大军"的"检阅台"，这些"检阅台"往往展示了我国艺术教育实践的最新的理论成果。

在"艺术学"由从属于"文学"的一级学科升格为我国第13个学科门类3周年之际，中国文联出版社社长兼总编辑朱庆同志到任伊始立下宏愿，拟出版一套既具有时代内涵又具有历史意义的中国艺术学文库，以此集我国高等艺术教育成果之大观。这一出版构想先是得到了文化部原副部长、现中国艺术研究院院长王文章同志和新闻出版广电总局原副局长、现中国图书评论学会会长邬书林同志的大力支持，继而邀请我作为这套文库的总主编。编写这样一套由标志着我国当代较高审美思维水平的教授、博导、青年才俊等汇聚的文库，我本人及各分卷主编均深知责任重大，实有如履薄冰之感。原因有三：

一是因为此事意义深远。中华民族的文明史，其中重要一脉当为具有东方气派、民族风格的艺术史。习近平总书记深刻指出：中国特色社会主义植根于中华文化的沃土。而中华文化的重要组成部分，则是中国艺术。从孔子、老子、庄子到梁启超、王国维、蔡元培，再到朱光潜、宗白华等，都留下了丰富、独特的中华美学遗产；从公元前人类"文明轴心"时期，到秦汉、魏晋、唐宋、明清，从《文心雕龙》到《诗品》再到各领风骚的《诗论》《乐论》《画论》《书论》《印说》等，都记载着一部为人类审美思维做出独特贡献的中国艺术史。中国共产党人不是历史虚无主义者，也不是文化虚无主义者。中国共产党人始终是中国优秀传统文化和艺术的忠实继承者和弘扬者。因此，我们出版这样一套文库，就是为了在实现中华民族伟大复兴的中国梦的历史进程中弘扬优秀传统文化，并密切联系改革开放和现代化建设的伟大实践，以哲学精神为指引，以历史镜鉴为启迪，从而建设有中国特色的艺术学学科体系。艺术的方式把握世界是马克思深刻阐明的人类不可或缺的与经济的方式、政治的方式、历史的方式、哲学的方式、宗教的方式并列的把握世界的方式，因此艺术学理论建设和学科建设是人类自由而全面发展的必须。艺术学文库应运而生，实出必然。

二是因为丛书量大体周。就"量大"而言，我国艺术学门类下现拥有艺术学理论、音乐与舞蹈学、戏剧与影视学、美术学、设计学五个"一级学科"博士生导师数百名，即使出版他们每人一本自己最为得意的学术论著，也称得上是中国出版界的一大盛事，更不要说是搜罗博导、教授全部著作而成煌煌"艺藏"了。就"体周"而言，我国艺术学门类下每一个一级学科下又有多个自设的二级学科。要横到边纵到底，覆盖这些全部学科而网成经纬，就个人目力之所及、学力之所逮，实是断难完成。幸好，我的尊敬的师长、中国艺术学学科的重要奠基人于润洋先生、张道一先生、靳尚谊先生、叶朗先生和王文章、邬书林同志等愿意担任此丛书学术顾问。有了他们的指导，只要尽心尽力，此套文库的质量定将有所跃升。

三是因为唯恐挂一漏万。上述"三支大军"各有优势，互补生辉。例如，专科艺术院校对某一艺术门类本体和规律的研究较为深入，为中国特色艺术学学科建设打好了坚实的基础；综合性艺术院校的优势在于打通了艺术门类下的美术、音乐、舞蹈、戏剧、电影、设计等一级学科，且配备齐全，长于从艺术各个学科的相同处寻找普遍的规律；综合性大学的艺术教育依托于相对广阔的人文科学和自然科学背景，擅长从哲学思维的层面，提出高屋建瓴的贯通于各个艺术门类的艺术学的一些普遍规律。要充分发挥"三支大军"的学术优势而博采众长，实施"多彩、平等、包容"亟须功夫，倘有挂一漏万，岂不惶恐？

权且充序。

（仲呈祥，研究员、博士生导师。中央文史馆馆员、中国文艺评论家协会主席、国务院学位委员会艺术学科评议组召集人、教育部艺术教育委员会副主任。曾任中国文联副主席、国家广播电影电视总局副总编辑。）

序 一

从攻读硕士学位到攻读博士学位，杨杰是我指导6年的学生，而且是第一个，如今出版著述请我作序，自是义不容辞。

《海登·怀特的元史学理论与当代中国文艺研究》一书，从初稿完成到今天出版历经十年的时间，我有幸见证了书稿形成的全部过程。记得当年杨杰在读博士期间，学位论文选题、查阅资料、选题综述……我们师生反复论证，折射出他认真严谨的学习态度。那时的他，在单位工作繁忙，家中孩子尚小，老人病重直至去世，都需要他的奔波照料，但他仍凭坚强的毅力完成了学业。

我历来要求学生甚严。我曾对他说"你是挨我批评最少的学生"。一者他性情一向温和，乐于助人，在同学中颇有兄长风范；一者他学习和科研上都比较自觉、认真，不需要严厉训示、督促。

这些年，我看到他一步一步地成长，甚感欣慰。记得修改他的硕士论文时，我用"缺胳膊少腿"形容论文句子表述的不足，无论是篇章结构，还是遣词造句，甚至标点符号，几乎批改的"满篇皆红"，但到写博士论文，情形完全不同。由此可以看出他的学术水平的明显提高，并获得"山东大学研究生优秀科研奖"。当然，这个过程蕴含着辛勤的付出与执着的追求。这表现在两个方面：一是研究领域"从一而终"，一是非常本分地做着"分内"的事情。或许受到我专业研究的影响，杨杰始终专注于文艺学、美学基本理论的学习和研究，并没有追新逐异地"跟时髦"，这些年撰写发表的几十篇论文多是文艺学、美学学科的基础理论、基本问题方面的探讨，十余篇论文被人大报刊复印资料全文转载；即使做学生读学位，依然保持高校教师的身份。本本分分做人，认认真真做事是其一贯原则，专注于教学、科研工作，多次婉拒行政管理工作，埋头耕耘于平凡的日常课堂教学而被评为"教学名师"。正是这份执着，毕业后他两次成功申报国家社科基金项目，先后主持省部级课题两项，主持国家社科基金重大项目、重点项目及教育部重大攻关项目等子课题六项，五次获得省部级科研、教学奖，主持省级精品课程"美学"。

以海登·怀特的元史学理论作为选题具有较高的理论研究价值和现实指导意义。伴随西学东渐，新历史主义批评也漂洋过海而登上我国理论舞台，各类《西方文论》的教材都对这一流派做了概括性介绍，但针对其理论和方法进行深入研究的论著则不多见，杨杰是较早以"历史的文学性与文学的历史性"的互动视角对新历史主义海登·怀特的元史学理论进行全面、系统研究的。当时，国内能见到的汉译本的海登·怀特的原著较少，相关研究论文也不多见，大量原始英文资料需要查阅、研读，而且，许多原文资料中都夹杂意大利文、法文、德文等非英文词句，这也程度不同地增加了理解的难度，这些都着实需要理论研究的勇气和付出辛勤的劳动；此后在成功申报国家社科基金项目的后续研究中，杨杰又将文艺研究中"审美性与历史性"辩证关系的阐释进一步深化、拓展，并针对当前中国文艺研究的现状，尤其是存在的问题提出自己的观点。

毫无疑问，怀特被世界公认为新历史主义的领军人物，他凭借丰硕的著述与独树一帜的观念奠定了其在学界的地位，他的理论颇富创建性，对学界形成了巨大冲击。由此，带有新历史主义明显标签的海登·怀特就成为20世纪70年代以来备受关注的学者之一，而其与众不同的新历史主义思想也成为历史、文学、哲学、美学、文化批评等多个领域研究无法忽视的对象，人们对其褒贬不一，论争不断，他的历史观念与历史研究方法直到今天依然是学界探讨的问题。而且，伴随近年来各种历史虚无主义思潮的兴起，更日益凸显出其历史观与历史方法问题的重要性与迫切性。

书稿较好地概括了海登·怀特的元史学理论具有巴赫金所说的"多声部""复调"式特点，具体表现为"一个核心"——始终坚持文史相通的观念；"两个维度"——形式主义与"回归历史"；"两种视角"——"在文学中审视历史"和"在历史中研究文学"。怀特的元史学研究涉猎广泛，跨越历史学、文学、哲学、语言学、艺术等诸多领域，他兼收并蓄，旁征博引，深入元史学观、历史书写、转喻学、叙事学、权力话语等领域，这种研究观念与研究方法值得我们借鉴与学习。

海登·怀特的元史学理论的研究方法所具有的借鉴意义，表现为两个特点：一是综合性，二是动态性。综合性是在动态过程中的综合而不是静态的综合；动态性是指多因素综合中的运动而不是单一因素的推进。因此，怀特所讲的综合是动态中的综合，动态则是综合性的动态。这种研究方法对于我国当前文艺研究中出现的将文艺的特质简单地归结为或政治属性，或审美特征，或文化性质的某一方面的单一规定性的观念与做法无疑具有很好的启迪与纠偏意义。

当然，作为年轻的学者，杨杰的这本书中存在这样或那样的诸多不足也很正常。学术之路还很漫长，需要深化和提升的空间很大。我们期待着他以更加坚定而执着的信念，勤于思索、不懈努力，不断取得新成就。

马龙潜
2017 年 2 月

序 二

春和景明之时，杨杰教授拿着他的《海登·怀特的元史学理论与当代中国文艺研究》的打印书稿，让我写一篇序。这部著作的研究对象是美国著名学者海登·怀特的元史学理论，对这个领域我真谈不上熟悉，因此我颇为踌躇。但是，我又无法回拒杨杰的委托，一则是我和杨杰的学术情缘，二则是这部著作的学术价值及现实意义。只好黾勉为之。

杨杰是一位思理缜密而又不尚浮华的青年学者，攻读博士学位是师从山东大学的著名文艺理论家马龙潜教授。获得博士学位后时间不久，就因其学术成果卓著而晋升为教授。当了教授的杨杰还要进取，于是又到中国传媒大学的博士后流动站来做博士后研究。研究课题是延伸性的，从海登·怀特的新历史主义理论来看中国的文艺美学发展。杨杰在站研究的合作导师就是我。就我本人而言，于海登·怀特本无所解，但却关注国内的文艺学界的文艺美学深化。在站期间，我们就有了相当默契的合作。由于学术旨趣的投契、价值取向的一致，我们可说是亦师亦友，相得甚欢。杨杰是一位有责任感、有学术追求的学者，他的文艺学研究，有深厚的理论功底，更有现实的价值。我自己的学术研究，也深受杨杰的助益。我的国家社会科学基金项目"中国古代文艺理论对文艺美学的建构意义"，也投入了他的精力与心血。博士后出站后，杨杰回到济南大学工作了几年。由于传媒大学这边的文艺学学科建设的迫切需要，杨杰又调入中国传媒大学的文艺学学科，成为我的得力助手和同事。北京市美育与文明研究基地的建立，为我们的文艺学美学研究提供了新的机会和视野，但也因基地的功能带来了更多的社会化服务的任务，这对我们这些高校学者来说，无疑是个不小的负担。我受命担任基地的主任兼首席专家，杨杰担任基地的副主任。这几年间，基地的担子主要都压在了杨杰的肩上。这使我的压力减少了很多，但却让他多受了许多劳累。基地之所能以较高的质量完成北京市交给我们的任务，没有杨杰的全力投入是不可想象的。

《海登·怀特元史学理论与当代中国文艺研究》中提出的"历史的审美化与审美的历史化"观念，在某个意义上代表了作者对海登·怀特的元史学理论的理解，也揭示了其价值所在。这种价值当然是从以文艺学为本位的作者的角度所感受和抽象出来的。杨杰此书对于海登·怀特的元史学理论做了非常系统的阐释与分析，却使我们感觉到作者并非单纯地为了研究海登·怀特而研究，而是站在解决文艺学的现实问题的立场上来进行研究的。当然，海登·怀特的元史学理论本身就有着解释或解决文学理论问题的深刻内涵，因此，以海登·怀特为代表的"新历史主义"，才成为当代文艺学的一种重要方法或流派。是否可以这样理解：海登·怀特以文学的主要元素来建构历史书写的机理，也就将文学的历史情怀提到了前所未有高度？从历史的背景中来研究文学，其实从以往到当下都是大有人在的，海登·怀特的元史学理论对文学来说，又有怎样的特殊意义？作为一位文艺学的学者，作者始终是站在文艺学理论的本位上来思考这个问题的。海登·怀特的元史学理论，融会了西方20世纪人文科学的一些重要的方法，如解释学、知识考古学等，而其根本理念是将元史学也即他的历史哲学，作为历史书写的基座。海登·怀特强调历史书写的比喻性和叙事性，而且把叙事作为历史书写的逻辑前提，这些都使其元史学理论与文学有着天然的联系。与此前重视文学的历史质素的理论相比，海登·怀特的元史学理论彰显了文学与史学的内在贯通。

杨杰对于海登·怀特的元史学理论中所包含着的相关元素做了颇为全面的发显，而且找到它们之间的内在关联，也可以认为是海登·怀特元史学理论中不可或缺的一些基本内涵。同时，这些内涵又与当代的文艺学的各种声音是密切相关的。杨杰从博士到博士后都连续性地思考着以海登·怀特为代表的新历史主义的逻辑理路，建构了海登·怀特理论上的若干重要支点，同时，又对中国的文艺学研究现状进行了具有相当深度的分析，这二者之间有着内在的相通性。应该看到，杨杰对文艺学领域存在的种种情况的反思是在很高的立足点上进行的，因此，所得出的认识或某些结论，具有不容忽视的力量。

杨杰有颇为厚实的哲学功底，对于文艺学的历史及现状都有全局性的把握，在当今的青年学者中，实在是"凤毛麟角"一级的。相关的论题，他都能写得气势浑厚而又内容丰富，但他却不是那种"率而操觚"的肤浅文采。每有文出，分量十足。这本书也是杨杰的学术道路的自我勾勒，从中不难看到一个学者成长的坚实步履。

对于当下这个时代所表现出来的浮躁之气，学者们大都慨叹再三乃至愤世嫉俗，但想一想，可能我们自身也很难完全摆脱这种风气的熏染。作为一个要有真正作为的人文学者，反思是必要的。我自己可能就在所难免。杨杰在学术上的敏锐且厚重，也是我的一面镜子。有这样的好友兼助手在身边，当然是我的幸运！

杨杰正当盛年，又是走着一条端正扎实的学术道路。当然可以预期他的大成就、大局面！

京城这几天温寒不定，杨柳却绿色渐浓，迎春花开得一片灿烂。时而从窗口眺望一下外面的春色，又读着这部令人渐入佳境的书稿，呷一口清明前的西湖龙井，是一种相当不错的心境。

写得匆促，也算是序。

张　晶

2017 年 2 月

内容概要

海登·怀特是当代美国著名学者，新历史主义学派的理论旗帜，他在历史学、文学以及思想史等诸多领域颇有理论建树，他引领了20世纪中后期的元史学研究的语言学转向，他的文史相济的史学观念与研究方法对文艺学理论建构提供了有益的启迪，成为当代走向理论综合创新的可资借鉴成功范例。

怀特享誉世界，是新历史主义批评研究所不能、也无法忽视的重要学者。这里，突出其"理论家"身份的原因是，在新历史主义庞杂阵营的构成中只有他对元史学问题进行了系统化的理论阐述与建构，而新历史主义流派中的诸如格林布拉特等其他的学者，则更为偏于对文艺批评实践的探讨，相对而言，理论体系自身的系统性略显单薄。怀特的理论在史学界激起轩然大波，更是褒贬不一。然而，失之东隅，收之桑榆，其理论竟成了文艺理论界的必读经典。

怀特理论虽被广泛引用，但对其学术进行较为全面、深入研究的却是相当有限，至21世纪初，我们能查阅到的仅仅是在对新历史主义文艺批评进行宏观研究时所做的篇幅不过是一节的介绍，近年欣喜地发现有了相关的专著问世，有力地推动了该问题研究。不过，其理论的现实价值与意义何在，对中国文艺研究的启迪与影响是什么等问题的研究尚有待进一步深化。鉴于此，不论是否赞赏怀特的理论观点，都应回到对其理论本身的探讨上来，在对其理论进行较为全面分析、鉴别的基础之上再做出得失评判。这不失为一种科学的态度。

选取怀特的历史书写理论为研究课题不是一件轻松的事情。因为怀特知识渊博，学术功底深厚，不仅涉及多个学科领域知识，而且还大量论及学界泰斗的理论观点，其中的如海德格尔、伽达默尔、杰姆逊、福柯、利科等人的理论本身就很深奥，再加上怀特本人的生涩而抽象的文笔，更令人有仰之弥高之感；尤其是在查阅他的原文资料时经常遇到夹杂意大利文、法文、德文等非英文词句，这也程度不同地增加了理解的难度。

怀特的理论代表了文艺研究"回归历史"的发展趋势。历史问题作为人类本体存在的时间维度必然引发我们的思考，更是我们进行文艺研究绝对无法回避的元问题。

他的理论具有"多声部""复调"[①]式的特点，可以概括为"一个核心、两个维度、两种视角"。所谓的"一个核心"是指怀特始终坚持文史相通的观念；"两个维度"指形式主义与"回归历史"是支撑其历史书写理论大厦的两个轴；"两种视角"是指"在文艺中审视历史"和"在历史中研究文艺"。"多声部""复调"式特点，是指他的历史书写理论是一个"多元"的复合体，既有解释学与接受美学的"基因"，也有福柯权力话语的"细胞"，还有人类学、原型批评的"身影"，在以往历史学研究的基础上高举写有"文化""语言""结构""意识形态"等标语的"历史"大旗，"书写"着一个体系庞大、结构复杂、方法杂糅的"新"的历史主义理论。因此，怀特被誉为在文化研究和叙事学语境中，把历史编纂和文艺研究完美地结合起来的理论家。

从方法论角度讲，怀特的研究颇具借鉴意义，表现为两个特点：一是综合性，二是动态性。综合性指元史学理论研究方法的多因素综合而非单一因素的线性推进；动态性是在动态过程中的综合把握而不是静态的拼凑。因此，我们说，综合是动态中的综合，动态则是综合性的动态。这种研究方法对于我国当前文艺研究中出现的将文艺的特质简单地归为或政治，或审美，或文化的某一方面的特性的观念无疑具有纠偏的意义。

本书由以下几个部分组成。

绪论部分主要介绍本书选题的初衷，即该研究的理论价值和现实意义；以及本书的主要研究对象和写作的逻辑线索。

第一章概括介绍海登·怀特学术生涯。通过历时态与共时态的结合，介绍了怀特自求学到学术研究顶峰及以后的不断深化、完善的发展轨迹。他的学术生涯突出表现为"多声部"的"复调"并进式的学术特点，反映

[①] 复调理论是巴赫金在研究俄国作家陀思妥耶夫思基小说时提出的。参见巴赫金：《陀思妥耶夫思基诗学问题》，三联书店1988年版，第29页。

了他广博而深厚的学术功底。我们将其学术生涯分作三个阶段：前期潜心研读、中期成果丰硕和后期日臻完善三个时期。这一章是对怀特学术生涯的梳理，为后文介绍怀特的理论的涉猎广泛、博学众长、兼收并举、继承批判特点的成因做伏笔。

第二章介绍海登·怀特元史学理论研究的思想基础，这是第一章对怀特学术生涯介绍的进一步条理化、系统化。他的理论是一个"多元"的复合体，既与之前的历史哲学思想一脉相承，又与解释学、接受美学、福柯权力话语相关联，还与人类学、原型批评密不可分。通过对其历史书写理论形成的学术思想基础的介绍，为下章全面论述其理论体系做逻辑铺垫。

第三章主要介绍海登·怀特的"立体网络结构"的元史学理论。集中阐释怀特的元历史观、文本观以及与文艺理论的关系，这是对第二章的深化。

怀特理论构建的前提是他的元史学观的诗性预构。他认为任何历史书写必然包含一种深层的诗意的语言结构，并且充当了一种未经批判便被接受的范式，这个"未经批判便被接受的范式"就是怀特所讲的"诗性预构"[①]。

怀特认为历史文本结构由表层和深层组成，显性层表现为审美形态与认识形态；潜层表现为伦理形态。这三种形态模式及其子模式共同编织成一个复杂的结构体系；其体系中的诸要素之间的"动态"组合变幻呈现出某种结构上的亲和力，由此形成历史书写的不同风格。

为历史书写的深层结构（诗性预构）提供理论支持的是转喻理论和叙事理论。怀特的转喻理论主要来源于现代隐喻理论；他深受叙事学理论影响，认为叙事具有"元代码"的地位，历史书写必须借助于叙事话语，即历史的叙事化；而叙事话语不仅可以"承载"、传递"信息"，还是历史意义的"生产"系统，即叙事的历史化。意义的"生产"依靠"语境"，"语境"不仅指文学符号系统，还包括文学以外的社会符号系统。以此宏大视野进行文艺研究，文学的意义也就不再拘泥于语言形式的表层或深层结构，而是延伸到了文学之外的社会话语活动的各个层面。

[①] Heyden White, *Metahistory: The History Imagination in Nineteenth-Century Europe*, Baltimore and London: Johns Hopkins University Press, 1973, p.4.

"历史的文学性与文学的历史性"是怀特元史学理论研究的具体方法,突出了文学与历史之间的互动性特点。前者指我们所能接触到的不过是人类社会历史流传下来的各种作为解读的"文本",这种文本的建构充满文学性的特征,而且,历史作为曾经的物质性存在我们是无法还原与重构的,我们的历史文本不过是试图"昨日重现"式的展示彼时的文化面貌;后者指任何文艺活动总包含历史性维度,文本与语境构成了更为广阔的"历史"大文本,历史不再是文学发生、存在的"背景",而是走入文学的"前景",成为文学构成不可或缺的维度;文学作为历史性存在"事件",直接成为历史的有机组成部分而参与历史意义的创造过程。

文学的历史性与历史的文学性研究使我们在二者的互动建构关系结构中把握文学与历史,是对"文本与文本之间的轴线的调整,用一种社会文化整体的共时性文本取代了原先自足独立的文学的历时性文本",它"既是历史主义又是形式主义"的文艺研究方式①。当我们以历史维度审视文学活动,就会发现文学系统变成开放、动态、活跃的体系,在与不同符号系统的撞击、融合中显示其非稳定性、可渗透性,并通过不断解读、积淀而成为一个意义增殖的文本;在这个增殖的过程中,文学话语与权力话语构成某种平衡与制约关系,通过对时间与空间的穿越而解读文本的历史情境,从而把文本直接植入历史文化关系之中;文学意识形态的介入是对社会权力话语的颠覆性建构,这种文化"颠覆"的性质构成历史解释的本质。文学在与历史的互动性建构中赋予历史意识以新的意义,并构成了文艺与社会彼此互动的历史。②

第四章走向互动性建构的文艺研究。借鉴怀特的"新"历史观和研究方法,本章对文学进行"形式的"与"历史的"双向互动性审视研究。当然,这时的"形式"与"历史"的内涵都被赋予了新的内容,因此,它既不是形式主义的文艺批评,也与旧历史主义批评截然不同,而是"新历史主义"视点下的文艺批评。

---

① Brook Thomas, *The New Historicism and Other Old Fashioned Topics*, Prince University Press, 1991, p. 32。

② Lonis A. Montrose, "Shaping Fantasies": *Figurations of Gender and Power.* in Elizabethan Culture, Representations 2, Spring 1983, pp. 61—94, 又参见王岳川:《后殖民主义与新历史主义文论》,山东教育出版社1999年版,第183—185页。

本章首先以历时态的视角对文艺研究中历史维度问题进行了梳理，依据各个时期文艺研究中呈现出的不同的历史意识，将其划分为前历史意识、旧历史主义、历史质疑论、"历史转向"初见端倪和"回归历史"五个阶段。通过对以往文艺研究中的"历史"维度的回顾，揭示出存在的种种误区，认为走向文艺的历史性与审美性的现代融合是当代文艺活动发展的必然趋势。怀特的元史学理论与研究方法顺应了这一趋势，这正是其理论价值以及对我们文艺研究与文艺创作的借鉴意义所在。

怀特将文学与历史置于共同的研究平台，使得审美性与历史性在文艺研究中作为两个重要坐标轴的框架清晰显现出来，不仅从方法论的意义上丰富了研究途径，而且更为有益的是有效地改变了我们的文艺观念。文本性与文本间性为我们更好地以历史与文化的广阔视野下把握文艺活动的审美与历史、前景与背景、客观与主观、真实与虚构、史实与书写等诸多范畴构成的立体的文艺结构以及这个结构所蕴含的诸因素之间的动态关系提供了新的切入点。文本性是文本间性的基础，文本间性又使文本性更具开放性、互动性和建构性的特点。

本章最后论述了文艺研究的方略，主要阐述了"文本间性"式批评模式和文学的意识形态性研究两种。由于文学文本处于由审美文化（文本）与社会政治文化（文本）等众文本（Texts）构成的文本之间双向、多向之间运动的关系之中，这种存在方式决定了对文艺的阐释模式也应置于文本间性的关系中思考，在此视野下的历史不再是单数大写的"历史"（History）而是小写的复数的"诸历史"（histories），它们共同铸就了"历史大舞台"。这种历史观有利于展现文艺丰富多彩的"多声部复调"的社会历史，也有利于我们从更为广阔的视野下研究文艺。

作为话语实践活动结果的文本，其生成与存在本身就是"历史事件"，对其意义的解读活动也是作为"历史事件"而存在的，这意味着对文艺与历史关系问题的认识发生了根本性的转变，那就是"从将历史事实简单地运用于文学文本的方法转变为对话语参与构建和维持现有权力结构的盘根错节的诸层面进行了较为全面的理解"[1]，文本作为历史性的话语事件

---

[1] John Brannigan, *New Historicism and Cultural Materialism*, Macmillan Press Ltd., 1998, p. 81.

(discursive event)，它承载、折射了历史文化内涵而成为社会能量①的载体，实现其建构历史的意识形态功能。

第五章借鉴海登·怀特元史学理论研究的"合理内核"——文史相济、综合互补的史学观念与研究方法，以此视野审视当代中国文艺学研究现状。认为，当前文艺学研究亟待解决的具有核心意义的问题是强化方法论意识。近年伴随西方解构哲学思潮的传入，我国文艺理论界也不同程度地表现出对理论研究哲学根基的忽视、漠视，甚至蔑视的错误倾向，因此，强化方法论意识成为当前我国文艺研究迫切需要解决的问题。马克思主义哲学作为一切学科研究的哲学基础可以为文艺学研究提供科学的方法论指导，具体到文艺学学科，美学的观点与史学的观点的统一是其科学的方法论，任何将二者割裂乃至对立，将其中的某方面无限放大成为文艺的全部规定性的观念与做法都会严重妨碍文艺研究的科学性与创作实践健康、快速发展。继而阐释了"美学的与史学的观点"相统一的丰富内涵，对诸如将马克思主义文艺学视作"经济决定论"的观点等各种错误理论予以澄清。文艺理论自身发展要求与文艺实践事实都证明了当代文艺理论研究走向综合互补的历史与逻辑的必然性。

第六章对当前中国文艺研究格局及特征辨析。借鉴海登·怀特历史书写理论研究的文史相济、兼容互补的观念与方法优势审视我国文艺研究的基本格局与特点，在充分肯定新时期以来多元化并置的繁荣成绩的同时，指出了其中存在的各种值得关注、澄清的误区的实质是不能坚持马克思主义哲学，或者缺乏辩证法，或者偏离唯物史观，最终导致对文艺的审美性与历史性两个维度之间辩证关系把握的偏差，这些错误倾向突出以地表现在几个典型问题的探讨方面。

第七章对几个典型问题展开分析。

新时期以来审美现代性的传播历程与存在问题阐释。伴随改革开放的春风，各种西方文论接踵而至涌入国门，不同学术思潮与研究范式激烈碰撞。百家争鸣的多元化并置的新格局突破了过去某种理论一元化"独霸天下"局面，强有力地推动新时期文艺研究的长足发展与繁荣，并为中国当

---

① 格林布拉特在《莎士比亚的商讨》中以"社会能量的流通"为专章详细阐述其关于"社会能量"的观点。参见：Greenblatt, S. *Shakespearean Negotiations*, University of California Press, 1988。

代形态文论的建构提供了可资借鉴的丰富学养。同时，也不同程度地出现了哲学根基薄弱与方法论意识淡漠的欠缺。如何在众声喧哗的"复调式"理论的"百花齐放"中确立一以贯之的思想基础，融汇包括西方文论在内的古今中外各家学术之长，通过兼容并蓄、博采众长、互补借鉴、综合创新构建切合我国当前文艺发展现状实际并借以应答各种现实问题的当代中国文艺理论就成为时代赋予我们理论研究工作的历史责任。

文艺研究"审美化"理论模式的思考。新时期以来兴起的文艺理论"审美化"研究模式在一定程度上为我们认识文艺提供了有益的视角和方法。然而，我国当前的"审美化"研究模式中出现了"非—审美"的异化倾向，表现为：一是抽空审美的具体历史内涵而将其界定为超历史的抽象概念；二是置换审美的内涵，将"美"与"真"、与"善"剥离，否认了真善美之间的辩证关系，把现实生活的一切都等同于美，实质取消了"审美"与"非—审美"界限。"审美化"研究模式是文艺研究的一个重要视角，但它难以真正使文艺研究走出困境。

唯物史观视野下的近年文艺创作中的人学问题辨析。新时期以来的文艺创作由单一走向多样化而呈现出绚丽多彩的繁荣景象，这种多元化并置的格局在一定程度和层面上丰富人们文化生活，满足社会不同层次的精神需求，取得了令人瞩目的成绩，为文艺理论研究提供鲜活的不竭资源。同时，也出现了一些值得商榷的倾向，突出表现为文艺创作中对"人"这一文艺活动核心应有之义把握的偏差：有的试图塑造超越不同社会历史时期具体规定的具有永恒"人性"的艺术形象，有的在人物形象把握上忽视、轻视乃至漠视人之为人的社会性、精神性与文化性的根本所在而片面、单一地凸显人的生物性、动物性、自然性，等等。导致这些偏颇的根本原因在于不能正确认识和准确揭示文艺活动中"人"这一范畴的丰富内涵。

审美性与历史性视野中的历史题材文艺的基本规定性界定。历史与艺术的关系问题一直是当代中国历史题材文艺争论的焦点之一。有的学者强调其"真实再现历史"的特性，有的凸显其"艺术性"（虚构性）特征，由此形成了论争的"历史派"与"艺术派"的对立和冲突。其矛盾的实质是陷入二元对立的划界式的决定论的思维误区。历史与艺术作为历史题材文艺复合关系结构的组成部分纳入其框架，并在二者双向逆反的建构中赋予各自新的质的规定性。以此视野与方法审视，不仅关于历史题材文艺规定性问题的论争可以迎刃而解，而且近年来历史题材文艺创作中存在的诸如抽空"历史"的具体内涵等种种误区也能得以澄清。

　　结语部分对怀特历史书写理论的现实意义和局限性做了简短概括。尽管怀特的历史观本身可能存在值得商榷的地方，但其理论至少在方法论层次启迪我们"去关注那些曾经被忽略、被轻视和被遗忘的历史因素"，这"对扩展人们的历史理论思维，打开人们的历史视野是有益的，为全面、完整地理解历史真实、历史结构、历史过程和历史发展提供了重要的参照系统"[①]。同时，我们也应该清醒地看到近年出现历史虚无主义倾向是与新史学理论有着密不可分的学缘关系，无论是在社会思想层面还是文艺创作中都有明显的印迹，这是不能漠视或回避的事实。

---

① 陆贵山：《新历史主义文艺思潮解析》，《中国人民大学学报》2005年第5期。

目 录

001 / 绪 论

    001 / 第一节　选题缘由

    006 / 第二节　研究对象与逻辑线索

014 / 第一章　海登·怀特的学术生涯

    015 / 第一节　研读文学、历史

    021 / 第二节　建构元史学理论

    026 / 第三节　完善元史学理论

032 / 第二章　海登·怀特元史学理论的学术渊源

    033 / 第一节　元史学观与历史哲学、解释学

    042 / 第二节　历史研究与形式主义批评

    046 / 第三节　历史话语与知识考古学

    053 / 第四节　情节模式与神话—原型理论

065 / 第三章　海登·怀特的元史学理论与文学性

    065 / 第一节　元史学理论的立体结构

080 / 第二节　元史学理论中的转喻学

092 / 第三节　历史的叙事化与叙事的历史化

102 / 第四节　历史的文学性与文学的历史性

110 / 第四章　走向互动性建构的文艺理论

110 / 第一节　历史：文艺研究中无法回避的维度

131 / 第二节　回归美学与史学观点相统一的文艺研究

143 / 第三节　文艺批评的方略

148 / 第五章　文艺学研究的方法论意识

148 / 第一节　文艺学研究与方法论意识

153 / 第二节　"美学的与史学的"观点：当代中国文艺研究的科学武器

166 / 第三节　创新时代文艺学研究方法的综合互补

178 / 第六章　当代文艺研究的基本格局与特征

178 / 第一节　当代文艺学嬗变轨迹及其基本格局

186 / 第二节　新时期以来西方文艺理论的传播历程与影响

196 / 第三节　近年文艺研究中的新教条主义倾向辨析

214 / 第七章　近年文艺研究中的若干问题辨析

214 / 第一节　审美现代性的中国化及其理论反思

226 / 第二节　文艺研究的"审美化"理论模式的思考

233 / 第三节　近年文艺创作中的人学问题辨析

249 / 第四节　历史题材文艺的基本规定

268／结　语

　　268／第一节　元史学理论对文艺研究的现实意义

　　272／第二节　对海登·怀特元史学观问题的思考

278／参考文献

304／后　记

绪　论

历史问题作为人类本体存在的时间维度是无法回避的。历史维度同样是任何文艺研究所不应，也不能忽视的重要方面。

第一节　选题缘由

以"美学的观点"与"史学的观点"进行文艺批评是马克思主义哲学在文艺批评方面的一个重要理论贡献。恩格斯在评价拉萨尔的剧本《济金根》时曾明确地提出："我是从美学观点和史学观点，以非常高的、即最高的标准来衡量您的作品的……。"① 他在评价德国作家歌德时说："我们决不是从道德的，党派的观点来责备歌德，而只是从美学观点和历史的观点来责备他……。"② 而在《卡尔·马克思〈政治经济学批判〉》一文中，他又详细阐述了马克思主义理论研究的方法是逻辑的方法与历史的方法相统一。恩格斯提出的"美学和史学的观点"以及"逻辑的与历史的相统一的方法"，不仅成为文艺批评而且是整个文艺研究中的经典方法，直到今天仍然具有很强的理论和现实的指导意义。

虽然说，很少有人在理论上直接否定"史学的观点"与"历史的方法"在文艺批评中的作用和地位，对此争议也很少；然而，这种普遍的认可却恰恰导致了对此研究的浅尝辄止。由于对此理论研究的欠缺，又导致批评实践层面对"历史的方法"理解与具体运用的不同，甚至出现了偏差。

---

① 《马克思恩格斯选集》第4卷，人民出版社1995年版，第561页。
② 《马克思恩格斯全集》第4卷，人民出版社1995年版，第258页。

有的文艺理论把历史看作是可以为存在着多样释义的文艺提供参考依据的领域，认为历史具有文艺所永远无法企及的真实性、清晰性和具体性，文艺研究的目的就是追寻文艺"背后"的历史，说明文本对历史背景的反映程度，从而揭示该文本产生的历史必然性以及历史发展的必然性之间的一致性等问题；历史为文艺提供了进行解说的"背景"（background）或"语境"（context），批评家通过这样一个稳定而透明的历史就可以为语义飘荡的文艺寻找一个维系意义的港湾。他们认为在历史与文艺、文本与语境等范畴之间，只有其中的一个具有相对的稳定性、确定性时，另一个才可能被界定和被阐释。既然文艺批评需要求助于文艺自身之外的依据，那么，文艺不过是追寻意义根据的中介，因此，批评家只好以牺牲对文艺自身的研究为代价了；同时，批评家在追寻客观历史性的时候却又陷入了两难境地：当选择某种历史背景时，由于自身的历史限制而无法保证这种选择的绝对客观性，那么，所选择的背景又如何能够为文艺研究提供可靠而客观的依据？[①]

有的文艺研究认为文艺具有超历史的性质，以共同的人性论为其立论基础。正如学者徐贲所深刻指出的，这种观点并不新鲜。韦勒克就曾认为文艺中"存在着共同的人性，这使那些曾经在时间、地点都远离我们的文艺——尽管产生时的美学作用与意图都不尽相同，但都能被我们所欣赏"[②]；19世纪初德国浪漫主义理论家史雷格尔也是以这个共同的人性论为基点阐发其文艺观的，他认为，既然"人性的基础无疑是处处相通的"，"那么人类的历史怎么就不能出现相同的现象呢？大概正是这个想法使我们找到了诗与艺术的古今历史（相通）的钥匙"[③]，等等。[④] 由于这种历史方法用思辨的联系取代了现实的具体联系，以历史不同时期的特点比附人的个性，只能获得抽象的永恒的必然性范畴和普遍性范畴，以此企望超越具体历史时空限制，然而，"这种必然性、普遍性范畴一方面缺乏现实的、具体的依据，因而缺少丰富的规定性；另一方面，又使一般脱离个别，把

[①] 参见徐贲：《走向后现代与后殖民》，中国社会科学出版社1996年版，第57页。
[②] Rene Welleck, *Concepts of Criticism*, p. 19。
[③] *A Course of Dramatic Art and Literature*, Trans, John Black and A. J. W. Morrison, London, 1846, p. 21。
[④] 参见徐贲：《走向后现代与后殖民》，中国社会科学出版社1996年版，第2—11页。

来自个别的一般规律抽象为实体,再进一步把实体理解为主体,理解为内部的过程,理解为绝对的人格。从而,普遍的必然的东西成了凝固不变的模式或公式,并用来剪裁历史材料"①。在这里,"超历史性"实质上是非历史性,将现实的历史顺序置换为观念在理解中的顺序。

"历史"是文艺研究不可缺少的参照轴线,是文艺活动的平台,理所当然是文艺研究的"绝对视域"。然而,伴随着西方各种文艺新思潮、新理论涌入,我国当代文艺理论界不同程度地出现将文艺研究中的"美学观点"与"史学观点"割裂、对立的倾向,或者以追求文艺"背后"的历史真实而忽视文艺性的存在,或者在凸显文艺的审美特征的同时消解、摒弃、反叛文艺的历史维度;有的理论研究以反对"思辨历史观"为旗帜,走向了另一个极端,实质上取消了文艺研究中应有的历史意识和历史的方法。如果将历史因素置于文艺研究视野之外,仅仅从政治的、审美的或其他某个视角审视文艺,囿于狭窄的框架内探讨文艺,难免会失之偏颇。

艾布拉姆斯在《镜与灯——浪漫主义文论及批评传统》中提出了著名的文艺活动的四要素说②,得到学术界普遍认可。他认为,文艺作为人类的一种活动是由作品、作家、世界和读者四个要素组成的,我们文艺理论研究的对象不是这四个要素中某个孤立的要素,而是它们构成的整体活动及其流动过程和反馈过程。文艺就是以作品为核心、以作家、世界、读者为纽点、由这些纽点连接而成的诸如世界—作家、作家—作品、作品—读者、读者—世界等多维度的在逆反互动中建构的网络关系结构。文艺研究对象的这一特点就要求我们在进行文艺研究时应该运用辩证逻辑的思维方法,"辩证思维方法的特点是对对象'辩证地分解了的整体'认识,就是说,要使我们的认识形成一个具有整体性、有序性的不同层次的结构系统"③。因此,对文艺的研究就应该将其置于文艺所处的由各种关系构成的关系结构中,去分析其组成诸要素以及在这个关系结构中所具有的特质,而这个文艺关系结构是历史性的存在,并在历史发展的动态中展现自身。

具体到我国的文艺理论研究,强化"美学的与历史的"观点相统一的

---

① 参见庄国雄等:《历史哲学》,复旦大学出版社2004年版,第14—16页。
② 艾布拉姆斯:《镜与灯——浪漫主义文论及批评传统》,北京大学出版社1989年版,第5—6页。
③ 参见董学文主编:《文艺学当代形态论》,北京大学出版社1998年版,第247页。

研究方法显得尤为重要。辩证思维的方法就是历史与逻辑相统一的方法，体现到文艺研究中则是任何一个文艺理论都应该是以其所处历史时代的基本精神为灵魂的多样统一的结构整体，如果这种理论学说脱离了它赖以产生和生存的历史环境，脱离了整体或与整体中的其他部分的联系，仅仅从局部去界定文艺的基本理论与规律，那么，这种理论充其量也只能是一个"片面的真理"。在我国文艺理论的研究、探讨过程中，的确存在着单一地依据某一方面的认识去揭示文艺规律而忽视其所处的整个系统中的相互联系的弊病。当前文艺研究中的某些理论模式、理论范式，虽然都有理论意义和价值，都在一定层面上揭示出文艺的特质，但只是对文艺这个结构整体的单一、个别的把握，只是对这个整体认识过程中的一个界定、一个环节的研究，这个研究仅仅把文艺理论的动态结构进行了静态分解，但缺少在综合、运动中把握，以致出现将本应丰富多彩的文艺研究简单地定位于或是政治的，或是文化的，或是审美的本质的理论偏颇。[①] 可见，在文艺研究中如果放弃辩证思维方法或抽掉丰富的历史内涵，仅仅以审美的或文化的视角是难以准确揭示文艺特质的。

文艺活动中的任何一个要素都是历史性存在的，都离不开历史维度。文艺活动中的人是具体时代中生存的人，是审美实践活动中的人，还是与文本共存的人；文艺活动中的文本是历史性的文本，"历史性的文本"是特定历史条件下的人的文本和审美化的文本，又是历史的缩影。文艺活动自始至终贯穿的另一维度——审美，也是人的审美和在特定历史形态下进行的审美，更是基于审美文本之上的审美；文艺活动中的历史，是审美活动主体——人的历史，也是"审美的历史"。[②] 可见，历史维度不仅是文艺活动、文艺研究的一个轴心，还是为文艺活动搭建的"平台"，"历史"在文艺活动及文艺研究中的重要性是不言而喻的。因此，"史学的观点"在文艺研究中是不能忽视、更不能遗弃的。

列宁在《唯物主义和经验批判主义》中反复强调马克思主义哲学最重要的是"辩证唯物主义"而不是"辩证唯物主义"，是"历史唯物主义"而不是"历史唯物主义"，实际上，列宁在这里强调了历史方法与辩证法

---

① 马龙潜：《方法论意识和问题化意识》，《甘肃社会科学》2002年第4期。
② 参见陆贵山：《宏观文艺学论纲》，辽宁大学出版社2000年版，第一章。

的内在统一性,在历史方法中涵盖着辩证方法的原则,在辩证方法中蕴涵着历史的内容,其核心是指,不要把研究对象仅仅当作实体,而是要把它置于历史发展过程中,从其产生发展的具体过程中给予研究。

文艺并非是一个"超历史"性的审美存在,不能独立于政治、经济、文化、社会而存在,也难以找到一个永恒的"审美标准"来规定它;相反,文艺文本不过是人类的各式各样文本中的普通一员,与哲学、宗教、法律、科学等文本并无二致,皆为特定历史时期的产物;同时,历史自身也并非具有一个同质、稳定的模式,可以作为"背景"来阐释一个时代的文艺,相反,历史是异质的、多元的、运动的,文艺是"镶嵌"在历史语境之上的与政治、经济、信仰、文化、意识、权力等共同构成了"历史"。文艺研究中的历史维度问题是其他任何问题所无法替代的,这其中既有历史观的问题,也有历史方法论的问题,当然,从哲学的层次看,历史观与历史方法论是辩证统一、不可分割的。实质上,要解决文艺研究中的历史问题必须回到历史哲学上来。

以世界范围看,正是20世纪以来不断涌现的形式主义和后现代理论所表现出的轻视文艺研究中历史因素的潮流,才出现理论界"回归历史"的呼声;也正是鉴于我国当前文艺理论研究中出现的忽视乃至消平历史意识倾向的现状,我们提出了如何看待文艺研究的历史维度问题,即如何辩证地分析"文艺与历史"的关系问题,这直接涉及文艺研究中的历史观、历史意识以及历史方法等具体的问题。当然,在以往的文艺研究中的确存在着各式各样的对"历史"范畴的误解,不同程度地受到庸俗社会学和狭隘阶级论的影响,以至于将马克思主义文艺理论视为"文艺社会学"而加以简单否定。[1] 但这不能由此而否定文艺中的历史维度的存在。在文艺与历史、文艺文本与历史文本等问题上,当代美国学者海登·怀特(Hayden White)的理论展现了独特的见解和研究方法。

---

[1] 此观点如:"马克思主义和各种各样的马克思主义学者一直把文艺当作一种特殊的社会学理论资料,因而对文艺十分神往。"(Leo Lowenthal, "Literature and Sociology", in Relations of Literary Study, ed. James Thorpe George, Banta Company, 1967, p. 103。)

第二节　研究对象与逻辑线索

海登·怀特的名字是出现在"新历史主义"这面大旗之下而走入我们视野的。由于他的史学观在本质上是"新历史主义"的，而且，在理论建构方面更是一枝独秀，因此，当我们研究新历史主义时，无法回避怀特理论的存在；同样，探讨他的理论也必然烙下深深的新历史主义的标签。

新历史主义是20世纪的80年代出现于欧美国家的文艺理论思潮。通常，学界认为"新历史主义"（New Historicism）这一概念首次出现于1982年，初见于《文类》杂志专刊登载的美国加州大学伯克莱分校格林布拉特教授（Stephen Greenblatt）的论著，由此揭开了新历史主义登上世界舞台的序幕。之后，学界以此名称泛指理论主张大体相近的这类流派。当然，若做进一步的追溯可以延伸到上世纪70年代学界对欧洲文艺复兴时代的探讨，他们所操持的那一套独特的以历史视角审视文艺活动的研究方法和途径引起人们的注意。这一流派伴随其他学科领域的新观念、新思想涌入而汇集成颇具影响力的新历史主义文艺批评潮流。

至于新历史主义的含义，众说纷纭，有人认为新历史主义是一种重视文化研究的"文化诗学"（the poetics of culture）[1]，有人认为新历史主义是描写文化文本相互关系（cultural intertextuality）的一个隐喻[2]，等等，由于观点不一，就连《新历史主义》论文集的主编 H. 阿兰德·威瑟教授（H. Aran Veeser）本人也坦言，"新历史主义"只是一个没有确切所指的"措词"（a phrase without adequate referent）[3]，这个论断是契合事实的。新历史主义阵营中既有海登·怀特那样潜心于元史学理论研究的学者，也有格林布拉特式的青睐于文艺批评的学者，虽然他们具体的关注点不同，所操话语体系也各具特点，但是，学界之所以将其归作一种文艺批评门类，是因为他们都高举共同的新历史主义大旗，运用着他们所彪炳的与以往历史研究所截然不同的"新观念"与"新方法"去探讨历史、研究文艺，要

---

[1]　王岳川：《后殖民主义与新历史主义文论》，山东教育出版社1999年版，第158页。
[2]　张京媛主编：《新历史主义与文艺批评》，北京大学出版社1993年版，第2页。
[3]　H. Aran Veeser, ed, *The New Historicism*, New York: Rouledge, 1989, p.9。

说与过去历史主义的差异,一言以蔽之,就在于一个"新"字。

之所以选取海登·怀特的历史书写理论作为研究对象,是因为本文认为,海登·怀特是新历史主义学派的最重要的理论家。在新历史主义阵容中,虽然不乏大家、名家,而且都有着各自的理论主张与话语风格,如格林布拉特(Stephen Greenblatt)就提出"文化诗学"(poetics of cuiture)[①]概念,但与怀特的用力点是不同的。在他看来,"文化诗学"只能"界定为一种实践——一种实践,而不是一种教义"[②];至于其他学者[③]更是关注文艺批评等实践活动,即使有些论述也是无法与怀特的庞大而深刻的元史学理论相提并论。而海登·怀特的"新历史主义"理论既有不乏真知灼见的对历史学研究的纵向梳理,又有横向的旁征博引、纵横捭阖,将同时代学者的最新研究成果纳入其研究视野并广泛借鉴、吸收、内化为自己的"武器"。更为重要的是,怀特的元史学研究竟然"波及"文艺研究界,成为必读文本。

我们这里所讲的"元史学理论",特指海登·怀特关于历史学研究、阐释的系统理论,既包括元史学观,也包含历史研究的方法论,元史学观是其进行历史研究方法的思想指导,而理论研究中运用的方法又是其元史学观的具体体现。总之,怀特的元史学理论是他历史哲学观与历史研究方法论的统一。

有的学者称怀特的元史学理论为"元史学观"(或"元历史"),这种观点切中了其理论的核心,怀特的历史理论与众不同之处就在于他的历史哲学观的独特性与新颖性;但是,仅仅强调这个逻辑层面还是不够全面,因为,在怀特的元史学理论中不仅包含其元史学观,还包含很多他对历史书写与文学叙事关系,以及对文艺研究中历史方法的探讨,对文艺批评和新历史主义批评的评价等新观点研究理论,这是一个包罗万象、结构复杂、点饰豪华的"宏伟建筑",因此,本书标题采用"元史学理论"来指称其元史学观与历史书写等构成的完整理论体系。

[①] Greenblatt, Stephen, *Renaissance Self-fashioning: From More to Shakespeare*, Chicago & London: University of Chicago Press, 1980, p. 4—5.
[②] 格林布拉特:《通向一种文化诗学》,张京媛主编:《新历史主义与文艺批评》,北京大学出版社1993年版,第1页。
[③] 譬如,多利莫尔(Jonathan Dollimore)、韦恩(Don E. Wayne)、蒙特洛斯(Louis Montrose)、泰伦豪斯(Leonard Tennenhouse)和赖恩(Kiernan Ryan)等学者。

海登·怀特的元史学理论的大厦是建构于他的元史学观（历史哲学观）基础之上的，怀特的元史学观的框架性表述是其成名作——《元史学：十九世纪欧洲的历史的想象》（*Metahistory*：*The Historial Imagination in Nineteenth-Century Europe*）的前言部分，在其他的论著中针对其中的某个观点进行了更为深入、详细的论述。

"元史学"（Metahistory，又译作"元历史"），是指"历史哲学"（Philosophy of History）。关于"历史哲学"这个概念，英文版的《哲学百科全书》是这样定义的：

> 历史哲学通常是指历史研究的两个相互关联的分支：其一是对历史学进行哲学分析，即对历史学家的工作进行逻辑的、概念的和认识论的研究；其二是指试图在历史事件的整个过程中或历史进程的一般性质中去发现某种超出通常的历史学工作理解之外的含义或意义的研究工作。在当代著述中，这两个分支通常被称为"批判的历史哲学"和"思辨的历史哲学"。①

应该说，上述对"历史哲学"概念的界定与"历史"一词的含义在西方的发展演变有关。"历史"这个词具有双重含义②：在古希腊，"历史"最初的含义是"询问""调查"的意思，后来延伸为"结果"，即通过询问、调查而获得的结果——"知识"，例如被称作"历史之父"的希罗多德（Herodotus）通过大量的调查工作获得许多关于希波战争的资料并在此基础上撰写了以《历史》命名的著作。公元前二世纪，"历史"一词的含义又发生了变化，不再泛指询问或调查及其结果，而是特指希罗多德式的叙述方式——对历史的记载。到了波利比阿（Polybius）的著作《历史》中，"历史"不仅指对事件的叙述，同时也指事件本身。于是，"历史"这一概念具有了双重含义：（1）历史学——人们对人类自己过去的记述与认识，这既包括自然界的发展过程，也包括人类社会的发展过程；（2）人类的过去——已经发生的一切人类的实践活动及活动中发生的事件。前者被

---

① *The Encyclopedia of philosophy*, Edwards, editor in chief, Macmillan publishing Co., Inc. @ The Free Press, New York, Collier Macmillan publishers London reprint edition 1972, Volume six, p.247。

② 参见庄国雄等：《历史哲学》，复旦大学出版社2004年版，第2页。

称作"主观历史",而后者就被称作"客观历史"。于是,"历史"概念的两个含义又直接影响到对"历史哲学"含义理解的分歧——关于历史学的哲学和关于历史过程本身的哲学。前一种意义上的"历史哲学"是以历史学家与客观历史之间的关系为研究对象,即关注历史学家如何认识历史、叙述历史事实本身,我们可以通俗地称其为"关于历史学(学科)的哲学"。后一意义上的"历史哲学"是指,受19世纪科学主义影响,这些历史学家认为历史事实是客观地存在于历史学家的思想和参与之外的,他们试图把客观存在的历史看作一个整体,通过对这一整体的把握,即当历史学家彻底掌握"客观事实"之后,历史的本来面目、历史的本质、意义和发展方向、模式、节奏和规律等就会完全被揭示出来,产生某种终极的历史著作,这是一种客观的历史观。为了便于区分,对于这个意义上的"历史哲学",我们不妨通俗地称其为"关于历史(过程)的哲学"。

史学界所称的"思辨的历史哲学"即是我们后文中常说的"旧历史主义"。所谓"思辨的"是指对历史所做的非经验方法的、抽象的、形而上学的思考,它并不关注具体的历史事实;"批判的历史哲学"中的"批判"指对"思辨的历史哲学"的否定,是对历史学家研究工作进行批判性的考察。不仅否定了以黑格尔为代表的思辨历史哲学的各种理论,甚至否定了思辨历史哲学的整个研究领域——即否定了对客观历史过程进行哲学思考的这一学科领域本身的存在。因为,他们认为关于客观历史过程的形而上的理论不过是一种主观上的虚构,在认识论上是难以站住脚的,与其苦苦地对此进行研究倒不如转向探讨对历史学家如何认识历史、又是如何表述历史等问题的研究。"关于历史学的哲学"则被称作"批判的历史哲学",是对历史学进行哲学分析,即针对历史学家的工作本身进行逻辑的、概念的和认识论的探究。[①]

上述关于历史哲学范畴的界定影响至今,直到当下的史学划分也以此为蓝本。譬如,史学家沃尔什认为"历史一词本身是模棱两可的。它包括(1)过去人类活动的全体,以及(2)我们现在用它来构造的叙述和说明",[②] 前者是以历史过程为关注对象,后者是以历史"叙述和说明"为研

[①] 参见庄国雄等:《历史哲学》,复旦大学出版社2004年版,第3页。
[②] 沃尔什:《历史哲学导论》,广西师范大学出版社2001年版,第7页。

究对象，也就是说是对"历史研究"本身的重新审视与再思考。至20世纪的70年代，历史哲学发展又呈现出"新趋势"，那就是"研究历史写作的语言和文字的形式"，这引发了"叙述主义历史哲学"的兴起[①]。这种研究趋势将重心置于对历史书写文本的关注，试图以文本的不同叙事模式的探讨为突破口阐释历史，以对历史书写文本的"话语的分析取代了历史认识论哲学"[②]。实质上，历史叙事的研究依旧涵盖于对"如何表述历史"的研究范围之内，仍然没有超越"批判的历史哲学"的范畴，将其独立为"历史哲学"的一个门类尚显勉强。

海登·怀特的元史学理论是关于历史学的哲学，也就是说，他的元史学是以历史学科自身为研究对象。元史学观构成了怀特元史学理论庞大体系结构的"逻辑起点"——历史书写的深层结构。怀特认为文学与历史在深层结构上是相通的，因为历史与文学同属于一个符码系统，历史书写的虚构成分、叙事方式与文学所使用的方法类似，怀特"将历史作品视为叙事性散文话语形式中的一种言辞结构"[③]，而且，文本的叙述主体是依据其历史意识去"叙述"历史，在"书写历史"时就要选择叙述的结构形式或论证解释模式，这些形式或模式本身又可以赋予"历史事实"以诗性（审美性）的解释和再造，即"历史的意义"。转喻理论和叙事理论为"诗性"结构提供了理论依据。

转喻理论（tropology）是海登·怀特整个理论大厦的核心部分。"tropology"一词的英文辞典解释为："（1）在讲话或写作中运用比喻；（2）强调《圣经》中比喻的道德教化意义的阐释模式；（3）写作风格比喻，《圣经》强调语言比喻性质的阐释，尤指，比喻的使用，形象语言的使用，以比转喻教的方式而不是照字面意义去思考或解释基督《圣经》的方法。"[④] 从词条的解释中我们不难发现，这是与比喻修辞密切相关的理论，而且，尤其侧重指对词语的阐释意义层。在古代修辞学中，"trope"统指各种修辞手法，因

[①] F. R. 安克斯密特：《当代西方史学思想的论或》，中国社会科学出版社1991年版，第89—90页。

[②] 严建强、王渊明：《西方历史哲学》，浙江人民出版社1997年版，第252页。

[③] Hayden White, *Metahistory: the Historical Imagination in Nineteenth-century Europe*, The Johns Hopkins University Press, 1973, p. 1。

[④] *The American Heritage Dictionary of the English Language*, Fourth Edition. Copyright© 2000 by Houghton Mifflin Company. Published by the Houghton Mifflin Company.

此，古代修辞学是以各种比喻的可分类性和可传授性为基点对其进行研究的。然而，现代转喻理论则把研究视角转向以哲学的基点来阐释各种修辞格与人的知识结构之间的关系，不再关注如何区分不同的修辞格及其各自的语言表达效果等问题。怀特的转喻理论就是从这个意义上讲的。

历史书写还与叙事学密切相关。怀特反对把历史"事实"的表意层与"阐释"的意义层分割的传统的关于历史叙事的理论，相反，他认为"事实表现它在生活中的位置和得以表现的方式，以便保证阐释和有利于阐释，阐释衍生于以事实在话语中表现的秩序和方式安排事实的可信度"[①]。因为话语本身就是事实与意义的承载体，从这个事实与意义承载体的话语所表现的特定意义结构上，我们理解到它是特定历史意识的产物。之所以说二者密切相关，是因为：一方面，叙述者对历史的叙述必然借助一定的叙述形式，而对不同叙述形式或论证解释模式的选择又是由叙述者的历史意识所决定的；从另一角度讲，从叙述者所选择的不同叙述形式中我们可以看到叙述者不同的历史观。客观意义上的历史观，即认为历史是纯客观的、不掺杂历史学家个人主观倾向的事实的观点难以自圆其说，任何对历史的叙述都是历史叙述者的"当代"阐释；另一方面，历史学家所采用的叙述方式呈现出的各种形态或解释模式所表达出的意义又要受到转喻种类的内在制约。因此，历史学家的历史观与历史文本叙述形式之间就构成了互相制约的辩证关系。

怀特的"诗性"结构观打破了文艺与历史这两个学科之间的传统壁垒，也为我们借鉴其理论与方法研究文艺提供了一把有效的钥匙。怀特认为历史学家不仅要关注什么是"历史事实"，还要追问究竟"历史事实"隐含了什么"意义"，用他本人的话说，就是"历史事件的现实性并不因为它们曾经在历史上发生过，而在于它首先被我们记住了，其次，还在于它们能够在编年史顺序中找到一个属于它的位置"[②]。因此，从一定角度上讲，历史事实的意义是人的意识的"建构"物，同时，意义的阐释又必须依据转喻与叙事功能来实现。这样，怀特就将历史研究的意识形态性与文本

---

① 海登·怀特著，陈永国、张万娟译：《后现代叙事学》，中国社会科学出版社2003年版，第109页。

② Hayden White, *The Content of the Form：Narrative and Historical Representation*, Baltimore: Johns Hopkins University Press, 1987, p.20。

的文学性联系起来,即通过"文本的文学性"与"文学的文本性"的互义性研究,使文艺研究进入了一个更为广泛的"历史"视野,从而既注意到文艺研究中文本自身的审美性与历史性两个维度,克服了将文艺视为自足的封闭系统的形式主义研究的局限,又避免了以往旧历史主义将历史当作文艺研究"背景"的历史决定论。从而,以更为广阔的历史视域观照,文艺就不仅是历史的组成部分,还以自身与历史的互动的存在方式参与历史的建构。

在海登·怀特的研究视野中的历史维度不再是线形的、矢量的、连续的时间延伸,而是一个"无穷的中断、交置、逆转和重新命名的断片","历史"可以通过"历史事实"去寻找历史寓言和文化象征,于是,现在与过去,过去与未来都在文本的意义中达到瞬间融合,"文学的政治化和政治的历史化、历史的权力化和权力的解构化"成为一种新的逻辑怪圈,文艺研究被置入这个怪圈中,历史是一个延伸的文本,文本是一个压缩的历史,它在历史语境中变成一个能够不断被阐释的意义增殖体,将存在的意义转化为可领悟的语言符号,历史性地延伸了文本的意义维度,使文本的书写与解读成为当代政治性的阐释[1]。怀特试图从权力话语、意识形态、文化霸权等角度对文本进行全面阐释,把文艺与人生、文艺与历史、文艺与权力话语等关系视作研究的中心,通过文本与历史语境、文艺文本与其他文本的文本间性研究,恢复文艺研究中的历史意识与历史方法。

以此观点审视文艺,"历史性"不仅浮升到文艺研究的显层,还同时渗透于文艺活动的不同层面和各个环节中,这时的文艺活动就成为"历史性"地存在于历史中的"历史事件",融为历史构成的一个部分,并"参与"到历史的发展建构过程中,以自身的"能量"成为推动历史发展的"动力"之一。这与旧历史主义的观点截然不同。在传统的文艺研究中,"历史"常常作为"文艺"发生的"背景"而存在,文艺就如同一出戏,而"历史"就像是演出舞台后面的那道布景(背景)。在怀特看来,"历史"已经由演出的"后台"走向了文艺"演出"的"前台",历史自身就是"演出"的内容。

海登·怀特对文艺批评突出的影响表现为消解了历史客观性与当代主体性、非历史文本(文艺)与历史文本(非文艺)之间的界限,这就为重

---

[1] 参见王岳川:《后殖民主义与新历史主义文论》,山东教育出版社1999年版,第158页。

新思考、审视文艺与历史问题提供了新视角。他的学术研究的突出成就在于建立了一整套体系完善的理论，既有哲学层面的对"元史学"观的阐释，又有方法论层面的对历史问题分析的方法，较为清晰地阐释了历史、历史意识、历史方法等范畴之间的辩证关系，还以动态的视角向我们诠释了"（主体）元史学观—历史方法—文本（历史书写与编码）—（主体）接受与解码"这一过程的双向逆反建构的过程，这实际上就是"作者——作品——读者"的双向互反式运行过程。在这个过程中，历史维度与审美维度交叉并行。他以文本、历史、语言、意识形态、权力话语等范畴为研究对象，批判地考察了历史"阐释"的非透明性、建构性和意识形态性等特征，并依据共时性语言学的认知模式以及解构主义史学的研究思路，解构了历史意义与指称对象、主体意图之间的线性关系，突破了实体主义思维的指称性设定。通过揭示"文学的历史性"与"历史的文学性"之间的辩证关系，使我们以更为广阔的视野，在历史与文学之间的动态双向建构中寻求一条考察文艺研究的方法和途径，这样既可以防止旧历史主义将历史设定为既定事实的做法，又避免陷入形式主义研究割裂文艺与历史关系的局限。

本书认为，海登·怀特的元史学理论是以其"历史—文学"二元互相观照的思维与视角建构的理论体系。他的文史相济的观念与方法无疑展现了当今科学研究中学科既分化又融合的嬗变趋势，这也正是我们文艺研究所应该学习借鉴之处。任何将文艺活动中的审美性与历史性割裂甚至对立的观念与方法都违背了科学规律，是无法正确把握与准确揭示文艺本质规定性的。这更是我们在文艺活动的视野中审视海登·怀特的元史学理论的理论价值与现实意义所在。

本书的写作拟遵循历史与逻辑相统一的原则，既注意从史的角度梳理怀特元史学理论的学术渊源，又重视对那些影响怀特理论的同时代理论家及其研究方法与成果的分析；既以历时态的角度对文艺研究中历史意识与方法的产生、发展过程中的得失予以总结，又从共时态的视角对西方文艺理论的诸流派予以分析、评述。

同时，本书还力争将静态的分析与动态中的把握相结合，将对具体、个别对象的研究与所处整体、时代的观照相结合；在研究方法上运用辩证思维的方法，以期对问题把握得更准确、更全面。

第一章　海登·怀特的学术生涯

任何学术思想的产生，除了有其思想史的资源与逻辑演变轨迹外，还必然有其现实的基础，这种现实的基础又在一定层面上说明了他的思想产生的原因及动力。海登·怀特的学术思想大约也是如此。

海登·怀特（Hayden White，1928—　）是当代世界著名历史学家和文艺批评家，他引领了20世纪中后期历史哲学研究的审美化探讨的思潮，为史学研究注入新的观念与方法，同时，他的研究又将历史维度与审美维度的有机融合深入到元史学理论之中，作为跨学科研究的代表人物与范例而启迪我们以更为广阔的视野与多元互补的方法推进文艺理论研究。

怀特曾于加利福尼亚大学圣克鲁斯分校担任思想史首席荣誉教授；同时，他还兼任斯坦福大学比较文艺教授，现已荣誉退休，但仍活跃于学界。他将自己毕生的精力献身于学术研究，著述甚丰，先后出版《元史学》（1973）（*Metahistory: The Historical Imagination in Nineteenth-Century Europe.*），《话语转喻学》（1978）（*Tropics of Discourse*），《形式的内容》（*The Content of the Form*）和《比喻实在论》（1999）（*Figural Realism*）等4部专著①，主编、合著、翻译6部著作，发表论文80余篇，撰写评论、随笔等50余篇，取得了令人注目的骄人成绩，享誉世界。此外，他还获得名誉文艺博士，当选为美国哲学学会理事和美国艺术与科学院院士。

取得如此不同凡响的成就，固然与20世纪美国的社会状况有密切关系，更与海登·怀特本人的人生阅历和学术生涯有着更为必然的联系，从其人生经历，尤其是学术生涯中我们不难发现，怀特兴趣较为广泛，涉猎面广，在政治、经济、历史、哲学、宗教、文艺等诸多领域都有较为深入

---

① 也有学者认为，海登·怀特只有一部专著——《元史学》，而其他三部则是论文集，如《形式的内容》一书，由他于1979年至1986年间的8篇论文组成。此观点亦有道理。

的研究；他善于思考，反对墨守成规，富于创造精神，尤其注重不同领域内的知识之间的融会贯通；他喜爱文艺与历史，这为其以后文史相鉴，在更为广阔的视野下研究问题奠定了雄厚的学术功底；另一方面，他凭借敏锐的洞察力和富有创意的思辨能力，能及时而准确捕捉社会变迁中各个学科悄然发生的变化，并将这一切纳入其研究视野予以梳理、分析、归纳、综合，在研究中，借鉴各学科发展的最新成果与方法，予以融会贯通，大胆创新。因此，他的元史学理论具有跨学科的特点。

海登·怀特的丰硕成果更是其不懈努力、笔耕不辍的必然结果。怀特自步入知识殿堂，广泛涉猎各个领域，对文艺情有独钟，酷爱历史，一方面徜徉于文艺的海洋，一方面沉浸于历史的反思，尤其是通过对文艺、历史研究的回顾，结合自然科学的飞速发展对社会产生的巨大影响，揭示出"历史危机"背后的真正原因，并指明了走出历史困境之路，那就是打破文艺与历史之间长期存在的壁垒，站在当代社会的高度审视历史，这使其研究具有了实践品格。

海登·怀特的人生轨迹应该说是比较简单的，可以概括为三句话：从学校到学校，从学生到教师，从教学到研究。从宏观上说，他致力于"一件事"，那就是毕生从事学术研究。结合怀特学术发展的具体情况，我们将其学术生涯分作三个阶段：前期探索、中期辉煌和后期完善三个时期。

第一节　研读文学、历史

从出生、求学到步入学界，直到20世纪60年代末，是海登·怀特的学术积累期，这一时期，他潜心攻读、注重文史相通。

怀特1928年出生于美国田纳西州的马丁镇。怀特兴趣广泛，涉猎面宽广，尤其对历史与文学情有独钟，他思维活跃，善于思考，经常一个人独自思索问题。自由、民主的人文气氛一方面培养了他活跃的思维，另一方面，又为其绝不循规蹈矩的开创性思维提供了宽松的环境，这为其日后富有开创性的学术研究搭建了科学的知识结构，奠定了扎实而丰厚的学术功底。

当他步入校园，开始人生求学道路不久，第二次世界大战在欧洲爆发了。然而，大洋彼岸的美国，远离硝烟弥漫、炮火纷飞的战场，并没有明显受到战争的影响，一切似乎都在有条不紊中运转着，校园中的怀特平静而投入地徜徉于知识的海洋，广泛阅读，极大地开阔了自己的视野，开拓了思路。他一方面陶醉于自己钟爱的文学世界，不仅大量阅读古希腊罗马神话、中世纪神学、文艺复兴时期文学作品，尤其是较为全面阅读、研究莎士比亚的著作，而且潜心研究启蒙时代文学作品，文学素养不断提高，这也为他日后的研究能够横跨文学领域打通了道路；另一方面，怀特系统地梳理了19世纪欧洲政治、哲学、历史、心理学等社会科学发展的脉络，并结合当时社会历史的具体现状，尤其是伴随着近代自然科学的飞速发展，人们逐渐开始"迷信"自然科学，于是，自然科学研究的观念、方法向社会各个领域渗透，在此背景下的历史学科发展状况更令怀特陷入深思，他系统地研阅了19世纪的具有代表性的历史著作，由此全面阐述了19世纪欧洲历史学科、历史意识的发展演变轨迹，从学科自身角度揭示了"历史危机"形成的深层原因。

怀特不仅热衷于对世界文学名著的研究，还十分关注文学理论的发展动态，对维柯的隐喻理论的研究卓有成效；同时，20世纪以来的形式主义文学批评方法对他的历史研究颇有启迪，尤其是语言学、结构主义、后结构主义以及西方马克思主义的研究成果更是引起怀特的高度重视。充实的大学生活与宽松的美国式教育使怀特得以拥有坚实的专业基础和渊博的知识背景，这是他以后步入学术研究必不可少的条件和资本。他以优异的成绩从韦恩州立大学毕业，获得艺术学学士学位。之后，在密执安州大学继续攻读艺术学硕士、博士学位，并于1956年获得了艺术学博士学位。

自1955年起，也就是在怀特攻读艺术学博士学位期间，他在韦恩州立大学担任讲师职务，由此正式拉开了他学术生涯的序幕，一直到20世纪60年代末。这一时期，怀特广泛涉猎各个社会科学的各个领域，历史学是其主攻方向，为了更好研究历史，他还大量阅读文学、政治学、文化学、法律、宗教、人类学、心理学等，如维柯、尼采、叔本华、柯洛奇、萨特、列维－斯特劳斯、福柯、海德格尔、伽达默尔、皮亚杰、内布里奇、弗莱、米什莱、兰克、托尔维尔、布克哈特、黑格尔、马克思等人的学术论著。他不仅批判地吸收各个学科的已有研究成果，还积极借鉴他们的研究方法，尤其是对文学、文学理论的研究更是情有独钟，在"以历史眼光看文学"和"以文学的视角看历史"的交互研究中努力将历史与文学的关系重新建构,以期对历史的研究有一个全新的突破。

伴随着广博的、跨学科式研究的深入,海登·怀特陆续译介、编辑出版了几部论著,并相继发表了学术论文,其中闪现的思想火花后来都在其力作《元史学:十九世纪欧洲的历史想象》得以进一步深化与完善,因此,我们可以把这一时期视作怀特学术生涯的初步发展期。此间,他翻译了《从历史到社会学》(From History to Sociology),合著《自由人文主义的出现》(The Emergence of Liberal Humanism,1966)、《自由人文主义的试炼》(The Ordeal of Liberal Humanism,1970),编辑出版《历史的作用》(The Uses of History),合编《知识社会历史随笔》(Essays in Intellectual and Social History,1968)、《国际学术论文集》(An International Symposium,1969);此外,还先后发表多篇论文,主要有《科林伍德与汤因比:英国史学思想的转变》(Colling wood and Toynbee: Transitions in English Historical Thought,1956)、《历史的负担》(The Burden of History,1966)、《黑格尔:作为悲剧现实主义的历史主义》(Hegel: Historicism as Fragic Realism,1966)、《知识历史的任务》(The Task of Intellectual History,1969)等。

美国宽松而自由的学术氛围有利于众多历史学派纷纷登场,各抒己见,这种多元化发展的学术环境对海登·怀特史学观和史学研究方法论的形成极富启发意义;大量文学名著的研阅又为他研讨"文学中的历史"提供了新视角。

仅从史学研究角度讲,20世纪的美国史学理论较为活跃,极大地开阔了怀特的思路,启发他不断反思本学科的存在与发展问题。总的来说,美国史学的发展是在与整个社会科学的前进步伐密切相连的背景下,在不断正视学科自身危机并努力克服这种危机中演进的,这种时时萦绕在心头的危机感促使史学家们积极探讨历史发展的出路问题,于是,力图形成一个观念与方法相统一的史学理论成为这一时期史学家追求的目标。[1] 这一特点在怀特的史学研究中表现得尤为突出。

现代美国史学的开启是以新史学的诞生为标志。新史学是对传统史学的修正,他们把史学看作一门可以经世致用的学问,提倡运用社会科学的

---

[1] 参见张广智、张广勇:《现代西方史学》,复旦大学出版社1996年版,第156—205页。

方法和成果，立足现实社会存在的诸多问题，努力冲破传统史学的壁垒，其奠基人鲁滨森（James Harvey Robinson）在其标志性著作《新史学》就提出了"新史学"观点。首先，他突破狭隘的政治史研究传统，将历史研究视野拓展为人类既往的全部活动，包括描写一个最平凡的人物的习惯和感情，这实际上是将"大历史"（History）转变为众多"小历史"（histories），只不过尚未明确提出这一命题而已；其次，他提倡用综合的多因素（包括政治、经济、地理、心理等因素）的观点和方法，建立史学与包括文学在内各门学科之间的同盟，以此扩大历史研究的方法。新史学的另一代表人物特纳（Frederick Jackson Turner）受欧洲流行的地理环境论和进化论影响，提出边疆学说，认为一部美国史在某种意义上讲则是一部边疆拓殖史，由此造就了美国特有的文明和文明制度，而拓疆所得的自由土地则发挥着缓和社会矛盾、调节经济发展的"安全阀"的作用，这种观点是为美国当时的政治需要服务，显示出对史学研究的当代价值与意义予以关注的倾向，这与怀特所一再倡导的克罗齐的名言"一切真历史都是当代史"[①]的观点是一致的。同样，帕林顿（Vernon Louis Parrington）不仅主张史学研究宽视角、多方法地从政治、经济、社会的广阔背景下出发，还反对兰克那种客观主义的治史准则。新史学理论的综合性、实践性特点对海登·怀特史学研究提供有益的启迪。

如果说新史学派对海登·怀特影响较为全面的话，那么，现代主义史学派则突出地表现为"元史学"观上的"革命"。该学派兴起于20世纪30年代，他们高举克罗齐的一切历史都是当代史的历史哲学和杜威等人的实用主义哲学大旗，否定传统客观主义和实证主义史学，认为历史学科的特点在于它体现了一定历史时代的现在性和不同历史学家个人的主观性，历史是以现在的时代和具有主观意义的历史学家为转移。例如，贝克尔（Carl Lolus Becker）就认为历史有两种：一是曾经发生过的一系列事件，这是实在的、绝对的和不变的；二是人们所肯定并"存储"于人们意识中的系列事件，这是经人们主观构想的，具有相对性、易变性的特点，历史学家书写的历史不过是真相与构想——即事实与解释——的混合物，那种试图让史实说话的想法是荒诞的，这是因为史学家接触到的未必是历史事

---

① 克罗齐：《历史学的理论和实际》，商务印书馆1997年版，第2页。

件本身，而是证明曾经发生过这一事件的有关记载，而且，事件本身并不显示什么意义和价值，只有当我们通过构想和解释使之复活为历史时方才显示出其意义、影响，而这种构想和解释总是在一定目的和宗旨指引下进行的，不是历史通过历史学家说话，而是历史学家通过历史说话，某一事实之所以能够引起史学家的兴趣，是因为它现在具有什么意义而不是因为它过去是什么，作为现代组成部分的历史是史学家根据时代背景和需要进行的想象性的再创造，无论史学家怎样努力客观地认识历史事实，但事实本身与史学家对此的阐释以及对此阐释的再阐释永远没有止境。[1] 应该承认，贝克尔的观点对海登·怀特的影响是巨大的，怀特的《元史学》中所阐述的史学观就是直接脱胎于此，只不过在相对主义道路上怀特走得更远，阐述更为详尽而已。

第二次世界大战后，国际、国内形势的巨变使得美国史学更加呈现为多元化发展的格局，这表现为：一是越来越多的黑人、妇女、少数民族和年青史学家成为史学界领导者；二是社会大众以及大众文化成为史学研究对象，开阔历史研究的视野；三是不同观点的史学派林立并存。这种多元化的局面一方面吻合史学自身发展的要求，反映出对历史的多因素、复杂性的关注；另一方面，显示了社会各个阶层和群体的主体意识和向往独立的心声；同时，它更是多元化研究方法下的必然结果。至20世纪60年代，跨文化比较研究成为史学研究的热门，阿瑞耶（Akira Iriye）认为应从跨文化的角度理解历史，国家是一个文化体系，包含权力和文化两个系统，国际关系就是文化系统间和权力系统间的相互作用，因此，要实现历史学的国际化发展就必须致力于国际文化关系史的跨文化理解。

美国史学的蓬勃发展为海登·怀特的历史书写理论登上史学舞台，一鸣惊人奠定了基础，如果没有如此自由的、多元化的史学研究的长足发展，如果没有对上述史学研究成果与方法的借鉴，也许《元史学》这一震动世界的著作就不会产生。当然，《元史学》一书理论思想形成的另一个不容忽视的维度就是海登·怀特受益于"从文学中看历史"。

海登·怀特通过研阅当时流行的作家的作品，发现文学家对历史的态

---

[1] 史料内容参见张广智、张广勇：《现代西方史学》，复旦大学出版社1996年版，第164页。

度是敌意的①，这对于本来就已经处于"危机"之中的历史学科来讲无疑是雪上加霜。这种倾向具体表现为文学作品构思中把历史学家塑造为感性受到压抑的极端形象，或者家庭生活中的敌人。如果说科学家对历史学家的排斥在于攻击历史学家的方法欠缺，那么，艺术家则讥讽史学家缺乏感性或意识。这些作家包括易卜生、阿尔多斯、郝胥黎、赫曼·布洛赫、让-保尔·萨特、加缪、金斯莱、艾米斯、马尔罗、爱德华·阿尔比，等等。怀特认为，文学家对历史的敌意是源自一个世纪前的尼采。尼采在《悲剧的诞生》(1872)中提出了历史帮助破坏了个人和群体自我的神话基础的看法；在《历史的用法和滥用》中则鲜明地提出艺术想象与历史想象之间对立的观点，认为历史导致了堕落，为了不使人类在这种历史"培育"中灭亡，必须严肃地去痛恨历史。之后的其他文学创作也表现出与尼采大体相同的对历史的敌意。如艾略特的《米德尔马契》中塑造的卡索本先生就是"历史学家"的形象代表，当年轻貌美的多西亚与年长她25岁的卡索本在罗马度蜜月时发现，卡索尔既无力面对生活周围的丰碑所代表的过去做出反应，也无力把自己现在的知识劳动圆满完成，于是，多西亚离开了他投奔向年青艺术家拉迪斯，成功从代表历史的卡索本身边逃脱。艾略特以此说明艺术洞见与历史知识是水火不相容。

易卜生也十分关注那种"重视过去胜过现在"的文化观的局限性，在他眼里，"历史"同样也成为令人窒息的"负担"。他借助特斯曼——一位年青的历史学家——这一形象表达了对历史的排斥。特斯曼是一位年青的卡索本式的人物，他为了研究中世纪时期布拉班特的工业状况而耗费心机，变成了"钻入"历史的研究机器，因此，他的妻子海达备受冷落而心生怨恨、焦虑，表面上看，海达复杂的不满情绪表现为对纯粹性欲的不满，实则源于她认为乔治·特斯曼应该关心目前的家庭产业而不是过去的历史，也就是说，海达对丈夫的强烈不满就是对他心中只有历史的苦行僧般生活的怨恨。特斯曼的情敌——艾勒特·罗夫伯格同样也是一位历史学家，他与海达的情敌埃尔斯泰德太太关系暧昧而遭到海达的憎恨。罗夫伯格在历史学研究中才华横溢，正潜心撰写一部有关文明的专著，他由于海

---

① Hayden White, The Burden of History, History and Theory, vol. 5 no. 2, 1966, pp. 111—134. Hamilton P. Historicism, Routledge, 1996, p. 81。

达撕毁他的手稿而自杀，海达也因此畏罪自杀。易卜生借此故事情节表达了他对这两位历史学家的双重否定——尽管他们二人从事历史研究的态度不同。作品最后，易卜生设计了这样耐人寻味的结局：作为这场悲剧生存者的斯特曼和埃尔夫斯泰德太太非但没有从这个悲剧中得到什么启迪而幡然醒悟，相反，他们决心继续整理罗夫伯格的遗著，完成其未竟的历史研究事业。易卜生以此情节来预示"历史"的悲剧将继续上演。

以上仅是海登·怀特从浩瀚文学作品中选取的两个例子，以此说明"历史危机"不仅是由飞速发展的自然科学带来的冲击，同时，也来自同属社会科学阵营的文艺家的否定。这种学科危机感迫使怀特积极探索历史学科发展的新途径。

第二节 建构元史学理论

20世纪70年代的十年是海登·怀特学术丰收的时期，硕果累累，使他一鸣惊人，由此奠定了他在学术界的泰斗地位。从此，不论是赞同他的观点，还是反对他的学者都无法漠视他的理论及其观点的存在。

1955年，在缅因州立大学怀特开始了他的学术生涯，自1958年至1968年，他在罗切斯特大学（University of Rochester，简称 U of R）从事教学、研究工作。期间，从1962年到1964年，他还担任历史系主任工作；1968年至1973年，怀特在加利福尼亚大学洛杉矶分校（University of California at Los Angeles）就任历史学教授；1973年至1976年在卫斯理公会大学（Wesleyan University）[①] 的人类学研究中心担任主任；1976年到1978年又任柯南历史与文学教授（the Kenan Professor of History and Letters）。1978年，怀特前往加利福尼亚大学圣鲁克斯分校，担任思想史专业首席荣誉教授；同期，他还兼任斯坦福大学比较文学教授，一直工作到退休。

前一时期的博览群书，一方面使得海登·怀特较为深刻地反思历史学科是如何在18世纪末期陷入举步维艰的困境；另一方面，广泛涉猎、博采

---

① 又译卫斯理大学、卫斯连大学、维思大学、卫斯廉大学、卫斯理安大学，位于美国东北部康涅狄格州的米德尔敦（Middletown）。

众长又使他眼界开阔，不断吸收其他学科研究，从而较为全面地构建其元史学的理论体系，显示了他知识渊博、思维严谨的特点，伴随着《元史学》一书的问世，不仅使他脱颖而出，同时，也铸就了他在史学界、文学界的学术地位，被学界视为后现代历史哲学的领军人物，而且，其影响至今不衰，甚至可以这样说，其理论在文学理论界的影响甚至超出其在历史学科领域的反响。

这是一个丰收的季节，是一个令人振奋的季节，是一个值得记忆的季节，海登·怀特由此步入了学界名人的行列，成为令人注目的人物。就是在这短短的十年间，他发表了大量著述，观点新颖，论证严密，结构庞大，不仅揭开了史学研究的新篇章，而且猛烈地冲击了文学理论界，成为80年代兴起的新历史主义文学批评的重要理论支柱，更是研究新历史主义文学批评的学者所不容忽视的经典论著。就在1973年，从此与海登·怀特的名字紧紧连在一起的巨作《元史学：十九世纪欧洲的历史想象》（*Metahistory*：*The Historical Imagination in Nineteenth-Century Europe*）问世；紧接着，《话语转喻》（1978）（*Tropics of Discourse*）出版。这两部著作直接奠定了海登·怀特的学术地位，构成了其历史书写理论体系的主干。同期，怀特还发表了大量颇有见地的论文，如1971年刊发了《克罗齐和贝克：影响力证据笔记》（*Croce and Becker*：*A Note on the Evidence of Influence*）、《批评文化》（*The Culture of Criticism*）、《非理性与历史知识的问题》（*The Irrational and the Problem of Historical Knowledge*），之后又陆续发表了《野性的形式：思想考古学》（*The Forms of Wildness*：*Archeology of an Idea*，1972）、《什么是历史体系》（*What is a Historical System*，1972）、《历史中的阐释》（*Interpretation in History*，1972）、《历史叙事的结构》（*The Structure of Historical Narrative*，1972）、《解码福柯：地下笔记》（*Foucault Decoded*：*Notes from Underground*，1973）、《当代哲学史政纲》（*The Polities of Contemporary Philosophy of History*，1973）、《作为文学仿制品的历史文本》（*The Historical Text as Literary Artifact*，1974）、《结构主义与大众文化》（*Structuralism and Popular Culture*，1974）、《文学史演变中的问题》（*The Problem of Change in Literary History*，1975）、《历史主义、历史与比喻想象》（*Historicism*、*History and the Figurative Imagination*，1975）、《历史转义学：〈新科学〉的深层结构》（*The Topics of History*：*The Deep structure of the*

New Science,1976)、《事实再现的虚构》(*The Fictions of Factual Representation*,1976)、《历史话语》(*The Discourse of History*,1979)、《真实再现中的风格问题》(*The Problem of Style in Realistic Representation*,1979)等诸多学术成果。这些论著共同构成了历史书写理论大厦,它们互相映照,相得益彰。做一形象比喻,如果说《元史学》是其理论体系的骨骼框架,那么,这些论文则是"元史学"骨骼上的血肉,使其更显丰满。

《元史学:十九世纪欧洲的历史想象》是一部划时代的巨作,它揭开了后现代史学研究的序幕;同时,对于海登·怀特本人讲,也颇具里程碑式的意义,既是怀特前期孜孜求索、不断思辨、辛勤耕耘的结果,又是以后继续向纵深研究的基础。该书分作两大部分,其主体部分是对19世纪欧洲史学思想经典著作的阐释,值得圈点的是,就在这部著作的主体部分之前有一个前言——历史诗学,这是一篇具有方法论性质的导论,在这篇导论中以较为简洁的语句勾勒出其历史书写理论的宏大主体结构——元史学观。怀特认为,任何具体的史学研究都是在特定的历史哲学观和方法论的框架中进行的,这是任何史学家都无法回避的根本问题。他开诚布公、毫不隐瞒地表明了自己对历史的根本看法,那就是,历史书写的深层结构是诗性的,文学与历史是相通的。我们时常以此前言作为理解、阐释海登·怀特历史书写理论的依据,即使研究怀特的某个局部观点时也必须将其纳入理论整体结构框架内进行审视。(关于怀特历史书写理论体系的阐述详见本书第三章。)《元史学》通过19世纪欧洲8位历史学家经典著作的分析,得出了如下7个方面的结论[①]:(1)凡是"正统历史学"必然也是"历史哲学";(2)史学与思辨历史哲学的可能模式相同;(3)诗性预设先于模式阐述;(4)历史模式阐释具有多样性,而且难以判定孰优孰劣;(5)因此,历史学界的论争实际上是由不同阐释模式选择之间的差异所导致;(6)以此我们可以推断,决定史学家最终选择哪种历史阐释模式的关键是基于美学的或道德的而不是认识论的考虑;(7)最后,对史学研究科学化的追求显示出的不过是对一种特殊的历史概念化形态的偏好,其内在动因或者是美学的,或者是道德的,而它在认识论层面的争辩尚不能明确

---

① 参见 Hayden White, *Metahistory*: *The Historical Imagination in Nineteenth-Century Europe*, Introduction, Baltimore and London: Johns Hopkins University Press, 1973.

成立。怀特的回顾性史学研究最终回归到其元史学观上，即认为历史书写是一种叙事性的话语，其深层结构是诗性的，这是观念预构，也就是说，在他看来，诗性结构预设先于理论建构，这就在本质上决定了他在逻辑起点上认为文学与历史是相通的。文本的深层结构具有文学性，文学性又决定了他对历史书写的理解是独特的——这是一种与客观历史主义观截然不同的历史观，这种历史观又为我们研究历史、研究文学中的历史问题提供了不同于以往旧历史主义的视角。

怀特同期发表的大量论文是对《元史学》前言部分理论框架思想的进一步展开与深化。如《作为文学仿制品的历史文本》（1974）一文，是1974年1月在耶鲁大学比较文学研究会上所做发言的修改稿，其内容既与《元史学》前言部分一脉相承，又是对《历史叙事的结构》（1972）一文所讨论问题的深化。在这篇文章中，怀特不但坚持了他的元史学观中的文史相通的观点，将之前提出的历史与文学在深层结构层面相通的观点进一步深化，甚至将历史视为文学的一部分，这无疑是向传统史学观点宣战，该文对此观点进行了较为详尽的论证。他说，通常人们将文学与历史视作泾渭分明的两个学科，认为历史在追求科学性方面与自然科学更为接近，而怀特不同意这种观点。他认为历史书写的结构具有文学虚构的特点，历史书写的内容与所发现的内容同样是发明出来的，其形式与文学形式相同而与科学的形式不同。接着，怀特引用了列维-斯特劳斯的观点来说明历史书写中的"神话本性"。列维-斯特劳斯曾举例说，同样是对法国大革命这一相同事件的描述就有不计其数的"版本"，都是史学家根据事件的"编年史"来编撰"真正发生事"的故事，由编年史显示出来的历史连续性不过是史学家"欺骗性""抽象"建构的故事，这一点恰恰是文学的本性，因此，其结论是：一个清晰的历史是难以完全摆脱神话的本性；与此相仿，弗莱本人也承认，当史学家的历史书写活动达到一定程度的综合时，在形态上就变成了神话，于是从结构上看更接近诗歌了；怀特还以科林伍德观点为佐证，因为科林伍德也认为历史学家首先是讲故事的人，其天赋表现为将那些看似毫无意义的未经加工的事件编造成看似真实的能力，使零散的、不完整的历史纪录具有了意义。而且，当人们理解历史意义时，往往是根据文化氛围中对特定情节模式（如悲剧）的定向思维来把握历史情结模式所赋予历史事件意义的。进而，怀特认为历史书写不仅是关于过去事件和过程的模式，同时还是隐喻性叙述，隐喻的意义便于为运用真实系列事件与约定俗成的虚构结构之间的相似性提供了多种理解。[1]

海登·怀特的《历史主义、历史主义与比喻想象》（1975）则沿着《作为文学仿制品的历史文本》一文中的思路进一步深化研究了历史书写中的隐喻现象及由此而产生的文本的意识形态性特征，而历史书写中的意识形态性问题又是《元史学》前言所构建的庞大理论体系中的一个部分，作者在此又做了补充、完善。在这篇论文中，怀特首先界定了"历史主义"这一概念，这是一个与其理论密切相关的范畴，然而受篇幅等原因的限制，在《元史学》中并未对此做较为详尽的阐述；接着，怀特论述了隐喻在理解历史话语的书写时的修辞因素比逻辑因素更为重要的论点，历史书写中的修辞性使其具有了意识形态性，历史永远不仅仅是谁的历史，而总是为谁的历史，不仅是为某一特定意识形态目的的历史，还是为某一特定社会群体或阶层而书写的历史，于是，历史书写中事实有别于阐释，他引用了泰勒（A. J. P. Taylor）叙述德国历史的一段话，并加以分析，指出：当我们阅读这段文字时实际得到的效果是源于作者所运用的文学表述手法，这些方法构成了历史话语的比喻层面。怀特所引泰勒的原文是这样：

> 魏玛的立法议会创造的共和国在理论上持续了14年，从1919年到1933年。它的实际寿命要短些，它的头四年被消耗在四年战争之后的政治和经济混乱之中；最后三年是一种以立法为遮掩的临时专制，因此，在共和国被公开推翻之前很久就将其简化为一个赝品。只有六年的时间，德国维持着一种表面上民主与和平的生活；这在许多外国观察家看来似乎这六年才是正常的，"真正的"德国，以前的数个世纪和后续十年的德国历史都是由此的偏离。对这六年来说，除了德国性格的美之外，还可能找到更深刻的原因。[2]

然后，怀特分析说，这段话包含的信息有两类，一类是"显性"的：（1）共

---

[1] 此观点见 Hayden White, The Historical Text as Literary Artifact. clio, vol. 3, no3, 1974。

[2] 译文参见陈永国、张万娟译：《后现代历史叙事学》，中国社会科学出版社2003年版，第110页。有改动。

和国是由魏玛的立法议会建立的；（2）从1919年至1933年，魏玛共和国生存了14年；（3）其前三年的特点是政治和经济混乱；（4）在后三年里，它由独裁统治。以上是从表述的"显性"层面得到的信息，但从作者的叙述中透出的却是"隐性"信息；（5）共和国"理论上"生存了14年，实际上"寿命"要更短；（6）立法掩饰下的是独裁统治；（7）独裁专制在被"公开"推翻前的那段时间已经把共和国"简化"为一个"赝品"；（8）德国实际上仅仅维持六年的"表面上的民主、和平"的生活。

从"显性"信息看，我们得到的是有关事件的编年史，既有开始（1919—1923）、中间（1923—1929），又有结局（1929—1932），这为"故事"的编码提供了"素材"；然而，作者在"编故事"时却运用了隐喻性的语言进行编码、描写，其情节模式是悲剧的，于是，我们从"显性"的字里行间中捕捉到了"隐性"的信息。譬如说，这段话开头部分所讲的"理论上"的14年与实际上的6年"短命"形成了鲜明对比，由此把话语主题移入我们在讽喻中常见的荒诞范畴；而文中所运用的诸如"创造""消耗""简化"等词又是常用于描写文学虚构原型的，以此将共和国的寿命纳入"悲剧"模式，于是悲剧意识也就相伴而生了。

可见，历史书写的话语包含了事实与其形式解释（或阐释）的表层和通过隐喻而指向一种深层结构的意义这样两个层次。后者隐在的意义包含着一种故事类型，这种故事类型使我们识别"故事"的真正意义。由此，怀特又转入历史书写与隐喻的探讨，隐喻往往与文学共生存，而肯定历史话语中的隐喻存在又反过来印证了历史与文学的内在相通性，这又回应了《作为文学仿制品的历史文本》中的将历史视为文学的观点，当然也就再次论证了《元史学》中的那个"诗性预构"先于理论阐述的合理性。

第三节　完善元史学理论

20世纪的70年代是海登·怀特学术生涯的辉煌时期，以《元史学》《话语转喻》为代表的论著相互补充、相得益彰，使其元史学理论自成体系，在史学、文学批评界一石激起千层浪，不仅翻开了后现代史学的新篇章，而且也成为新历史主义文学批评的重要理论来源，对我们今天审视文学中的历史维度问题提供了新观念、新方法。

自20世纪80年代之后，海登·怀特的学术生涯趋于平稳，他继续在加利福尼亚大学圣鲁克斯分校担任思想史专业首席荣誉教授；同期，他还兼任斯坦福大学比较文学教授，一直工作到退休。期间，他因卓著的研究成果和极高的学术威望，以交流学者（教授）的身份先后在美国维纳泽大学、意大利的波罗纳大学讲学；之后，又以访问学者的身份到波兰的波兹南大学从事访学活动。即使在他退休后，他仍继续从事学术研究和学术活动，在2004年春天访学复旦大学；秋天，他还参加国际学术会议并发表了关于人类学的演讲。这段时期，他并没有因为自己功成名就而"退居田园"或者"坐享其成"，而是孜孜不倦地继续探索，同时，将其已有的观点和理论进一步加以系统化和条理化，以期持论稳妥，论证严密。我们将这段时期视作海登·怀特学术生涯的后期。

这一时期，海登·怀特与布鲁兹合编了《走向柏克》（*Representing Kenneth Burke*, 1982），出版了《形式的内容：叙事话语与历史再现》（*The Content of The From: Narrative Discourse and Historical Representation*, 1987），1999年又出版了《比喻的现实主义》（*Figural Realism*）等著作；论文方面主要有：《真实再现中的叙事价值》（*The Value of Narrativity in the Representation of Reality*, 1980）、《每人都是编年史家》（*Everyman His or Her Own Annalist*, 1981）、《历史阐释的政治学：规范与非崇高化》（*The Politics of Historica Interpretation: Discipline and De-Sublimalion*, 1982）、《走出历史》（*Getting Out of History*, 1982）、《知识历史的方法与观念》（*Method and Ideology in Intellectual History*, 1982）、《艺术相对主义的局限》（*The Limits of Relativism in The Arts*, 1982）、《当代史学理论的叙事问题》（*The Question of Narrative in Contemporary Historical Theory*, 1984）、《意大利文化政治差异》（*The Italian Difference and the Politics of Culture*, 1984）、《文本阐释》（*The Interpretation of Texts*, 1984）、《叙事性的规则：利科思想中的象征性话语与时间体验》（*The Rule of Narrativity: Symbolic Discourse and the Experience of Time in Ricoeur's Thought*, 1985）、《历史编纂与历史镜像》（*Historiography and Historiophoty*, 1988）、《阐释修辞学》（*The Rhetoric of Interpretation*, 1988）、《关于新历史主义的一则评论》（*New Historicism: A Comment*, 1989）、《逝去时代的形象描绘：文学理论与历史书写》（"*Figuring the Na-*

ture of the Times Deceased": Literary Theory and Historical Writing, 1989)、《分析中的意识形态与反意识形态》(Ideology and Counterideology in the Anatomy, 1991)、《历史情节与真实性问题》(Historical Emplotment and the Problem of Truth, 1992)、《作为叙事的历史编纂》(Historiography as Narration, 1992)、《弗莱在当代文化研究中的地位》(Fry's Place in Contemporary Cultural Studies, 1994)、《讲故事：历史与意识形态》(Storytelling: Historical and Ideological, 1996)、《19 世纪修辞学的封闭》(The Suppression of Rhetoric in the Nineteenth Century, 1997)、《叙事历史编纂的终结》(The End of Narrative Historiography, 1998)、《后现代主义、文本主义与历史》(Postmodernism, Textualism and History, 1999)、《灾难公共记忆和神话语篇：社会重建神话的用途》(Catastrophe Communal Memory and Mythic Discourse: The Uses of Myth in The Reconstruction of Society, 2000)、《西方历史编纂的形而上学》(The Metaphysics of Western Historiography, 2004)、《历史虚构、虚构历史与历史真实》(Historical Fiction, Fictional History and Historical Reality, 2005)等。

这一时期的海登·怀特，尽管在他人眼中已是享誉世界，但他仍以饱满热情坚持学术研究，不断深化、完善元史学理论。总的说来，这些论著依然是在其《元史学》理论框架中进行修订，如以《形式的内容》为名的论文集就是由 1979 年至 1986 年的 8 篇论文组成，较为集中地对叙事理论与历史再现问题进行深入研究。怀特认为，叙事不仅是历史书写中运用的话语形式，还包含意识形态，叙事既传递意义，又创造意义。总之，他坚信叙事不仅是形式，也是内容，从这个意义上讲，形式与内容同样重要，难以截然割裂。《西方历史编纂的形而上学》在形而上的层面中探讨了历史编纂问题。首先，怀特批判了以史学研究中采用的自然科学模式的错误，这种科学方法预先假定了史学研究的客观性，认为研究者对于研究对象是保持价值中立的，若以此预设审视历史，历史作为被研究的对象就与研究者之间存在"距离"，这个"距离"造成现在与过去之间的间断，二者是相异的，这又与他们认为的历史是同一的、整体的和进步的观点相矛盾。怀特认为造成这种混乱局面的原因就在于史学研究中所采用的线性的、循环的、二元的等传统模式，此外，还有与这些模式相对立的两种模式：混沌模式和恒定模式，它们来源于高能物理学、遗传学、天体物理学和宇宙演化论等学科，在怀特看来，这些研究模式同样不适合用以描述历史过程的特征。与此不同，叙事化模式或多种叙事化模式的组合才适合用于描述历史，因为这是用形象或图像才可描述的在概念上简化了的种种关系模式，其功能恰好能呈现社会性条件下在作为真实的或想象的共同体之中的成员与他者一同生活时人类所独有的生存模式，叙事的意义与历史的意义之间的关系是"指在有关实在的形象的表现和按照概念化思想范畴对这种表现进行的组织之间存在的关系问题"，"作为实在之有意义的和真实的表现形象或想象所具有的地位源自概念化内容的一致性，这种一致性暗中呈现在表现这些概念化内容提及的或模仿的或以其他方式显示的实在的种种形象或想象中"。①

而叙事性研究模式又与比喻相联系，这就是怀特所认为的"历史性只能被当作比喻来把握"的观点，因为"任何想象它、概念地表现它，以及根据同一性和非矛盾逻辑来整合它的尝试都只可能导致不规则状态"，这正是历史的"原生态"，叙事可以描绘出作为历史主体的人类的生存状况，表现出人类在现实生存中的诸如雄心勃勃与心灰意冷、奋斗不息与行尸走肉、踌躇满志与萎靡不振、激动兴奋与痛哭流涕等意向性与有效性的复杂的情形，叙事可以帮助意识刻录下人们为生活赋予意义的种种不懈的努力，史学家通过"产生意义"的叙事情节建构行为主体、行为活动本身及行为结果之间的关系，从而把握与展现人类生存的历史性。在这里，怀特赞赏利科把叙事定义为话语形式，并通过这种形式人类的时间性体验在语言中获得了表达的观点，利科认为时间性体验包括历史性体验这种形式，这是个体对于与群体关系的体验，是一种以叙事的方式组织的时间性体验，而时间的组织是一种"设计"，历史叙事被视作"深层时间性"体验的"时间内"体验的比喻，这就好似以时间为表现主题而构思的文学作品，如《追忆似水年华》。通过运用深层时间性的本体论范畴，历史事件被赋予一种本体论基础，于是，历史拥有了结构，而这个结构又是文学性的。应该承认，这篇论文的观点是比30年前《元史学》以及80、90年代的相关论文深刻得多，对叙事与历史性之间的形而上的关系做了较为详尽

---

① Hayden White, The Metaphysics of Western Historiography, Taiwan Journal of East Asian Studies, vol. 1, 2004, pp. 1—16；又见海登·怀特：《西方历史编纂的形而上学》，《文汇报》2004年4月18日。

的论述,是对《元史学》中诗性结构预设的一个深入阐述,从而使历史书写理论更为充实、更具说服力。

在《关于新历史主义的一则评论》一文中,怀特对新历史主义文学批评进行了评论和辩护。他认为新历史主义文学批评存在既过于历史化,又不够历史化;既过于形式主义,又不够形式主义的双重悖论,其原因在于学者以各自不同的历史观或文学理论作衡量的标尺。这里,有两点值得引起我们注意:一是新历史主义批评方法的多元性;二是为新历史主义批评辩护的依据。前者正是怀特研究所倡导的综合互补的研究方法。新历史主义批评的"既过于历史化,又不够历史化;既过于形式主义,又不够形式主义"的特点恰恰说明这种研究方法既借鉴了历史主义又借鉴了形式主义,并试图克服两者各自局限性的倾向,于是在历史主义者眼里,由于其重视形式研究而"不够历史化";反之,由于融入历史主义成分而被形式主义认为"不够形式主义"而受到非难。可见,在历史研究中,不论学者把"历史"仅仅当作是某种"过去"以及对这种"过去"的文献资料,还是把"历史"当作由学者依据自己的历史观而圈定的可靠资料,都说明对历史的研究方法是多元的,而非单一的。借鉴不同的研究方法、模式——如格尔茨文化人类学、福柯话语理论、德里达解构主义、索绪尔符号学等——所得到的关于历史的看法就会与其他人的不同。因此,新历史主义文学批评受到质疑也是正常的,这正反映出新历史主义批评与众不同。[①]在这个问题上,怀特支持新历史主义批评的观点和方法。

回顾海登·怀特求学、治学道路,对历史与文学的关注,以及致力于将二者予以沟通始终是贯穿其学术生涯的一条红线,而且,怀特学术生涯的特点是十分清晰的:一是视野广阔,他广泛阅读哲学、政治、文学、心理学、人类学、文化学、历史学等多学科,并且均有个人独到的见解;二是综合性强,怀特涉猎面广,跨越众多学科,"进的去,出的来",既能较深入研究某个领域,甚至是某个学者、某个观点,又能以宏观的、综合的眼光认识问题、分析问题,可以有效地避免孤立看问题、钻牛角尖,将各学科研究成果融会贯通,借鉴不同学科的研究方法与研究成果(如形式主

---

① Heyden White, *New Historicism: A Comment*, in: *The New Historicism*, edited by H. Aram Vesser. Routledge, 1989, pp. 295—296。

义、结构主义、后结构主义、人类学、马克思主义等理论）；更为重要的是，他打通了长期以来文学与历史的人为界限，在文学中审视历史，在历史中研究文学，这不仅有助于他的史学研究的长足发展，提出了与传统历史研究大相径庭的历史哲学观点，引发了历史学研究的"语言学"转向，还使文学研究"回归历史"，既克服了形式主义文艺研究忽视文艺的社会历史维度的不足，又避免了以往旧历史主义在文艺批评中简单化、机械化的做法，为我们探讨文艺研究中的历史问题提供了新视角，尤其是将文艺视为"历史事件"从而参与历史"建构"的观点，把文艺置于社会意识形态、权力话语中审视，使我们的文艺研究具有了深厚的"历史感"。

自 1955 年步入学界至今，纵观海登·怀特的学术研究道路，文学与历史以及揭示二者之间内在沟通性问题始终是其关注的两个维度，在元史学理论建构中，形式主义文学理论与"回归历史"成为支撑理论大厦的两个轴，在文学中研究历史与在历史中审视文学成为怀特理论研究的独特视角和方法，因此，他被誉为在文化理解和叙事的语境中，把历史编纂和文学批评完美地结合起来的理论家。

我们从海登·怀特学术生涯中，不仅看到了 20 世纪的历史与文艺研究变迁的风风雨雨在其元史学理论中留下的深深痕迹，更看到了其未来发展的趋势。因此，了解海登·怀特的人生经历，尤其是其学术成长的道路，无疑对准确把握海登·怀特的元史学思想及其与文艺理论的关系提供了一把钥匙。

总之，海登·怀特以其勤勉、聪慧、创新著称，是 20 世纪西方学界的一颗耀眼明星，尤其是他将历史与文学批评相结合，从而进入一个更为广阔研究视野的探索引起史学界轩然风波，更是深深启发了文艺理论的研究工作，已经而且必将引起学术界长久而不断深入的思考与争鸣。

第二章　海登·怀特元史学理论的学术渊源

一般说来，一种学术理论的产生、发展、成熟的标志在于形成自己特有的理论体系和理论"品格"，然而，这种体系的建构与理论品格的形成在整个学术思潮的嬗变中很难以起点和终点划分，每一个理论都是其之前许多理论的产物，它与过去的理论有着这样或那样的"血缘"关系，追溯其"生成"的学术根源对该理论的研究无疑具有十分重要的作用。

海登·怀特的"元史学"理论是一个"多元"的复合体，既有解释学与接受美学的"基因"，形式主义文论的"骨架"，也有福柯权力话语的"细胞"，还有人类学、原型批评的"身影"，在以往历史学研究的基础上标举着写有"文化""语言""结构""意识形态"等标语的"历史"大旗，"书写"着一个体系庞大、结构复杂、方法杂糅的"新"的历史主义理论。怀特理论形成的"多元化""众基因"学术基础的特点，一方面与其所处的后现代——这一本身就多元价值并存、多种理论交替登场的特定语境有关，另一方面也与怀特本人涉猎广泛、兼收并蓄、借鉴创新的理论研究风格和睿智思辨密不可分。这些因素的存在必然注定怀特的理论研究与历史密切相关，也与形式主义、后结构主义、新批评、后经典叙事学、西方马克思主义等学术思潮结下了不解之缘。当然，这种状况无疑会为海登·怀特的理论研究工作增加复杂性和难度。本章的写作仍依据两个主轴——历史性与文艺性展开，从与其相关的几个"亚"层面，如与历史主义、形式主义文论、后结构主义、神话—原型理论等关系问题为具体切入点，阐释怀特的"元史学"理论研究的思想基础。

第一节　元史学观与历史哲学、解释学

海登·怀特的元史学观是在梳理、总结19世纪历史哲学失误的基础上，借鉴了解释学观点与方法而逐步形成的。如果说前者是从反思的角度启发他的话，那么，后者则是在建设的意义上促进了怀特的元史学观的形成。

一、元史学观与历史哲学

海登·怀特从研读19世纪历史哲学的经典著作入手，通过对历史学科发展这一特殊时期的"历时态"梳理，揭示了历史研究"危机"产生的原因以及如何重建"历史"的紧迫性，进而阐明他的不同于"旧历史主义"观的"新"历史主义的元史学观。

海登·怀特选取了19世纪欧洲历史哲学思想为研究对象，这是因为19世纪是史学研究的"过渡时期"，它见证了历史学科由"盛"渐"衰"的变迁过程，通过对此的剖析，怀特不仅可以揭示出历史学科逐渐"衰弱"的原因，而且还能总结经验教训，重振历史学科的辉煌。这正是他的元史学理论得以登上历史舞台的"契机"。

海登·怀特认为，历史学科由于摇摆不定于艺术与科学之间的夹缝中，受到了来自社会科学家和文艺家，乃至社会各界的指责，四面楚歌，面临"生存"危机。以往历史研究的那种"自欺欺人"式的聊以自慰的借口被一层又一层地戳穿，那种寄希望于艺术和科学夹缝生存的幻梦正被无情击碎。探究起来，怀特认为历史学科式微的原因主要有二：其一是由于历史学科自身的保守性，其二是历史学科自身发展与社会、社会其他学科发展相比严重滞后，当然，从深层上讲，这二者是互为因果的，由于保守封闭、故步自封，导致夜郎自大而无视社会其他领域的变化，反之，由于不能及时捕捉社会变迁的最新动态，也使自身理论失去了兼收并举、与时共进这一优秀理论品格，难免又反过来限制自身理论的健康发展，由此陷入了恶性循环，其结果必然导致历史学科的"式微"。

历史学科的存在与发展必定要与其所处的特定时期的哲学思潮密切相

关。因此，研究 19 世纪历史哲学的特点就必然先要了解当时欧洲的哲学思潮。

19 世纪是人的主体性得以充分张扬的时代。首先，法国大革命带动了社会意识形态的变革，这不仅表现为政治上的影响，还有对思想文化观念方面的冲击波。法国大革命高举的"自由、平等、博爱"浪潮迅速席卷欧洲大陆，深入人们的意识之中，极大地推动了个性解放和对主体情感抒发的张扬，反映了资本主义生产关系确立后"自由竞争不能忍受任何限制，不能忍受任何国家监督"的呼声，而《人权宣言》的颁布更是推波助澜，进一步从国家立法高度上肯定了人以及人之主体性地位的合法性。其次，德国古典哲学也为"人"在社会发展中主导地位进行了极为有力的理论支撑。德国古典美学家康德（Kant）哲学充分肯定了人的至高无上的地位，认为没有任何外在的或更高的法则可以主宰人，只有自由的人的选择才能主宰一切，人的尊严在于拥有理性自由。费希特（Johann Gottlieb Fichte）则进一步抬高了人的主体地位，把人看作征服者，强调天才、灵感的主观能动性，把人的心灵"上升"为能够创造客观世界的地位，并且认为即使康德所说的物自体也不能限制人的悟性。谢林（Friedrich Schelling）认为知识、信仰和愿望的统一是人的最高目的。黑格尔（Georg Wilhelm Friedrich Hegel）则赋予经由康德、费希特逐步建立起来的主观主义的个性以理论外衣，在他那庞大的哲学理论大厦中，人是自在和自为的，而且正是在"自在、自为"这个意义上，人才是自由的。德国古典哲学给予人的主体性以充分肯定。

19 世纪是实证主义哲学兴盛的时代。自然科学的长足发展——以细胞学说、能量转化学说和进化论三大发明为标志的自然科学在 19 世纪发出了令人目眩的光辉。自然科学的伟大成就在人类眼前展开了一幅色彩绚烂的巨画，极大增强了人类征服世界的信心，从而鼓舞和促进人们去研究社会，寻找社会矛盾产生的原因以及解决的方法。这种历史状况，一方面，再次以无可辩驳的事实印证了人是"万物之灵长"，人们甚至近乎"疯狂"地坚信人的主动性达到"无所不能"的境地；另一方面，自然科学改变了人类对世界的看法，同时，又为自然科学走向社会统治地位奠定了坚实的实证基础，因为自然科学可以"证实"与"证伪"而显示出其"真理性"，"符合"认识论哲学。于是，实证主义哲学拥有了绝对权威地位，而自然科学的方法也被推崇为"放之四海皆有效"的万能钥匙，甚至也在进军社会科学研究的阵营。孔德（Auguste Comte）的实证主义哲学就试图将哲学基础融化于自然科学中。"实证"一词就是"实在""确定""精确"的意思。他的实证哲学只关注具体事实中的现象，而不追究事实和现象领域内的本质和规律性，因为他把一切现象看作一成不变的自然规律，也就无所谓原因和结果了。他认为人的社会性是生理条件所决定的，主张以人的病理状态作为人的道德研究的基础，丹纳（Taine）依据法国生理学家贝尔纳的《实验医学研究导论》（1865）中的观点，以实验的方法回应片面的经验论和唯理论，他把自己的哲学观称作决定论——精确决定任何现象发生的条件，而"精确性"恰恰又是自然科学追求的目标。

置身如此的大环境，历史学家的研究必然陷入两难境地，迷失了历史发展的方向。怀特认为，凸显人的主体性的哲学思潮使得文艺家们竭尽全力去讴歌人的伟大，这成为浪漫主义艺术家热衷追求表现的目标，而笃信实证主义哲学的科学家们则恪守自然科学"求真"的信条，于是出现了"浪漫主义艺术家对实证主义科学的恐惧和实证主义科学家对浪漫主义艺术的无知"[1]的尴尬局面，艺术被认为迥异于科学，两者之间存在难以逾越的鸿沟。面对如此巨变的社会，19世纪历史学家却保持了一种"善良"的"幼稚性"——既不受唯心主义哲学的干扰，也避免实证主义的影响，他们认为历史研究不需要什么特定的方法论，也不需要特殊的知识储备，如果说有什么需要"加强"的话，那就是要掌握几门外语，熟悉档案工作。这种拒绝心态导致了在整个历史研究领域内几乎对任何一种批评性自我分析的抵制；另一方面，历史学家们由于整日忙于埋头钻到故纸堆里探讨各种历史文献，也就更加无暇顾及诸如艺术、科学等学科的发展、创新以及由此而导致的学科之间的断裂，他们以往的将历史认定为艺术与科学之中介者的自负心理随着事过境迁而成为明日黄花。

面对历史学科在19世纪的日渐衰弱，怀特认为重振历史是当务之急，其关键是走出历史研究的故步自封、坐井观天的狭小视野，将历史研究纳入各学科综合互补的更为广泛、更为高级的知识探索中，消除艺术与科学

---

[1] 海登·怀特著，陈永国、张万娟译：《后现代叙事学》，中国社会科学出版社2003年版，第35页。

之间的壁垒,以海纳百川的胸怀借鉴、融入其他学科的研究。而这一切工作必定是由历史家来承担和完成的,因此,转变历史家的观念,强化方法论意识便成为"振兴"历史的关键所在。

通过对19世纪历史学科研究的回顾与反思,怀特认为历史学家应该转变观念,不要把历史学科目的局限于对"过去"的研究,而是把它作为一种方式,作为以此透视现实的多重视角,其真正目的是帮助我们解决今天所面临的种种问题。若想实现这一目的,历史学家必须拥有良好的方法论意识,没有哪种方法是历史学家所独有的研究方法,历史学家要参与当代文化的对话与建设,就必须同那些与自己同时代的艺术家、科学家一道去面对、解决他们所共同遇到的诸多问题。怀特说,这一理想的研究模式曾在19世纪初期出现过,因为在那时,历史、艺术、科学、哲学等学科之间是携手前进的,"历史感"是他们共同拥有的意识,不仅艺术家在历史中寻找主题,用"历史意识"将过去"再现"为其同时代人生存的"现实",以此印证他们为使"历史"文化再生而辛勤工作的价值;而且,一些科学家也在运用过去只在历史学科中应用的一些观点和方法从事各自的研究工作,"历史感"使得那个时代的各个领域都取得了令人注目的成就。基于这种方法论层面的综合互补意识,怀特将研究的视角转向了解释学,因为解释学理论可以帮助他"解释"历史。

二、元史学观与解释学

反思"旧历史主义"的研究,海登·怀特认为受实证主义哲学思潮影响的传统历史学研究,无论在观念、意识还是方法上都存在一个"致命"的误区,那就是认为历史是独立于历史研究主体之外的纯客观的"事实",历史研究者的任务就是"再现"这些历史事实,历史研究追求的最高境界就是"客观性""真实性",错误地以为只有这样才能发现历史真理。海登·怀特从解释学那里得到"启迪",认为历史研究中的这一倾向是制约乃至毁灭历史的根结,借鉴解释学理论成果,以解释学的"真理观"与方法论视角重新审视、评价历史问题。

如何解释历史文本、历史书写与历史事实之间的关系是历史研究中的一个基本问题,而且是一个"元问题"。怀特认为以往的历史研究没能较好地解决这个问题,自然也难以"书写"出令人信服、满意的"历史"

来，由此导致人们对历史学科存在的必要性的怀疑，进而动摇了人们已有的历史意识。在这个关键问题上，海登·怀特认为解释学的观点颇有见地，为历史研究走出困境指明了道路。

我们知道，解释学（Hermeneutik）是由一门具体学科逐渐发展而上升为哲学高度的，因此，狄尔泰（Dirthey Wirhelm）的"生命解释学"、海德格尔（Heidegger）的"存在论解释学"、伽达默尔（Hans-Georg Gadamer）的"哲学解释学"通常都被视作一种哲学。解释学是一种关于解释和阐释"文本"意义的哲学，不仅涉及"真理观"问题，还探讨了理论研究的方法论。

解释学发源于古代的《圣经》解释学和法律解释学，其研究对象仅仅最初局限于对《圣经》的解释和对法律条文的解释，那时的解释学所关注的是针对某一特定文本解释所运用的技巧、方法，而不适用于对其他文本的解释，不具有普适性。因此只能是"具体"的解释学，不具备方法论意义上的普遍性。

到 18 世纪，德国哲学家施莱尔马赫（Scihleiermacher）从具体的解释学经验中提升出一般的方法和原则，并将这些一般性方法与原则作为解释学的研究对象，从而建立了一般的方法论解释学。他试图通过对文本的一般理解为研究对象建立一种适合于所有文本解释的技巧、方法的方法论解释学。虽然说，施莱尔马赫的解释学将研究重心放在了对文本研究理解的方法、技巧上，以寻求正确理解文本意义的方法，更多的是对理解的技巧层面的关注，尚未对"理解"本身进行反思，还缺乏科学的体系，但他的贡献却是不容置疑的，因为经过他的努力，解释学由此确定了研究对象，即对文本的理解——这里的文本是指以语言为媒介的文本，理解就是领会、把握文本的意义。

随后的德国哲学家狄尔泰进一步发展了解释学，其突出贡献表现为将"历史"范畴引入解释学研究的视野，海登·怀特高度赞赏狄尔泰的理论，不仅在自己的论著中多次提及狄尔泰，而且其元史学理论中深深地留有狄尔泰解释学历史观的痕迹。狄尔泰生命哲学认为意义不是一个逻辑概念，而是生命的表现，包括宗教、哲学、意识、法律、艺术、语言等的人类的一切都是生命这个流逝着的时间性的外化，都作为永恒的意义统一体而成为生命的"客观表达式"。在狄尔泰的"工作平台"上，对历史生活的理解成为解释学研究的新领域，认为"历史科学可能性的第一个条件在于：我自身就是一种历史的存在，探究历史的人就是创造历史的人"，[1] 于是，他"阐释视野却具有第二个而且是重要的任务：面对浪漫主义任性和怀疑主义主观性在历史确定性所依据的解释普遍有效性"问题。狄尔泰从"文本""理解"两个范畴以及二者的关联出发，将解释学问题域扩展到了对历史的研究领域，并将作为方法论层次的解释学研究的方法应用到对历史的探讨中，他能"把这样一条诠释学原则——我们只能从本文的整体去理解其个别，以及我们只能从本文的个别去理解其整体——应用于历史世界。我们发现，不仅原始资料是本文，而且历史实在本身也是一种可以理解的本文"。[2] 狄尔泰把历史看作是与文学文本一样的文本，"对历史的认识就是对历史文本的理解"的观点被海登·怀特直接运用到其理论体系中。怀特认为历史研究中的理解就是对历史文本的阐释，历史是延伸的文本，文本是压缩的历史，这一点在怀特的元史学理论中占有举足轻重的决定性地位。但狄尔泰的理论本身存在矛盾，他用解释学的方法来解决历史研究的问题，发现历史相对意义使历史认识失去了客观性和确定性，于是试图回归历史认识的客观性。他认为在历史的视野中，认识主体与客体属于相同的历史活动，都存在于历史中，对主体的研究就应在适应主体的历史存在方式中进行，他"竭力避免解释的主观性和相对性，企图超越认识本身的历史特定的生活处境，而把握文本或历史事件的真实意义。这样，就使理解者成了可以超越自身历史时代的绝对认识者，从而必然陷入'解释学的循环'困惑之中"。[3] 因为，狄尔泰的"浪漫主义及其天真的世界观，不自觉地将他对人类表达的理解自然化，而将意识形态忧患排除在其历史之外"[4]，可见，他既认为人是与客体一样存在于历史之中的，又将人的主观意识排除于历史之外而去追寻"纯主观"的历史；历史文本的理解依靠认识（理解）主体的主观阐释，阐释必然带有主观色彩，与人的意识密切相关，而狄尔泰又试图取消人的意识形态性而追寻客观，这就不可避

---

[1] 狄尔泰：《狄尔泰全集》第7卷，第238页，转引自伽达默尔：《真理与方法》，上海译文出版社1999年版，第301页。
[2] 伽达默尔：《真理与方法》，上海译文出版社1999年版，第256—257页。
[3] 王岳川：《现象学与解释学文论》，山东教育出版社1999年版，第173页。
[4] Hamilton P, *Historicism*, Routledge, 1996, p. 81。

免地陷入二律背反的困境中。尽管如此，狄尔泰的生命哲学推动了解释学的发展，他与施莱尔马赫一道追寻了方法论解释学，脱离了具体学科门类，但其方法的基本原则与目标仍然是在自然科学认识论的构建内展开的，追求误解的消除以达到正确客观的理解，这时的解释学只是客观解释学，其理论中的"理解"与"解释"只是停留在方法论层次而与本体论无关。

从施莱尔马赫到狄尔泰，解释学从启蒙运动之前的诸多联系的解释规则发展为精神科学的一般方法论，在这个过程中，解释学始终保持其自诞生时就具有的方法特性，追求文本意义的客观性解释的理想是受到近代以来经验科学飞速发展的影响的结果。伽达默尔认为解释学从方法论解释学向本体论解释学的现代转向是由海德格尔启动的。海德格尔着重对作为人的存在方式的"本体论"的理解进行研究，他从胡塞尔（Husser Edmund）的纯粹理智领域转向现实世界，认为理解是"此在"（人的存在）在世的基本方式，或此在自我确定的基本方式，因此，理解就超出了方法论的层面而进入了本体论的领域。理解作为此在在世的基本方式是由人的既有之"此"——人生存在的时间性和历史性处境——出发的，这既有之"此"在理解中表现为理解的"先引结构"，因此，理解是一种在时间中发生的历史性行为，客观解释学设想的那种不受时间和历史限制的纯客观理解是不存在的。可见，解释学的"理解"与理解的结果——意义，都是受制于特定的历史时空条件限制，都具有历史性，此在"在其存在的根据处是时间性的，所以它才历史性地生存着并能够历史性地生存"[①]，但是，海德格尔理解中的"历史性"又反过来给他出了道难以解答的难题，因为先行结构决定了人的理解，先行结构又是历史性的，这个"历史"在时间的流程中是一个面向过去的分界点，这就无法解释人获得本真理解（对新的生存可能性的理解），如果本真理解的可能性得不到说明，此在作为面向未来生存的无限可能性开放以及存在显现的无限可能性便成为空中楼阁，那么，他的解释学理论也就失去了存在的必要。也就是说，海德格尔把"历史性"理解为只面向过去而与未来断裂的"过去"，就使其理论自相矛盾，为了解决这个矛盾必须打通历史的过去、今天和未来之间的鸿沟，他将其

[①] 海德格尔：《存在与时间》，三联书店1987年版，第394页。

"先行结构"寄托于诗性语言之中,认为理解的线性结构的语言方式"在场",而语言必具双重性特点——非诗性语言和诗性语言。前者仿佛是来自过去,被紧紧封闭在时间的连续性中,使我们蔽于流俗之见而失去与事物的初始关联;后者仿佛来自未来,在另一空间向度内使我们直接面对事物本身而领悟语言展示的原初意义。语言的这个双重特性就使我们理解历史的过去、今天和未来。这种诗性语言的"历史观"对海登·怀特从文本的意识形态性视角理解历史性具有启发和借鉴意义。

系统的现代哲学解释学始于伽达默尔。与狄尔泰一样,他把历史看作是文本,把对历史的认识看作是对历史文本的理解。人与历史不可分,因为人是历史性存在,认识主体与对象客体都镶嵌于历史性之中,受到所处特定历史阶段的限制;"理解"同样也具有历史性,包括理解发生时的社会历史因素,社会实践决定的价值观以及理解对象的构成。如果说狄尔泰把历史看作是文本,把对历史的认识看作是对文本的理解,在哲学观点上还是坚持某种形式上的"客观主义"和可知论立场,肯定文本自身固有的意义和文本意义的可知性,那么,伽达默尔的解释学却发展了一种相对主义的观念,否认文本固有的客观意义,否认文本理解的正确性问题。但是,伽达默尔提出的诸如理解的历史性、视阈融合,效果历史等命题和理论却对海登·怀特研究历史问题提供了新视角。

伽达默尔的解释学理论是从审美领域起始的,认为近代以来的审美意识这一范畴不过是一种主观抽象概念,艺术在其"游戏"式的存在方式中消解了主客对立,读者以"同戏交往"的方式参与到艺术真理的显现中去;由审美领域推演到历史领域的研究,伽达默尔认为历史意识同样也是一种主观虚构,理解历史就是"视阈融合"的发生,因为理解者与理解对象都具有各自的"视阈",理解者在历史和传统下形成了特殊的"前见",这个"前见"一方面决定了理解的可能,另一方面又制约了理解的深度和广度;作为历史性存在的理解主体与理解客体对象,共同处于文本意义的不断"涌现生成"过程之中,从而构成"效果历史";这种效果历史意识对理解者具有重要作用,它可以使我们认真领悟历史的真理,而不将其客观化。伽达默尔解释学研究的最后一个领域则是语言,他反对过去的工具化的语言观和形式化的语言观。对于前者,他认为语言从来不是一个对象,而是与人不可分离的,人的一切意识活动不能在无语言的状态下进行，人的任何对语言的思考只能在语言本身中进行，因此，"语言并不是意识借以同世界打交道的一种工具，它并不是与符号和工具——这两者无疑也是人所特有的——并列的第三种器械。语言根本不是一种器械或一种工具。因为工具的本性就在于我们能掌握对它的使命又可以把它放在一边。……我们永远不可能发现自己是与世界相对的意识，并在一定仿佛是没有语言的状况中拿起理解的工具。毋宁说，在所有关于自我的知识和关于外界的知识中我们总是早已被我们自己的语言包围"①。语言并不是我们使用的工具，而是人类存在的"家"，是我们一切活动的根基，语言构成了人接触世界的方式，也构成了人接触世界的限度。伽达默尔反对形式化的语言观，他认为语言的形式与内容是不能分割的，因为"存在于讲话之中的活生生的语言，这种包括一切理解，甚至包括了文本解释者的理解的语言完全参与到思维或解释的过程之中，以致如果我们撇开语言传给我们的内容，而只想把语言作为形式来思考，那么我们手中可思考的东西就所剩无几了"。② 可见，语言的生命事实就在于语言所述说的内容，如果将语言的形式像剥核桃壳一般从其内容上剥离出来进行孤立的考察——并认为这就是对"语言本身"的考察，实际上是在语言研究中对语言人为的抽象化，是近代自然科学方法论在语言学研究中的具体显现，这同语言的实际存在状况不相符。

相反，伽达默尔认为，语言具有思辨结构，这使语言所表达的任何意义关系都是灵活的。具体说，语言的思辨结构具有两个特点：一是话语具有偶缘性，二是语言作为事物的图像具有不可把握性。前者是指话语在说出的内容同时还暗含着未说出的意义，这种未说出的意义在具体的语境中具有不断进一步展开的可能性，于是，意义的有限性与无限性共同构成了话语，富有诗性的话语更具有偶缘性特征，其隐喻性与其他事物处于内在的、广泛的联系之中，为文本意义的不断生成提供了可能性。至于语言思辨结构的第二个特点，伽达默尔把语言与事物之间的关系视作反映关系，词语就是事物的图像，在语言这个图像中我们可以看到事物，也就是说，事物在语言中获得自我表现，语言自身并不是独立自在的存在，但语言的

---

① 伽达默尔著，夏镇平、宋健平译：《哲学解释学》，上海译文出版社1994年版，第62页。
② 伽达默尔：《真理与方法》，上海译文出版社1999年版，第517页。

自我表现具有不可把握性。

受伽达默尔解释学观点的启发，海登·怀特否认历史是可供历史研究者（解释者）重新复制的"样本"，同时又反对将历史看作生命的体验或主体的"想象性建构"，认为历史是过去与现在、现时性与可能性的统一，是一个不断创新的过程。对历史的理解就是与历史的对话"事件"，是理解者与历史文本的交流过程，理解的基础是文本语言的诗性结构，这个结构是历史意义的再生系统。于是，伽达默尔的解释的历史性、对话性和语言性理论就融入了海登·怀特的理论建构中，而解释学对语言的特别关注更是深深影响着怀特，诗性语言成为怀特元史学理论的基石。

第二节 历史研究与形式主义批评

海登·怀特研究"19世纪欧洲历史想象"深层结构的目的是为有关历史的性质和功能的争论提供一个"新视角"，这个"新视角"就是把历史文本看作以叙事性散文话语为形式的一种言辞结构，他开诚布公地宣称他的研究"方法是形式主义的"[①]。可见，形式主义理论对他影响很大。

怀特认为，任何历史学家进行历史研究都是在各自的"工作平台"上进行的，这个"工作平台"被怀特称作"历史场"。通过对19世纪几位历史学家和历史哲学家的历史研究的梳理、归纳，怀特发现，不论是被称作是历史学家的米什莱·兰克、托孟维尔·布克哈特，还是他认为是历史哲学家的马克思、尼采、克罗齐，虽然他们著作风格、表现形态迥异，所采用的书写方式、策略也不同，有的以叙述历史事实为己任，有的以阐释"历史事实"意义为宗旨，但都不影响其著作被世人视为"历史"著作，也不妨碍他们本人成为历史学家，其根本原因在于他们的历史著作中都有一个预构的"历史场"，这个"场"是先于史学家能够把表现和解释历史领域的概念工具用于历史领域中的材料之前而存在于史学家的意识中，把历史领域构想成一个精神感知客体，然后把它解释为某个特殊类型的领

---

① Hayden White, *Metahistory: The Historical Imagination in Nineteenth-Century Europe*, Baltimore and London: Johns Hopkins University Press, 1973, p. 3。

域，在一个特定领域获得说明之前，它首先被解释成一个有可分辨的各种事物存在的"历史场"。在"历史场"中，各种"历史事实"之间产生了某种关系，关系的变化构成了"问题"，这些问题又通过情节化模式、论证模式和意识形态模式进行"阐释"，于是得到了相应模式所赋予的特征。也就是说，史学家的"历史书写"是在"历史场"中进行的，这个"历史场"是历史学家历史意识的"产物"，同时，这个"场"作为预构的结构具有了结构功能，而这个结构功能理论是怀特受益于结构主义理论的。

怀特的文本结构观主要受到结构主义文论的启发，为此，他研阅了多部文学著作，例如勒内·韦勒的《批评的观念》、埃里克·奥尔巴赫的《模拟：西方文学中的现实表现》、贡布里希的《艺术与幻想：图像表现的心理学研究》等。这其中，他自己明确地表示受益于两位文学理论家——诺斯罗普·弗莱（著作《批评的剖析》）和肯尼斯·伯克（代表作《动机的语法》）。怀特试图通过对"现实主义的"文学表现问题的研究进一步探讨"'现实主义'艺术品的'历史性'成分是什么"的问题，最终要解决的核心问题是"现实主义"历史编纂的"艺术性"成分，以此消解"历史的"与"虚构的"两者之间的对峙，弥补文学与历史之间的裂缝。继而，他着重研究文学文本中的结构在文本书写与解读中的功能和作用问题，因为这同样是历史书写中的关键问题，也为其元史学理论提供支撑点。

弗莱认为艺术的本质在于文学文本的形式结构，这种极力推崇文本结构的观点对海登·怀特极具启迪性，由此，怀特也认为历史文本同样具有形式结构。弗莱很赞赏贝尔艺术本质是"有意味形式"的观点，认为"有意味的形式"是激发人们阅读文学文本时审美情感的纯形式关系与结构。说到这里，我们先来看看贝尔的"有意味形式"的论点。克莱夫·贝尔（Clive Bell）与弗莱同为英国形式主义美学家。形式主义美学的直接思想来源和实践根据是18世纪末期的法国画家塞尚、高更、凡·高等为代表的"后期印象派"绘画，这主要表现在两个方面，一是从客观再现转向主观表现，二是艺术形式由具象走向抽象。前者如凡·高所主张的，艺术家并不试图准确地反映他眼睛所看到的东西，而是较随意地使用色彩，这更有利于表现艺术家自己。可见，艺术家追求的不是艺术客观再现的真实性，而是在形式结构关系中尽情表现主体的情感；后者——由具象趋向抽象，则为诸如结构等形式要素走向艺术研究中心而争取合法化的名分，对此，艾克曼的见解还是深刻的，他说："形式主义关系的兴起，其背后的历史动机之一，就是寻找一种方式证明抽象艺术诞生的合理性，反对那些认为艺术的全部价值在于其描绘（再现）性质的理论"，[①] 形式主义美学力主艺术独立自足性的思想对"新批评"、"结构主义"、符号学、格式塔心理学等文艺美学思潮都有不同程度影响。

贝尔把艺术本质规定为"有意味的形式"，认为"有意味的形式"就是以独特的方式感动人的各种排列组合形式，在"形式"的深层中蕴含着艺术家独特的审美情感，这种审美情感是"意味"的唯一来源。这里，"形式"不再仅仅是一种外在的"呈现"或"躯壳"，而是一种具有意义生成功能的结构，这个结构"赋予"形式以特有的"内涵"，[②] 那么，怎样才能找到这种"有意味的形式"呢？贝尔在《形而上学的假设》中做了解释。他认为，任何事物一旦抛弃了一切外在关系，不再考虑他作为手段的意义时，它作为纯形式的本身就成为目的——即康德所讲的物自体——的"终极实在"，也就是说，纯形式的意味也就是作为"终极实在"所显示的意义，艺术的纯形式就是显示这种"终极实在"的意义的。"有意味的形式"这一命题之所以广受学界认可，在于它克服传统哲学中出现的只见矛盾对立忽视统一的思维模式，避免了"内容—形式"二分法的局限，看到了内容与形式之间的辩证统一，主张"形式与内容"——意味——的浑然一体，更为重要的是，它冲击了以往的形式因素在文学研究中居于从属、次要地位的观念，为文艺的形式主义研究提出极富启发意义的思路。

在弗莱看来，审美情感是关于形式的情感，这就将审美主体的审美情感归结为文学的形式因素。因此，形式就成为艺术作品最基本的性质。他将审美情感与现实生活中的其他情感完全分开，目的是推崇纯洁无瑕的审美情感，这种"纯"的审美情感的对象则为纯形式，而且只有形式才能引发这种审美情感，除此以外的其他任何因素则不能，他甚至认为由形式结

[①] Ekman, Rosalind, (1970), The Paradoxes of Formalism, The British Journal of Aesthetics, Volume 10, Number 4, October, p.354。

[②] 正是从这个意义上讲，怀特十分推崇结构，认为"结构"不是有待于填充"历史事实"的"躯体"，而是在"填充"之前自身就具有了某种内涵，因此，他将自己的一部著作直接命名为"形式的内容"。

构激发的审美情感要高于一般的审美情感："由于只有极少数人能靠天性或后天的训练发展自己关于形式结构的特殊情感，并且由于每个人在其生活过程中都积累了大量的关于各种物、人及观念的情感，因此对人类的大多数来说，有艺术作品的联想而生的情感，要比纯净的审美情感强大得多"①，至此，弗莱就与贝尔的"有意味的形式"的论调重合了，得出了艺术的本质只在形式结构的论断。弗莱同样认为"有意味的形式"就是能够激发人们审美情感的纯形式关系与结构，而且，艺术作品的"永久魅力"恰恰就在于其结构形式，而非我们通常所认为的"深刻的思想意义"，他说："人类积累和继承下来的艺术珍品，几乎全是那些以形式结构为主要因素的作品。"② 因此，艺术作品的形式才是其最基本的性质，而艺术再现现实的论断则是片面的。他把艺术形式——即审美价值——看作是"精神的现实"，而艺术中的再现因素与形式无关的因素则被视为"实际的现实"，艺术的本质在于前者，如果艺术中的任何事物不再为整个形式结构服务，而依赖于艺术同外部世界的关系时，艺术就变成了某种另外的现实的描述，变成实际现实的一部分，而不是一种精神的现实了，艺术价值随之丧失。当然，弗莱并未走向极端地否认艺术的再现成分，他也承认艺术若完全取消再现因素是不可能的，只是这种再现因素必须与艺术家审美情感的表达相适应，必须同形式相吻合，二者的关系是："艺术家可以自由的选择各种不同程度的准确再现，只要这种准确再现能适合其情感表现。但是，任何一个或一组关于自然的事实，都不能被看作是艺术家的形式所必不可少的。"③ 在这里，弗莱实际上将以往的"内容—形式"二元论中的决定与被决定关系予以倒置，以此来突显文学文本的结构形式的重要性、决定性。当然，我们认为这种观点同样陷入其反对的"内容—形式"二元论，而且有矫枉过正的倾向。

尽管弗莱的形式主义关系理论最终并未能解释清楚为何"形式"会产生审美情感的原因，但他对艺术作品形式结构因素的重视却极大地启发了海登·怀特。怀特受到弗莱的艺术本质在于其形式结构的观点的影响，反

---

① "Artists and psychoanalysis", included in Melvin Rader (ed.), *A Modern Book of Esthetics*, New York, 1935, pp. 265—267。
② 朱立元：《西方美学通史》第 6 卷，上海文艺出版社 2002 年版，第 368 页。
③ 朱立元：《西方美学通史》第 6 卷，上海文艺出版社 2002 年版，第 295 页。

思形式结构在历史文本乃至历史研究中是否具有同样的重要的、决定性的意义呢？经过思考，他发现了文学与历史之间的内在沟通性，那就是结构形式都具有极为重要的地位和作用，在某种程度上讲具有决定"内容"——历史事实——的功能。

第三节　历史话语与知识考古学

20世纪60年代以来，结构主义与后结构主义思潮对人文科学形成巨大冲击波，各学科不约而同地对本学科的立论基础和认识假设进行反思，福柯的历史观对传统的旧历史主义理论予以"颠覆"，这也启发了海登·怀特的历史研究。

海登·怀特对福柯（Michel Foucault）的知识话语理论十分感兴趣，曾专门研讨过福柯的理论，并且在以后的史学研究中留下了明显的"福柯影子"。福柯认为话语的意义不直接源自作为历史动作者或书写者的意图，而是源自文本所出自的社会历史结构，这样，话语就成为连接文本与社会的桥梁，这种研究既是对"文外之物"观念的反动，又避免了传统的"社会—历史"研究模式，另辟了一条研究社会历史的途径。本文认为，福柯的理论在两个大的方面影响了海登·怀特的理论建构，一是"考古学"式的研究思路，二是话语的意识形态特征（权力话语），而后者则打破了形式主义和语言学派对文本形式、语言的"内部研究"的封闭圈，将文本置于更为广阔的社会、历史视野中审视。

任何历史研究都要对"历史事实"进行编码——历史书写，作为"过去时"或"过去完成时"时态的历史事实是永远不可"复现"的，只能以历史话语的形式存在；而作为历史存在方式的话语构造的本身就是历史性的，在话语（即历史）所标示的客观性背后，具有某种鲜明的意识形态性，也就是说，在一个历史时期内的历史学科是凭借话语圈定了一个对象领域，提供了一个合法的研究视角，在此建立起不断变更的历史法规作为价值取向的准则。

美国学者曾这样评价一代思想家福柯："米歇尔·福柯去世了，法国哲学的又一个时代也快结束了。远在萨特去世前好几年，存在主义的时代就已经失去了影响，萨特哲学的这一个方面已经被人们所消化。可是……福柯去世的时候却正是人们还在讨论他的思想价值的时刻。"① 可见，福柯思想的影响是巨大的，福柯的知识哲学和知识历史学思想至今仍为人文学科领域中炙手可热的话题，他所从事的一种从认识论和方法论视角进行的学科自我批判的反思启承了人们的再思考，因此，作为理论家的海登·怀特自然也是潜心研究福柯的思想。

首先，海登·怀特从福柯那里继承的第一个武器是"考古学"式的研究方法。福柯对人类思想文化史研究的切入点是作为文化载体的语言与使用该语言的社会中的整个社会机制等之间的关系——话语。福柯所讲的话语是指作为文化载体的语言与运用语言的这个社会中的机制、惯例以及习俗等要素之间的关系。通常，福柯的话语理论又称话语实践理论。他的话语实践特指"严肃"言语，即指社会中存在的具有权威性主体以某种被社会普遍接受的方式言说的话，这些话明确要求社会承认其具有真理性。值得说明的是，福柯研究关注的兴趣并不是这些严肃言语本身是否具有真理性、具有怎样的真理性问题，更不去梳理或归纳、总结这些已经被证实为具有真理性的严肃话语揭示的客观规律内涵，相反，他的研究方法是在悬置话语（严肃言语）真理性的前提下，探寻某些类型的严肃言语与社会其他言语关系的规律，他称此为"话语形式"（discursive formation），福柯把这种话语研究的方法叫"考古学"式方法（archaeology）。譬如说，如果在出土文物中发现一竹简，上书"屈原，唐宋八大家"，尽管该竹简的内在内容（屈原，唐宋八大家）不具有真理价值，但这个竹简仍有考古学的研究价值——文物价值，因为更令考古学感兴趣的是作为文物与文物之间所形成的外在意义，用福柯自己的话说，对陈述的分析是一种历史分析，是一种避免一切释义的分析：它不去问那些被人说过的话里深藏着什么意义，与此相反，它要知道的是这些话语的存在形式——它们——只是它们而不是别种话语——在某时某地的出现究竟意味着什么。② 福柯的意思就是在进入话语分析时对话语本身的意义"悬置"不论，不去考虑话语自身

---

① Herbert L, Dreyfus and Paul Rabinow, *Michel Foucault*: *Beyond Structuralism and Hermeneutics*, The University of Chicago Press, 1982。

② Michel Foucault, *The Archaeology of Knowledge*, New York: Randon Honse / Pantheon, 1972, p. 109。

的表述判断是否具有真理性,就如上例,不必追问"黄河又称长江"这个判断是否具有真理性,而是探究这句话产生于某时某地意味着什么意义。

受福柯"考古学"式研究方法的影响,海登·怀特将其元史学理论研究的视角从历史话语自身言说的内容移开,转为关注产生于某一特定历史时期的历史话语的意义是什么,即对待同样的历史事实历史学家采用了不同的书写方式(编码、叙事方式),这本身意味着什么意义。也就是说,怀特作为"元史学"家,他不会迷恋于类似实证主义的历史学家那样潜心挖掘、考证历史事实的真实性,相反,他关心的是历史学家在一种什么样的历史观念指导下采用哪种历史研究方法从事历史研究工作,因此,与其说他关心历史文本书写"什么",倒不如说他更感兴趣于"应该怎样书写历史"。

其次,福柯话语理论成为海登·怀特对历史话语理解的"平台"。福柯话语理论的最大贡献也许就在于他不再把话语研究仅仅局限于话语内部本身,而是把话语视作历史研究的方法和对象,话语成为福柯理论研究的切入点。同样,海登·怀特从"话语"这扇"窗子"看到了历史研究的"天空",通过话语这一独特的视角他看到了历史。

通常,话语被认为是人与人之间通过语言而从事沟通的具体行为或活动,即一定的说话人与受话人之间在特定语境中通过文本而展开的沟通活动,换句话说,话语是一个沟通过程,是言说人把要言说的内容作为信息传给受话人的过程,由于传递的媒介是语言,自然具有了语言的特性并受语言性质的制约,而且这种沟通过程是发生在特定的语境中,既与言说人、受话人具体交流环境有关,也与特定历史时期的其他话语系统有关。总之,话语要受到特定历史条件和状况的制约。福柯认为话语是知识的载体和工具,知识以话语的形式显现,由于知识具有真伪性,因此话语也就具有真伪性,只不过话语的真伪性不仅表现为话语言说了什么,还在于它言说的方式,话语是否被接受为真理与话语使用者的意向有关;更为重要的是,话语还与权力密切相关,这是最为福柯理论研究尤为重视的,他关注的是对社会性制度(包括思想、文化、语言、意识形态等)与话语实践在历史中所形成的关系系统的研究,因此,从这个角度上讲,我们通常又称其话语理论为权力话语理论。话语实际上就是话语的权力,话语的意义也就使具有自称为意义的权力得以表达,如果一个人,一个阶层乃至一个民族失去了说话的权力，也就自然失去了为自己申辩的权力，因此，作为一种压迫与反压迫的权力形式的话语，自然而然地就成为权力争夺的阵地，如果没有话语权，权力也就不能成为权力了，话语的产生与运用实际上就是权力运作的产物和对象，对此，福柯有深刻见解："在每个社会中，话语是某些过程共同控制、选择、组织和分配的产物，其作用就在于防止针对自身权力的危险的出现，控制偶然事件并掩饰话语。"[①] 可见，福柯理论中的话语意义并不在话语自身之中，它不受词义、语法等语言学因素的限制，不受语言的基本单位——如句子、命题、言语行为的限制，而是与特定历史时期的政治、经济、文化以及法律、教育、医疗等社会性制度有密切联系。正是因为我们生存的社会是由政治、经济、文化以及各项具体制度、规范控制的，人不可能超然这些因素，所以，人就不可能在话语之外进行思想，包括文学、历史在内的一切人文学科，看似是相当活跃、自由的，但在深层次上分析，也不过是某种受到严重制约的话语形式。

前面说过，福柯视野中的话语不是由词语构成一种语言表述形式以及这些命题所构成的某一学术整体领域，他不关心这些指涉的某种内容或再现某种事物的符号，而是认为话语本身就是社会实践，话语实践形成了我们研究的对象——知识客体，他的研究目的是为了揭示是怎样的社会机制使某种知识形态形成这一问题，某种"知识"形成的社会原因是什么。表面上看，探究知识的"形成"，仿佛是在做历时性研究，其实不然。福柯进行的却是共时性研究，将要研究的"知识"与其所处的同时代共存的政治、经济、文化、法律等置于平行地位，以此来揭示"知识"与产生"知识"的社会机制之间的关系，而不是对某一"知识"进行历时态的体系描绘，或者归纳某一历史时期的时代精神。福柯坚信，任何时代的"知识"都是权力的表象，权力总是与知识共存的，并利用知识来扩张社会控制，因此，知识不是客观、中立的，都渗透着特定历史时期的社会意识形态，他认为"即便在今日它所呈现的极大地扩张了的形式中，知识的追求也没有达成一种普遍真理，赋予人类以正确、宁静把握自然的能力。相反，他无止境地倍增风险，在每一个领域中制造险象。……它的发展不是旨在建

---

① Michel Foucault, *Order of Discours : The Archaeology of knowledge.* New York: Random Honse / Pantheon, 1992, p. 216。

立和肯定一个自由的主体，而是制造一种与日俱增的奴性，屈从它的狂暴本能"①。在这充满抨击意味的论断中，福柯阐述了知识所具有的强烈的意识形态性特征。他认为权力弥漫于人类社会的所有领域的各种社会关系之中（如政治、经济、知识、情感、性等领域），权力是基础而非上层建筑的产物，这个观点就与我们以往对权力的认识不同。通常，我们认为权力只归属——而且仅仅归于统治者所有，而与社会被压抑阶层无关，它是国家机器赋予的。而福柯的"权力"已超出统治者与被统治者的范围，认为权力有意向却没有主体性，即使催生了抵制力量，抵制力量也只能弥散于权力构织的错综复杂网络之中，权力关系最终构织了一张将各式各样社会机制笼为一体的密密的网络，在这个网中，权力并不完全归属于这网络中的某一点（如统治阶层），同样，权力催生的抵制力点也密布于这个密集的网络中，这些可能颠覆统治的抵制力量的系统编码，在一定程度上向各种权力关系的机制整合。② 由此可见，权力的抵制力量与权力作为矛盾双方是共存的，因此，权力就具有了双重性，既是压抑的力量，也是建设的力量。作为话语载体的文本不仅是特定历史下知识与权力的产物，同时又参与到知识与权力的游戏中，文本的生命力在于不断参与到后时代的知识与权力的游戏。

具体地说，福柯把他的考古学—话语分析分作谱系分析（genealogical analysis）和批判分析（critical analysis）两个部分进行研究③：谱系分析主要研究话语系列的形成过程，尤其是研究知识共因。福柯最先在《事物的秩序》中提出"知识共因"（episteme）概念，之后又在《知识考古学》中做了修订，认为知识共因就是在特定的时期中的一种总关系，……知识共因不是一种知识形成，也不是一种贯穿于各不相同的科学之间，显示出议题、精神或者时代的崇高统一性的所谓理念。它是当我们在话语规律层次上分析科学时，在那些属于某一时期的可以发现的关系的总和。④ 福柯为说明这个问题，他选取了西方发展历程中文艺复兴时期、古典时期、现

---

① 福柯：《尼采、系谱学、历史》，《语言、记忆、实践》，康奈尔 1977 年版，第 163 页，转引自朱立元：《当代西方文艺理论》，华东师范大学出版社 2001 年版，第 337 页。
② 参见 Michel Foucault, The History of Sexuality, Vol. 1, Harmondsworth, 1978, p. 96。
③ 参见徐贲：《走向后现代与后殖民》，中国社会科学出版社 1996 年版，第 129—158 页。
④ Michel Foucault, The Archaeology of Knowledge. New York：Randon House/Pantheon 1972, p. 91。

代时期三个时期各自由"知识共因"构成的系统来解释、印证其观点。他说"相似"（resemblance）是文艺复兴时期的知识共因，人的微观世界与宇宙、神的宏观世界都具"相似"性，并以此为基点相联系。精确性（mathesis）的"代表"（representation）则是古典时期的知识共因，符号因具有完美的秩序，而与世界存在的自身所具有的秩序正好一致，因此，古典时期研究追求的就是试图用这些代表物——符号，编排成一张秩序井然的系统表，这张系统表就是世界本来所具有的真实秩序的显现，知识的掌握便成为将自然界的各种因素按其简繁的程度依次排序，并通过符号从系统表中解读某种秩序，因为"符号是一种任意的系统，他一定能使对事物的分析进行到最简因素，将事物分解到它们的起源因素"。① 当然，这里的"符号"尤指语言，福柯认为语言作为符号才是人的思想与富有自我秩序的世界之间的绝对可靠的中介，与当时实证主义哲学思潮密切相关，科学的理想是描述自然而非阐释自然，同样，思想家的任务也是客观地描述现存世界及其秩序，语言可以担当这一描述世界秩序的重任，并且，"语言是事物与其代表的共同的话语，是自然与人汇合的地方，语言彻底消解了任何可以被认为是'人的科学'，因为语言已经囊括了存在的代表和存在的关系"②。在这里，福柯认为，由于预设了古典时期知识共因对语言代表能力的可靠性与透明性的前提，"人"在事物自身与其代表符号之间的作用也就被消解掉了。

于是，"人的世纪"在现代时期到来。上个时期的知识共因"表示"已失去其可靠性和透明性，知识的本质地位受到了质疑，其结果是，有的秩序也难以用代表他的系统表来显示，人在组织这一秩序中的作用随之凸现出来，人也从与世界其他事物在同一层次上的连续关系中分离出来。这时的人，兼有了双重身份：作为主体，他可以把人之外的一切客观世界作为客体对象，同时，其自身与外在的客观世界一道成为人所认识、研究的客体，人既是知识的主体，同时，当反观自身时人本身又成为知识的客体。福柯认为，对于任何主体而言，客观世界与主体的存在都具有

---

① Michel Foucault, *The Archaeology of Knowledge*. New York: Randon House/Pantheon 1972, p. 62。

② Michel Foucault, *Order of Disconrs : The Archaeology of knowledge*. New York: Random Honse/Pantheon, 1992, p. 311。

语言性，经由语言思维的客观世界就是语言的产物，因此，所谓知觉经验所认识的世界不过是语言的世界，人的主观也是语言的构成物。人作为自然界的一员可以先于语言而存在，但作为主体的人却不能离开语言而存在，语言是人介入世界的条件，即使人可以不以语词进行思维，但用以思维的形象，其形式仍然是类似于构筑神话诗式的思维形式——是诗性的形式，因此，这种以非文字形式存在于思维中的形象依然是一种由文化所决定的知觉生命，依然是一种思维可以借助的语言；但另一方面，人来源于语言，语言的模糊性、不确定性限制了人的认识，形成人自身所无法克服的局限性，人也不可能通过语言去认识外在世界的客观结构，相反，人自己也被卷入他所想认识的对象之中，而这些对象又是自身所无法清晰认识的，福柯深深意识到这个窘境："知识告诉人类那些先在于人，外在于人的认识对象实际上是在人自身之中，这些认识对象作为一个整体延伸，覆盖了人，……人的有限性不容置疑地预先就设定为已存在于知识的实在之中了"①。于是人处于两难的矛盾之中：一方面意识到自身的局限性，另一方面又要把这一局限性作为获得实在知识的基础，因此，福柯就发现人的思维陷入了"不可及源历史—历史"模式之中，即，人是一个永远也难以穷源的历史的产物，同时，人又是这个历史的来源。同样道理，那些以自由话语姿态登场的人文学科实质上也必然陷入这种矛盾之中，人文知识是一系列控制与反控制过程的结果。也就是说，知识其实就是权力的形式。

  知识与权力是共存体，知识是其表象，而权力才是其实质。知识要被世人视为真理就要通过话语实践。话语通过控制、选择和组织过程控制了知识的形成，福柯由此阐明了权力对人的控制，这就颠覆了传统的历史观——即认为主体是客体世界的中心，而人则是历史的中心的观点。这种以人为思想和历史中心的观点只看到人和真理的直接联系，却没有发现实际上控制着人的"知识意志"。

---

① Michel Foucault, *Order of Disconrs: The Archaeology of knowledge*. New York: Random Honse / Pantheon, 1992, p. 313。

第四节　情节模式与神话—原型理论

海登·怀特称赞弗莱（Northrop Frye）是我们时代"最伟大的自然文化历史学家"，后在《弗莱在当代文化研究中的位置》中声称弗莱的文学理论对文化研究具有巨大而持久的推动作用。[①] 可见，怀特对弗莱的评价很高，在自己的著述中也多次引用弗莱的理论，并且，将弗莱的观点融为自己理论体系中的重要部分。弗莱的文学人类学理论对海登·怀特的学术启迪主要表现为三个方面，一是理论研究中的整体性原则，二是文本的神话论原型说，三是对文学叙述模式的分类阐述。

海登·怀特的史学研究力主借鉴文学研究的观念与方法，他多次将文学研究的范畴、理论运用到自己的史学理论体系的建构中，如《作为文学虚构的历史文本》（*Historical Text as Literary Artifac*）中，通过分析弗莱对神话、历史小说的区分，接受文学的神话论原型观点，认为虚构不仅构成了文学文本而且构成历史文本，并将二者的共同基础认定为起源于神话的虚构，认为各学科应用的语言（包括文学和历史学）都是修辞的语言，更确切地说，是隐喻的语言，因此，在深层次讲，历史与文学二者的文本都具有内在的"同构性"；在《历史中的阐释》（*Interpretation in History*）一文中，怀特尤为赞赏弗莱在文学研究中的整体性原则，弗莱采用比较的研究方法的目的不是寻求差异性，而是相似性，他认为历史与诗有共同的基点——虚构（诗性结构）。弗莱的原型批评理论，一方面为怀特的历史研究打开了沟通历史与文学相通的门，另一方面，弗莱将文学置于文化的广阔视野进行研究，不仅为文化诗学研究提供了深入发掘与再造的基点，而且，随着角度的切换，阐释方法的更新，原先的理论盲点又可能化为新的学术洞见。

在整体观指导下，弗莱重新审视了当时西方存在的各种文艺批评流派的是非得失，对当时统治英美批评界的"新批评"派的眼光狭窄、方法单

[①] Hayden White, *The Legacy of Northrop Frye*, ed. by A. A. Lee and R. D. Denham, Toronto: University of Tornonte Press, 1994, p. 29.

一的局限形成有力的冲击，结束了"新批评"独霸文坛的局面，形成了多种文艺批评流派并存的多元化格局；同时，弗莱不但明确提出了打破门户之见的主张，而且在批评实践中努力融汇诸家之长，试图建立一种多角度、多方位的批评理论体系。因此，这种整体性的理论研究视角对当时批评界存在的互相排斥的做法也有积极的纠偏意义，从而形成了以已有的文艺批评经验作为共同基点并以此基点为起点的互相借鉴、互相融合、共同发展的新局面。因此，弗莱的《批评的剖析》（*The Anatomy of Criticism*）被视为既是 20 世纪上半叶的西方文艺批评的系统总结，又是下半叶西方文艺批评发展前景的宣言。

弗莱以荣格的原型理论为基础，将原型的定义从心理学领域转化为文学范畴，从而建立了以"文学原型"为核心范畴的原型批评理论。荣格（Jung Carl Gustav）在弗洛伊德（Sigmund Freud）无意识理论基础上将无意识分作个人无意识和集体无意识，而集体无意识则是"并非由个人获得而是由遗传所保留下来的普遍性精神机能，即由遗传的脑结构所产生的内容。这些就是各种神话般的联想——那些不用历史的传说或迁移就能够在每一个时代和地方重新发生的动机和意象"①，也就是说，集体无意识并非经过社会实践经验传播而后天获得的，是生来就有的，是人类自产生以来历经代代相传的普遍性心理经验的长期积累的结果，其内容即为"原型"。原型是在人类最原始阶段形成的，并作为一种"种族的记忆"被保留下来，使每一个作为个体的人先天就获得的一系列意象和模式。在实践中荣格原型理论可以解释弗雷泽所发现的神话和祭祀仪式的相似性，因为神话是从原型这种普遍模式中产生的。原型又是人类长期的心理积淀中未被直接感知的集体无意识的显现，因此，当作家创作时作为潜在的无意识进入创作过程，其外在显现形式最初表现为"原始意象"，在远古时期显现为神话形象；当读者解读作品时，"一旦原型的情景发生，我们会突然获得一种不寻常的轻松感，仿佛被一种强大的力量运载或超度。在这一瞬间，我们不再是个人，而是整个族类，全人类的声音一齐在我们心中回响"②。因此，原型批评在文学活动中具有重要意义。具体说，弗莱对怀特的影响

---

① 荣格：《心理类型》，伦敦，1924 年版，第 616 页，译文转引自朱立元：《当代西方文艺理论》，华东师范大学出版社 2001 年版，第 167 页。
② 荣格：《心理学与文学》，三联书店 1987 年版，第 121 页。

主要表现为以下几个方面。

一、"向后站"与整体观

弗莱曾做过这样一则形象的比喻，如果要观赏一幅画，站得太近只能辨认绘画的细节，而难以把握绘画的整体，因此，要想从构图整体上去领悟就必须"向后站"，观赏者就应该与绘画保持一定的距离。[①] 弗莱倡导的"向后站"就是文学研究中的整体观。

1958年，弗莱出席了美国北卡罗来纳州立大学举行的国际比较文学协会第二届会议，并做了题为"文学即整体关系"（Literature as Context）的专题发言，认为文学作品无法脱离文学传统而独立存在，而且，文学是作为整体关系而存在的：

> 每一个认真研究过文学的人能都懂得，他不仅仅是从一种审美经验转到另一种审美经验，他同时也在进入一种连贯的累进的文学修养。因为文学不是书本、诗和剧作的简单组合，它是一种语词体系。我们的整个文学经验，在任何特定时间里都不是我们所读过的东西的记忆或印象的毫无联系的排列，而是一种想象的有机的经验整体。[②]

可见，弗莱是很重视文学研究中整体观照，在其著名的《批评的剖析》结论部分，弗莱认为若想使文学批评走向科学化的正规，必须具有"整体观"意识，即重构那些已经失去的联系，譬如知识与创造、艺术与科学、神话与逻辑等之间的关系，弗莱极力倡导对各类文学研究应着眼于它们之间互相关联的因素，因为这些因素体现了人类集体的文学想象，其外在呈现形式则是不断重复的模式或程式。原型批评研究的目的就是揭示各类文学作品中的不断反复出现的意象。因此，我们在研究文学作品时就不能孤立地去分析某一个文学作品，而是要将它们置于整个文学关系的视野下，以宏观的眼光将文学视为一体。弗莱的这个整体性观点不仅为文学人类学

---

① Northrop Frye, *Anatomy of Critism Four Essays*. Princeton University Press Atheneum, New York 1967, p.140。

② 弗莱：《文学即整体关系》，译文转引自叶舒宪：《文学与人类学》，社会科学文献出版社2003年版，第124页。

走向文化人类学这一更为广泛的天地奠定了基础,同时,他的将研究对象置于对象所处关系之中探讨的整体观对海登·怀特的影响十分明显。为了获得整体性,弗莱在研究中采用了比较方法,而且,更为重要的是通过比较寻求事物背后的同一性,而非差异性,如被弗莱推崇为文化人类学文艺批评典范的弗雷泽(James George Frazer)的《金枝》,其研究触角不仅打破了国家、民族、文化的界限,还把世界古老民族的众多文化素材融汇为一体,而且以神话与仪式为中心,梳理、勾画出了从巫术到宗教,再到现代人类实践活动演进的轨迹,这至少从一个视角深化了对文化嬗变的研究。怀特从中受到了启发,认为任何人文科学的研究都应有一个宏观的"整体性"原则,不仅历史与文学二者的文本在深层上都是诗性的,有着相同的人类学的"源头"和文本结构功能,而且,作为整体性的观念,有助于将研究对象与其他各分支学科之间加强融会贯通,克服仅仅从某一视角看问题的弊端,代之把政治、经济、文化、宗教、意识形态、法律、文艺等诸方面因素纳入研究视野,重构和复现那些曾被人为割裂的原始联系。

二、同一性原则与神话原型论

整体性观念使弗莱广纳心理学、人类学的成果,借鉴了新批评、精神分析学等文艺理论的合理内容,在荣格"集体无意识"理论基础上,较为全面而系统地阐述了原型批评的基本观点和方法。弗莱认为,"原型"就是文艺作品中反复出现的意象,所谓的"原型批评"就是文学研究要从整体上探讨文艺类型的共性及其规律,由于神话是文艺中最基本的原型,因此,从这个意义上讲,我们又称"原型批评"为"神话原型批评"。之所以说神话是文艺的基本原型,是因为神话是一种形式结构的模型,由此而延续和演变为各种文艺类型。与此观念密不可分的另一观念同样也使怀特受益不浅,那就是弗莱认为文艺总体中具有同一性规则,这就是文艺中的客观规则根植于神话,对此,怀特也在自己的论著中多次予以肯定和赞赏。从《同一性的寓言》到《神力的语词》,我们可以看到弗莱数十年如一日地对文艺总体中的同一性规则孜孜不懈的探求,在《神力的语词》的导论中弗莱归纳说:

每一个人类社会都拥有一套神话，文学是对该神话的传承、转化和变异。比较神话学是一个引人入胜的课题，但是作为学术研究，如果它总是停留在简单地确认模式方面，那么很快就会走到尽头的。人们普遍理解到比较神话学应建立在心理学或人类学的基础之上，却不大理解其核心的和最重要的延伸恰恰在于文学（以及文学批评）。是文学在特定的历史语境中使神话得以再现。反过来看，一种文学批评若是离开了植根于神话中的文化的和历史的血脉，就会更快地枯萎。（注：着重号为笔者所加）某些文学批评把对文本的解析当作终极目的；还有些人把文学当作历史的或意识形态的现象，把文学作品当成解说文学之外的某些东西的资料。这样就忽略了文学从神话中获得的中心结构原则，是这种结构原则赋予文学以世世代代传承的力量，并且超越了所有的意识形态变化。①

从上面文字中我们不难发现，尽管弗莱从比较神话学开始来进行文艺研究，然而正如前文所言，弗莱研究中的比较仅仅是为了达到目的的手段，其真正用意则是异中求同，将神话归结为文艺中恒久不变的根源，并把这种对文艺原型的研究称作"文学人类学"。②弗莱认为神话之所以在文艺原型研究拥有重要地位，是因为神话属于原始艺术，而在现代传统的诸多因素中，原始艺术——不论是产生于哪时代、哪个大陆的原始艺术——都是具有广泛影响的一个重要因素。神话的"魔力"在于它是文艺传统绵绵不竭的内在动力，由于神话总与一定的巫术有着直接的联系，因而表现为一种直接的想象力，这种想象力既纯真质朴又具有程式化特征，它是艺术千百年来不断交替更新的内驱力。至于产生于神话中的这种想象力在文艺传统的纵向研究中的地位，他于20世纪60年代在加拿大广播公司的演讲中给予了通俗的阐释：批评家的作用在于根据他所了解的全部文艺去解释单个文艺作品，坚持不懈地努力去理解文学总体为何物。文学总体并不是像系着红蓝色绸带的猫儿表演那样的动物聚合展览，而是上自天堂之高

---

① 弗莱：《神力的语词》（Words with Power），转引自叶舒宪：《文学与人类学》，社会科学文献出版社2003年版，第127页。

② Northrop Frye, The Archetypes of Literature, In 20*th Century Literary Criticism*: *A Reader*. (Ed.) David Lodge. London: Longman, 1972, p.426。

下至地狱之深的人类想象的全部领域。①

在弗莱眼里，诸如政治、经济、文化、意识形态、法律等外部因素只会成为影响不同历史时期文学作品表现内容的方面，真正推动文学发展的不竭推动力则是文学的构成规则，而这个规则早已由史前社会的神话创作时期就已奠定，即使在文学总体的演进、发展过程中也不会耗尽其再生的能量。

三、情节化模式

弗莱的文艺人类学理论对海登·怀特构成较大影响的第三个方面就是弗莱对文艺的情节结构的分类理论，这直接形成了怀特元史学理论中的情节化解释模式理论。怀特认为情节化是一种方式，通过情节化可以形成故事的事件序列逐渐展现为某一特定类型的故事，"顺着诺斯罗普·弗莱在其《批评的剖析》中指出的线索，我至少鉴别出浪漫剧、悲剧、喜剧和讽刺剧四种不同的情节化模式"，当然，怀特也承认情节化模式不仅仅是弗莱指出的这四种，他认为历史书写就是"将整组故事情节化，从而通过这种方式的逐步展现构成了某种类型的（历史）叙事"②。被海登·怀特推崇的《批评的剖析》不仅在内容方面启发了怀特，更为重要的是从方法论的角度使怀特的历史研究借鉴了文艺理论的思路与方法，使怀特的元史学理论牢牢地建立在文艺的叙事结构的基础之上。

《批评的剖析》是弗莱的代表作，被视作第二次世界大战以后西方最有影响的文艺批评和文艺理论著作之一，已被欧美学术界公认为当代经典著作。此著作集中体现了弗莱的文艺观，尤其是宏观层面对文艺的认识，它由四篇专论和一个前言、一个结论构成，第一部分题目为"历史的批评：模式理论"，从历史演变的角度对西方文艺作品进行分类，主要探讨了五种类别模式。第二部分题目为"伦理的批评：象征理论"，借鉴卡西尔将文化视为象征形式的观点，把文艺置于象征系统来审视其特点。第三部分是"原型批评：深化理论"，弗莱认为神话是其他模式的原型，在此基础上弗莱进一步将笔墨集中论述原型及原型批评的理论原则。他认为文

---

① Northrop Frye, *The Educated Imagination*, Canada Broadcasting Corporation, 1963, p. 44。

② Hayden White, *Metahistory*: *The Historical Imagination in Nineteenth-Century Europe*. Baltimore and London: Johns Hopkins University Press, 1973, p. 8。

艺批评的关键是对文艺本身富有规律性的结构要素的认识，由于神话是所有文艺形式中最古老、最具传统色彩的基础样式，因而，文艺的结构原则就与神话密切相关，要揭示文艺批评的真谛自然就要潜心研究神话，一句话，原型研究就是一种宏观的文艺研究，是从总体上把握文艺的组织结构。第四部分题目是"修辞批评：文体理论"，这一部分主要探讨不同体裁之间的区分界限，既包括文艺与非文艺差异，也包括诸如诗歌、散文、戏剧、小说等文体，当然，弗莱主要是以修辞学的视角揭示这些文体之间区别。以修辞的视角审视文艺是弗莱借鉴、吸收新批评观点和方法的结果，即重点研究文艺作品在遣词造句、比喻修辞、韵律节奏等方面的特点。下面着重阐释弗莱对文艺情节类别模式与叙述模式的有关理论，因为这对理解怀特的理论颇有益处。

弗莱《批评的剖析》的第一部分中集中讨论了文艺情节模式问题，这也是怀特元史学理论的重要组成内容。弗莱把文艺作品分为两大类：虚构型和主题型，前者以叙述人物及其故事为主，后者则以作者向读者传达某种寓意为主，它着重研究了虚构型作品。弗莱借鉴了亚里士多德《诗学》中依据作品主人公的性格划分文艺种类的方法，认为情节是由人物的活动构成的，因此，我们可以以人物活动能力大小的不同为标准来区分、界定文艺的类别模式。他将文艺分作以下几类：一是主人公在种类上高于我们常人，可以不受我们常人具体生存环境的制约，这时的主人公便是超自然的存在——神，叙述神的故事就是"神话"；二是主人公在能力上超出我们常人，可以在一定程度上超越自然环境的限制而具有超越的能力，这是典型的传奇主人公，他本人是人而不是神，关于传奇英雄的叙述就是传奇作品；三是主人公在能力上可以超出常人，但仍是具体生存环境中的一员，难以超脱环境的束缚，这时的主人公便是领袖人物，领袖人物拥有极大的权力、非凡的能力、燃烧的激情等特点，绝大多数的史诗和悲剧就属于这类模式；四是主人公与常人一样，甚至就是我们现实生活的普通"小人物"，既没有超凡的本领，也没有摆脱现实环境的能力，甚至经常遭受生活坎坷的"洗礼"，大多数喜剧就属于这一模式；第五种情况是，主人公的智力、能力均不及现实生活中的常人，他们经常被现实生活所"捉弄"，由这种主人公构成的作品时常为我们讲述的是一个受奴役、受愚弄，甚至令人感到荒诞可笑的故事——这就是讽刺模式。

弗莱将文艺模式分作以上五大类，他认为西方文艺的发展史实际就是这五种文艺模式的更替史：

> 审视上述序列，我们便会发现，在过去15个世纪以来，欧洲的叙事文艺是沿着这个序列依次发生转移的。（例如）中世纪之前的那段时期，文艺与基督教的、古希腊罗马的、凯尔特或迢顿民族的神话密切相关。如果不是其基督教神话的迅猛崛起而强行渗透、消解了其他神话，那么，我们是不难划分这个时期西方文艺的。（之后）我们看到的是已转化为传奇文艺的文艺样式。传奇又分作叙述骑士精神与骑士游历的世俗传奇和讲解圣经传说的宗教传奇两个大的类别，但二者之间有一共同点，那就是都以叙写违背自然法则的奇迹故事为手段吸引读者阅读。文艺复兴的到来结束了传奇小说在文艺中的传统位置。文艺转向对帝王或朝廷大臣等领袖人物的描述，并且这一模式的特征在戏剧，特别是在悲剧民族史诗中表现得尤为明显。之后，一种中产阶级文化带来了面向常人的故事描述，在英国文艺中这种模式从笛福的时代一直到19世纪独领风骚，在法国文艺中这种模式起止时间都要推迟半个世纪。在最近的一个世纪中，大多数严肃的小说日益走向讽刺模式。①

在这里，弗莱梳理了西方主流文艺的演变轨迹，这是历时态的勾勒，实际上，从共时态的视角看，上述五种文艺模式可能又是共存于某一时期，只不过其中的某些模式在这个时代或许已经不占主流地位。

弗莱的文艺叙事结构模式理论深深启发了海登·怀特的研究工作，并被直接化为历史文本的情节结构模式理论。

弗莱的《批评的剖析》一书的理论主体部分是前三篇文章，这三篇文字从逻辑上明显可分作两个互相依存的部分，前者论述原型意义，后者探讨原型的叙事结构模式，前者是后者的基础，后者是前者的展开与深化。弗莱认为西方文艺的叙事结构是对自然界循环运动的模仿，自然界的循环周期由春、夏、秋、冬组成，文艺叙事的结构模式相应地也分作四种基本

---

① 诺思罗普·弗莱著，陆慧等译：《批评的剖析》，百花文艺出版社1998年版，第34—35页。

类：喜剧——春天的叙事结构，浪漫剧——夏天的叙事结构，悲剧——秋天的叙事结构，讽刺剧——冬天的叙事结构。这四种叙事结构模式的雏形都包含在神话中，而后发展起来的文艺类型则以某一种叙述结构为主，并相应地转化为喜剧、浪漫剧、悲剧、讽刺剧，而现代剧则表现出"回归"神话的趋势，由此形成了文艺发展的循环。

弗莱讨论喜剧叙事模式是从结构原则和人物类型两个大方面展开的。他认为情节结构构成喜剧的基础，通常的情节诸如一位少年追求某位少女，峰回路转，出现了行动的契机（resolution）——喜剧发现（comic discovery），通过男女主人公欢聚的情节技巧安排结局，通常是反面角色妥协让步，或者改邪归正、回头是岸，而不肯和解的人则被清除，这是一个令人感到愉快的结局，受众对此的态度是"本该如此"。处理喜剧性结局，一般是凭借意想不到的转折。喜剧的另一个重要因素就是人物。弗莱认为戏剧的范畴决定戏剧结构，喜剧就要求其结构需要构成喜剧的契机以及弥漫于全剧的喜剧情调。为构思喜剧的契机，人物就要按照情节安排采取相应的行动，通过行动我们就可以了解到戏剧所展现给我们的人物究竟是个什么样子，具有什么性格。可见，喜剧具有特定的喜剧性的情节结构模式，这个叙事结构模式决定了情节安排具有喜剧效果，以区别其他类型的叙事结构模式。

浪漫剧的情节是所有文艺形式中最接近于如愿以偿的梦幻。可以说，这是每一个时期的社会或知识界统治者借以表现其理想的有效叙事结构模式。浪漫剧情节的基本因素是冒险。弗莱认为浪漫剧最朴素的形式是有一个中心人物，这个人物既不发展又不衰老，他不断经历一个又一个的冒险，故事没有结尾——直到作者难以坚持继续写下去为止。当然，具体到一部文艺作品，则表现为主人公经历一系列相对次要的冒险事件后进入一个主要的或高潮性的冒险，而这次冒险又是在作品开始时已做了伏笔铺垫，在作品最后又对前文进行照应，冒险事件的完成则宣告故事的圆满结束。弗莱把这种主要的冒险称作"quest"，认为这是文艺形式赋予浪漫剧的因素。一般说来，成功的"追寻"应有完整的形式，主要包括三个阶段：危险的旅行和冒险的开端阶段、生死搏斗阶段（主人公或者他的敌人或者两者必须死去的一场战斗）、主人公的欢庆阶段（由此证明主人公是位英雄，即使在殊死搏斗中战死也是如此）。冒险事件中要有冲突，这必然涉及双方：一是故事的主人公（或英雄），一是敌对人物或敌人，后者可以是我们现实生活中的普通人，也可能是神怪之类，这取决于故事情节，一般说来，浪漫剧的故事越接近神话，其英雄人物就越趋于神，而敌对人物也就越趋向魔怪，由于冲突是英雄与其敌人之间发生的，因此，浪漫剧情节安排也就深深围绕这个中心展开。与弗莱的文艺故事结构模式循环轮观点相一致，他认为浪漫剧中故事就发生在我们这个世界，并与之有着千丝万缕的不解之缘，"因此，大自然循环中诸对立面与英雄和敌人的对立相似。把敌人比作冬天、黑暗、混沌、贫瘠、衰老以及即将灭亡的生命；而英雄则与春天、黎明、秩序、富饶、青春以及朝气蓬勃的活力相联系"①。当然，纯粹的神话与浪漫剧还是有差距的，其区分标尺是主人公行动的能力大小，在纯粹的神话中，主人公是神，相反，人则是浪漫剧中的主人公。不过，二者在弗莱心中都是属于神话诗作（mythopoeic）这样一种文艺范畴。从人类文化角度讲，将神性赋予神话主要人物是有利于突出神话的特征之一——权威地位，由于这些神话被赋予历史的真实性或特殊意义，更为重要的是，在神话中可能存在更大程度的隐喻同一关系（metaphorical identification），神话在文艺传统中占据权威地位。

悲剧模式被弗莱称作"秋天的叙事结构"。他认为悲剧性虚构作品保证了文艺经验中的客观公正性，使悲剧中人物性格以真实自然为基础的原则得以实现；喜剧以不惜牺牲主人公的行动被扭曲为代价来适应大团圆结局的需要；浪漫剧中的人物多是远离现实生活的梦幻般的人物，而讽刺剧中人物趋于漫画式。与其他叙事结构模式相比，弗莱认为悲剧是完美的，其主要人物一方面被从梦中解放出来，另一方面，在被解放的同时又被自然秩序所束缚，他是处于命运顶端的典型，介于地面上的人类社会与天堂中更美好事物的中间，与平常人相比他是伟大的，然而与诸如上帝、命运、危机、环境等因素相比又是微不足道的渺小，他们深深陷入了他们与我们之间的神秘交流之中，而这种交流的神秘性在于只有通过他们才能看到的某种朦胧事物，这种朦胧事物的指向是明确的：存在和必然。如悲剧在5世纪的雅典和17世纪欧洲的飞跃发展是分别伴随爱奥尼亚文化和文艺

---

① 参见诺思罗普·弗莱著，陆慧等译：《批评的剖析》，百花文艺出版社1998年版，第227页。

复兴文化的崛起而出现,其现象的存在是必然的。悲剧情节常借"复仇"显现:主人公面对敌对环境,于是构成对立与抗衡行为的发生,复仇行动的完成则是悲剧的结局,当然,再复杂的悲剧亦可还原为简单而牢固的结构。然而,复仇常借助于另一个世界的神或幽灵、预言者来完成,这里,自然法则既超越现实凡界的束缚,又在主人公的悲剧行为中得以展现,成为联结这两个世界并维持其秩序的力量,悲剧的结局往往以"报应"出现——如人、鬼、神的复仇,神的伸张正义、偶然事故、命运安排等。于是悲剧的解释可归为外在命运的无限威力,或者是主人公的"过错",即导致悲剧发生的原因是对道法规范的违反,这与主人公的傲慢、偏执等性格缺陷有关。

反讽与讽刺剧被弗莱认为是"冬天的叙述结构模式"。讽刺是激烈的反讽,其道德标准相对明确并且可以用来衡量古怪与荒诞。弗莱认为那种纯粹的猛烈抨击或当面斥责就是讽刺,而当难以清晰地把握作者态度或者读者自己的态度时,讽刺成分较少的则是反讽,反讽既遵循现实主义原则,又与作者态度的含而不露相呼应,讽刺需要明显的异想天开的观念以便使读者辨认其内容荒谬,进而读懂作品中隐含的道德标准。通常,二者笼统地称作讽刺或反讽剧模式。讽刺剧的基本原则是寻找最佳方式去接近对浪漫故事的嘲仿——把浪漫故事的神话形式运用于更为现实的内容,因此,讽刺剧是一种世俗的神话定式。讽刺剧的构成有两个因素不可缺少:一是幽默,二是攻击的对象。这种幽默是基于幻想或一种古怪、荒唐感;对攻击对象的选择也应是基于社会共识之上的内容,也就是说,作者与读者对此看法一致。

据弗莱考证,讽刺(sature)一词可能源自 satura,原文为"切碎"的意思,因此,"分解"便成为讽刺的技巧之一。成功的讽刺可以机敏地为实用主义辩解而排斥教条主义,这是高标准讽刺,是一种"高级的荒唐"[①]。通常,我们是接受普通的常识并以此为真理将现实生活中的种种事物联系起来去解释过去、现在和预示未来,因此,在社会习俗中的普通常识实际上隐含着被人们容易不加思索就接受的某些教条,于是,讽刺现实

---

① 参见诺思罗普·弗莱著,陆慧等译:《批评的剖析》,百花文艺出版社1998年版,第293页。

社会中的（普遍）"教条"成为高标准讽刺，讽刺家常常用一种合乎逻辑的、自身一贯的视角变换去观察生活，就如同在哈哈镜中欣赏已经变形的现实社会一般，社会要么成为望远镜下狂妄自大的侏儒，要么是显微镜下十恶不赦的巨人，也可能是孩童眼中的童稚化的世界，社会由此变为难以忍受的恐怖世界。讽刺剧的作用就是冲破阻力战胜社会常识获得最后胜利。

怀特认为这四种情节模式为史学家的历史书写提供了可以选择的模式，因为不同的模式能够赋予历史"故事"以不同的特定意义，这也正是他尤为重视历史书写形式的原因所在。

以上仅仅选取了对怀特元史学理论思想的形成影响较大的几个方面做了梳理与阐释。正如前文说过，怀特的理论具有跨学科、涉猎面广的特点，这就决定了其学术思想来源的丰富性。在下章对怀特元史学理论的阐述中会做进一步的补充介绍。

第三章　海登·怀特的元史学理论与文学性

通过第一章对海登·怀特学术生涯的介绍和第二章对其元史学理论的学术思想基础的梳理，我们不难看出，在海登·怀特学术成长发展道路和理论构建过程中始终紧紧围绕历史维度和文学维度两个轴，而且，这两个维度又相互依存、互为参照，彼此借鉴，双向渗透，共同发展，突出表现为其历史研究理论、方法与文艺理论、文艺批评之间的亲和性，他在以元史学和历史研究本身为探讨对象的历史哲学研究中，始终是以文艺理论的特定模式和基本范畴为基础的。他清醒地认识到，实证主义的史学观，即在史学研究中试图将原来就与文学叙事密切相关的历史书写改造为一门类似数理化的"纯科学"的观念是虚幻的空中楼阁，相反，历史与文学更具内在一致性。他不仅将文学视为是一种发明、创造、虚构的世界，而且也把历史文本看作具有相同叙事性的话语模式，因为当历史史料转化为文本时，话语模式必然要对此进行叙事性阐释，而阐释必然在一定意识形态指导下展开，因此，历史书写也就具有了意识形态性；而且，意识形态理论在怀特历史书写理论体系中又是与话语理论、叙事学理论、转喻理论密切相关、融为一体，彼此相得益彰，互相支撑。总之，怀特认为现代文艺理论应该成为关于历史、历史意识、历史话语和历史书写的一门理论。

第一节　元史学理论的立体结构

海登·怀特对元史学理论的阐释是建立在诗性预构的历史哲学观基础之上的。他坚信，任何历史书写都是在一定的历史哲学观指导下进行的。

一、元史学理论的诗性预构历史观

海登·怀特的元史学理论在其最著名的著作《元史学：十九世纪欧洲的历史想象》（*Metahistory: The Historical Imagination in Nineteenth-Century Europe*）的前言部分进行全面论述，之后又在《形式的内容》（*The Content of the Form*）、《历史虚构、虚构历史与历史真实》（*Historical Fiction, Fictional History and Historical Reality*）、《作为文艺仿制品的历史文本》（*The Historical Text as Literary Artifact*）等论著中不断加以深化和完善，集中体现了其理论建构的体系宏大、结构严谨、涉猎广泛的跨学科的理论特点。

怀特元史学理论构建的前提是他的元史学观的诗性预构。这里首先解释一下"观念预构"问题。任何历史学家的研究都是在一定的理论框架中进行的，"关于事实的一切科学的描写都带有高度的选择性，并且常常是依靠理论的"[1]，同样，"像一切科学一样，历史学作为此在的一种存在方式实际上时时都'依赖'于'占统治地位的世界观'，这一点毋庸多议"[2]。对于史学前提问题，海德格尔曾有深刻的论述："搜集材料，整理和确证材料，并非通过这些活动才开始回溯到'过去'，相反，这些活动倒已经把向在此的此在历史存在，亦即把历史学家的生存的历史性设为前提了。这种历史性在生存论上奠定了历史学这门科学的基础，甚而奠定了最常规的、'操作式'研究活动的基础。"[3] B·费伊的"视角主义"理论也较好地说明了这个问题。所谓的"视角主义是当代理智生活的占统治地位认识方式。视角主义是这样一种观点，它认为一切知识本质上都是带有视角性的，也就是说，知识的要求和知识的评价总是发生在一种框架之内，这种框架提供概念手段，世界得到了描述和解释。按照视角主义的观点，任何人都不会直接观察到作为实在本身的实在，而是以他们自己的倾向性来接近事实，其中含有他们自己的假定及先人之见"，"简单地说，事

---

[1] 田汝康等选编：《现代西方史学流派文选》，上海人民出版社1982年版，第146页。
[2] 海德格尔著，陈嘉映、王庆节译：《存在与时间》，生活·读书·新知三联书店1987年版，第460页。
[3] 海德格尔著，陈嘉映、王庆节译：《存在与时间》，生活·读书·新知三联书店1987年版，第462页。

实植根于概念框架之中"①。

任何史学研究都无法回避"观念预构"问题。那么，海登·怀特的"观念预构"又是什么？怀特认为历史编纂的深层结构具有诗性特征，因此，历史书写必然包含了一个难以回避的修辞学问题。由此，怀特全面阐述其元历史观，具体探讨了历史与文艺、艺术与科学、描写（再现）与阐释、发现与发明等范畴之间的问题。他极为重视形式主义的成果，即使在《元史学》发表三十年后，他也坦然承认这部作品是"西方人文科学中那个'结构主义'时代的著作"，他力主恢复"史学研究已经消解的它们与修辞性和文学性作品之间千余年来的联系"②，认为历史书写由于是基于日常经验的言说和写作为媒介的，必然保留了修辞和文艺的成分。

具体地说，怀特认为，不论是历史哲学的编纂，还是"正宗历史"的书写，由于我们难以找到那些早已逝去的不可重复和复原的"历史"原貌，而只能找到关于历史的叙述，或仅仅找到被阐释和编码过的"历史"，史学家对历史的书写又是采用情节化模式、形式论证模式、意识形态蕴含模式三种解释策略，从这个意义讲，历史学家像诗人一样去预想历史的展开与范畴，并以此负载其解释历史事件的理论，任何元史学理论都蕴含着某种历史哲学观并以此为指导，任何所采用的解释模式的存在都意味着它是一种诗性领悟的体现。

在《元史学》的卷首语中，怀特引用巴什拉德《火的精神分析》中的一句话："人所能知者，必先已入梦。"可见，怀特的开场白似乎就显示出与众不同，甚至有些"离经叛道"的味道，因为若将梦语写入史学这一被认为是"求真求实"的学科也太难以理喻了，然而，正是在这"异想天开"的构思中，怀特宣告了极具诗性的梦在历史书写中的生命力，借此他打通了历史与诗性之间长久以来坚硬的壁垒，在二者截然分裂的鸿沟上架起了桥梁。他明确宣称，任何历史书写必然包含一种深层的结构性内容，它通常是诗意的言辞结构，并且充当了一种未经批判便被接受的范式③，

---

① 参见约翰·塞尔著，李步楼译：《心灵、语言和社会》，上海译文出版社2001年版，第21—22页。
② 参见海登·怀特著，陈新译：《元史学：十九世纪欧洲的历史想象》，译林出版社2004年版，"中译本前言"，第1页。
③ 参见 Heyden White, *Metahistory*: *The History Imagination in Nineteenth-Century Europe*. Baltimore and London: Johns Hopkins University Press, 1973, p. 4。

"未经批判便被接受的范式"就是怀特所讲的"诗性预构"。可见,怀特的元史学观是以确立历史书写中普遍存在的诗学本质为预设前提的。

怀特认为,历史书写与文学叙事在本质上是一样的,都具有诗意般虚构的特点。他把对历史的理解看作一种语言结构,认为通过语言结构才能把握历史的真实价值。历史是一堆"素材",对素材的理解、"编码"就使历史文本具有一种叙事话语结构,这一结构的深层内容是语言学的,借助这种语言修辞学,我们就可以把握那些经过独特解释的历史。在此观点上,怀特接受柯林伍德(R. G Collinwood)的历史书写中具有想象、虚构成分的观点。柯林伍德在《历史的观念》一书的"历史的想象"一节中讨论历史学中的想象时举例说[①],"恺撒自罗马到高卢旅行"的叙述就离不开想象,因为,恺撒前一天在罗马,后一天在高卢,至于自罗马到高卢的旅行过程如何,其中发生事件的具体细节是什么,恺撒的感受如何等问题都是原始材料未提及的,需要史学家在历史书写时融入他(她)的推理想象,由罗马到高卢之间进行想象性的连接虚构。怀特也认为,历史书写离不开建构型的想象虚构。面对众多的杂乱的历史事实,史学家经过初步的鉴别、筛选确定某些拟用于文本书写的历史事实,当史学家将这些分散的、孤立的点(历史事实)串联成线,织成平面甚至是立体空间时,想象就成为必不可少的连接手段,这是一种建构性的虚构。因此,在本质上看,历史与文艺一样具有虚构、想象成分,二者之间的不同在于,文艺家或许只与想象中的事件发生关系,而史学家则与真实的事件相接触,把想象与真实事件融为可理解的整体,这实际上是一个历史文本书写的过程,同时也是想象构思的缜密过程。于是,同样的历史事实进入史学家的书写过程,由于所采用的历史书写的方法不同,可能会被编织成结构不同,风格迥异的历史话语,便有了不同的历史文本[②]。

虚构、想象,这些传统史学研究所不屑一顾的被认为违背史学客观真理性的内容,却被怀特用来充当其构建历史大厦的基石。怀特认为历史叙

[①] R. G Collinwood, *The Idea of History*. New York: Oxford University Press, 1956, pp. 272—273。

[②] 参见张耕华:《叙事研究引出的新问题——后现代史主义对史学理论研究的启示》,《中国经济史论坛》2004 年 7 月 19 日。

事是一种建构性行为,是通过建构一种理论的推理论证来阐述故事中的事件①,而推理论证又是借助一种历史学的语言规则来完成,是诗性建构的结果。怀特对理论的阐释是置于"虚构、想象"的预设基础之上的。他在《元史学》中论证了不同的历史学家、历史哲学家的历史书写都是建立在各自的"元史学观"的诗性预构前提下的。在谈论历史书写风格问题时,怀特再次明确表示,"在历史学家把他用来再现和解释历史场的概念及其用于历史场的数据之前,他必须首先预构那个场,即把它作为精神观照的客体建构出来"②,这是因为文献记录并没有勾勒出他们所验证事件结构的清晰形象,要勾勒过去真正发生的事件,历史学家就要事先预构一个可能的认识客体。这种诗意的建构行为与语言行为密不可分,并且,在此行为中,作为"工作平台"的历史场已经作为一个特定的领域被准备接受阐释了,只不过在得到阐释之前,它必须被认作一个可通过分类进行鉴别的结构,这个结构表示某些相互关系,而这些关系的改变将构成叙事中的情节编排以及论证层面提供的解释所要解决的问题,当然,这个被怀特极力主张先行预设的结构是"一个语言结构,具有词汇的、语法的、句法的和语义的维度,借此用语言的术语书写历史——而不是用历史文献中的标识它们的术语"③,而且,这个预构的语言结构可以用构成它的主导分类模式来描写。

总之,怀特坚信,对于任何历史学家的历史书写而言,历史场(领域)是什么,包含哪些要素,区分诸种要素应根据何种概念范畴,以及选择什么样的情节化模式、形式论证模式、意识形态蕴含模式等策略阐释上述诸要素之间存在的问题,等等,这些都是诗性想象的结果,也就是在先于对历史领域进行正式分析的诗性行为前,历史学家不仅预构了他的研究

---

① 怀特这里选用"invent"(发明、创造)一词,意在指通常人们所认为的历史与文艺的区别在于历史是"发现",而文艺可以"创造"的观点存在误区。历史不仅可以"find"(发现)史实,同样也具有与文艺相似的"invent"(创造)成分,我们采用"建构"术语以符合文艺理论话语。见 Heyden White, *Metahistory, The History Imagination in Nineteenth-Century Europe*. Baltimore and London: Johns Hopkins University Press, 1973, p.6。

② Heyden White: *Metahistory, The History Imagination in Nineteenth-Century Europe*. Baltimore and London: Johns Hopkins University Press, 1973, p.30。

③ Heyden White: *Metahistory, The History Imagination in Nineteenth-Century Europe*. Baltimore and London: Johns Hopkins University Press, 1973, p.30。

对象，也预设了他将对此进行解释的概念策略的形式。

由此可见，在海登·怀特的整个元史学理论体系中，诗性预构作为逻辑前提是先于理论阐释的，这就是他的元史学观。下面我们再来看他的元史学理论究竟是一个怎样的宏伟大厦。

二、元史学理论概述

怀特的元史学理论是以历史编纂、抑或历史研究的方法作为其研究对象，在研究过程中既借鉴了形式主义文艺批评的方法，又克服其将研究视野仅仅局限于文本形式自身而斩断文本与作者、读者及与外部世界的密切联系的弊端，他将研究视角扩展到一个更为广阔的视域，博采众长，将文艺与历史、叙事与修辞、比喻与转义、话语与意识形态、文化与政治等因素纳入其理论框架，从而形成其体系庞大、结构严谨、层次清晰、逻辑性较强的复杂理论体系。

怀特认为历史书写与其他方式的写作活动没有本质性差别，历史书写中最重要的工作不是书写的内容，而是书写形式，尤其是语言的运用，归根到底，历史书写是以叙事性散文话语为形式的言辞结构。为了揭示元史学理论的深层结构，怀特以对历史书写文本的表层分析入手，一层又一层"揭开"文本的不同层面，从而构建起他的历史书写的立体网络结构。他首先界定了历史书写中的五种范畴：（1）编年史；（2）故事；（3）情节化模式；（4）论证模式；（5）意识形态蕴含模式——这五个范畴是任何历史书写不能缺少的因素，构成了他历史研究工作的"平台"，用他自己的术语就是"历史场"。在这个历史场中，囊括了历史领域未被加工的历史文献、其他历史文本记述以及文本与读者之间的关系。怀特认为编年史和故事均是历史书写中的原始"数据"，都显示了从未被加工的历史文献中被选择出来并进行"编码"的过程。编年史是把历史领域中的要素按事件发生的时间顺序组织排列而成，它既无开始也无结束，更无高潮，可以无止境地写下去，是一个在时间序列上开放的事件罗列的名单，然而它又是有序的——按照事件发生的时间顺序编排并经过编年史家的精心选择。将编年史的事件进一步编排到一定的"场景"或事件发生的过程的某些组成部分中，于是这个事件便拥有了可辨认的开始、高潮和结局，再依据对初始动机、过渡动机和终结动机的描述，原本的"一堆"史料被赋予了意义，从而成为了"故事"，具有了一种可辨认的形式，追溯从社会和文化过程的开端到结束的序列中事件的发展、推进过程。因此，"故事"中的事件与编年史中的事件是不同的，后者是发生于历史"时间"中的真实事情，独立于历史学家意识之外而存在，是在现实世界中被"发现"的，是可以证实的，更具原始意义上的客观性特征，而前者中的事件虽说来源于客观事实，但更表现为承载一定的意义，在意义的层面上讲具有一定被"发明"的成分，是历史学家经过筛选、识别、归纳、情节化或论证化解释等手段将编年史"改编"为历史"故事"，具有叙事性，正是"叙事性"揭示、解释了特定历史事件的连贯性及其意义，事件在不同的历史故事中可能充当种类不同的因素，这取决于它在其所属的那组事件的特定主题在描述中被指定的角色。由此可见，"如何编码"决定了"故事"中事件所揭示的意义，那么史学家在历史书写过程中以怎样的形式对史料进行"编码"并借以赋予其特定意义呢？这就必然涉及怀特的历史书写理论的立体网络结构。

从文本的显性层面看，史学家对历史的书写主要表现为两种形态：一是审美形态——表现为对叙事模式的选择，一是认识形态——表现为对论证模式的选择；从潜层次上分析，则表现为伦理形态——对意识形态蕴含模式的选择。

（一）历史书写的审美形态

历史书写的审美形态表现为情节化解释模式，即根据所讲述故事的模式类型确定该故事的"含义"，史学家通过将系列事件编码为某种特定类型的故事结构从而拥有了这类故事的"含义"。他借鉴了弗莱（Northrop Frye）《批评的剖析》中对"故事"形式分类的观点，认为这四种故事形式（浪漫剧、悲剧、喜剧和讽刺剧）的原型为我们刻画不同种类解释效果的特征提供了有力工具，而史学家借助这一工具可以使其历史书写在叙事情节化层面上获得特定的效果，如喜剧效果、悲剧效果等。这些情节效果与其同名的文学样式又是一致的[①]。这种情节化的解释模式是任何史学家历史书写时所无法回避的，即使是最反对历史书写中情节化倾向的人也不例外，诸如，米什莱的历史书写采用了浪漫剧模式，兰克选择了喜剧模

---

① 相关内容参见本书第二章。

式,托克维尔青睐于悲剧模式,而布克哈特则更喜欢讽刺剧模式。即使是同样发生在历史时间中的"事实",由于不同的史学家编码到不同的、但类型相对稳定的"故事"(情节化模式)中,可能就拥有了不同、甚至差异巨大的"意义"。例如,怀特举例说,对于同一个法国大革命,在米什莱的《法国革命史》中被叙述为一个浪漫剧,在兰克的《政治谈话录》中被叙述成一个喜剧,而在马克思的《黑格尔权力哲学批判》中则被叙述为一个有关封建王朝的悲剧。著名学者徐贲对此论点也是极为赞赏的,他说:"我们的确很难设想历史叙述的可能情节效果会不包容在怀特所描述的那四种基本类型之中。"①

(二) 历史书写的认识形态

怀特认为,史学家除了对历史事件采取情节化解释方式,还有形式的、外在的、推理的论证式解释,即形式论证模式,它有助于史学家证明"中心思想"或"主旨",具体表现为对解释类型的选择运用,这是通过运用充当历史解释推定律的合成原则,对故事中所发生的事情提供一种解释,这种解释是史学家在叙事中将事件构造成某种类似于"规律—演绎"式的论证并在论证中获得解释,它与"史学家通过情节化讲故事转变成一种特殊类型的故事而获得的效果"不同之处在于,它是一种非情节效果性解释②。怀特借鉴斯蒂芬·佩珀(Stephen C Pepper)在《世界的构想》(*World Hypotheses*: *A Study in Evidence*,1966)中的观点,认为论证模式主要有四种范式:形式论模式(ideographic)、有机论模式(organistic)、机械论模式(mechanistic)和情景论模式(contextualist)③,进而分别做了阐释。

形式论模式的目的在于识别历史领域内的客体的独特性,因此,只要能以准确的描述性语言把所展现的现象恰当地表现出来就行,也就是说,"当鉴别一组特定的客体时,其种类、特定品格也被认定并且用以证明其

---

① 徐贲:《走向后现代与后殖民》,中国社会科学出版社1996年版,第18页。
② Hayden White, *Metahistory*: *The History Imagination in Nineteenth-Century Europe*. The Johns Hopkins University Press,1975,p. 13。
③ Stephen C Pepper, *World Hypotheses*: *A Study in Evidence*. Berkley and Los Angles: University of California Press,1966,p. 13。

特性的标志也能与其相符时，形式论模式的解释工作就圆满完成了"①。由于形式论模式试图把描述历史领域中的多样性、互动性作为史学研究的核心目标，因此其突出特点是"分散性"，这就决定了形式论模式的局限——针对整个历史领域及其发展过程的意义而试图总结某种具有普遍性的陈述的目标是难以实现的。

有机论模式试图囊括整个历史领域，它常常预设一种对"微观—宏观"关系范式的形而上学承诺，因此，"有机论者的世界构想及其相应的真理和论证理论都相对地更具'整合性'特点"②。受此观念影响，史学家更倾向接受这样结果——某个单一实体是所合成整体的部分，这个合成的整体不仅大于部分之和，而且在性质上也与单一实体不同，于是，他们的历史书写以从一组明显分散的系列事件中描绘一个较之叙述过程中分析或记述的任何一个单元实体都重要许多的统一和整合的实体的方式进行，他们的历史书写是在预设的"有机论"观念下进行的，因此，怀特以为这些史学家多是唯心主义者（典型代表人物便是黑格尔），他们相信历史都将朝着某个或某种既定的或终结的目的方向运动发展。采用这种模式书写历史的史学家有兰克、斯塔布斯、梅特兰等人。

机械论模式更钟情于对因果规律的研究，这些规律决定了某种特殊的法则对历史领域事件发生的影响。如果说有机论模式力求把各种条件相互联系地加以考虑以揭示其在人类历史中部分较之整体的地位的话，那么，机械论模式则对部分与部分之间的关系更感兴趣，认为存在于历史领域内的那些客体处于部分与部分关系形态中并由假定支配其相互作用的规律来支配，因此，持此论者们"研究历史是为了预言实际上支配着历史行为的规律，而书写历史则是为了在某种历史叙事中显示这些规律的作用"③，也就是说，机械论史学家的职责就是发现这些规律并确定其特殊作用，并以此解释历史事件。怀特举例说，巴克尔、丹纳就属于采用这种模式书写历史的代表。

---

① Stephen C Pepper, *World Hypotheses*: *A Study in Evidence*. Berkley and Los Angles: University of California Press, 1966, p. 14。

② Hayden White, *Metahistory*: *The History Imagination in Nineteenth-Century Europe*. The Johns Hopkins University Press, 1975, p. 15。

③ Hayden White, *Metahistory*: *The History Imagination in Nineteenth-Century Europe*. The Johns Hopkins University Press, 1975, p. 17。

情景论模式者认为历史事件并非就是其自身的意义，事件只有在特定的"情境"中才能被解释，尽管情境的含义在不同具体的历史叙述中的表现有所不同，但史学家的职责却是一致的，那就是尽可能恰当地表现这一情境，以使具体历史事件获得产生意义的环境或条件。因此，它涉及被研究的事件与所处历史空间以及与这个历史空间中其他事件之间的关系，还有行为主体与行为方式之间的关系，借用沃尔什和以赛亚·伯林的术语说这叫"类连结"。沃尔什的"类连结"是指"束缚在一起"的运作，史学家以此方法把事物关联起来，以便提供对其发生的理解[1]。所以，寻找有待解释的客体与同一情况中不同领域相连接的线索是至关重要的，因为线索是能够辨认和追踪的，它既可以在空间维度中向外进入事件发生的自然或社会场景，也可以在时间维度中向前追溯事件发生的起因，向后追寻该事件对以后发生事件的冲击或影响，从而把历史中的全部事件和线索编制成了一个意义链。可见，史学家探寻这条"线索"的目的与其说要把历史领域内发生的系列事件和趋势整合在一起，不如说是用一条链条将其串连在一起，从而圈定出明显重要的事件。由此我们不难发现，作为一种解释模式，情境论在试图避免两种倾向——一是形式论极端分散的倾向，一是有机论、机械论的抽象倾向，取而代之的是相对整合的现象，这些现象是根据一定时代和时期的发展"趋势"、一般外部特征在历史事件的有限范围内辨认出来的。[2]

当然，在怀特看来，以上四种形式论证解释模式之间各有所长，任何一种模式在历史文本中都能够借以提供某种类似于形式论证的东西，阐释叙述中所描述事件的真实意义，虽然说，历史叙述的形式论证模式可以独立于历史叙述的情节化效果，可是，在情节效果和解释模式这两大类别的选择倾向之间都存在着某种亲缘关系，这种亲缘关系又是相当复杂的，只能从二者之间的内在联系中大体概括介绍，如戏剧模式的形式内容是"化解"，于是它就较可能运用某个整体（常常是有机整体）来作为化解部分

---

[1] 参见 W. H Walsh, *Introduction to the Philosophy of History*. New York: Harper Torchbooks, 1958, pp. 60—65; William H Dray, ed. *Philosophical Analysis and History*. New York: Harper & Row, 1966, pp. 40—51。

[2] Hayden White, *Metahistory: The History Imagination in Nineteenth-Century Europe*. The Johns Hopkins University Press, 1975, p. 19。

与部分之间矛盾的条件和前提；相反，悲剧的形式内容是"结局启示"，于是，这一叙述结构在解释模式中较可能表现为一种线形因果逻辑（常常是机械的）的特点。总之，不管史学家在历史叙事中采用情节化模式或者解释模式，还是选择其中的某一具体类型，都与文本书写的深层结构——伦理形态密切相关，而且，后者更为直接地表现出对前者选择的影响乃至决定作用。

（三）历史书写的伦理形态

历史书写的伦理形态即是怀特所讲的意识形态蕴含式解释模式，是指史学家在历史研究中假设站在某种特殊的立场。他的"意识形态"一词"指的是一系列规定，这些规定都声称具有'科学'或'现实'的权威性，它使我们在当前的社会实践范围内采取一种立场并遵照执行"，这些规定具体体现为："从社会研究还原为一门科学的可能性以及对此做法的实施而言，它们代表了不同的态度；人文科学能够提供的对教导课程的不同看法；对维护或改变社会现状的不同态度；对改变社会现状所选择的方向以及相应采用的变革方式的不同设想；最后，还代表着不同的时间取向——把过去、现在和未来看作理想社会模式的取向。"① 也就是说，史学家在历史书写时选定某种情节化模式或者采用某种形式论证模式进行叙事的本身就赋予历史叙事形式以某种意识形态蕴含，因此，对历史事件的特定阐释必定带有特定的意识形态内涵，"正如伴随着每一种意识形态是一种特定的历史及其过程的观念一样，每一种历史观也伴随着特殊而确定的意识形态蕴涵"②。

根据卡尔·曼海姆在《意识形态与乌托邦》③ 中的分析，海登·怀特提出了四种基本的意识形态立场：无政府主义、保守主义、激进主义和自由主义，并从几个方面予以比较。

首先，从社会变革问题方面看，这四种立场都承认"社会变革不可避免"这个事实，但对变革的可取性和最佳程度的认识上存在分歧。保守主

---

① Hayden White, *Metahistory: The History Imagination in Nineteenth-Century Europe*. The Johns Hopkins University Press, 1975, p. 22。

② Hayden White, *Metahistory: The History Imagination in Nineteenth-Century Europe*. The Johns Hopkins University Press, 1975, p. 24。

③ Karl Mannheim, *Ideology and utopia: An Introduction to the Sociology of Knowledge*. Translated by Louis Wirth and Edward shills. New York: Harcourt, Brace & Co., 1946, pp. 104—233。

义对有步骤变革社会现状最持怀疑态度，而其他三种立场相对来讲怀疑成分要少，相应地或多或少地对社会秩序迅速变迁的前景抱有一定信心，致使保守主义者用植物般缓慢生长来类比社会变迁，而自由主义者则以机械论的"精密调谐"眼光视之；激进主义者和无政府主义者不同意保守主义者、自由主义者所认为整体的特殊部分发生变化（而不是结构关系发生变化）本身就是非常有效的论点，确信结构关系变革是必要的，因为这是激进主义者重组社会的新基础，也是无政府主义者废弃现存社会，通过个体对共同"人性"的意识达成的共识、彼此团结在一起而实现形成"共同体"目标的必由之路。从想象中的社会变革进程的节奏快慢方面看，保守主义者坚持一种遵循自然节奏的观点，自由主义者支持依据"社会"节奏变革社会，所谓的社会节奏是一种议会辩论的节奏或教育过程，遵守既有法律条规的各党派之间竞选的节奏，而激进主义者和无政府主义者都想象一种社会大变革的发生。从不同的意识形态对时间取向方面看，保守主义者倾向于把历史的演变视作"乌托邦"——人们目前能够"现实地"所能期望或合理追求的最好的社会形式；自由主义者将时间寄托于一种未来时——将这种乌托邦状态定位于遥远的未来，也就是说，在未来的某一时刻，社会结构将得到完善，所以，应该阻止用"激进"的方式在当今实现这种乌托邦社会结构；激进主义者认为乌托邦状态即将来临，因而敦促人们积极采取革命的方式在今天就实现这个乌托邦社会；无政府主义者倾向于将人类遥远的过去自然人的状态当作"理想"社会结构，对比今天人类深陷其中难以自拔的堕落的"社会"状态，激励人们追求那个令人向往的纯真的时代，因此，这个纯真的人类自然时代就被设定在时间之外的平台上，将它视为一种人类在任何时间都能实现的理想，只要人类能控制住自己的人性，不管是通过意志行为还是意识行为，借助破除社会提供的对当前社会机制存在合法性信仰就能实现这种人类理想的状态。

其次，不同意识形态追求的乌托邦理想在时间上的定位使得曼海姆在"顺应社会"和"超越社会"两极之间划分以上四种意识形态。保守主义可谓是最"顺应社会"了，自由主义相对弱些，无政府主义最具"社会超越性"，激进主义相对又要次之。实质上，上面所讲的四种意识形态中的任何一种都是社会顺应性与社会超越性等诸要素的混合体，它们之间的差距更多地表现为侧重点的不同，共同点在于，他们都非常看重"社会变革的前景如何"这个问题,因此,他们都对历史产生浓厚的兴趣,并且,都致力于为其实现理想的计划提供某种历史证明。

再次,这四种意识形态对历史进化的形式和历史知识所应采取的形式有着不同的观点,具体表现为对现有社会体制的价值判断。曼海姆认为在不同的意识形态中,历史"进步"的标准可能迥异,对于某种意识形态是"进步"的事物在另一种意识形态看来可能就是历史"倒退";特定意识形态中异化程度不同,"现时代"在人们心目中所处的状态也就不同,这种状态可以被视为鼎盛,也可以被看作低谷。与此同时,各种意识形态更看重解释"历史事件"时所采用的不同范式,这种解释范式在一定程度上反映了不同意识形态的"科学主义"倾向。因为,任何学科的发展过程都希望本学科具有"科学性",同样,史学家们都相信"理性""科学"地研究历史是可能的,但对什么是"理性"和"科学"的界定标准的认识却不一致,也就是说,究竟历史书写应包括哪些内容才算是科学的呢?——他们对此见仁见智。激进主义者寻求历史结构与历史过程的规律,自由主义者寻求历史发展的一般趋势或主流,保守主义与无政府主义与19世纪的普遍信念一致,都相信历史的"意义"能够通过一定的概念框架得以揭示或表现。但是,他们对一种特殊的历史知识的构建基础——"直觉"的看法不同,无政府主义者在其历史书写中倾向于使用本质上是浪漫主义的移情技巧,而保守主义则倾向于将其对历史场中客体的诸种直觉感受整合为一种关于总体历史进程并能得到充分理解的有机论叙事。

通过对曼海姆《意识形态与乌托邦》观点的分析,怀特得到了启迪:历史书写与意识形态之间存在着某种一致性的关联,因为历史不是自然科学,历史是任何一种意识形态为了争得科学的名义而把自己对过去与现在的看法说成是"现实"本身的重要环节。因此,哪怕史学家自称没有什么意识形态倾向,否定在历史分析时的意识形态观点的存在,实际上,在他进行历史书写时究竟应该选取哪种具体模式(形式)的态度上业已表明他已经处于某种特定的意识形态框架之中了[①]。只有依据意识形态才能鉴别不同的意识形态对历史进程和历史知识所持的不同甚至是互相冲突的观

---

① Hayden White, *Metahistory: The History Imagination in Nineteenth-Century Europe*. The Johns Hopkins University Press, 1975, p. 21、24。

念，而这些观念又是源自伦理学的考虑，所以，用来判断认知可靠与否的那种特定认识论立场的假设本身就代表着另一伦理选择①。

（四）历史书写的风格与其网络结构理论的整体性

海登·怀特在阐述其历史书写中为获得解释性效果的三个层面——审美层面、认识层面和伦理层面——这个网络结构后，认为其历史书写理论的系统整体显现出了历史书写风格，他说："在我看来，一种历史书写风格代表了情节化、形式论证和意识形态蕴含三种模式的综合。"② 至此，历史书写风格统领了情节编排模式、论证模式和意识形态蕴涵模式，而多个模式又包括各自的四种具体模式，可用下图表示：

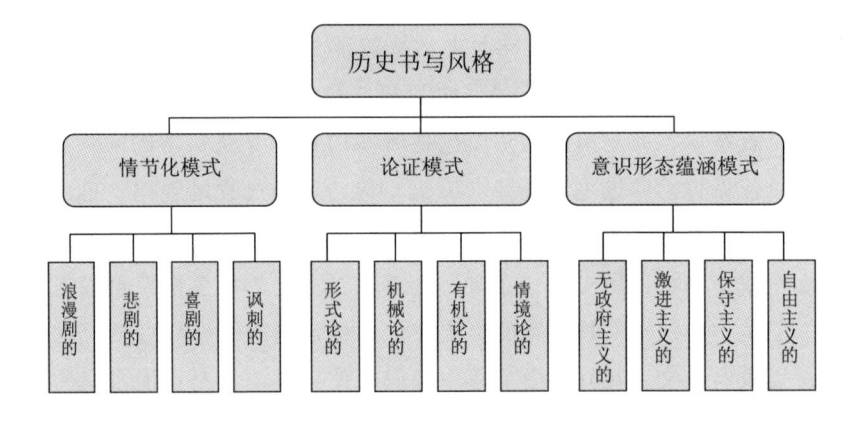

```
                    历史书写风格
         ┌──────────────┼──────────────┐
      情节化模式       论证模式      意识形态蕴涵模式
    ┌──┬──┬──┐    ┌──┬──┬──┬──┐   ┌────┬────┬────┬────┐
   浪 悲 喜 讽    形 机 有 情       无  激  保  自
   漫 剧 剧 刺    式 械 机 境       政  进  守  由
   剧 的 的 的    论 论 论 论       府  主  主  主
   的              的 的 的 的       主  义  义  义
                                     义  的  的  的
                                     的
```

这是从静态的视角勾勒出海登·怀特的历史书写理论的立体网络结构层次及组成；但是，仅此是远远不够的，因为怀特理论的价值还在于其体系结构的复杂性，这个"复杂性"尤为集中表现为其构成要素之间的"动态"组合变幻之中，也就是说，情节模式、论证模式和意识形态蕴涵模式的各个相应的四个子模式之间存在着某种结构上的亲和力，如下图所示③：

---

① Hayden White, *Tropics of Discourse*: *Essays in Cultural Criticism*. Baltimore: Johns Hopkins University Press, 1978, p.25—29。

② Hayden White, *Metahistory*: *The History Imagination in Nineteenth-Century Europe*. The Johns Hopkins University Press, 1975, p.29。

③ Hayden White, *Metahistory*: *The History Imagination in Nineteenth-Century Europe*. The Johns Hopkins University Press, 1975, p.29。

情节化模式	论证模式	意识形态蕴涵模式
浪漫剧的	形式论的	无政府主义的
悲剧的	机械论的	激进主义的
喜剧的	有机论的	保守主义的
讽刺的	情境论的	自由主义的

怀特认为，上面图表揭示历史书写风格诸模式之间的亲和力，每个史学家都通过这种亲和性获得特殊的"解释效果"或"阐释"所研究的历史场。我们之所以称怀特的元史学理论为网状立体结构，是因为其理论的"网结"（要素）是互相连接的，这主要表现为以下两个方面。首先，意识形态蕴含模式能将审美感知——情节化编排与认识行为（论证）结合起来，以便从貌似纯粹描述性或分析性的陈述中衍生出说明性的陈述，史学家通过确认支配着一组事件的规律"解释"历史场中发生的事件，编织故事中控制情节发展的规律，例如，可以将某个故事看作本质上具有悲剧色彩的情节化，反之，史学家可以寻找故事的悲剧色彩，并按照他在发现控制情节的序列表达的"规律"时进行编排，也就是说，史学家不仅能够通过"历史故事"的叙事模式鉴别出其是喜剧、浪漫剧或其他的内涵，还可以根据意识形态内涵的差异以选取不同的论证形式。同时，怀特相信不论是在哪一种情形下，都可以在史学家假定的事件内部存在的关系中得到一种特定的历史论证的道德内涵，这种关系存在于正被思考的事件内，一方面与叙事情节化结构相关，另一方面连接了为使那组事件成为确定的"科学性"解释而采用的论证形式[1]。其次，由于这三组同质关系并不总是一一对应地出现在具体的历史文本中，它们之间存在某种张力，通过不同组合的变化使得历史著述呈现出丰富多彩的样式。不过，怀特并没有详细讨论这三组同质关系之间可能发生的系列变化，在他看来，这不是最重要的，他更关心的问题是：既然这些同质结构以类似的四元样式反复出现，它们是否具有共同的基础？这就必然引出了其理论中的一个基石——转喻理论。

---

[1] Hayden White, *Metahistory: The History Imagination in Nineteenth-Century Europe.* The Johns Hopkins University Press, 1975, p. 29。

第二节　元史学理论中的转喻学

在上一部分中，我们较全面而系统地介绍了海登·怀特元史学理论的网络结构体系及其组成部分，以及这些组成部分诸要素之间的关系。他认为历史学家对历史和当今的解释在历史书写中呈现为审美形态、认识形态和伦理形态等样式，从历史学家对"史实"阐释或解释的策略角度讲则是情节化模式、形式论证模式和意识形态蕴涵模式，在不同历史学家的历史书写中，情节化模式侧重对所发生事件内容的描述，形式论证模式注重解释的外在形式，意识形态蕴含模式侧重解释中的伦理因素，在三者中，代表着历史作品中伦理环节的意识形态蕴含模式"能将一种审美感知（情节化）与一种认知行为（形式论证）结合起来"，从而在描述性（情节化）和分析性（形式论证式）陈述中获得一种说明性（意识形态蕴含）陈述[1]。三种模式按某种特定方式结合在一起就构成了历史学家独特的历史书写风格。一般说来，三者之间的组合具有可选择的亲和关系（elective affinities）。然而，事实并不这样简单，一些伟大的历史学家并非总遵循这些模式之间的亲和关系，而是利用这些因素之间的辩证张力关系，在各个矛盾或对抗的因素间寻找审美的平衡，赋予他的著作以总体的连贯性和一致性，在历史书写中给"真正发生的事件"以诗性的解释和再现，这正是伟大之作千古流芳的主要原因。

在这里，怀特就将其元史学理论由显层结构导向深层结构，正是元史学的深层结构才能使得这些史学大师们能够在看似不和谐的氛围中创造出令读者看来既一致又连贯的整体，那么，这个深层结构具有什么样的特质呢？怀特认为，这就是能在特定历史时期内为历史想象的深层结构提供语言和诗学基础的转喻理论；同时，这也是对其理论体系诗性预构前提的进一步论证。

---

[1] Hayden White, *Metahistory: The Historical Imagination in Nineteenth-Century Europe*. Baltimore and London: Johns Hopkins University Press, 1973, p. 29。

一、隐喻学概述

海登·怀特的元史学理论认为历史文本的深层结构是诗性的，主要来源于语言的转喻功能，这就是他的转喻理论。他对语言的转喻功能的理解又是建立于语言哲学之上的，而不是仅仅停留在修辞学的范围内，也就是说，怀特的转喻理论主要来源于现代隐喻学理论，实质上，怀特的转喻理论就是现代隐喻学在他的历史书写理论中的具体应用。

现代转喻理论认为，隐喻是一种普遍现象，人们的日常生活离不开隐喻。英国修辞学家理查兹（I. A. Richards）说，人们日常生活中几乎每三句话中就可能有一个隐喻[1]，波里奥等人（Pollio, Barlow, Fine and Pollio）估计，在我们的自由交谈中，平均每分钟使用四个隐喻修辞格，如果将一些相关的语言创新用法计算在内，一个人一生大约要用2100万个隐喻[2]。有的语言学家、哲学家、心理学家甚至把隐喻视作所有词汇的起源。既然隐喻如此重要，各个学科对此给予广泛重视也就在情理之中了。修辞学家认为隐喻是一种修辞格，其作用是修饰话语；逻辑学家认为隐喻是一种范畴错置；哲学家认为隐喻性是语言的根本特性，人类语言在本质上是隐喻性的；认知科学家视隐喻为人类认知事物的一种基本方式。

关于隐喻的界定，英文的《韦伯斯特词典》（第三版）（*Webster Third International Dictionary*, 3rd Edition）和《大英百科全书》（第十版）（*Encyclopaedia Britannica*, 10th Edition）给出了大致相似的意义，都认为隐喻是一种词语之间的替代现象，涉及两个不同事物或概念，其功能是两个主词的融合和一系列联想的唤起。汉语的《辞海》和《修辞通鉴》也给出了大体相似的界定。

现代隐喻理论认为，隐喻不仅仅是一种语言现象，更为重要的是一种人类的认识现象，它是人类将其某一领域的经验用以说明或理解另一类领域的经验的一种认知活动。学者束定芳将此特点归纳为三个方面[3]：

首先，隐喻是人类形成概念系统的基础。人类概念系统中的许多基本概念常常是隐喻性的，尤其是作为人类概念系统中深层结构的核心概

---

[1]　I. A. Richards, *The Philosophy of Rhetoric*. New York: Oxford University Press, 1965, p. 98.
[2]　参见束定芳：《隐喻学研究》，上海外语教育出版社2000年版，第1页。
[3]　参见束定芳：《隐喻学研究》，上海外语教育出版社2000年版，第128—146页。

念——根隐喻,更是在人类日常的思维方式和话语表达方面具有重要的作用,如隐喻"time is money"(时间就是金钱)这一概念已成为人们日常生活中的核心观念之一,由 money(金钱)这一源领域喻体组成了一种隐喻概念系统,在这个系统中,隐喻概念和用来表达这些概念的词语之间存在许多蕴涵关系,这样,隐喻系统就具有相当的系统性和连贯性。Money 是根隐喻,所谓根隐喻是相对派生隐喻而言的,是指一个作为中心概念的隐喻,由此而派生出其他的隐喻,如 money 作为根隐喻,它可以派生出"time is a valuable commodity"(时间是一种有价值的商品)、"time is a limited resource"(时间是一种有限的资源),在这派生的隐喻中,实质上都包含了"时间是有价值的物品"这是潜在的内涵,而这一蕴含恰恰是"time is money"(时间是金钱)所提供并深深印入人们社会集体意识之中的。

其次,隐喻为我们认识事物提供新视角。按照惠尔赖特的理解[1],隐喻由于转换领域而提供了一个新的语境,在这个新语境中看事物便会获得一种与原来不同的认识事物的方式。束定芳曾举例阐释说,美国前总统卡特把能源危机比作一场战争,我们就可以从战争的新角度重新审视能源,由此引出了一系列的新观点、新方法、新对策。既然是战争,肯定存在"敌人"(enemy),敌人就会对我们的国家安全构成威胁(threat to national security),为此就要搜集情报(gathering intelligence),针对敌情,我们要确定攻击或防守的目标(setting goals),相应建立新的指挥体系(establishing a new chain of command),策划相应的新战略方针(potting new strategy),以此调动军队(marshalling forces),于是,应对能源危机便被赋予战争的相关因素和特征,我们由此获得对能源危机的一个全新的认识。再如,我们经常用牢狱(prison)、荒漠(wasteland)、医院(hospital)、魔鬼(monster)和机器(machine)等喻体来比喻当代社会生活中人的异化生活,形象地揭示现代文明社会对人构成的压抑乃至摧残,唤引人们对此问题的重视。

第三,隐喻在本质上讲还是人类理解周围世界的一种感知(perteptual)和构建概念(conceptualize)的工具。它不但是一种语言现象,还可以有助于我们借助已知的事物来理解未知的事物,或者帮助我们重新理解我

---

[1] P. Whedwright, *Metaphor and Reality*. Indiana University Press, 1962, p. 170。

们已知的事物。隐喻的这种功能与我们大脑认识世界的方式有关。从人类思维与语言的演进历程看,语言中的隐喻是我们认知活动的结果与工具。

怀特在《话语的转喻》(Tropics of Discourse)一文中也认为,转喻(trope)在古典修辞学视野中,派生于"tropikos, trops",古希腊文的意思是"转动",在古希腊通用语中是"方法"或"方式"的意思,它通过tropus进入现代印欧语系。在古拉丁语中,tropus意指"隐喻"或"比喻"①。由于比喻涉及A和B两种事物或概念,可以由言说A转移到言说B,因此,在汉语翻译中有的学者称作"转义"②,有的学者将此翻译为"喻说"③。本文认为,"比喻"与"转义"二者密不可分,之所以产生转义的原因是比喻修辞格导致的结果,从因果关系上看,"比喻"修辞的运用是产生"转义"现象发生的原因,海登·怀特元史学理论认为正是诗意的深层结构为其解释策略的运用提供了基础和支持,而这种诗意的结构恰恰是语言的比喻功能提供的。因此,本文采用了"转喻理论"这一术语。

其实,有研究指出,早在亚里斯多德的探讨中就发现比喻修辞具有意义转换的功能。他说,比喻通过把属于其他事物的词汇给予另一事物而构成,或从"属"到"种",或从"种"到"属",或从"种"到"种",或通过类比。这里,他已发现比喻是一种意义转换的形式。利科(Ricoeur)充分肯定了亚里斯多德的研究成果,认为亚氏的结论看到了比喻意义的运动性,他称作"移位"(displacement),一种"由此及彼"(from…to…)的运动;同时,比喻还是一个"偏离"名词④的"移位","偏离"是相对"正常""普通""流行"的语言表达方式而言的一种"偏差"和"背离",这一点恰好说明了语言表达的非透明性特点。从积极的角度讲,比喻可以取得良好的修辞效果,按照亚里斯多德的观点,"完美的措辞就是既清晰又不粗俗。最清晰的当然是描述事物的日常用语,但它们粗俗。如果用了陌生的词,如怪词、长词以及任何偏离日常用语的词就可以使措辞立即变得不同凡响"⑤。

---

① Heyden White, *Tropics of Discourse*. The Johns Hopkins University Press, 1978, pp. 2—3。
② 海登·怀特著,陈永国,张万娟译:《后现代历史叙事学》,中国社会科学出版社2003年版。
③ 徐贲:《走向后现代与后殖民》,中国社会科学出版社1996年版。
④ 亚里斯多德理论的最大局限性在于将比喻限制在名词上,排斥其他词用作比喻的可能性。
⑤ Aristotle, *Rhetoric and Poetics*. New York: The Modern Library, 1954, 1458a, pp. 18—23。

法国修辞学家方达尼尔（Fontanier）的转喻理论研究也产生了深远影响。他认为比喻是一种辞格，辞格是表达思想过程中，词被用于新的概念时所产生的或多或少与原始义有所不同的某种意义，其发生是建立在概念关系之上的一种依据：一方面是借词的原始意义，另一方面是它被新赋予的意义①。

　　隐喻的运用实际上涉及两个不同语义领域的互动关系。从构词的角度看，"metaphor"一词源自希腊语，"meta"含有"across"（穿过）的意思，"-phor"则有"carry"（搬运）的意思，所以，"metaphor"的原意为"由此及彼"的运动，即转换、转义，这就必然涉及两种事物，"此"为出发点，而"彼"则为目的地，莱可夫等人称前者为"源"（source），后者为"目标"（target），理查兹称前者为"载体"（vehicle），后者为"话题"（tenor），平时我们常用"喻体""本体"称谓二者。这二者作为不同的领域之间存在着一定的关系，我们用其中的一个领域来证明另一个领域，前者被称作源领域（source domain），后者被称为目标领域（target domain）②，我们运用隐喻或理解隐喻实质上就是把源领域的经验映射到目标领域，其目的是认识目标领域的事物的目的。因此，我们说，隐喻意义是两个语义场之间的语义映射，心理语言学实验结果表明，隐喻涉及的语义转移是有一定方向性的，即源领域事物的某些特征会转移到目标领域的事物上。

　　更为重要的是，摩尔指出③，虽然说隐喻涉及两个不同领域事物之间的相似性，但这一相似性不必预先存在，也不必是客观存在的，通过把这两个语义场并置，我们就可以暗示这两个语义场之间存在着事先未被注意到或未被发现的相似性，因此，隐喻可以传达新的信息，是一种认知工具④。

---

① 参见束定芳：《隐喻和研究》，上海外语教育出版社2000年版，第19—28页。
② G. Lakoff & M. Johnson, *Metaphors We Live By*. University of Chicago Press, 1980; G. Lakoff & M. Turner. *More Than Cool Reason-A Field Guide to Poetic Metaphor*. The University of Chicago Press, 1989.
③ F. C. T. Moore, On Taking Metaphors Literally, in D. S. Miall（ed），*Metaphor：Problems and Perspectives*, Harvester Press, 1982, pp. 1—35.
④ 参见束定芳：《隐喻学研究》，上海外语教育出版社2000年版，第41—46页。

二、元史学与转喻理论

现代隐喻学研究对海登·怀特的转喻理论有两点启发：一是隐喻所涉及的两个语义场之间相似性的预设，二是隐喻具有认知工具的作用。

按照现代隐喻学的观点，当我们运用隐喻时不必考虑比喻所关联的两个语义场内的事物是否真正存在着相似性，只要我们实际运用比喻就意味着我们预置了源领域的经验与目标领域事物之间存在着某种相似性。因此，怀特认为文学领域与历史学领域存在某种虚构的相似性，两者的深层结构都具有诗性特点，同时，文学经验作为人类经验中最易于接受的经验，它可以跨越不同的文化背景而被不同民族、不同国家、不同文化背景的人所广泛理解，因此具有较大的普遍性，而以文学常用的情节模式书写历史，就很容易使读者理解那些相对较陌生、较抽象、难以复现的历史事件的意义，从这个角度上讲，转喻理论不仅作为预构而搭建了文学与历史共有内在沟通性和相似性的平台，而且隐喻还是人们认识、理解历史的有力、有效的认知工具。以往将隐喻仅仅视作修辞格而局限于文学性话语的观念伴随着现代语言学的发展逐步被打破，隐喻不再只是形象思维的"专利"，而走向了科学思维的属地，这同样为海登·怀特视"文学与历史在深层结构上具有相似的诗性基础"的元史学观念预构提供了理论支撑。

怀特认为，隐喻是所有话语建构客体的过程，这个过程就是一种观念向与其相互关联的另一种观念的互动性运动，"从而使事物得以用一种语言表达，同时又考虑到用其他语言表达的可能性。……话语……中最主要的是要赢得这种表达的权力，相信事物是完全可以用其他方式来表达。隐喻运用是话语的灵魂，因此，没有隐喻的机制，话语就不能履行其作用，就不能达到其目的。"[①] 也就是说，怀特认为隐喻的"转义性"特征为话语的"运动"奠定了基础，而话语的"运动性"同时又为元史学由文艺向历史的"转义"提供了语言学基础。

怀特的这一史学观念预构是有一定理论根据的。现代隐喻学研究认为，隐喻具有互动性特征。语言学家瑞查兹（Ivor Arm-stromg Richards）提

---

① Heyden White, *Tropics of Discourse. Essays in Cultural Criticism*. Baltimore and London: The Johns Hopkins University Press, 1978, p.3.

出隐喻"互动论"的观点，这是从隐喻的内在工作机制角度分析得到的结果。首先，理查兹从隐喻观念上进行了"革新"，他认为应该改革传统的隐喻观，突破其自身的限制，这样才能使隐喻理论与实践得以全面发展，他说："我们的理论来自于实践，最终也要在提高实际的技能中结出果实。"① 瑞查兹从实用目的出发研究隐喻，其目的是通过对隐喻现象及其内在功能机制与方式的研究获得对隐喻的准确理解，如此才能更好地便于人们掌握这一语言技巧。因此，若想达到帮助人们提高隐喻运用能力的目的，瑞查兹就要还隐喻以本来面貌。与传统修辞学认为隐喻是天才的专利观点不同，瑞查兹认为人人都具有发现事物间相似性的能力，而且，人类的生存以及相互之间的交流在一定程度上依赖于这种能力。不仅如此，瑞查兹甚至认为隐喻是人类"语言无所不在的原理"（the omnipresent principle of language）②。语言不仅是一种语言现象，更是人类思维方式之一，它可以帮助我们借助另一种事物来认识、理解某一事物，从这个角度讲，我们的思维也具有隐喻性特点。

至于隐喻的内在功能机制或运行机制问题，瑞查兹认为，隐喻是两个不同概念之间的互动。他指出，当我们运用隐喻时，两种不同事物的思想在一个词或短语中活动，这一词或短语的意义即是上述两种思想互相作用的结果。"两种不同事物的思想"被瑞查兹称作本体（tenor）和喻体（vehicle），两者之间的相似性被称作喻底（ground），如"the leg of a table"（桌子腿），喻底是人的"腿"与桌子"腿"的共同点——身体的支撑物。于是，隐喻便是喻体与本体发生相互作用而形成的语言现象，依此他认为"判断某词是否是隐喻，就要看它是否拥有了一个本体和一个喻体，并且，二者共同作用产生了一种包容性的意义。若是难以区分本体、喻体，我们暂时认为该词表达了其原意；若能够区分至少有两种互相作用的意义，那我们称之为隐喻。"③ 在瑞查兹看来，隐喻的功能机制在于本体与喻体二者之间的相互作用，由此而产生了隐喻的意义。在本体与喻体的互动过程，二者各自充当的角色以及发挥的作用是不同的，因此，对隐喻的最后意义产生的作用也是不同的，其中，喻体的作用是为了说明、形容、阐释本体

---

① A. Richards, *The Philosophy of Rhetoric*. New York: Oxford University Press, 1965, p. 110。
② A. Richards, *The Philosophy of Rhetoric*. New York: Oxford University Press, 1965, p. 92。
③ A. Richards, *The Philosophy of Rhetoric*. New York: Oxford University Press, 1965, p. 119。

的，而本体的出现则是引出喻体的契机，从理解的角度讲，由本体走向喻体，通过对喻体的理解，将喻体的某些特征赋予本体，喻体又返回到本体。正是在本体与喻体的互动中我们把握隐喻的意义。当然，隐喻意义的生成最终是由喻体的意义来决定的。

一反传统修辞学倡导的不要将过于相异的事物作为比喻的对象，以免使隐喻过于不着边际的论点，瑞查兹认为，将两个在性质上尽可能遥远的事物放在一起进行比较，或用任何其他突然、显豁的方式将他们并置，这是隐喻运用的极佳境界①，他从脑科学的角度解释了为什么当隐喻中截然相异事物并置，我们会产生意想不到的效果的原因。他说，人的大脑是个互相联结的器官，它总是在试图将获知的各种信息加以联系，至于具体采用什么样的联结方式取决于我们暂时可能无法发现的目的。就这样，大脑在某种目的支配下试图发现事物之间的联系或接受话语的有关部分和场合的引导，一旦我们从话语的某些相关词语中得到恰当的暗示，那些原本看似没有什么联结的事物之间，尤其是迥然相异事物之间，就会产生强有力的张力，可以有效地调节我们的大脑，从而产生令人振奋的效果。在这个过程中，语言能完成我们感觉器官知觉本身所不能完成的工作，词语则是那些不可能在感觉或直觉上相结合的不同经验领域的交汇处，是大脑永无休止地试图使其有序化发展的场合。因此，瑞查兹说我们生活在一个映射的世界里，"我们只接受那些我们所给予的东西，语言中的隐喻和语言隐喻中意义的交换被强加在一个早就是不自觉的隐喻产物的被感知的世界中。若忘记这一点，我们就不能真正把握隐喻"②。他的理解还是有一定道理的。

布莱克（M. Black）1979年发表了《再论隐喻》（More About Metaphor），在瑞查兹"互动论"基础上进一步系统地论述了隐喻的认知功能③。他提出了"激进的创造性假设"概念。所谓的"激进的创造性假设"是指某些隐喻并不是以人们早已熟知的相似性为喻底的，情况正相反，倒是在我们运用了这些隐喻后，喻体与本体之间产生了新的联系存在了大脑中，这一新的联系是隐喻创造出的相似性。由此可见，隐喻可以有

---

① A. Richards, *The Philosophy of Rhetoric*. New York: Oxford University Press, 1965, p. 123。
② A. Richards, *The Philosophy of Rhetoric*. New York: Oxford University Press, 1965, p. 108。
③ 参见束定芳：《隐喻学研究》，上海外语教育出版社2000年版，第160—170页。

效地开发我们大脑的认知和创新功能，拓宽我们的视野，有利于简洁、便利地认识事物[①]。

值得注意的是，布莱克的"模型理论"不仅对隐喻理论的发展贡献突出，而且对海登·怀特的元史学中的转喻理论也具有明显的启发意义。

布莱克认为，隐喻与模型（model）之间的关系非同一般，每一个由隐喻的次要主词支持的隐含复合体都赋予主词特征的一个模型，每一个隐喻都是潜在模型的一角[②]。就与现实关系而言，隐喻之于诗歌语言就如同模型之于科学语言，在科学语言中，模型是一种启发性工具，它可以为我们正确理解事物打下基础。根据结构、功能的差异，布莱克将模型分作三大类。一是规模模型（scale model），其目的是展示某物的外表、工作原理和运作规律，通过了解其特征而把握原型的特征；二是类推式模型（analogic model），对此理解的规则决定了从一个系统关系向另一个系统的转移；三是理论模型（theoretical model），由于它不是具体有形的事物，我们无法对此进行建构，只能运用一种新的语言来描述。模型理论对隐喻理论的启发意义在于，其一，由于模型理论涉及整个领域特征的位移，隐喻的运用视野也必须相应扩大，不能仅仅停留在某个词语上，而应将其范围延伸——把寓言、神话等纳入其研究领域，这时的隐喻指称功能便由一个隐喻系统网络承担。其二，隐喻的启发功能与描写功能并不矛盾。亚里斯多德认为诗歌是人类行为的模仿，只不过是通过创造一个结构和顺序不同于日常生活的情节或故事来实现的。同样，悲剧诗歌中的情节与模仿的关系也可以借鉴模型理论中的启发式虚构和重新描述得以理解，我们通过虚构一个相对熟悉的领域，然后利用该故事中可利用的系统性的所有因素获得隐喻的意义——把握陌生领域事物特征。

综合上述有关隐喻机制的理论，我们认为，隐喻意义是一个概念域向另一个概念域映射的结果，即源领域中的知识被映射到目标领域中的知识上。当某一领域作为隐喻映射的源领域时，该领域的推理模式也被映射到

[①] M. Black, *More About Metaphor*. in Ortony（ed）. Cornell University Press. 1979. p. 36。

[②] 他把隐喻陈述中的两个互相区别的主词分别称作基本主词（primary subject）和次要主词（secondary subject）；而次要主词在隐喻中代表的是某个关系系统而非个别事物，这个"关系系统"（system of relationships）就是一个"隐含复合体"（implicative complex），隐喻的工作机制是通过次要主词中由一系列可预测的（predictable）"联想隐含"（associated implication）所组成的隐含复合体，映射到（project upon）主要主词上产生隐喻效果。

目标领域。由此，怀特的情节化模式就借鉴了模型理论的观点，作为源领域的故事情节模式（如悲剧、喜剧）的特征，可以映射到目标领域——历史学上，从而赋予历史事件以该情节所共有的意义，如悲剧性、喜剧性特征。

海登·怀特的历史转喻理论直接来源于维柯（Giovanni Battista Vico）四分法的观点，即隐喻、换喻、提喻和反讽。怀特在接受维柯四重转喻理论的基础上对隐喻的种类进行了界定，并说明彼此之间的关系，认为隐喻（metaphor）是无等级的，是生成其他转喻格的"元"转喻格，"反讽、换喻和提喻都是隐喻的不同类型"[1]，换喻、提喻是隐喻的发展形态，讽喻是隐喻的相反形态。譬如隐喻在本质上是表现式的，转喻是还原式的，而反讽则是否定式的，为此，他举例予以进一步说明，"我的爱人是一朵玫瑰"，这个隐喻用玫瑰来表达被爱者，说明二者之间虽然存在许多明显的差异，但仍可找出其间的共性，这正是隐喻"异中求同"的特征。但是，将被爱者与玫瑰视为相同不过是字面上的指称，要真正理解二者之间的相似性，我们必须做隐喻理解，表示"爱人"拥有美丽、心爱、娇美等品质，同时，我们还应做象征性领会，"爱人"是某个特殊个体，但"玫瑰"被赋予"爱人"的象征，"爱人"被视同玫瑰，暗示"爱人"与玫瑰具有某种共同的品质。

怀特说，当我们用"50张帆"意指"50只船"时是转喻。"帆"是"船"的一个部分，以"帆"来替代"船"，实际上就是以整体"船"的部分——"帆"来代指整体（船），同样是两个不同的客体之间的比较，但与"我的爱人是一朵玫瑰"不同的是，"50张帆"这一比喻中的两个客体之间的关系是部分与整体的关系，需要说明的是，这种关系的形式不像微观与宏观之间的关系那样，倘若将"帆"设定为某种由"船"和"帆"共同拥有的品质的象征，那就成为提喻了。在转喻中，现象因为在部分与部分的关系形态中彼此被隐含地理解为是其标志，以此人们可以促使诸多部分中的一个部分还原为另个部分的一个方面或功能，因此，把某一特定的一组现象视为部分之间的关系，就是使作为整体之表征的某一部分与简

---

[1] 参见 Hayden White, *Metahistory: The Historical Imagination in Nineteeth-Century Europe*. Baltimore and London: Johns Hopkins University Press, 1973, p. 34。

单地作为整体的某个方面的特征区别开来，如"雷的怒吼"就是转换，在这个转喻中，雷的声音产生的整个过程被分作两个现象，一是与原因——雷——有关，一是与结果——怒吼——相关，于是，雷在因果还原的关系中与怒吼相联系，"雷"一词指称的雷声被赋予了"怒吼"的特征，是人们以转喻式地谈论"引起怒吼声的雷"。借助转喻我们可以区分两种现象，同时还可以将其中的一种现象还原为另一种现象的表征状态，如"怒吼"就是"雷"的表征状态，这种还原可以采取"行为主体——行为"的关系形式，如"雷在怒吼"，也可以是因果关系，如"雷的怒吼"，在这方面，正如维柯、黑格尔、尼采等人所指出的，通过还原的方法我们会发现现象世界之后存在着众多的行为主体和行为方式，一旦现象界被分作两种存在秩序——一方面是行为主体和行为方式，另一方面是行为和结果，那么，原始意识就被纯粹的语言工具赋予了用于文明反思的神学、科学和哲学所必需的概念范畴，如主体、原因、精神、本质等[1]。

怀特认为，上述的转喻性还原中所描绘的两种存在的秩序，揭示的是两个客体外在的关系，而若揭示二者之间内在的共同本质的关系，即被视作共性的内部关系，则是"提喻"的"分内"职责了。如果说转喻更为注重以部分与部分之间的关系解释现象之间的区别，也就是将被看作"结果"的经验的"部分"与那个被视为"原因"的经验"部分"联系在一起的话，那么，提喻则更倾向于以整体观照的眼光审视一个整体内的两个部分，而这个整体在本质上不同于各个部分之和。为此，怀特以"He is all heart"（他唯有一颗心）为例，通过转喻与提喻的比较来说明提喻的特征。他说，在上述这个转喻中，如果单就形式上看，似乎与"50只船帆"表示"50艘船"的用法相仿，因为"帆"是"船"的组成部分，"心"同样也是人（"他"）的组成部分，都是用某一事物（或人）的部分替代整体，然而，上述的看法不过是从外部关系的视角看问题时得出的结论，其实，在西方的文化语境下，"heart"（心）不能作为解剖学意义上的理解，而是作为"人"的核心而具有了某种品质的象征，是整个人的性格特征，是人的精神与身体因素的综合特征的体现，显示出诸如"聪慧""大

---

[1] 参见 Hayden White, *Metahistory*: *The Historical Imagination in Nineteenth-Century Europe*. Baltimore and London: Johns Hopkins University Press, 1973, p. 35。

方"等品质，满足并构成了建构起"他"（he）的所有部分的基本特性，是对"他"的所有部分的共有性质的定性，而不是像转喻那样仅仅是以某一部分的名称替代整体的名称那样的"名称变化"。

在解释完隐喻、转喻、提喻的含义及用法特征后，怀特认为转喻的这三种类型是"语言自身规定的运作范式"，我们在语言运用中可以有意识地选择某种解释范式，用他自己的话说就是"意识可以依据这些范式预构在认知上的尚未解决的经验领域来对经验进行分析和解释"，进而，他将隐喻看作再现性的，它是依据客体与客体之间的关系预构经验世界；转喻是在机械论意义上还原式的，以部分对部分的关系预构经验世界；提喻如同有机论，是综合式的，是以对象与整体的关系预构经验世界。每一种转喻都有利于形成特定的语言规则，如同一性（隐喻）、外在性（转喻）和内在性（提喻）语言。①

在四种转喻理论中，怀特最为推崇反讽。在怀特看来，前三种转喻形式是"朴素"的，因为使用它们的前提是我们相信语言有能力以比喻的方式把握事物本质，而反讽在本质上是辩证的，它是出于语言的自我否定目的而自觉运用的，因此是"高明"的，其运用的策略是事先假定读者已经知道或能够识别其运用中的荒诞性，其基本修辞方式是用词不当，用明显荒唐的转喻方式激发人们进一步思考所描写事物性质或描写本身的不充分性，反讽语言的常用风格是在"疑虑"（aporia）的修辞中，作者或明或暗地在其陈述中透出对真实性的怀疑。因此，"He is all heart"当以特殊语气、语调或在特定语境下表达时，而且，如果"he"不具备这个转喻所赋予他的那些属性（品质）时，就成为反讽。

由于反讽的运用是运用者在清醒地意识到修辞性语言存在"误用"的特点前提下的自觉行为，因此，怀特称反讽为"元比喻式"②。实际上，正是反讽运用者的清醒意识，才表明了人类对语言的认识上升到自觉层面，即意识到语言描述的模糊性特征，反讽的运用恰恰是证明了人们对语言自身的潜在扭曲特性的认识，所以，怀特说反讽提供了思维方式的一种语言

---

① 参见 Hayden White, *Metahistory: The Historical Imagination in Nineteeth-Century Europe.* Baltimore and London: Johns Hopkins University Press, 1973, p. 36。

② 参见 Hayden White, *Metahistory: The Historical Imagination in Nineteeth-Century Europe.* Baltimore and London: Johns Hopkins University Press, 1973, p. 38。

模式，不仅就某个特定经验世界的描写方面，而且就语言尽可能追求事情真实的方面，都表现出这种语言范式的"自我批判性"，作为一种再现世界进程所采用的形式典范，反讽与形式论、机械论和有机论的解释策略的"朴素"表达对立，而其虚构形式——讽刺，由于表现人类发展形式的模式——浪漫剧、喜剧、悲剧等原型——产生了冲突。就此而言，怀特将反讽看作一种似乎是超越意识形态的成熟的世界观①。依据反讽者是否反对已有的社会形式或寻求改变现状的"乌托邦"式改革者，反讽能够策略性地为自由主义的保守主义的意识形态立场辩护，它还能通过反讽攻击曾嘲讽他们的自由主义和保守主义的理想，同样，由于理解人类状况的愚蠢性、荒诞性本质，反讽易于使人相信文明自身的"癫狂"②。

第三节　历史的叙事化与叙事的历史化

海登·怀特的元史学理论研究始终贯穿着历史与文学两个维度，一方面，接受经典叙事学理论中的合理成分，把历史文本视为叙事化产物；另一方面，始终又以"历史化"的视角寻绎由经典叙事学到后经典叙事学演进的历史化轨迹，从而将其元史学理论构建得更具科学性，我们从其理论研究中不断看到了闪现的历史与文学撞击的火花。

一、元代码与历史话语

怀特倾注了极大热情和精力潜心于叙事学的研究，前后用了 7 年的时间集中探讨了元史学与叙事理论之间的关系问题，先后发表了《真实再现中的叙事价值》（1980 年）（*The Value of Narrativity in the Representation of Reality*）、《当代史学理论的叙事问题》（1984 年）（*The Question of Narrative in Contemporary Historical Theory*）等 8 篇论文，并于 1987 年结集出版了《形式的内容：叙事话语与历史再现》一书（*The Content of The Form：Nar-*

---

① 怀特这里的"意识形态"一词，是特指其元史学理论框架中的"意识形态蕴含模式"概念。

② 参见 Hayden White, *Metahistory：The Historical Imagination in Nineteeth-Century Europe*. Baltimore and London：Johns Hopkins University Press, 1973, pp. 38—39。

rative Discourse and Historical Representation）。怀特十分重视叙事以及叙事在史学研究中的重要地位。如果说他对叙事的研究起因于建构其元史学理论的目的，那么，他的叙事研究过程没有停滞于此，而是在一个更为广阔的视域和更为深入的层次上不断展开，他将叙事看作是对人类所普遍关心的问题的解答，即如何将了解（knowing）的东西转换成可讲述（telling）的东西的方式与途径，把人类经验塑造成非特定文化的意义结构的能被一般人类所共同吸收的形式。因此，怀特将叙事予以明确定位："叙事决非某种文化用来赋予经验意义的诸多代码中的某一种，而是元代码（meta-code），一种人类普遍性，在这种普遍性基础上，人们可以分享作为实在本质的传递的跨文化信息。"[1] "元代码"中的"元"（meta）就是"本源、根本所在"的意思，怀特尤其强调叙事的"元代码"地位，实质上也就暗含了作为"元代码"的叙事在他的元史学理论的逻辑结构中同样具备"元"地位。

怀特接受巴尔特（Roland Barthes）关于叙事具有重要地位的观点，指出了叙事的"元代码"作用是不断用意义来替代被叙述事件的简单模式，因为叙事产生于我们试图把我们关于世界的经验通过语言将其描述出来的努力过程中，这种经验可以通过叙事的某种模式而获得意义，意义通过叙事模式（如故事）传递，即使是有着迥异文化背景的民族也较容易理解其中的意义。与此不同，人们对于另一种文化的特定思想模式却可能难以完全领会。既然叙事具有如此重要的"元代码"的地位和作用，如果我们缺少叙事或排斥叙事，这必然"意味着意义本身的缺失或被排斥"[2]。

既然作为"元代码"的叙事具有如此重要的作用，那么，叙事在怀特的历史话语中居于什么地位呢？我们认为，怀特的元史学理论中对叙事的阐述集中体现了叙事学由经典叙事学阶段向后经典叙事学阶段演变的特点，是叙事学理论转向的一个缩影。反之，通过了解叙事学及其演变的轨迹也有助于理解怀特的叙事理论。

---

[1] Heyden White, *The Value of Narrativity in the Representation of Reality*. Critical Inquiry, vol. 7, no. 1, 1980, p. 5—6。

[2] Heyden White, *The Value of Narrativity in the Representation of Reality*. Critical Inquiry, vol. 7, no. 1, 1980, p. 6。

二、叙事学的含义及其嬗变

叙事学（narratology）有时也称叙述学，顾名思义，是关于叙事的科学，所谓叙事是指在时间或因果关系上有着联系的一系列事件符号再现。我们这里所说的"narratology"专指"叙事学"，而不是"叙述学"。有学者认为，"叙述"一词与"叙述者"密切相关，多指话语层次上的叙述技巧，而"叙事"则包括叙述技巧和故事结构两个层面，普林斯（G. Prince）在《叙事学词典》中的解释就包含上述两个邻近概念的含义，他从两个方面对"narratology"这一概念进行了界定：一是受结构主义影响而产生的有关叙事作品的理论，"narratology"研究不同媒介的叙事作品的性质、形式和运作规律，以及叙事作品的生产者和接受者的叙事能力，探讨的范围包括"故事"与"叙述"以及二者之间的关系；二是将叙事作品作为对故事的文字表达来研究（以热奈特为代表）。在这一有限的意义上，"narratolog"关注叙述话语而忽视对故事本身的研究[1]。本文所讲的叙事学（narratology）是指"叙事"而非"叙述"。

现代叙事学理论的形成是得益于20世纪结构主义文论的成果，因此，又被称作结构主义叙事学。结构主义兴起于20世纪60年代中期的法国，然后迅速蔓延欧美并成为一种具有广泛影响的社会思潮，现代叙事学的发展几乎与结构主义，尤其是法国结构主义文论是同步的，我们甚至可以认为叙事学就是结构主义文论的延伸及其在特定研究领域中的进一步发展与深化。结构主义所讲的"结构"是一种结构关系，是一种内在的关系组合，表现为各部分之间的相互依存。按照皮亚杰（Jean Piaget）的阐释，"结构包括三个特征：整体性、转换性和自身调节性"，整体性是指结构内部由若干成分组成并且具有内在沟通性，它们服从于能表明体系之成为体系特点的那些规律；转换性指"结构"并不是一个静态的形式，而是一个可以转换的体系；自身调整性是指"结构"自身可以进行自我调整，以此保证结构自身的各种转换不会"越界"，从而维持该结构的相对稳定性和封闭性。结构所具有的这三个特征决定了结构主义理论的研究方法相应也具有上述的几个特征，同时，这些特征对叙事理论的形成与发展产生了较

---

[1] 参见申丹：《叙事学》，《外国文艺》2003年第3期。

大影响①。

正如前文对"叙事学"概念的界定，叙事学内涵包括叙述技巧和叙事结构两个方面，因此，其研究对象也集中在两个领域，一是叙事结构的层面——主要探讨叙事本身的形式、性质和功能，即叙事作品所具有的共同特征；二是关注叙事话语的层面——探讨叙事话语表现模式中的时序状况与事件与其中因素之间的关系，如故事、叙事过程与叙事本文之间、故事与叙事过程之间的诸种关系②。前者显然是"由结构主义所激发"的研究层面，他们聚焦于被叙述的故事，研究故事语法，探讨事件的功能、结构规律、发展逻辑等，试图超越不同媒体表达的局限，在更高层次上把握叙事性所具有的共同特征，认为文艺研究应该更多侧重文艺作品内部的研究，热奈特（Gérard Gentte）对此评价说："人们曾经在相当长的时间内将文艺视作一个没有代码的信息，因此现在有必要暂时将它看成一个没有信息的代码。"③ 尽管结构主义文论相比以往研究"没有代码的信息"的方法，视野显得不够宽阔，但其触角直接"抚摸"叙事文本，在一定意义上与所进行的研究对象之间是相符的，这对我们宏观把握叙事文本的框架与叙事逻辑问题具有积极作用：一方面有助于拓展对叙事作品进行内部研究的途径和方法，另一方面，可以在更深层次上理解叙事作品的结构意义。至于后者，即对叙述话语（叙述故事的方式）的研究，可以具体分析话语表现模式以及故事与叙述话语之间的关系等问题。被称作"经典叙事学"阶段典型代表的热奈特的力作《叙事话语》（*Narrative Discourse*），它以托多洛夫（Tzvetan Todorov）在《文艺叙事的范畴》（1966）中提出的划分原则为出发点，将话语分成三个范畴：时态范畴、语式范畴和语态范畴。所谓时态范畴是指话语与故事的时间关系；语式范畴则包括叙述距离、叙述角度这两种对叙事信息进行调节的形态；而语态范畴则涉及叙述情景以及叙述者与接受者的不同表现形式。但是，这时的叙事理论的局限也是明显的，它们一般忽视文本中的词汇特征、句法特征以及语句之间的衔接、过渡等语言现象，认为叙述技巧常是语序上的选择，如选择诸多事件的叙述顺序，而不是对语言本身的选择，因此忽略了作者对语言本身的选择、运

---

① 参见皮亚杰著，倪连生、王琳译：《结构主义》，商务印书馆1987年版，第2页。
② Gerald Prince, *A Dictionary of Narratology*. Lincoln: University of Nebraska Press, 1987, p. 65.
③ 张寅德：《法国结构主义文论的嬗变》，《华东师范大学学报》1988年第3期。

用方面的研究。

伴随叙事理论研究的不断拓展和深化，人们日益发现经典叙事学存在着明显的局限性，某些观点已经阻碍其理论自身的发展，因此，顺应读者反映批评、文化研究等新兴学派关注读者与语境的后经典叙事学便异军突起。

后经典叙事学更加关注读者和语境，由经典叙事学阶段的关心作品本身转向侧重研究读者阅读过程中的阐释问题，从强调对文本内在研究拓宽为在关注对文本内在研究的同时也关注对文本与其外在关联的研究。概括地说，与经典叙事学相比较，后经典叙事学在两个大方面取得了明显的成就：一是扩大"文本"范围，不再仅仅囿于文本自身，由此研究对象更为丰富；二是强化了文本与外界的联系。后经典叙事学研究冲破了以往将其自身限定于叙事本文内在的封闭式研究的窠臼，在仍然保持了原有的研究风格和理论模式的同时，积极吸收、借鉴其他研究方法的长处，突破原有研究的狭小范围，关注与文本以外的诸要素之间的联系，从而形成了叙事理论研究向纵深延展的态势。大卫·赫尔曼（David Herman）在1999年出版的《叙事学：叙事分析的新视野》（*Narratologies*：*New Perspective on Narrative Analysis*）一书的书名就将习惯中的"叙事学"一词的"单数"（Narratology）形式改作了"复数"（Narratologies）形式，意指"在互相渗透的时代，叙事学（Narratology）已经分枝为诸多叙事学（Narratologies）"[1]。叙事学研究不仅融入其他学科的方法以扩大自身的研究视野，同时，也在将作为其研究对象的"文本"范畴不断扩大，于是，诸如女性主义叙事学、音乐叙事学、电影叙事学、社会叙事学等均被纳入了叙事学"文本"研究的视野。

从经典叙事学向后经典叙事学演变过程中，我们不难发现，后经典叙事学力图使自己的探讨具有历史观念和历史意义，而不是仅仅具有形式的意义，他们从共时态叙事结构转向了历时态叙事结构，关注社会历史语境如何影响或导致叙事结构的变化、发展，从关注形式结构转为关注形式结构与意识形态之间的关联。弗洛德尼克（Fludernik Monika）在其《走向

---

[1] David Herman, Introduction: Narratologies. In *Narratologies*: *New Perspective on Narrative Analysis*. Columbus: Ohio University Press, 1999, p. 1。

"自然"叙事学》(Towards a "Natural" Narratolog)中明确表达了对"历史"维度的青睐。他认为自己的叙事学研究模式不同于其他的叙事理论之处在于"明确而又清醒地意识到是从属于历史的",标题中的"走向"一词不仅揭示了这种历史性,而且全书的结构安排也是依照各种叙事文体在历史中演革的顺序进行梳理的,从口头语言的故事叙述起笔,讲到了中世纪的、现实主义的叙事作品,最后以现代主义、后现代主义叙事作品为结束,同时,整个梳理过程又是将不同时期的各种叙事作品置于广阔而复杂的历史背景下探讨其叙事特征的,我们在阅读时深深感受到其中凝重的历史感,发现作者在揭示各个时期叙事特征时,试图将以往较重视结构形式的研究方法与关注社会历史的意识形态内涵及社会历史语境的方法相融合,以求在更为广阔的视野中探究叙事学理论[①]。

三、叙事与历史的双向互动

海登·怀特的元史学理论恰巧折射出叙事学研究由经典叙事学向后经典叙事学转向的趋势,这正表现出他学术研究上的慧眼独具、真知灼见。

"历史的叙事化"是海登·怀特元史学理论的历史观预构的逻辑前提。他认为,历史再现离不开历史书写,而历史书写又必须借助于叙事话语。作为"元代码"的叙事可以将文化背景不同的人类经验通过语言加以传递,其作用是不断用意义来替代被叙述事件的简单模式,因此,叙事无论是对文艺创作还是历史书写都具有"元代码"的作用。怀特从人类学、心理学和符号学三个层次论证了历史叙事化的意义。

从人类学的角度上讲,怀特认为叙事在各种文化生活中起到核心作用。叙事性历史书写不仅是再现性的实践活动,同时,社会还借助这种实践"生产"人类"主体"。罗兰·巴尔特(Roland Barthes)认为历史是"被建构"的而非"被发现"的,"历史话语本质上是一种形式的意识形态的阐述",是一种"言语行为",以此"话语的说话者(一个纯粹的语言实体)填补了说话的主体(一个心理或意识形态主体)的位置。"巴尔特所指的历史话语就是"叙事性"的历史话语[②]。怀特赞同巴尔特从心理

---

① Fludernik Monika, *Towards a "Natural" Narratology*. London: Ronrledge, 1996, p.11.
② Barthes, "The Discourse of History", in *Rhetoric and History: Comparative Criticism Yearbook*, ed. Elinor Shaffer, Cambridge, England, 1981, Ibid, p.18.

学的角度论述叙事具有承担塑造人的心理意识作用的观点。叙事是社会把自恋式的婴儿意识造就成为一种能够承担各种形式法律责任的主体,儿童在学习语言过程中逐渐学会并遵循各种行为规范,也就是说,在学习、运用叙事中,言说的主体将自身塑造成一个家族、一个民族或社会团体的主体,不仅如此,巴尔特还认为,儿童在学习、培养"讲故事"的能力过程中还掌握了另一些重要的本领——许诺与记忆的能力、将因果加以联系的能力、判断一个人是否成为具有道德、法律、礼仪的主体的能力。这种主体意识对"主体"的形成至关重要,"任何叙事再现的'想象'内容都是一种中心意识的幻觉,这种中心意识可以认识外部世界,理解这个世界的结构和进程,将这种结构和进程再现为拥有全部形式连贯性的叙事本身"①。在这里,怀特认为叙事不仅可以有效促进人的主体心理及各种能力素质,而且,人的主体心理意识还可以内化为叙事。

怀特以罗曼·雅各布森(Roman Jakobson)为例,从符号学层次论证了历史叙事化问题。雅各布森从话语中包含的"信息"入手分析作为符号的叙事话语所具有的功能。认为,话语的首要目的是传递信息,即话语所包含的某一外在指涉物的信息时,这时话语的交流功能将占主导地位,话语与指涉物的构型及真理价值的准确性就成为我们研究话语的焦点问题,由此,叙事话语作为"符码"的功能就被置于怀特"工作台"上了。既然作为"符码"的话语的一个基本功能就是传递信息,那么,不同的信息就可以依据各自的目的选用不同的符码(叙事话语)进行传递,于是,当我们选择叙事话语的某种形式时,在本质上具有了意识形态的蕴含。因此,这种叙事话语的形式机制就预先赋予被叙事对象或者肯定或者否定的内涵。

"历史的叙事化"就是在历史书写时选取叙事话语的某种功能(交流的、表现的或意图的)而忽视另一种方式,同时,又凸显其意识形态内涵。因此,作为叙事化的历史话语就应具有两方面的功能:历史的再现模式和解释模式,相应地,一部历史被视作是关于一个"指涉物"——过去、历史事件、历史人物等——的一条"信息",历史文本的内容也就内

---

① 参见海登·怀特著,陈永国、张万娟译:《后现代历史叙事学》,中国社会科学出版社2003年版,第141—142页。

含了再现与解释的成分；作为再现，就有了关于"事实"的消息；作为解释，就具备了"叙事性"的叙述。对于前者，也就是关于"历史事实"的"消息"，其叙事性叙述"必须符合对应性和一致性的真理标准"，所谓的对应性标准，在怀特看来是指历史书写不仅构成历史叙述的"编年史"的单个存在的陈述应该"对应"于它们所指涉的"历史事实"，而且，整个历史叙事也需要"对应"于它所叙述的序列事件的总体结构。叙事性话语中的"故事"与它所讲的事件之间的"对应性"是在"信息"的概念内容层面上建立的，这种概念内容或者隐含因果关系中连接事件的因素，或者揭示事件中的人物采取某种行动的动机；所说的一致性标准是指历史叙事符合历史事件发生的内在逻辑，个别的事件在整体上符合逻辑相一致的要求，例如，在时间发生的序列中产生较早的某一事件可以用来作为发生于其后的另一事件的原因，但反之则不能成立；同样，作为发生后的事件可以用来阐释它之前发生事件的"意义"，但相反的情况却不能存在，也就是说，在历史叙事化中，历史事实的内在逻辑必须遵循，不可倒置。①

"叙事的历史化"是指历史地分析叙事及叙事的意义。怀特认为叙事话语不仅可以"承载""传递"信息，还是历史意义的"生产"系统。叙事的"内容"一方面包含我们阅读时可以从中抽取的有关指涉物的信息，另一方面还包括其形式——可以生产意义的话语体系系统，"改变话语的形式不一定就会改变其关于明确指涉物的信息，但却必然要改变它所生产的意义"②。因此，对意义产生的"语境"的理解就成为"叙事历史化"的关键。

经典叙事学研究的"语境"是文本自身结构中各种成分之间的组合关系，后经典叙事学则把由语言文字构成的文学符号看成文化符号大体系中的一个组成部分，并且以动态的视角分析文学符号在文化符号大体系中的功能以及与其他符号体系之间的互动关系，具体到文艺研究，不仅要对文学符号做历时态的考察，同时，也从共时态的视角将其作为一种特殊的话语置于与整个社会文化符号的互动关系中把握文学话语的规律和特征。由

---

① 参见海登·怀特著，陈永国、张万娟译：《后现代历史叙事学》，中国社会科学出版社2003年版，第146—147页。

② 海登·怀特著，陈永国、张万娟译：《后现代历史叙事学》，中国社会科学出版社2003年版，第149页。

于强调社会文化活动中的话语力量,后经典叙事学把社会纳入一个由各种"话语"构成的大"文本"中观照,以此宏大视野进行研究,"语境"直指文本以外的社会符号系统,文本的意义也就不再仅仅拘泥于语言形式的表层或深层结构,而是延伸到了文本之外的社会话语活动的各个层面,以此作为意义产生的"语境"并进行立体考察。有学者将产生意义的语境概括为三个[1]:一是将读者视为意义产生的重要语境,二是以互文性作为语境,三是以文化作为语境,应该说这个概括是准确的。

视读者为语境的观点强调读者和阅读过程是文本意义的来源,他们借鉴接受美学观点,重视读者对文本的解读,强调读者在阅读中的主观能动性,认为读者和阅读过程是文本意义生成的来源。伊瑟尔理论将"读者"提升到文艺作品构成的不可或缺的重要一极,认为文艺作品由文本和读者两极构成,若没有"读者"这一要素的存在,也就没有文艺作品的存在。伊瑟尔将文本与作品相区分,读者阅读前称作文本,文本是作品的潜在的意向性存在,文艺作品是文本在读者的阅读过程中由潜在的意向性存在向现实的意向性存在转化,阅读文体的审美具体化就成为作品存在的一部分。费什(Stanley Fish)也宣称,他心目中的"读者"是"具有这样一种思维能力的人"——"是一个理想化的读者","是一类有知识的读者"[2],"文本中,是读者的阅读过程使各个结构单位形成统一整体,文本的意义来源于读者在阅读时所运用的阐释模式。"之所以产生"一千个读者有一千个哈姆雷特"现象,其原因是"由于'我'特定的素质使得'我'在阅读中运用了不同于别人的阐释方法,使得'我'的阅读呈现了不同的形式结构"。[3] 费什的读者语境论强调了读者阅读中的主观性特征,这与形式主义的批评理论强调客观性、科学性的观点显然不同。

将互文性视为意义产生的语境的学者,以解构主义批评家为代表。通

---

[1] 参见王丽亚:《分歧与对话》,《外国文艺评论》1999年第4期。

[2] 斯坦利·费什著,文楚安译:《读者反应批评:理论与实践》,中国社会科学出版社1998年版,第165页。

[3] Stanley Fish, "Interpreting the Variorum". In *Contemporary Literary Theory Criticism*, ed. Robert Con Davis, Longman, 1986, pp. 393—408, p. 406。

常，人们认为法国女性主义思想家克里斯蒂瓦最早提出"互文"概念[1]。"互文"主要指两层含义：一是指作品之间在叙事结构、情节化模式等方面的相互借鉴；二是指作为一种特殊话语形式的文艺与其他话语系统在文化中形成的相互影响和作用。以互文性为意义产生的语境，就是指意义产生于文学作品内部的叙事结构系统以及与文学话语系统之外各种文化符号系统之间的互动关系。持此论者将研究视野由文本内部的叙事性扩展到更为广阔的符号系统，这无疑也是对结构主义叙事学的一种突破。

以文化为意义生成语境的观点[2]，关注文化并以此为意义产生的语境。研究者试图扩大研究范围，超越传统意义上的纯文本的界限，放眼到文化范畴下的叙事作品，同时，也不再局限于以语言——这种特殊话语形式存在的文艺文本，而是将以各种符号系统为表现媒介的叙事作品全部纳入其研究范围。巴尔（Mieke Bal）在1997年出版的《叙事学：叙事理论导论》（*Introduction to the Theory of Narrative*）一书的修订版中对"叙事文本"这一范畴予以重新阐释："叙事文本是叙述者借助诸如语言、形象、声音、建筑艺术、多媒体等特定的媒介叙述故事的文本。"[3] 巴尔的主张显示了以文化为意义产生语境的理论观点，更为重要的是，由于"文化"范畴的引入，必不可少地就涉及人，文化既是人类实践的产物，同时，又是塑造人的动力，二者互为前提，互相影响，共同发展，这是对以往叙事学研究视野中"目中无人"的纠正。在经典叙事学研究中，研究者常常宣称追求以一种客观的态度去观照其研究对象，以期获得对叙事文本的结构形态、叙述技巧等的客观描述，这种观点难免忽视了文本审美价值的存在，回避作品价值意义的研究。[4]

后经典叙事学以关注读者和语境为突破点，将历史观念与历史意义引入其理论，使叙事学研究不仅置于历史背景下，而且还将叙事历史化，从

---

[1] Julia Kristeva, *Revolution In Poetic Language*, Trans. Margaret Waller, New York: Columbia University Press. 1984. & "The Bounded Text" in Desire *In Language*, Trans. Thomas Cora, Alice Jardine & Leon S. Roudiez, Columbia University Press, 1980, pp. 36—63。

[2] David Herman, Introduction: Narratologies. in *Narratologies: New Perspectives on Narrative Analysis*. Columbus: Ohio University Press, 1999, p. 1。

[3] Mieke Bal, *Narratology: Introduction to the Theory of Narrative*. Toronto: University of Toronto Press, 1997, p. 5。

[4] 参见王丽亚：《分歧与对话》，《外国文艺评论》1999年第4期。

而使得叙事学研究成果具有了厚重的历史积淀。

　　叙事的历史化与历史的叙事化恰恰是海登·怀特元史学理论的特点。他强调历史书写与叙事的一体性、不可分割性，一方面为历史书写的叙事性特征正名，即叙事不仅仅属于诗性的、虚构的文学，同样也是历史书写所必不可少的方法与手段，由此解构了横立于文学与历史之间的壁垒；另一方面，将有关的文艺理论研究成果引入历史学研究领域，借鉴文艺理论研究的方法，寻求更为科学的史学研究方法，突破传统客观论史学理论的局限，试图"重振"史学研究。他在研究中，既注重形式主义，又注重社会文化，既重视文学性，又重视历史性的观念与研究方法，正是我们今天在文艺研究中应当给予足够重视的科学的方法论意识的关键所在，这也是本书研究海登·怀特元史学理论的目的。

第四节　历史的文学性与文学的历史性

　　"历史的文学性与文学的历史性"实质上指出了文学与历史的互动性特点，这正是海登·怀特元史学理论的文史相济观念的本质内涵。该命题的提出是在"文本的历史性"（the historicity of texts）与"历史的文本性"（the textuality of histories）基础上的进一步深化。①

　　"文本性"是指文本意义的"生产性"。后经典叙事学十分重视语境，认为语境是意义产生的"孵化"基地，而对"文本"的理解也由结构主义的视文本为封闭的、自足的结构体系转向后结构主义的"一个开放的结构过程"，这实际上反映了文本研究观念的根本性变化——由封闭走向开放，由孤立走向联系，由静止走向动态、由单向走向互动。怀特的元史学理论"顺应"这个发展潮流，在重形式研究的"语言论转向"基础上的历史转向。在包括文艺在内的社会科学研究中，"历史"维度是不会消逝，也不能消逝的，对此，伊格尔顿指出："从索绪尔和维特根斯坦直到当代文艺理论，20世纪的'语言学革命'的特征就在于承认，意义不仅是某种以语言'表达'式'反映'的东西，意义其实是语言创造出来的。我们并不是

---

① 参见王岳川：《后殖民主义与新历史主义文论》，山东教育出版社1999年版，第185页。

先有意义和经验，然后再着手为之穿上语言；我们能够拥有意义和经验，仅仅是因为我们拥有一种语言以容纳经验。而且，这就意味着，我们作为个人的经验归根到底是社会的；因为根本不可能有私人语言这种东西，想象一种语言就是想象一种完整的社会生活。"① 伊格尔顿的话是很有见地的。虽然语言论转向不像是文艺研究中的"社会—历史"批评方法那样直观地看到"历史"维度，但他指出了语言论暗含的对"历史"的开放性，这正如语言学派所主张的"语言是存在的家"的观点，语言的产生、存在离不开人的存在，而人的存在是社会性的存在，是历史性的存在，历史是由人的社会实践活动构成的，因此，语言论转向实际也暗含了"历史"的维度。这为"历史转向"的发生做了一定铺垫。

"文本的历史性与历史的文本性"（the historicity of texts and the textuality of the histories）这一命题最早是由蒙特洛斯（Montrose）提出。按照其解释，"文本的历史性"是指所有的文本，既包括作为批评家研究对象的文本，也包括批评家研究之后撰写的文本，还包括这类批评家撰写的文本（又可能成为其他批评家再进行研究的对象），如此的文本往复，所有的文本都含有历史的具体性、社会性、物质性的内容，由此，他将文本的内涵扩展为一切包含历史具体性、社会性内容的形式；"历史的文本性"表现为两个方面，首先，要接近一个完整的、真正的过去（历史）——一个物质性的存在，我们就必须以所要研究的社会文本为媒介，这个文本并非是偶然形成的，而是应该被看成是一定程度上经过有意选择和修饰过的；其次，文本兼有了二重性，一方面它是在一定历史时期物质与意识形态碰撞中被描述、解释性加工而转化为的文本；另一方面，这种文本又具有了"档案"功能，因为它自身同时又充当了被后人再阐释的媒介②。蒙特洛斯这一经典性命题，非常准确地概括出历史与文本之间的鱼水关系，这也正是海登·怀特元史学理论的要旨所在，为我们准确把握其理论精髓与价值提供了开启的钥匙。

具体地说，"历史的文本性"包含这样两层意义：一是指历史是以"文本"的形式"承载"并展示自己；二是指历史在文本的书写与解读中

---

① 伊格尔顿：《二十世纪西方文艺理论》，陕西师范大学出版社1987年版，第68页。
② 参见 S Greenblatt & G. Gunn, *Redrawing the Boundaries*. New York, 1992, p. 410。

"建构"——不断建构其意义。海登·怀特极力推崇历史书写的重要性，认为只有通过"文本"这一中介才能"面对"历史，才能"触摸"历史，才能认识历史，因为"历史"上的事实已经过去，我们与历史之间存在时间上的距离，历史不能为我们而"重现"，我们不可能直接亲自经历这些历史事实，所能见到的只是各种记载历史的文本，即使是文物或考古新发现，也必须以文字的形式展示其含义或表示的意义，对此问题，詹姆逊的见解还是有道理的，他说："历史并不是一个文本，因为从本质上说它是非叙事的、非再现性的；然而，还必须附加一个条件，历史只有以文本的形式才能接近我们，换言之，我们只有通过预先的文本化才能接近历史。"① 美国历史学家卡尔·贝克尔也指出："由于这些事件已不复存在，所以，史学家也不可能直接与事件本身打交道。他所能接触的仅仅是这一事件的有关记载。坚定地说来，他接触的不是事件，而是证明曾经发生过这一事实的有关记载。当我们真正严肃地考虑这些铁的事实的时候，我们所接触的仅是一份证实发生过某个事件的材料。因此就出现了一个很大的差距，即已经消失了的、短暂的事件与一份证实那一事件的、保存下来的材料直接的差距。实际上，对我们来说，构成历史事实正是这个关于事实的证明。如果确实如此，历史事实就不是过去发生的事情，而是可以使人们想象地再现这一事件的一个象征。既然是象征，说它是冷酷的或铁一般的，就没有什么价值可言了。甚至评论它是真的或假的都是危险的，最安全的说法是这个象征或多或少是适当的。"② 摒弃其中的不可知论与历史相对主义的成分，这段话揭示了历史史实与历史文本之间的本质区别。这里的历史"文本性"实际上起到了沟通历史事实与研究者（读者）之间的桥梁作用，具体说来，它包括两个转化过程，一是由历史事实向文本的转化，二是由文本向读者接受的转化。前者是一个编码（历史书写）过程，后者则是解码（阅读文本）的过程；前者是历史学家根据个人对历史事实的理解对文本的建构，而后者则是读者依据个人的理解对文本的解码，文本既是史学家历史书写的成果，又是读者了解历史的依据，前者是发生于某一历史时期内确定的某一事实或事件，历史经由文本的传载又回归于

---

① 詹姆逊：《政治无意识》，中国社会科学出版社1999年版，第70页。
② 卡尔·贝克尔：《不偏不倚和历史写作》，张文杰等编译：《现代西方历史哲学译文集》，上海译文出版社1984年版，第229页。

"历史"并成为历史的组成部分。

德里达（Jacques Derrida）曾经有句名言：文本之外无物（Il n'y a pas de-hors texte），这并不是通常我们所理解的"在文本的外部没有什么东西"的意思，而是指"没有外在的文本"（There is no outside text），也就是说，文本非但没有割裂其自身系统与外在社会（历史）的联系，正相反，外在的历史、社会都浓缩于文本之中，在某种程度上讲，正如德里达本人所言，"外与内的关系通常不过是一种简单的外在关系。'外'的意义始终处于'内'中，禁锢在'外'之外。反之亦然。"①。这里的"反之亦然"，简明扼要，非常辩证而严谨地指出了文本与历史的关系，一语道破"历史的文本性"的真谛。

"文本的历史性"是指文本作为一个"历史事件"而存在，是历史的重要组成部分。这主要表现为两个方面：一是指文本是特定社会历史条件下的"产物"，二是指"文本"作为历史事件本身既是现实性存在，又必然参与到历史的不断"建构"过程中。前者指文本的书写是特定历史时期的政治、经济、文化、法律、民俗等社会诸因素影响下的产物，历史书写的内容是历史性存在的，历史书写的人也是历史性存在的，无论史学家如何发挥主观能动性，作为文本内容的历史事实的存在是不容置疑的——是历史性存在的；同时，由于历史书写又是人的社会实践活动，总会留有人的"痕迹"，因此，文本必然带有历史的"痕迹"，是不可能跨越具体历史时空的限制而超然存在的。以往历史主义所宣称的文本是客观的、透明的、历史事实会真实地"再现"于文本之中并借此传达给世人的观点，严格意义上是难以成立的。怀特一针见血地指出了其片面性所在，那就是，这种观念明显地隐瞒了"创造"在史学家书写中的重要性，任何历史书写必然是在元史学观指导下进行的，这就必然蕴含史学家主体的意识形态性，任何史学著作都是在明显的意识形态框架内书写的，"历史永远不仅是谁的历史，而总是为谁的历史。不仅是为某一特定意识形态目标的历

---

① Jacques Derrida, *Of Grammatology*. Trans. G. Spivak. Baltimore: Johns Hopkins University Press, 1976, p.100; 又见 [英] 马克·柯里著，宁一中译：《后现代叙事理论》，北京大学出版社 2003 年版，第 50—51 页。

史，而且是为某一特定社会群体或公众而书写的历史"①。怀特曾引用列维-斯特劳斯的论述来阐述其观点，认为任何历史叙事的形式必然是阐释性的，历史事实绝不是"给予"历史学家，而是由历史学家本人"借助抽象手法，仿佛在无限倒退的威胁之下'建构'的"，而且，在书写历史文本时，史学家原本作为"数据"构成的历史事实作为一个语言结构因素必定经过第二次建构，而这个语言结构又总是出于特定的（显在的或隐在的）目的写成的，"这意味着'历史'绝不仅仅是历史，而总是'为一历史'，即出于某一基础的科学目的或幻想而写的历史。"②

同样，文本的阅读过程也必然具有历史性，其阅读行为与阅读结果又会作为"历史事件"而进入历史并成为历史的组成部分。这表现在两个方面，作为"历史事件"的阅读行为（过程）和作为阅读行为的结果，二者都将进入历史。对任何文本的解读活动都是在特定历史条件下发生的人类的实践活动，无论是从接受主体方面讲，还是从阅读发生过程看，都具有历史性，而且，按照解释学的观点，"作为历史事件"的文本与其他事件一样拥有时间意义和时间内容，并随着时间车轮的转动而发生变化，从而使自身成为一个动态、开放的、未完成的存在。暂时性（temporality）被认为是文本的内在属性，不断重复与重构历史是必不可少的环节③。怀特认为"历史性"本身就是一个结构模式或"时间"层面，这里的"时间"由三个"组织深度"：内在时间性、历史性和深度时间性，这三者实际上是人的意识对时间的三种体验：一是"普通的时间再现，……即事件之中发生的时间"；二是"重心放在过去，甚至在'重复'的作品中揭示生死之间'延续'的力量"；三是试图"掌握未来、过去和现在之多元统一"的再现。文本的这种结构模式可以"把我们从内在时间性带回到历史性，从'对待'时间带回到'回忆'时间"④。按照此观点理解，接受者阅读

---

① 海登·怀特著，陈永国、张万娟译：《后现代叙事学》，中国社会科学出版社2003年版，第105页。
② 海登·怀特著，陈永国、张万娟译：《后现代叙事学》，中国社会科学出版社2003年版，第70—71页。
③ Brook Thomas, *The New Historicism and Other Old-fashioned Topics.* Princeton University Press, 1991, p. 32.
④ 参见海登·怀特著，陈永国、张万娟译：《当代历史理论中的叙事问题》，《后现代叙事学》，中国社会科学出版社2003年版，第160—161页。

具有"历史性"的文本的过程就是文本将自身"历史性"展示并传递给读者的过程。

作为阅读行为的结果，无论是文本的内容内化为接受者的知识素养还是外化为对阅读文本的评论，都会间接或直接对以后历史产生某种影响，同时，很可能又以文本的形式存在于历史长河中，巴尔特廷（Mikhail Bakhtin）对此曾有一段精辟的论述：

> 事实上，分析的主体（批评家、学者、语文学家）可能都得益于自己脱离所描写的语言之外了。然而，这种外在性只是暂时的、表面的：他也处于语言之中，而且，不论他是如何企望自己"严肃""客观"，也一定进入主体、能指与他者这个三角链环中。这种进入是通过文本写作实现的，而不需要依靠那个并不可靠的无语言的虚设的所谓距离。唯一以文本理论为基础的实践活动就是文本本身。结果是显而易见的：总的说来，诸如论述作品的批评话语一样，批评的整体是滞后的。如果说一个作者要谈论一个过去的文本的话，只有他自己再写出一个新的文本才可能做到……所以，没有批评家而只有作家。[①]

在这里，巴尔特廷实际将文本——（批评的）文本——（再批评的）文本纳入了历史发展的链条之中，作为"一件"又"一件"的"历史事件"而存在。由此，文本自身不仅是作为历史文化"事件"而存在于历史中，同时，又成为塑造历史的能动力量而参与"建构"历史的过程之中。

"历史的文本性"与"文本的历史性"作为同一命题的两个互相依存的方面，处于一种互动建构关系，当我们研究文本性或历史性时，就应该将其置于二者共同构成的这一动态性结构关系中，以动态的眼光审视其发展、变化，揭示其内在的特质。对"历史的文本性"与"文本的历史性"的动态研究为探讨"文学的历史性"与"历史的文学性"这一命题奠定了理论基础，它有利于我们在文艺研究中正确把握审美性与历史性关系，进而不断深化我们的文艺理论研究。

[①] Mikhail Bakhtin, *Marxism and the Philosophy of language*. Trans. L. Mateika and I. Titunik. New York: Seminar Press, 1973, p.44。

"文学的历史性"指文艺活动总包含历史的维度，不论是作家、文本、批评家及其批评性文本，还是作家与世界、作家与作品、作品与世界、批评家、读者与文本、批评家与世界等诸多关系中，都离不开历史；按照后经典叙事学观念，文本与语境构成了更为广阔的"历史"大文本，历史不再是文艺发生、存在的"背景"，而是走入文艺的"前景"，直接成为文艺构成的不可或缺的维度；同时，文艺作为历史性存在"事件"，直接成为历史的有机组成部分，与文化、政治、权力和意识形态等熔铸于一个彼此紧密关联的网络结构中，通过文艺文本与非文艺文本的互文性的阐释，揭示文艺是如何通过这个复杂的互相关联的文本化世界的审视，参与历史意义的创造的过程，甚至参与政治话语、权力运作和等级秩序的重新梳理与建构。

"历史的文学性"指我们无法直接面对一个所谓客观的、真实的历史。我们所能接触到的不过是人类社会历史流传下来的各种作为解读的文本，而各种文本的书写都具有审美性的维度，无论是在历史事实的选取方面，还是在写作过程中都融入作者的主观性，因为历史事件的存在是杂乱无章，甚至是相互抵牾的，历史文本的书写必须通过研究者去伪存真、去粗取精、由表及里、由此及彼的思辨加工过程，对于一些残缺、断裂的史料，还必须依据理论假设，运用一定的想象予以弥补、完善，"总而言之，历史事实僵死地躺在记载中，不会给世界带来什么好的或坏的影响。而只有当人们，你或我，领先真实事迹的描写、印象或概念，使它们生动地再现于我们的头脑中时，它才变成历史事实，才产生影响。正是这样，我才说历史事实存在于人们的头脑中，不然就不存在于任何地方。因为，当它不是再现于人们的头脑中，而是躺在毫无生气的记载里的时候，就不可能在世界上产生影响"[1]；而且，在历史文本的书写中，其话语的建构在深层次上讲是文学性的，文本存在本身就是人们有意识地选择、建构的结果，而对文本的阐释更是一个复杂而微妙的过程，存在众多不确定的"空白点"有待重新阐释。

文学的历史性与历史的文学性研究，可以使我们在二者的互动建构关

---

[1] 卡尔·贝克尔：《不偏不倚和历史写作》，张文杰等编译：《现代西方历史哲学译文集》，上海译文出版社1984年版，第231页。

系结构中把握文艺与历史。以历史维度审视文艺，就会发现文艺是如何由封闭的、静止的、稳定的系统变成开放的、动态的、活跃的体系，在与不同符号系统的撞击、融合过程中显示其非稳定性、可渗透性，并通过不断解读、积淀而成为一个意义趋向无限增殖的文本，在这个增殖的过程中，文艺话语与权力话语构成某种平衡与制约关系，通过对时间与空间的穿越而解读文本的历史情境，把文本直接植入历史文化关系之中，文艺活动的参与者成为文艺的共谋，通过对社会权力话语的展示，揭示其对立面的权力一方，从而较准确地复现、再生产当时的历史语境，文艺意识形态的介入是对社会权力话语的颠覆性建构，这种文化"颠覆"的性质构成历史解释的本质。文艺在与历史的互动性建构中赋予历史意识以新的意义，文艺的历史就是聚集复杂的文化符码，并构成了文艺与社会彼此互动的历史[①]。

[①] Lonis A. Montrose, "Shaping Fantasies": Figurations of Gender and Power. in Elizabethan Culture, Represantations 2, Spring 1983, pp. 61—94；又参见王岳川：《后殖民主义与新历史主义文论》，山东教育出版社1999年版，第183—185页。

第四章　走向互动性建构的文艺理论

历史问题始终伴随着文艺而存在，它是文艺研究中重要的参照轴，也是我们探讨文艺问题不能回避、也绝对无法回避的问题。

海登·怀特的元史学理论将文学与历史相融合的观念与研究方法以及为新历史主义文学批评的辩护[①]，对我们今天的文艺理论研究具有重大的借鉴意义。虽然说，他的一些观点可能尚存争议，而且，对这些问题的研究也正处于摸索时期，未能提出完全令人信服的理论；但是，一个不容置疑的事实就是：怀特至少触及了这些问题的复杂性，而且，他的研究也具有一定的深刻性和现实价值，为我们研究文艺、研究文艺的历史维度提供了有益的借鉴。

第一节　历史：文艺研究中无法回避的维度

文艺——一种具有审美性特征的历史存在和富有历史性蕴涵的审美活动，既受制于历史诸因素，又构成了奔流不息的历史长河，因此，文艺研究是无法回避历史维度的。

历史问题作为人类本体存在的时间维度必然引发我们的思考。在人类意识中，作为一种绵延不绝的时空一体的历史，无始无终，充满神奇的色彩，引起人们无尽的思索和无边的遐想。当人们反观人类自身时，"历史"便跳入思维视野中，试图通过把握历史来了解人类自己，"历史与人"就成为人类认识自己的基本思维范式，即使是在"历史意识"产生之前的时代，人们已经开始思考"历史问题"了。

---

① Hayden White, *New Historicism: A Comment*, edited by H. Aram Vesser. Routledge, 1989.

通常，研究认为"历史意识"是近代才产生的："虽说早在18世纪以前人们就已经在撰写各种历史，但是，历史作为一种有意义的、进步的和发展、变化系列的观念则是在人们意识到他们所处的当前时代与业已失去时代之间存在的质的历史性差别时才会形成的。"① 上述话揭示了两个问题：一，历史意识产生于18世纪；二，历史意识是指人们对现在与过去之差异的意识。在人们的历史意识尚未觉醒之前，古老的民族就已经有了朴素的、可能在今天看来有些幼稚的时空观，而且他们之间表现出惊人的相似性，"永恒轮回"就是典型代表。古列维奇曾表明如是观点："许多在不同程度上创造了伟大的古代文明的民族都持有循环的时间意义，……在日常生活中，时间流逝着，但这种时间仅仅是世界的表象。真正的时间是一种不受变化制约的、更高实在的永恒。"② 伴随历史意识的产生，作为历史哲学的历史主义也产生了，伊格斯就曾说："历史主义的先决条件是要求有历史意识，也就是能觉察古今在基本上是迥异的。"③ 人们从此揭开了历史研究的新篇章。

如果说古代的时空观是一个对封闭宇宙的信仰，那么，中世纪的基督教神学观则推动了时间意识的觉醒，伽达默尔对此有较为深刻的见解，他说："历史的本质为人类思维所意识到仅仅是由于基督教及其上帝拯救行为的绝对瞬间的强调以及尽管如此，但在此之前，历史生命的同样一些现象已被知晓，只是他们还被'非历史地'加以理解，不是从神话的远古推出现在，就是着眼于一个理想、永恒的秩序来理解现在。"④ 基督教将时间看作线性发展，而且是不可逆转的。就这样，人类的时间意识经过长期积淀，在与现实的磨合中逐渐形成较为清晰的历史意识。

同样，文艺研究中也反映出人们的历史意识从无到有，由自发到自觉的发展轨迹。作为人类精神实践活动的"产品"——"人的本质力量对象化"结晶的文艺作品，不仅是人的历史的一个"缩影"，而且表现了人类对"历史与人"这一问题的不同层次和不同视角的考问，因此，文艺研究必然与历史问题相"纠缠"，从此结下了不解之缘，不管是"合"还是

---

① Claire Colebrook, *New Literary Histories*, Manchester University Press, 1997, p.5。
② 古列维奇：《唯一的门——时间与人生》，东方出版社1996年版，第311页。
③ 伊格斯：《历史主义》，《新历史主义与文艺批评》，北京大学出版社1993年版，第285页。
④ 伽达默尔：《伽达默尔集》，上海远东出版社1997年版，第416页。

"分",历史问题总是挥之不去、不招自来地萦绕在人们的意识之中。依据不同时期文艺研究中呈现出的不同历史意识,我们将其划作五个时期:前"历史意识"时期、旧历史主义时期、历史质疑论时期、"历史转向"初见端倪时期和"回归历史"时期。

一、前历史意识时期

前历史意识时期是指近代历史哲学产生以前的漫长时段。古希腊时期,人们的历史意识尚未产生,缺乏历时态考察,仅仅停留在共时性研究水平上,在神话中,历史与文艺浑然一体,难分泾渭,后来便分道扬镳了,人们试图在两者之间清晰划界,于是,文本与背景、文艺与历史、真实与虚构等二元对立的范畴并峙,通过界定"文史"之异,将历史作为文艺的"背景"(参照系)来进一步说明文艺的特点。亚里斯多德纠正了柏拉图所认为的文艺与真理相隔三层,故而不真实的观点,肯定了现实世界的真实性,同时也肯定了艺术的真实性。他在《诗学》第九章里将诗(文艺)与历史加以比较:

> 诗人的职责不在描述已发生的事,而在描述可能发生的事,即按照可然律是可能的事。诗人与历史家的差别不在于诗人用韵文而历史家用散文——希罗多德的历史著作可以改写成韵文,但仍旧会是一种历史,不管它是韵文还是散文。真正的差别在于历史家描述已发生的事,而诗人却描述可能发生的事,因此,诗比历史是更哲学的,更严肃的:因为诗所说的多半带有普遍性,而历史所说的则是个别事。所谓普遍性是指某一类型的人,按照可然律或必然率,在某种场合会说些什么话,做些什么事——诗的目的就在此,尽管它在所写的人物上安上姓名,至于所谓特殊的事就例如亚尔巴德所做的事或所遭遇到的事。①

亚里斯多德在这里不仅指出了文学与历史区别,更为可贵的是,他还指出

---

① 亚里斯多德:《诗学》,贺拉斯:《诗艺》,人民文艺出版社1962年版,第28—29页;译文参考朱光潜:《西方美学史》,人民文艺出版社1979年版,第72页。

了对"真实"的不同层面的理解。海登·怀特的历史真实观与此是一致的。怀特认为的历史真实是一种"诗意"的真实，与亚里斯多德的"文学真实"相仿，是有别于客观史学派所坚持的"历史真实"观点的。

二、旧历史主义时期

旧历史主义时期是以意大利的维柯、法国卢梭、德国赫尔德以及黑格尔的思辨历史哲学为代表的时段。思辨历史哲学相信，历史中起作用的是历史进程，历史进程遵循着客观的必然规律，人类难以改变它，而且，人类历史是"进步的"历史，拥有一个整体的发展"目的"，历史撰写的目的就是赋予历史发展进程以某种"最终目的"；历史学家在研究过去时代或以前文化时必须避免一切价值判断，因为历史具有"客观必然性"，整个历史进程的发生、历史人物的活动、历史事件的出现都有因果必然联系。历史意义只能以某种法则或规律加以解释。詹姆逊认为这种历史观是"本原主义"（genetic）的，即它总是设想一个事或一个人作为事物发生的起源，并以此为基点与其后所发生的历史联系起来，从而把握历史的最终命运，而这"起源"是其研究中最感兴趣的、预设的①。可见，这种历史哲学是历史决定论、历史目的论、客观论和本原主义的。

近代以降，伴随着思辨历史哲学的兴起，文艺研究中的历史方法也在逐渐形成②，在这个形成过程中，艺术的历史哲学、浪漫主义文艺运动和古典语文学三者共同发挥了促进作用③。

首先，艺术的历史哲学观的推动作用。1725年，维柯的《新科学》发表，书中通过研究各民族的起源和处境，发现他们的历史发展具有一定相似性，这与基督教所宣扬的上帝创造世界的观点不同，相反，人类自己创造了自己的历史，事物的本质不过是它们的某种方法发生出来的过程，这种历史发展观点与历史方法的总原则实质上开启了历史哲学的新篇章。之后，赫尔德在《德国文艺断想》《批评之林》等著述中考察了诗与民族、

---

① 参见詹姆逊：《马克思主义与历史主义》，《新历史主义与文艺批评》，北京大学出版社1993年版，第23—25页。

② "历史方法"这一术语是由徐贲先生在《走向后现代与后殖民》一书中提出的。本文特指旧历史主义。

③ 参见徐贲：《走向后现代与后殖民》，中国社会科学出版社1996年版，第3—6页。

地理、历史的关系,通过对古希腊艺术与现代艺术的差异的比较,发现由于各自的自然环境、社会历史的不同导致艺术发展具有不同的规律;他从人类社会发展的一定历史时期文化特点的视角审视同一时期的艺术特征,认为正是基于古代社会历史条件的某些共同性基础,世界各民族的艺术才具有许多相似性;例如,由于古代社会的生产力低下,个人总是隶属于集体、家族、氏族、部落乃至国家,个人不能脱离集体而生存,于是形成了古代人的集体主义思想,表现在古典文艺作品中则反映了一种集体主义精神,这就是各民族的古代文艺的一个共同特征。不仅自然环境、社会历史条件影响艺术的发展,同样,一定历史时期的审美趣味也鲜明地体现了社会时代的特点,"谁想要影响审美趣味的历史,就必须影响它的起因,它不会是在树梢或花朵上,而是在树根上培植。谁想要造就黄金时代,就首先要达到黄金时代的起因,这种黄金时代就会自行到来,谁想要改善或维护审美趣味,就要清除使它变成混浊泥淖的原因,或者就要维护支撑它的支柱"[1],赫尔德的看法已包含一定的历史唯物主义色彩,它直接影响到19世纪丹纳的实证主义艺术理论。之后,文克尔曼、席勒、谢林、史莱格尔等人指出了古代艺术与近代艺术的差异并讨论了分属两种不同时代的诗的风格,批判了新古典主义的静止、僵化的历史观,倡导艺术家到人类精神活动的多样性中去探寻艺术的真正钥匙。

基于前人的研究成果,黑格尔构建了美学的宏大历史观。通常,人们视黑格尔思想为近代文艺研究历史方法的源头。他认为"世界历史展现了精神的自由意识的以及那种自由随之而实现的发展过程"[2]。他探索了不同历史时期艺术发展的内部联系和必然规律,认为人类历史的每一个环节都是为人类的最终目的——自由——做准备的,因而都具有一定的合理性;同样,过去的文化也是按照其自身的逻辑运行的,所以,艺术发展就不是一个偶然现象,而是一个合乎规律的历史过程。

其次,文艺研究中历史方法形成的第二个推动力就是浪漫主义文艺的兴起与发展。从时间上看,浪漫主义文艺运动的兴起与艺术的历史哲学的成熟期大体相当。浪漫主义以破除新古典主义单一僵化的历史观为前提

---

[1] 西·海·贝格瑙著,张玉能译:《论德国古典美学》,上海译文出版社1988年版,第72页。
[2] 沃尔什:《历史哲学——导论》,广西师范大学出版社2001年版,第150页。

的。"浪漫的"一词最早是新古典主义者作为否定性词语使用的，在新古典主义者眼中，"浪漫的"是指用罗曼斯语言——从通俗拉丁语发展来的法语、意大利语、西班牙语等——写出的中古冒险传奇，这些传奇文艺内容多是情节离奇、富于幻想的英雄美人故事。浪漫主义文艺的兴起既是社会意识形态变化的产物，也是文艺自身发展的要求，18世纪法国启蒙思想家提倡思想自由、个性解放和返回自然，冲破封建绝对王权的一切法规和束缚，与此相吻合，文艺上则表现为反对与巩固王权相一致的新古典主义的清规戒律，反对新古典主义文艺摹仿古希腊、罗马文艺，转而强调"返回自然"和摹仿未经雕饰的自然。具体说来，从遵循艺术原则上，新古典主义遵循人为确立的种种艺术法则，认为文艺必须服从于衡量一切的理性原则；而浪漫主义则尊崇人的天才禀赋，鼓励创造性想象，认为文艺的根本要素是抒发作者的情感；在文艺接受方面，新古典主义的批评标准单一、古板，浪漫主义欣赏趣味则多元化；从内容方面讲，新古典主义推崇具有共性的类型特征，而浪漫主义崇尚个性与奇异性。由于浪漫主义强调个性在文艺创作中的决定性作用，强调创作主体的个人经验对作品的决定性作用，于是，创作主体传记和社会、历史背景研究便成为文艺研究的重要内容，甚至作为评判作品价值的标准也与该作品产生的历史背景密切相关。

再次，浪漫主义文艺运动对民族文艺传统的高度重视使得欧洲诸国关注本国文艺起源，搜集、整理民间故事及民歌等文化遗产，同时，还加强了对本民族语言史的研究。德国著名古典文艺家弗里德里希·沃尔夫（Friedrich Wolf）在其杰出著作《荷马学绪论》中通过从语文学视角的研究，发现荷马史诗是由一些口头流传的诗篇汇合而成，由此得出结论：《荷马史诗》并非一人完成；格林兄弟从历史角度研究了印度—日耳曼语言和民间文艺；而英国则编撰了《历史原则的牛津英语辞典》。欧洲古典语文学的研究成果很快就被用于对历史不同时期文学语言特征的研究中，以此作为甄别作品真伪、判断作品创作年代以及解释文艺意义的重要参考和依据。古典语文学的研究极大地推动了文艺研究的史料性、科学性；但同时我们也应该看到，这种研究模式更多地侧重对诸如文学事实材料考证、描述的层面，缺乏对文艺特质的揭示。这是古典语文学的推动力。

当然，以上徐贲谈到的是对文艺研究中历史方法的形成影响较为突出的三个方面，除此之外还有其他众多、复杂的因素也在影响历史方法的形成。

在文艺与历史的关系问题上，亚里斯多德的"文史相异"观念历经岁月变迁而逐渐积淀成人们意识中颠扑不破的"真理"，于是，文艺与虚构，甚至与不真画上了等号，尤其是在推崇知识的西方社会，由于文艺"不描写已发生的事"而缺少"历史"所具有的真实性而遭责难，因此，文艺是逊色于历史的，正如弗莱所言："文艺是属于人文学科中间的，其一侧是历史，而另一侧则是哲学。由于文艺本身不具备一个系统的知识结构，批评家只好向历史学家的观念框架中寻求事件，又到哲学家的观念框架中借求思想。"[①] 很明显，在弗莱心中的文艺是不具备历史和哲学那样系统的知识结构，因此是不能向人们提供知识的。而知识的标准是"真"，这是与自然科学的标准一致的，这就是传统史学研究企望将历史学科建设成为一门自然科学的原因。然而，这恰恰又是海登·怀特所不能接受的，他要恢复的是文艺与历史的"携手并进""同在共赢"的局面。

文艺与历史相异的观点使人们产生了根深蒂固的文艺观，那就是文艺主司虚构，以对具有普遍性的特殊事物的想象性虚构为职责；而历史则主司真实，以对个别事件的再现为天职。于是，文艺是镶嵌于历史"背景"之上的，历史是阐释文艺的基础。

我们不难看出，上述的文艺观是建立在静态、孤立的共时态研究视角和方法基础上的，将文艺与历史相划分，只看到了两者之间的矛盾性，没有看到二者之间的同一性，忽视了在时间流程中历史与文艺的嬗变以及这种嬗变引发的二者之间关系的变化，缺少动态的、联系的、历时性的研究，这种只静止不运动，只孤立不联系，只共时少历时的研究得到的"历史"其实是"非历史"的。

由于历史方法在深层次上讲是受历史哲学观所决定的，而那个时代的历史哲学观又是历史决定论和客观主义的，反映到文艺研究中，同样是历史决定论和客观论起了主导作用，把历史视作文艺的决定性因素，文艺是历史与自然力作用的结果，于是，历史与文艺之间便形成了因果关系。在某种程度上讲，历史成为文艺得以阐释的"语境"，我们可以通过历史

---

① Northrop Frye, *Anatomy of Criticism*, Princeton University Press, 1957, p.12。

——文艺文本研究所必需的"背景"材料——对文本进行说明与阐释，既可以从宏观的视角探讨种族、时代、环境对文艺的决定性意义，也可以从微观的视角进行诸如判定文艺作品的生成年代、版本以及手稿的真伪等问题的极似考古学的"考证"式的文艺研究，以此获取、印证历史决定论、客观历史论。

文艺研究中的这种历史方法以丹纳的文艺理论最为典型代表。法国文论家丹纳（Hippolyte Adolphe，又译作"泰纳"）深受19世纪自然科学的影响，特别是对达尔文的进化论更为崇拜，哲学思想方面又深受德国的黑格尔和法国孔德（Isidore Marie Auguste Francois Xavier Comte）实证主义的影响，主张文艺研究中也要"实证""确实的"事实。在其著名的《艺术哲学》中，丹纳认为，不论是社会科学还是自然科学，一切事物的产生、发展、演变和灭亡都是有规律可循的，因此，完全可以借鉴求真、求实的自然科学的态度与方法来研究文艺、研究文艺发展的历史，这就是说，要以具体的历史事实为依据和出发点，通过剖析大量的文艺的史料来总结文艺发展的规律，他开诚布公地宣称："我们的美学是现代的，和旧美学不同的地方是从历史出发而不从主义出发，不提出一套法则叫人接受，只是证明一些规律。"[①] 我们从中不难看出，丹纳坚持的是客观历史主义观，遵循的是自然科学的原则和方法，将历史当作文艺产生与发展的决定性因素。

丹纳认为，文艺发展取决于种族、环境、时代三个要素。种族是指种族特性，这是一种天生的遗传性，用他的话说就是指"天生的和遗传的那些倾向，人带着它们来到这个世界上，而且它们通常更与身体的气质和结构所含的明显差别相结合。这些倾向因民族的不同而不同"，故而"某些人勇敢而聪明，某些人胆小而存依赖心，某些人能有高级的概念和创造，某些人只有初步的观念和设计，某些人更适合于特殊的工作，并且生来就有更丰富的特殊的本能"，丹纳将这种在一个种族中呈现出来的血统与智力上的共同特点称作"原始模型的巨大标记"。他把种族性、民族性视为民族"永久的本能"，可以超越时间影响而永存，是文艺发展的永久动力。环境是构成民族精神文化的一种巨大外力，包括地理环境和社会环境等方

---

① 泰纳：《艺术哲学》，人民出版社1983年版，第10页。

面，这与作为构成精神文化的永恒的"内在动力"形成对照。他说："人在世界上不是孤立的；自然界环绕着他，人类环绕着他；偶然性的和第二性的倾向掩盖了他的原始倾向，并且物质环境或社会环境在影响事物的本质时，起了干扰或凝固的作用。"地理环境主要指气候、土壤等自然因素。由于人们居住自然条件的不同导致不同民族性格的差异，自然环境造就人们性情的特征，譬如说，居住在风景旖旎、舒适的地区，人们倾向于发展精神领域的事业，如科学发明、文艺等；若濒临惊涛骇浪，人们长期处于忧伤或激烈的感觉刺激之中，更易于狂醉贪食般粗犷的生活，甚至尚武好战。社会环境与自然环境不同，它侧重于人文方面，包括国家机构、方针政策、宗教信仰、风俗文化、政治经济、军事外交等方面内容，同样是一个种族生存环境中不可逃避的方面，"某些持续的局面以及周围的环境、顽强而巨大的压力，被加于一个人类集体而起着作用，使这一集体中从个别到一般，都受到这种作用的陶铸和塑造。"① 不仅种族的生存受到社会环境的制约，作为人类精神文化产物的文艺更是明显地受到社会环境的影响，如法国古典主义悲剧的产生、发展与消亡都是有其特定的社会背景的。路易十四在位时确定了礼法规矩，标榜宫廷生活模式，讲究优美的仪表和文雅的起居习惯，为这一时局服务的悲剧于是应运而生了。通常，悲剧创造以讨好宫廷贵族与侍臣为宗旨，剧中故事情节大都与宫廷生活为蓝本，故事角色多是宫廷中人，举止文雅，彬彬有礼，语言运用也多是工整的诗句，所有的这些，一句话，都是满足当时贵族社会精神需求的。然而，"事过境迁"，当贵族社会与宫廷风气被大革命席卷一空时，法国古典主义悲剧也就不复存在了。

在丹纳理论中，"时代"范畴是"精神的气候"，包括精神意识、社会制度、政治文化等上层建筑的诸因素。精神气候是与自然气候相对应的范畴。丹纳认为二者的共同点在于都具有淘汰和自然选择的功能，只不过自然气候"自然淘汰"的是动植物，精神气候淘汰的是人类的精神文化，特定的艺术种类、流派只能是在特定精神气候下产生、存在，也就是说，时代精神、社会意识对文艺具有决定作用。这主要表现为三个方面。首先，时代精神熏陶、感染、制约着创作主体的精神世界，任何创作主体都是生

---

① 伍蠡甫主编：《西方文论选》下卷，上海文艺出版社1963年版，第236—238页。

活在具体历史时期的，这一时期存在的各种社会因素，发生的重大事件等必然要影响到创作主体，也就是说，作为社会群体的一分子，创作主体个人的命运与时代命运紧紧联系在一起，同呼吸共命运。如我国20世纪初的五四新文化运动，当时的反封建，倡导民主与科学成为社会意识形态中的主旋律，这一时期的文艺创作也就与此紧密相关；然而，当外族入侵，救亡抗敌成为当务之急，民族矛盾上升为主要矛盾时，文艺主体的创作又会转向抗战救国的题材。其次，创作成就一方面来自其主体自身的才智，另一方面又是众多"合力"的结果，这不仅包括前人已有的可资借鉴的成分，还有同时代人的有形或无形的潜移默化影响。第三，创作主体的创作离不开大众的欣赏和赞美。丹纳认为，一件艺术作品若想赢得受众的赞赏，必须奏出时代的最强音。对于创作主体或社会广大成员而言，风俗习惯与时代精神都是相同的，创作主体只有反映人民的疾苦与欢乐，表达人民的感情，表现整个民族与时代的生活，才能赢得这个时代和整个民族的共同感情，才能得到人们的广泛赏识。因此，创作主体必须在自己的心灵里装满时代的精神情感，把握时代的脉搏；不仅如此，这种回响着时代精神与风貌的最强音周围还伴随着广大群众的和声，这正如丹纳所描绘的情景："我们隔了几世纪只听到艺术家的声音；但在传到我们耳边来的响亮的声音之下，还能辨别出群众的复杂而无穷无尽的歌声，像一大片低沉的嗡嗡声一样，在艺术家四周齐声合唱。只因为有了这一片和声，艺术家才成其为伟大。"[①] 在这里，丹纳不仅形象地描绘了作品这种"一唱百和"的情景，同时，还深刻地阐明了文艺与其所处时代的不可分割的关系。

丹纳认为，种族、环境、时代是构成精神文化的三个要素，同时也是艺术创造的三个原始力量，种族是内部动力，环境是外部压力，时代为后天动力，三种力量汇聚成一股合力，共同推动精神文化的发展，作为文化优秀成果的艺术，自然也是上述三种力量"合力"催进下发展的产物，因此，艺术品必然要反映时代与民族的鲜明特征。

综观丹纳的文艺研究，在文艺与历史的关系问题上，包括文艺研究中的历史方法的运用方面，都提出了不少富有真知灼见的观点，值得我们借鉴；同时，我们也应看到其局限性，这正是后来的形式主义文艺批评发难

---

① 泰纳：《艺术哲学》，人民文艺出版社1983年版，第6页。

的目标,如丹纳认为种族是构成播种文化教育的原动力之一,而且,这种在长期积淀过程中形成的民族特性、民族心理素质、民族审美趣味等是推动艺术繁荣与发展的不竭动力,这种绝对化的观点是难以使人信服地证明为什么同是一个民族的文艺既有鼎盛期又有低谷期之别。普列汉诺夫一方面充分肯定丹纳研究价值,认为《艺术哲学》中存在不容置疑的真理:"批评丹纳的人们中间没有一个人甚至能够动摇一下这个归纳了他的美学理论中几乎全部真理的论点,这就是:艺术是由人们的心理创造的,而人们的心理是随着他们的境况而变化的。"另一方面,他也指出丹纳理论的矛盾性:"当丹纳说人们的心理是随着他们的境况的变化而变化的时候,他是一个唯物主义者,可是当同一个丹纳说人们的境况是由他们的心理所决定的时候,他是在重述18世纪唯心主义的观点。"① 普列汉诺夫切中了丹纳理论的矛盾性。

三、历史质疑论时期

首先需要说明的是,这里所指的"历史质疑论"是针对过去的旧历史主义方法(也就是思辨历史哲学)这一特定对象而言的,绝不是全盘否定整个历史,相反,是对以往旧历史研究的一种反思,正是在这种不断反思的过程中,历史哲学相应地得到更新,文艺研究中的历史方法也发生了转换,尽管这种历史转换有时可能表现为一定程度或一层面的"偏离",但这种"螺旋"式轨迹毕竟为以后的"上升"提供了有益的思考与借鉴,同时,文艺研究中的"历史质疑论"思潮也为海登·怀特等人倡导"回归历史"提供了契机。

其实,作为文艺批评的旧历史主义方法基础的思辨历史哲学本身就存在明显的不足,那就是,这种历史哲学是历史决定论、目的论和客观论,对此,学术界进行了深刻的反思。

马克思主义在批评黑格尔历史观的时候,非常深刻地揭示了思辨历史哲学的实质是"用一种新的……不自觉的或逐渐自觉的……神秘的天意来代替现实的尚未知道的联系"②。具体说来,马克思、恩格斯从三个方面指

---

① 普列汉诺夫著,曹葆华译:《论艺术〈没有地址的信〉》,生活·读书·新知三联书店1964年版,第46页。
② 《马克思恩格斯选集》第4卷,人民出版社2004年版,第246—247页。

出了思辨历史哲学的局限性[1]。首先，思辨历史哲学的逻辑起点是建立在唯心主义基础之上的，即强调精神在历史唯心主义中的最高地位，而这种占据最高统治地位的思想精神又是孤立的，既与处于统治地位的人无关，也与所处的历史时期的具体的生产方式和社会关系无关，为了突出其统治地位，必然赋予了这种精神以普遍性，然而，在由不同的思想抽象为一般思想时，其方法是认为在各种统治思想中存在着某种神秘的、具有特定秩序的联系，并把这些各异的思想视为概念的自我运行的结果，进而把经过这种神秘化抽象得到的"一般思想"概念化为某类人物，也就是变成在历史上代表着"概念"的许多人物，同时，这些代表着"概念"的许多人物又被规定为历史的创造者，这就是思辨哲学的历史方法。其次，思辨历史哲学中的历史运动中的历史是概念化的历史，而非现实化的历史，也就是说，它所讲的运动仅仅是一种概念的运动而非历史的现实运动，其联系也是概念间的联系而非历史中的真实的联系，这种联系多是宿命的，"黑格尔本人在《历史哲学》中承认，'他所考察的仅仅是一般概念的前进运动'，他在历史方面描述了'真正的神正论'"[2]，天命论、目的论、前定论、机械论等都是宿命运，例如，黑格尔就是历史目的论的典型代表，他"把全部历史从其各个部分都看作观念的逐渐实现，而且当然始终只是哲学家本人所喜爱的那些观念的逐渐实现，这样看来，历史是为了实现某种预定的理想目的而努力，例如在黑格尔那里，是为了实现他的绝对理念而努力，而力求达到这个绝对理念的坚定不移的意向就构成了历史事变中的内在联系"[3]，于是，历史的发展就被扭曲成后期历史仿佛是前期历史的目的[4]，而且，小到个人的语言、行动，大到重要历史事件的发生，甚至是历史时代的交替或整个历史的发展趋势都被视为按照某种规定而难以改变的"定论"。再次，思辨的历史哲学具有超历史的性质。由于这种历史理论用思辨的联系取代了现实的具体联系，只能获得抽象的永恒的必然性范畴和普遍性范畴，它们可以超越具体历史时空限制，"这种必然性、普遍性范畴一方面缺乏现实的、具体的依据，因而缺少丰富的规定性；另一方

---

[1] 参见庄国雄等：《历史哲学》，复旦大学出版社2004年版，第14—16页。
[2] 《马克思恩格斯选集》第1卷，人民出版社1995年版，第101页。
[3] 《马克思恩格斯选集》第4卷，人民出版社1995年版，第246页。
[4] 《马克思恩格斯选集》第1卷，人民出版社1995年版，第88页。

面，又使一般脱离个别，把来自个别的一般规律抽象为实体，再进一步把实体理解为主体，理解为内部的过程，理解为绝对的人格。从而，普遍的必然的东西成了凝固不变的模式或公式，并用来剪裁历史材料。"① 在这里，"剪裁历史材料"准确揭示出其唯心主义的本质，而且超历史性实质上是非历史性，将现实的历史顺序置换为观念在理解中的顺序。

不仅马克思、恩格斯反思、批判了思辨的历史哲学，狄尔泰（Wilhelm Dilthey）、克罗齐（Benedetto Croce）和科林伍德（Robin George Collingwood）等理论家也从不同角度、不同方面予以抨击，其中，突出表现为以范式转换为视角，研究对象由对"历史事实和历史过程"的探讨转向对人的"历史认识、历史知识的性质以及历史的理解、解释"的思考上，这种转向以1983年曼德尔鲍姆（Allen Mandelbaum）的《历史认识的问题》和阿隆（Christine ARRON）的《历史哲学导论》的发表为标志，以"历史认识如何可能"为核心问题展开的对历史学科的自我反思。他们认为，历史的客体与主体是密不可分的，人既是历史知识的主体，同时又是认识的客体，正如利科（Paul Ricoeur）所说："历史不是曾经存在过的东西的完全的再现，而是根据史料通过智力的作用勾画出的一个可以理解的世界。历史的论述随着社会本身的变化而变化，每一时代都有各自的历史。"② 柯林伍德也认为历史哲学是对其自身的反思："进行哲学思考的头脑绝不是简单地思考一个对象而已，当他思考任何一个对象时，它同时总是思考着自身对那个对象的思想。"③ 由对历史的认识性到阐释性的转向，从史学发展的轨迹上看已经接近海登·怀特的元史学理论的核心观念，他们更倾向于历史远离科学而与文艺建立某种亲和性关系，这与以往的客观主义历史学开始分道扬镳了。

克罗齐倡导历史学家用"心"去写历史，认为真正的历史是历史学家经过重新体验生活和赋予历史以生命力之后的结果："只有在我们的胸中才能找到那种熔炉，失却早的东西变为真实的东西是语言学与哲学携手去产生历史。"④ 由于历史满怀着当代人的生命体验和关怀，史学家必须像文

---

① 参见庄国雄等：《历史哲学》，复旦大学出版社2004年版，第14—16页。
② 保罗·利科：《法国史学对史学理论的贡献》，上海科学院出版社1992年版，第11页。
③ 柯林伍德：《历史的观念》，中国社会科学出版社1986年版，第2页。
④ 克罗齐：《历史学的理论和实际》，商务印书馆1997年版，第14页。

艺家那样积极投身现实生活，亲身感受当代人的生活情趣，基于对现实生活的兴趣而非对过去的兴趣进行历史研究，这样才能写出真正的历史。克罗齐的"一切真历史都是当代史"①的论断鲜明地代表了这种唯心论史观。柯林伍德认为从思维形式角度讲，"一切历史都是艺术"，想象是历史学家构建历史所必需的东西②。同样，狄尔泰也认为历史、文艺在"精神科学"领域是相通的，"精神科学"不同于"自然科学"之处在于它的研究领域是对个体生命的把握，个体生命的存在是具体的、现实的、个别的，因此，研究者就应关注与个体生命存在密切相关的日常生活领域，直接体验生命及把握其目的、价值等隐性因素。史学研究的对象是不能直接感知的业已成为过去的存在，因此，史学家可以通过体验生命——史学研究中的主体与客体都可以共同体验到的——来理解过去，"每一个人都是在共同的领域内体验、思想、行动，也只有在此领域中才能进行理解。所有被理解的东西，都带有这种源于共同性的'熟悉的标记'"③，狄尔泰所说的这个"领域"就是生命，凡是人的生命之所创造的东西都是可以理解的，要理解这样的生命，就应采用诗意的体验方式。上述几位理论家都强调了主体体验对史学研究的重要性，突出了历史与文艺之间的相通性，这都是对客观历史主义论断的否定。

如果说狄尔泰、克罗齐、科林伍德等人对客观历史主义的反思、批判尚且比较温和的话，那么，以尼采（Friedrich Wilhelm Nietzsche）、波普（SirKarl Raimund Popper）为代表的史学理论则显示出更为激进的反叛态度，但是，他们的"反历史"也仅仅是反对"旧历史主义"，而绝非简单否定式取消历史的存在。概括地说，尼采主要是通过两个方面否定客观历史主义的：一是以历史的"非连续性"否定历史连续性观点，二是以主体阐述的必然性来否定历史客观性的观点。他在《论道德的谱系》中，通过对各个历史时期道德意识的不同表现形式的分析来揭示出历史发展中的非连续性特征，在他看来，历史研究所揭示出来的世界并不是一个经济发展态势与政治传统之间形成的因果关系的世界，也不是像传统历史学研究所

---

① 克罗齐：《历史学的理论和实际》，商务印书馆1997年版，第2页。
② 参见柯林伍德：《历史哲学的性质和目的》，汤因比等著，张文杰编：《历史的话语》，广西师范大学出版社2002年版，第190页。
③ 转引自李超杰：《理解生命——狄尔泰哲学引论》，中央编译出版社1994年版，第101页。

认为的那样，是一个连续的、不断的世界，相反，是一个非连续的世界[1]，这就打破了以往历史研究中认为历史是连续的、不断进步的观点；另一方面，尼采还抨击了历史客观论，他在《历史的用途与滥用》中指出，"历史是要由有经验有性格的人来写的。如果一个人不是比别人经历过更伟大和更高尚的事，他就不能解释过去的任何伟大和高尚的事"，他强调历史研究是建立在个人的真正需求的基础上的行为，而不是客观历史主义所推崇的纯客观的行为，为了实现个人的真正目的，就只能用现在最强有力的东西去解释过去[2]。因此，历史研究和历史书写都必然融入史学家主体自身的历史性和主观性。尼采的观点有力地冲击了客观历史主义和历史决定论。

波普在其代表作《历史主义的贫困》和《开放的社会及其敌人》中以"反历史主义"的姿态攻击了旧历史主义，尤其不满于历史决定论和"总体论"观点。为显示与狄尔泰、梅尼克等人对"历史主义"一词理解的不同，他没有沿用"historism"一词，而是另拈出"historicism"一词，他把历史主义严格界定为"历史决定论"——历史的行程遵循着客观的必然规律，因而，人们就可以依此来预言人类社会的未来。历史主义坚持根据客观的历史规律解释过去并从而预言将来的历史观[3]。波普认为史学研究应该包括两个方面——解释和描述，而历史解释是不可检验的。旧历史主义者认为历史发展有其必经的不可改变的时期，波普则认为这个发展过程是完全可以改变的，因此是无法预测的。他的论点是这样：人类历史的进程与人类是密切相关的，主体本身参与了客体（历史）的发展过程，所谓的人类历史发展的客观规律就会因受到主体的影响而改变，旧历史主义所做的预言本身就是自我否定，因为预言恰好以其对历史的作用而取消了历史规律的客观性，由此可见，旧历史主义所宣称的客观必然规律也是不存在的。与历史决定论观点相关，总体论（holism）也成为波普设置的批判目标。总体论会导致乌托邦工程学，于是，波普以"零碎工程学"（Piecemeal engineering）对抗前者，总体论有预定目的，而"零碎工程学"所探

---

[1] John Brannigan, *New Historicism And Cultural Materialism*. Macmillan Press Ltd., 1998, p. 46.
[2] 尼采：《历史的用途与滥用》，上海人民出版社2000年版，第50页。
[3] 参见 Kalr R Popper, *The Porerty of Historicism*. London: Routledge & Kegan Paul, 1961, p. 51.

讨的只是历史的某一个或某些各方面；总体论是"把人类历史当作一条无所不包的滚滚洪流"，然而，如此场面巨大的历史"洪流"是写不出来的，因为"任何可以写出的历史不过是'总体'发展的某一狭小方面的历史"①。由于历史主义者只能以一种唯一的僵化的思想方式——总体论的思想方式去思考，只能想象不变条件之下的变化，而"无法想象变化条件之下的变化"，其结果必然是——"历史主义的贫困乃是想象力的贫困"②。波普在其另一部力作《开放社会及其敌人》一书中否认我们能够揭示那些被我们可以据之以预言历史事件进程的历史规律，断言"在通常的意义上，历史并没有意义"，因为"什么是我们生活的目的，是要由我们自己决定的"，作为整体的历史是不能重复的，所以，我们只能有对历史的解释，只能赋予历史意义 ③。波普从方法论角度瓦解了旧历史主义的论点，以"反历史主义"的旗帜促进了历史研究自身反思和自我批判，为新的历史观登上舞台奠定了理论基础。与历史学科自身的反思与批判活动相呼应，文艺理论研究领域也对以往的旧历史主义的文艺批评方法予以反思，表现出与旧历史主义方法截然不同的历史观与方法论。

自20世纪初，西方文艺批评的主流日益趋向形式主义化，俄国的形式主义及英美的新批评即为典型代表。他们认为文艺作品是意识之外的现实，文艺研究的对象是客观现实的艺术作品，这与作者与被接受者的主观意识和主观心理无关，文艺作品不过是一种构造和游戏。因此，文艺批评的任务就是要研究文艺之所以成为文艺的内部规律，即文艺性。什克洛夫斯基（英文 Viktor Shklovsky，俄文 Виктор Борисович Шкловский）曾直白地说："我的文艺理论是研究文艺的内部规律，如果用工厂方面的情况做比喻，那么，我感兴趣的不是世界棉纱市场的行情，不是托拉斯的政策，而只是棉纱的支数和纺织方法。"④ 文学性表现为艺术形式，形式主义由此

---

① 参见 Kalr R Popper, *The Porerty of Historicism*. London: Routledge & Kegan Paul, 1961, p. 80—81。

② 参见 Kalr R Popper, *The Porerty of Historicism*. London: Routledge & Kegan Paul, 1961, p. 130。

③ 卡尔·波普著，郑一明等译：《开放社会及其敌人》（第二卷），中国社会科学出版社1999年版，第417页。

④ 什克洛夫斯基：《关于散文理论》，苏联创作主体出版社1984年版，第8页。译文转引自朱立元：《现代西方美学史》，上海文艺出版社2002年版，第382页。

得名。形式主义者坚持要深入文艺系统内部去探究艺术形式和结构,以此看来,语言和修辞技巧的运用尤为重要。其研究方法借鉴现代语言学的方法,将文艺研究分作内部研究和外部研究,并聚焦于以形式分析为主的内部研究,于是,共时性的语言学研究方法被他们视为文艺科学化研究的理想方法。虽然说,在具体的文艺批评活动中他们对索绪尔的语言学研究方法进行了改进,注入历史维度①,但是,他们过分凸显文艺的内部研究,并割裂文艺文本与作者、读者的外部之间的联系,相对孤立、静止地审视文本,将文艺视为文艺本体,将批评的焦点集中于文艺作品的语言层面,并将语言研究推至极端,基本上排斥文艺作品赖以产生的社会历史等种种外在因素。这是对旧历史主义方法的矫枉过正,因而也就丧失了文艺作品本来应有的意义。

新批评是 20 世纪英美文艺批评中最有影响的流派之一,以兰色姆(John Crowe Ransom)的《新批评》(1941)一书而获名。新批评的产生同样也是针对 19 世纪末的西方文艺批评中的旧历史主义。具体说来,当时西方文艺批评以实证主义和浪漫主义文艺批评为主流,前者只注重创作主体个人的生平与心理、社会历史与政治等方面因素对文艺影响的研究,而后者则宣称文艺是创作主体主观情感的抒发与表现,热衷于对灵感、天才、想象、个性等问题的探讨。二者都显示出一个共同的倾向——忽视对文艺作品本身的研究。于是,新批评针对这一文艺研究中被忽视、然而又是非常重要的方面予以凸显。艾略特(Thomas Stearns Eliot)的"非个人化"理论就一反过去以社会、历史、道德、心理和文艺家个人方面去解释作品的传统批评方法,主张文艺批评应关注文艺作品,他们割断了文艺家与作品的联系,文艺批评的兴趣也应由创作主体转向作品。同时,他还认为作品也不是文艺家个人情感的表现,文艺家不可能具有真正个性,"诗歌不是感情的放纵,而是感情的脱离;诗歌不是个性的表现,而是个性的脱离"②。新批评是倡导从作品本身出发进行内在研究的新的文艺批评观,并

---

① 因为索绪尔的研究基本上排斥社会历史环境对语言学的影响,将语言的共时性置于一个相对静止的背景中,而俄国形式主义在研究文艺体裁等艺术形式时注意到从历史的视角去探讨,布拉格学派则进一步,强调共时性语言学研究就应置于历史的演变之中。

② 艾略特:《传统与个人的才能》,《艾略特文艺论文集》,百花洲文艺出版社 1994 年版,第 11 页。

以一整套可探索性的阅读、批评文本的方法而在相当长的一段时期里傲立西方文艺批评界。与俄国形式主义文艺批评相仿，新批评也由于其自身一味强调文艺的内部因素，抛弃文艺与作者、读者、社会历史、现实生活等因素的联系，实际上只注重文艺研究中的文艺性维度而忽视历史性维度，具有明显的不足。因而，至20世纪50、60年代盛极而衰，随着结构主义、后结构主义、现象学等批评流派的崛起而衰退。

结构主义文论上承俄国形式主义、英美新批评派注重文艺文本的客观分析的科学主义传统，并使之发展到极致，同时，又开启了解构主义那种颇具颠覆意味的解构思想。尽管其学派内部观点不一，但作为"关于世界的一种思维方式"却是一致的，认为"事物的真正本质不在于事物本身，而在于我们在各种事物之间构造，然后又在它们之间感觉到的那种关系"①。注重文本"构造"和"关系"的思维方式是从整个结构主义思想的基本假设而推衍出来的，并贯穿到结构主义文论之中。他们师承皮亚杰和列维-斯特劳斯"结构"观，认为"结构"具有整体性、转换功能和自我调节功能等特征。所谓的整体性，指结构整体中的各个元素之间存在着有机联系，结构中任一成分的变化都会引起其他成分的变化，各元素在整体中的性质是不同于它在单独时或在其他结构内时的性质；转换功能是指结构内部存在着具有构成作用的规律、法则；自我调节功能指在结构执行转换程序时，它有自身的调节机制而无需求助于结构之外的某物，亦即结构具有相对封闭性和独立性；更为重要的是，结构内可观察到的事实就可以在结构内部进行解释。他们反对印象派一类的主观批评，试图以稳定的模式把握文艺，并把文艺视为整体，强调语段的细读与整体参照相结合；将文艺结构分作表层与深层两种并追踪后者，因为在结构主义者看来，结构通常指事物内部的复杂关联，是不能直观看到的，只可依靠思维模式来探掘、建构。巴尔特倡导"零度"写作的观点，而"零度"写作则是对作者主体性的消解，也是符合结构主义的无作者思想、无主体知识的思想和以结构凌驾于作者之上原则的，这是对布封所提出的"风格即人"的名言、浪漫主义思潮把作者的个人风格与作品风格相关联的观点的否定。巴尔特认为言语与文体从两个维度上制约了作者，因为写作要靠言语表达，

---

① 霍克斯：《结构主义和符号学》，上海译文出版社1987年版，第8页。

同时，言语又是用一定文体形式组织起来的，他说："语言的水平线和主体的垂直线为创作主体描画出一种自然属性，因为，创作主体既不能选择这一个，也不能选择那一个。语言作为消极物使可能的初始条件发挥作用，文体却是一种凝结创作主体气质和它的语言的必然。在前者那里，创作主体找到了与历史的亲近关系；而在后者那里找到了与本人过去的亲近关系。"① 他提出了写作不过是特定时间、地点条件下的特定表达方式，是与权力相关的活动。

总之，结构主义把研究对象视为一个系统，按语言学的逻辑，由历时转向共时去考察系统及其系统内各元素之间的关系，将文本与创作主体、读者等社会因素相剥离，在某种程度上讲，忽视了文艺研究中的历史维度的存在。

四、"回归历史"转向的初见端倪

如果说包括结构主义在内的形式主义文论研究多是注重"共时性"而程度不同地忽视"历时性"探讨，尤其是割裂文艺与历史关系的话，那么，在后结构主义文论中已开始萌发关注"历史维度"研究的倾向，初步表现出与旧历史主义截然不同的"新"的历史观。

后结构主义源于结构主义，但又超出结构主义，既坚持结构主义原则又背叛了结构主义原则，其位置之微妙，恰恰在于"似与不似"之间。说它"似"，是因为它从结构主义中诞生，自然就会与结构主义有着千丝万缕的不解之缘，以至于如果脱离与结构主义的关系将难以命名，也就是说，若没有对结构主义的界定，根本就谈不到"后结构主义"的"后"字；说它"不似"，是因为这些学者对结构主义方法和假定均提出质疑，其核心否定了结构主义的立论之本——"结构"，公然主张超越结构主义。

我们说后结构主义是对结构主义的超越，这主要表现为三个方面：首先，对"结构"的认识不同，结构主义深受索绪尔（Ferdinand de Saussure）语言学的影响，认为语言是能指的语音与所指的概念的结合，语言具有规定性，这是人们普遍认可的，因此，人的言语行为虽千差万别，但

---

① 巴尔特：《写作的零度》，巴黎1953年版，第20页；译文转引自朱立之主编：《当代西方文艺理论》，华东师范大学出版社1997年版，第239页。

都有共同的内在结构；后结构主义认为语言并不是像结构主义所宣扬的那样稳定不变，语言也不是一个包括一系列对称的能指与所指的含义明确、界限分明的结构，而是一张漫无头绪的、各种要素都处于不断相互作用、生成变化的动态网络，因此，其中的要素由于不断受到来自其他要素的"动力"影响而难以明确界定。其次，对"符号"的认识不同，结构主义"抛弃"文本之外的社会历史因素而只关注文本层面，表现在文艺研究中则是重视对作品进行客观分析，并且用符号表示作品中元素，符号还可以完整地表达出其意义，因此，符号在结构主义研究中具有重要作用；后结构主义则认为符号中的任何要素都不是完整地存在着的，所表达的意义也不过是些支离破碎的意义碎片，既不能将主体自己完整地通过所说、所写的文字表达出来，也难以与主体真正想表达的意义完全相吻合。再次，对"整体性"与"核心性"的否定，结构主义不仅推崇结构，而且认为结构具有整体性与核心性的特点，认为任何"部分"只有处于结构整体中才有其特定的与核心一致的意义，如果从这个整体结构中分离出去，那么，任何部分将失去意义。后结构主义者否定此观点，他们认为整体与核心仅仅是相对而言的，不具有绝对的、终极的意义，同样，整体中的各个部分意义也不是明确、固定的，与此相反，具有多重意义的可能性。通过上述三个方面的对比，我们不难发现，后结构主义理论的逻辑起点恰恰是结构主义的理论观点，然而，又是对前者观点的否定。

后结构主义这种微妙的处境也许用德里达的理论最能恰当地予以形象描绘、说明。德里达（Jacques Derrida）既处身于传统哲学的内部又置身于传统哲学的外部，对传统哲学采取一种相异性的立场，从而达到解构在场形而上学的目的。他从否定传统哲学把握世界的一个最基本的模式——二元对立——开始，来达到其"解构"的目的。在他看来，"传统哲学的一个二元对立中，我们所见到的难有一种鲜明的等级关系，绝无两个对项的和平共处，其中一项在逻辑、价值等等方面统治着另一项，高居发号施令的地位"，因此，要颠覆传统哲学，就必须首先"解构这个二元对立"[①]。他的解构工作只能借助语言来进行，可是，语言在德里达眼中早已是传统

[①] 德里达：《立场》，巴黎1972年版，第39页；译文参见朱立元：《当代西方文艺理论》，华东师范大学出版社1997年版，第303页。

哲学的合谋与帮凶。于是，这又使他陷入重重矛盾之中，一方面，非语言不能达到"解构"的目的，另一方面，运用语言难免又深陷形而上学泥潭，就这样，在他理论中往往出现极其自相矛盾、令人费解的现象：既是认同又是反对，同时，反对恰恰又是认同，认同又成为反对，有时干脆发明新词来表达这种尴尬的境地，"异延"便是一个典型。他的建构在场的过程恰是解构在场的策略实施的过程，越是强调在场，在场就越是不在场；越是突出不在场，越是强调解构，又恰恰是对在场的建构和对解构本身的再解构，这又从反面证明了在场的不可动摇性[1]。后结构主义对文艺研究中的历史维度的重视成为海登·怀特新历史观的"前驱"。

在文艺研究的历史观方面，后结构主义文论家更关注内容与形式之间的"张力"关系，认为历史理解具有相对性特征，他们在一定程度上认识到文艺与历史之间的兼容性，二者在文本结构方面都具有"诗性"特征，也就是说，二者都受到用来描写和解释其内容的语言本性的影响。我们在叙事结构中可以看到"历史"，历史事件仅仅代表了"可供解释的现实"和"可能的解释"，因为所有的历史都是被文本化和叙事化的文本，在这里，后结构主义并未否定历史的客观性问题，只不过是相对传统的客观历史主义观而言，他们更彰显了相对主义的一面，在承认理解的多样性基础上去理解"历史"。由于文本中"部分"与"部分"之间具有互动性关系，其意义便具有了"动态性"特点，因此，文本中的"历史意义"也就相应具有了开放性、多样性、不确定性以及相对性的特征。不论是文艺文本还是历史文本都是以语言为媒介的结果，在后结构主义者心目中，语言处于既是传统哲学"建构"的工具，又是"解构哲学"用以"解构"的工具的矛盾境遇，肩负建构与解构的双重"重任"，语言表述既表明"是"又同时表明"非"，具有非透明性和转喻性特点，因此，文艺文本揭示的"历史意义"就不可能是终极历史真理，对"历史"的认识不可能是客观的，而是与现实社会密切相关，存在于社会政治、文化所决定的权力话语之中。于是，由于文本中充满了"空白""裂缝""沉默"等意义的不确定性，对文艺中的历史的解释同样存在着多样性，而不是只有某种但维度"确定"的解释。

---

[1] 参见仿生：《后结构主义文论》，山东教育出版社1999年版，第4—5页。

就是在这种多义性、矛盾性中，后结构主义文论显示出其特有的历史观，他们以解构历史为出发点，但又回到"历史"上，他们常常成为反历史的历史学家，他们以"延异"的特有方式表达出他们始终关注历史问题的态度，他们的观点"孕育出新历史主义和文化唯物主义者对他们所处理档案的权威地位的怀疑以及对他们自己所书写的历史文本本身客观性的双重怀疑"[1]，这正是海登·怀特能够从一种看到似"非历史"的后结构主义中升华为一种新的历史观的原因。

至此，作为文艺研究的一种新的历史观和新的历史方法的新历史主义批评的诞生成为必然，它以崭新的视角审视文艺与历史、文学性与历史性之间的关系，这不仅为我们重新审视文艺研究中的历史维度提供了新视角，也为深化当前的文艺理论提供了有益的借鉴，这就是在试图打通横亘于文艺与历史之间的壁垒，文史相济，既克服以往文艺研究中旧历史主义方法只重历史性而忽视审美性的弊端，又避免形式主义只看到审美性而"目无"历史性的不足，走向审美与历史相融合的新天地。

至此，作为文艺研究中"新历史观"的第五个阶段——走向美学与史学相统一的文艺研究拉开了帷幕。下节将展开论述。

第二节　回归美学与史学观点相统一的文艺研究

20世纪的西方文艺思想呈现为一个众声喧哗的格局，表现为文艺格局的多元性与某些理论的相对封闭性并存的特点。前者是指不同的哲学观念思潮、文化思想等"复调式"百家争鸣，同时，诸如哲学层面、心理学层面、语言学层面等众多研究方法以各自不同的视角提出独特的论点，而不再是一元化的雄霸天下，可用"包容并举"概括新时期以来文艺活动的格局；后者是指就某些理论体系自身讲，又存在着井蛙观天、夜郎自大、固步自封的"短视"现象，各自为是、各自言说的状态难以真正有效地促进当代中国文艺研究的整体水平的提升。那些倡导"内部研究"的学说，实质上以"审美性"消解了"历史性"内涵，由此对文艺的理解显然是片面

---

[1] Kiernan Ryan, ed. *New Historicism and Cultural Materialism: a Reader*, Arnold, 1996, p. 3.

的。同样，旧历史主义方法在文艺研究中更多地关注"外部研究"，将社会历史视作文艺文本产生的"背景"和研究文本的依据，对文本本身存在一定程度的忽视，这正是被重视文本分析的形式主义批评所非难之处。旧历史主义看似十分重视社会、历史，然而，他们视野中的"历史"与文本的关系多是静态的，缺少对二者的动态性研究，看不到二者的互动性建构过程，以"历史性"消解"文学性"，实际上仍是"非历史性"的。这种研究同样也难以准确把握文艺的特质。

由此可见，无论是坚持"外部研究"的理论派别还是高举"内部研究"大旗的论断，都将文艺本应辩证统一的诸多因素割裂甚至对立，从而获得了"瞎子摸象"的结论，显然其研究成果是片面的。因此，海登·怀特的元史学理论研究的观念与方法的价值正好为我们的文艺研究与批评提供可资借鉴的宝贵经验。

海登·怀特的元史学研究，以文史相济的观念与综合借鉴的研究思路，通过对历史书写所深深蕴含的叙事性、虚构性等审美因素的揭示，将横亘于文学与历史学科领域之间的鸿沟抹平，搭建了文学与历史、文学文本与文化文本、文学与政治、经济等非文学文本之间的桥梁，在更为广阔的空间视野中审视文艺，既包容了以往文学"内部研究"与"外部研究"的合理成分，又突破了先前它们存在的各自的局限性，从而极大地拓展了文艺研究的视野，并将审美性与历史性两个维度在文艺研究中的重要地位凸显出来。怀特以"文本性"和"文本间性"作为搭建历史与文艺相沟通的桥梁。

一、文本性与文本间性

"文本性"范畴的运用就将文学与历史置于同一个研究的平台之上，于是，不同的文本之间便形成了特定的关系——"文本间性"。在"文本间性"这一场域中，历史文本与文学文本等相同领域内部与不同领域之间文本不断撞击，通过文本间性的"互文性"使得文学进入了不同文本相互作用、相互建构的"力场"之中，我们以此视野审视文学，文学不再是孤立的、静止的存在，而是纳入一个不断双向建构的动态过程，这时的文本就不再是封闭的、孤立的、静止的，而是走向交流对话的不断生成中。因此，怀特以文本性、文本间性这一独特视角有助于我们在多维视角中准确把握文学的历史性与历史的文学性等诸多范畴之间逻辑关系。

(一) 文本与文本性

科学的发展更为直观地表现出范畴与话语体系的转换，同样，文艺理论的发展也呈现为包含新范畴在内的话语体系的革新。新术语的出现不仅是形式的革新，更是文艺观念的转变，譬如，以往文艺理论中占有重要地位的"作品"（work）就更加准确地将其中的部分意义以"文本"（text）范畴所指认，而"作品"概念的内涵实指却是缩小，但更为明晰地特指走向受众接受环节状态下的客体。这样，"文本"就不仅仅指文学文本，还包括历史文本、哲学文本、经济文本、文化文本等门类众多的各式各样的文本。当我们专注于某个文本时，每个文本都是独立的符号系统和话语体系，以共时态视角看，众多的相对独立的文本共同构成了历史存在的文本群（texts），它们的地位与作用是平等的，同时，这些文本的存在又是居于众文本的大格局之中，不可能孤立地"独善其身"，而是置身于其他众文本的"包围圈"，并处于与其他文本不断碰撞、渗透、交流的双向乃至多向的交互运动过程，正是在这个交互中构成了每个文本自身发展演变的历时态轨迹。因此，这种文本性与文本间性组成的新的社会话语体系就使得文学文本成为"意义生产基地"，一方面在保持自身质的规定性使其依然为某种特定话语域的文本，另一方面，不同文本间的交互作用使其不断"再生"出新的因素并融入其自身的本质规定性之中，"再生机制"是文本性与文本间性为文学提供的独特功能。

当然，海登·怀特也充分借鉴了"再生机制"这一文本特性以揭示元史学理论所具有的特质。在他看来，正是通过文本的"再生机制"，我们才获得了对动态历史规定性的认识。通常，我们对历史史实的了解与研究是通过历史文本的"写照"进行的，否则很难甚至难以接触历史史实；同时，按照接受美学的观点，我们对历史文本的研读不是单向度的接受，而是以此为基础的二次甚至多次创造的活动，这正是文本"再生产机制"的意义所在，也就是说，作为历史文本又称为之后历史研究文本的"生产基地"，由此衍生出新的历史阐释。

与以往的历史主义认为的历史是"完成时""过去时"的观点不同，怀特的元史学观坚信，历史是以文本书写的物态样式而供人们查阅的，因此，"文本性"才是史实持存的真正特性。历史事实是孤立、零散地布满了人类发展的长河，这些不过是不断"逝去"的碎片，是客观意义上的事实，还不能构成实际意义的历史学，只有经过文本的书写而作为书写的内容进入历史文本时才能成为历史学科研究对象，也就是说，史实只有成为历史研究平台的具有独特话语体系鲜明特征的文本才能成为人们观照的对象，"文本性"是人类过去的史实碎片转化为人类记忆历史的"发酵器"——历史意义由此产生并不断地持续生产，我们所研究的历史更多是文本中的历史存照。由此可见，在海登·怀特的元史学理论中，文本性具有怎样重要的逻辑起点的地位。

现代阐释学认为，真理持存于人的理解中。同样。怀特非常赞同将历史学家的历史书写视为文学故事创作的观点。认为历史书写在很大意义上讲就是将一个个"珍珠"串连成各式各样美丽"项链"的工作。当历史事件以碎片式孤立存在时，由于其缺乏与其他事件之间的联系，更无法获得由一系列事件组成系统提供的意义、价值，只有我们将这些孤立的事件以某种逻辑性加以关联，"事件"才能转化为"故事"——具有某种逻辑关系的序列，如此一来，原本难以理解的事件经过这种特殊化的叙事模式的书写就变成了拥有一定意义的历史文本，我们不仅可以从中获得有关历史的知识，还能进一步作为已有历史资料继续深入研究历史，挖掘其中蕴含的某种意义或价值。在这个完整的过程中，无论是历史学家的文本"创作"——挖掘历史事件及其相互之间的逻辑关系，使得事件可以理解，还是之后的受众阅读与史学家以此为蓝本进行的再研究，贯穿于其中的是"理解"。而"理解"恰是"文本化"与"再—文本化"的"生产机制"过程的内在驱动力。

"文本化"与"再—文本化"的"生产机制"是不同文本之间的动态建构关系——文本间性，这是海登·怀特元史学研究的一个基点。我们可以从他将历史与文本、历史文本与各类非历史文本之间建立关联的研究观念与方法中获得启示，那就是应把文艺纳入更为广阔的视野下，采用多元的研究方法进行探讨。怀特所坚持的文史相济的元史学观实质揭示出文本间性在今天学术研究中的价值和意义。

（二）文本间性

文本间性（intertextuality）就是不同文本之间存在的张力关系以及由此不断生成的意义体系。作为历史性存在的不同学科、不同种类、不同领域、不同形式的文本，它们共同处于社会大文本框架体系内，构成不同维度和层次之间关系型存在并持续发出自身的影响力，来自不同文本的"力"构成了诸文本之间共在的"力场"。在这个力场中，每个文本扮演者双重身份：既是自身"力"的施动者，又是其它诸多文本"它力"的受动者，在作用于其它文本的同时又承受"它力"。其它文本的某些因素可能作为组成因素而化作该文本有机成分，因此，任何文本的形成都是"众力"碰撞与渗透等"合力"的结果；同时，在文本的形成过程中，它自身又不断对其它文本的建构施加影响，可能成为其它文本构成的因素。文本之间的这种张力关系就是文本间性，它使文本性具有增殖机制。不仅如此，文本间性的"增殖机制"还有两个特点：一是保质性，一是融合性。所谓的"保质性"是指任何文本的建构是在力争保持其自身特质的前提和基础之上进行的对其他文本提供的有效因素的汲取，否则就会改变其文艺文本、历史文本、政治文本、经济文本等的本质属性而异化为其他文本；所谓的"融合性"是指任何文本的形成与流传过程不是线性延伸，而是不断与其他文本碰撞的"合力"结果，是"你中有我，我中有你"的交融关系。当然，文本的"融合性"是为了进一步延续"保质性"，而"保质性"是离不开"融合性"这一有力舞台支撑的。

以此视角审视我们的文艺研究，就会发现以往的"内部研究"与"外部研究"都存在各自的弊端。前者虽然注重保持自身某些特点，但失之于自闭性。"上帝死了""作者死了"等观念导致作茧自缚地把文艺紧紧束缚于狭小的圈子，隔断了文艺赖以产生与存在的源流。这类观念或者将研究目光定格在文艺的诸如语言、结构、修辞等"内部规律"，否定"外部研究"的合理性与必要性；或者以审美性覆盖文艺的所有属性，将文艺的基本规定简单地界定为"审美性"；或者以文化研究替代文艺研究，实质消解了文艺作为独立门类存在的必要性，最终导致文艺走向灭亡。后者注意了与其他文本的融合性，但一定程度上表现为对文艺自身的研究不够充分的欠缺，遭到"内部研究"倡导者的诟病也是情理之中。文本间性理论的引入，启发我们把"内部研究"与"外部研究"相结合，兼容并蓄，既要克服单一的"内部研究"固步自封、画地为牢的局限，又可以弥补单一的"外部研究"对文艺自身探究深度的不足。以文本间性理论纠偏"内部研究"，文艺不仅具有独立的话语体系特征，同时，它还与其他文本形成动态的互动发展的格局,文艺就应从作茧自缚走向多元化交流融汇,由结构凝固走向动态建构,"文本与其说是一个开放的结构,不如说是一个开放的'结构'过程,而进行这个结构工作的正是批评"①,于是,文本意义的"完成时"变成了不断生成的"进行时",始终处于众文本"力场"交互作用的格局之中,一方面为其他文本的存在与书写提供给养平台,另一方面又从其他文本那里获取信息以搭建自身文本。如此的双向、多向互动共同建构了文本大世界,在这个大世界中的文本意义体就纳入了"生产—再生产"的运行模式,成为文本意义增殖的系统。而这一系统又是历史性存在并持续"生产"历史,由此可见,历史维度是包括文艺在内的任何文本永远无法剔除的内核。因此我们说,"历史的文本"与"文本的历史"如球皮之双面,难以割裂。

海登·怀特的元史学理论研究将文本性、文本间性范畴纳入其方法论,将历史文本与文艺文本等诸多文本均等地放到他的工作台,既看到文本的独立性一面,同时又在文本间性的结构中通过"互文性"使之更趋丰满、完善。例如,文艺文本与历史文本之间就存在互补性。作为话语活动,二者都必须遵守话语规则,在写作活动中处于受控状态,其文本自然蕴含意识形态性,都是一种压制性话语,背后隐藏着大量被删除、被遮蔽的话语,二者都是不完整的,因此,文本间性式研究可以起到互相补充的作用。

二、"背景"与"前景"

在文艺研究中,"文艺与社会历史关系是什么"这一问题成为文艺界不断争论的命题。在文本间性视野中,文艺与历史的关系也较之"旧历史主义"、形式主义文艺批评的观点发生了根本性的"位移"。概括地说,历史由文艺研究的"背景"走入"前景",文艺与历史同样都处于历史进程的"前台"。

海登·怀特的元史学理论以"文本性"消解了文艺与历史之间的壁垒,作为"社会历史背景"的"非—文艺"文本本身也是一种"文本",社会历史作为非文艺文本与作为文艺文本的文艺同属于符号体系,这样,

---

① 伊格尔顿:《二十世纪西方文艺理论》,陕西师范大学出版社1987年版,第153页。

文艺与历史的关系（也就是传统文艺研究中的文艺与社会历史的关系）被巧妙地转化为文艺文本与非文艺文本的文本间性的关系，而在文本间性视野中是不存在"前景"与"背景"之别的，于是，旧历史主义文艺研究中存在的"文艺前景"和作为文艺"背景"的历史之间的人为划分也就被消解，二者以文本间性的互动建构方式共同参与历史的建构活动。

其实，文艺与社会历史语境及其相互之间关系的问题历来是文艺研究关注的焦点之一，即使看似否定历史维度的形式主义文论对文艺中的历史因素不过是"悬而不论"，也无法从根本上消解其存在，至后结构主义理论话语趋向哲学化论证的玄空之后，社会历史又以文本化和意识形态的方式重新凸显出来，表现出文艺与历史的现代融合的发展趋势。

旧历史主义文艺观认为，文艺与历史相互分离并且文艺产生于历史之中，由于文艺是系列历史和自然力作用的结果，因此，历史对文艺具有决定作用，历史被看作文本得以解释的"语境"，文本仅仅是造成"虚假意识"并隐藏于真正历史真理背后的宣传；通过"背景"性历史材料，我们不仅可以对文本诞生的时代、版本种类、真伪以及文本与事实关系等问题进行"考证"，还可以探讨文本与社会历史诸要素之间的关系，甚至出现简单的"历史决定论"的文艺研究。

如果说旧历史主义的文艺批评方法将历史维度置于显性位置，那么，形式主义文艺理论则将历史维度置于形式的"隐性"地位，但却无法使历史因素从根本上消失。

20世纪初，西方文论自语言学转向之后，文艺中的历史维度问题"匿身"为潜在性存在，但历史维度始终却是挥之不去、不招自来的"存在"。就是对形式主义文论影响最大的索绪尔语言学理论本身也摆脱不掉与"历史"的"纠结"。在索绪尔的结构主义语言学中，对能指与所指、语言和言语、共时与历时的区分中已经包含了文本形式与社会历史之间既矛盾又统一的辩证关系。为了建立一套与历史比较语言学泾渭分明的语言学研究体系，索绪尔倡导对语言进行共时性研究，对语言构成因素做了一系列二项对立差异的区分。但是，他在强调能指符号和共时研究的同时，并非排斥其对立面在整个符号系统中的存在和联系，他多次强调语言符号作为言语行为在社会中的意义以及在社会实践中所具有的沟通、交流作用。当谈及语言的社会交流功能时，索绪尔提出"社会事实"这一范畴，认为在由语言所联系起来的所有个人之间存在着一定的中介——"所有的人都会再生出联系着相同观念的大致相同的符号"①。这种"大致相同的符号"就是社会历史性，他说："言语本身包含个体和社会两个方面，我们不可能通过排除一个方面来认识另一个方面"；语言同样也离不开社会历史因素的制约，它"既是语言机能的社会产品，又是一个社会群体约定俗成的一系列必要的集合体，它使个体能够运用这些言语机能。"② 从上面论述中我们不难发现，尽管索绪尔的语言学试图凸现语言的共时性特征而制衡历时性的研究，但实际上，连他本人也不得不承认，尽管从共时性来看，语言是"一个自足的整体和分类的原则"③，然而，不可争辩的事实却是由于言语与个人在社会中具体的语言运用的密不可分性，语言研究一定是社会的，是与语言的历时形态和意义相关，"二者的联系实际上是如此的紧密，我们几乎无法将其分开"④。

因此，受索绪尔语言学的影响，形式主义文论表面上宣称关注文本符号结构，排斥社会历史维度，但是，历时性的社会文化因素没有因此被否定，最多不过是暂时性地悬置而不讨论罢了。罗兰·巴尔特在论述结构主义的目的和方法时就曾明确指出社会历史与结构主义相互依存的关系："结构主义并不抽空世界中的历史内容。它不仅致力为历史赋予某些内容（这已司空见惯），而且还力图使之与某些形式的东西建立联系……。正因为所有关于历史性的知识都加入了对于知识的理解，因此，结构主义者对过去一般不感兴趣，因为他知道，结构主义也是世界的一种形式，而且将随着社会的变化而变化。"⑤ 可见，巴尔特认为结构主义是一种对外在世界的认知方式，同时，他承认社会历史文化是结构主义以外的社会存在。詹姆逊一针见血地指出结构主义的内在矛盾性："因为它的关于符号概念不允许我们对它外面的现实世界进行研究，但同时又把所指说成是某种实际事物的概念，从而并不放弃存在一个现实世界的观点。"⑥ 毋庸置疑，詹姆逊的评价还是客观的。

---

① 索绪尔：《普通语言学教程》，商务印书馆1980年版，第13页。
② 索绪尔：《普通语言学教程》，商务印书馆1980年版，第8—9页。
③ 索绪尔：《普通语言学教程》，商务印书馆1980年版，第9页。
④ 索绪尔：《普通语言学教程》，商务印书馆1980年版，第8页。
⑤ 参见黄必康：《试论西方文艺理论中的文本与社会历史语境》，《外国语》1998年第4期。
⑥ 詹姆逊著，钱佼汝译：《语言的牢笼》，百花洲文艺出版社1995年版，第87页。

解构主义者试图消解结构主义理论内在的矛盾性，其结果，一方面将人类社会历史内容永远地悬置起来，另一方面，又以社会历史因素不断冲击能指的霸权地位的方式来彰显历史的"在场"，在陷入矛盾性境地的同时折射出对社会历史问题的无法消解这一事实。德里达对索绪尔语言学关于系统中最基本的东西是对立双方差异性的观点十分感兴趣，认为文本中的形而上学在场就是语言和思维的对立差异所产生的最终的中心意义，如理性、社会正义、历史进步等理性神话，要消解符号体系中的社会历史的形而上学在场，就要解构语言的能指与所指，于是，他将"延异"概念嵌入所指与能指之间，使其二者之间始终保持着若即若离的关系，每个所指都因"延异"而转化为一个功能性的能指，能指被无限期延搁。这样，人类的生存是语言不断书写的结果，能指又被永久地搁置，人类的生存意义也就在无限的区分中飘忽不定，因为人类社会历史知识就是建立在不断地认识到存在中的差异性并进行区分后产生的存在意义。既然差异性被不断地"延异"，那么，关于人类的社会历史知识也就无从确定，社会历史因素由此而远离了文本。然而，问题的另一方面却是，"延异"概念在消解所指与能指差异的同时，又把历史的存在带入了对符号的纯形式的阐释之中，"如果'历史'一词本身不包含从根本上消除差异这种想法，那么我们就可以说只有差异才能从一开始就具有彻底的历史性"，而且，"作品的这种历史性不仅存在于作品之中，在于它潜在于作者的意图之中，而且还在于它永不可能存在于此刻之中。永不可能在任何绝对的同时性或即时性中重新开始"[①]。于是，社会历史因素又重新透过符号的差异联系浮现出水面。

从文艺研究的旧历史主义方法和形式主义的方法的探讨中，我们可以看出，对文本语言、结构的形式方面的关注与对社会历史的青睐常常成为文艺研究天平的两端，对前者的偏爱往往容易导致对观念的、社会历史和意识形态的不同程度的贬斥；与此相反，对后者的过分张扬又可能造成对审美性（文艺内部规律）的某种忽视。因此，当文艺批评中以重视社会历史"背景"研究占主导地位时，对此予以纠正的重形式的研究模式将取而代之；同样，当偏于社会历史研究的文艺理论被压抑时，它总是等待着形

---

① 詹姆逊著，钱佼汝译：《语言的牢笼》，百花洲文艺出版社1995年版，第157页。

式主义步入其逻辑尽头而蓄势待发。正是在此形势下，一种要求重新恢复对社会历史和意识形态进行审视的呼声鹊起，以海登·怀特等人为代表的倡导"回归历史"的研究模式由此登上了历史舞台。对此转向，希里斯·米勒（J. Hillis Miler）于1986年就任美国现代语言协会主席的就职演说中这样讲："在过去的数年中，几乎所有的文本研究都出现了试图摆脱各种以语言为基准的理论研究导向的转折——相应地转向历史、社会、政治、体制、阶级与性别状况、社会语境和物质基础。"[①] 只不过这时他们所宣扬的"历史"已不同于旧历史主义者心目中的历史，他们的"回归历史"是对形式主义文艺批评和旧历史主义批评的双重否定[②]。

海登·怀特的历史"文本性"研究，将历史文本与文艺文本置于相同的位置，而"文本间性"观点将以往文艺研究中视文艺为"前景"而视历史为"背景"的观点予以匡正，这样，文艺作为历史事件与历史中的政治、经济、军事、文化、外交等事件一样参与历史的建构进程。这种观点要比过去将文艺功能简单、笼统地归为"反作用于社会"的论点更具理论说服力。

传统社会历史批评将文艺置于历史"背景"观照下进行研究，认为文艺是对作为"反映对象"——历史——的能动反映，它力图反映、再现历史的"真实"，然而，这不过是一个美好的理想，因为文艺永远无法触及历史的真实。他们认为文艺仅仅是历史的"附带现象"，历史具有内在统一性、运行规则、发展动因、宗旨、目的单一的性质，是大写的、单数的"历史"（History），这是思辨哲学的历史观。与上述观点截然不同，怀特以历史的"文本性"观念审视，历史就不再是单数大写的历史（History）而是小写的复数的"诸历史"（histories），以此观念指引下的文艺观也必将发生巨大的变化。

其实，对以往"单一整体的历史"观念的质疑并非是海登·怀特的首创，早在20世纪60年代，不少学者就开始转向对"诸历史"（histories）的研究。他们由以往聚焦重大事件、皇亲国戚、达官贵人、英雄人物到转

---

① Veeser, H. A. ed. *The New Historicism*, London: Routledge, 1989, p. 15。
② 林特瑞查认为旧历史主义的"历史概念与文艺批评中形式主义理论的反历史冲动并肩而行"，它们实质上都没能揭示文艺中的"历史性"特征。（Frank Lentricchia, *After the New Criticism*, The University of Chicago Press, 1980, p. xiv）

向关注普通大众的日常生活，诸如宗教信仰、礼仪风俗、婚丧嫁娶等社会"小事件"，力求探寻、发掘那些被湮没者和被边缘化者的历史，甚至进一步去探究使其变成如此的原因及过程，即他们"如何变得如此默默无闻以及在当今社会是什么力量在主宰他们的沉浮"①，这种观点在揭示和展示历史的"丰富性"方面值得肯定。的确，历史在某种程度上讲常表现为"每个活生生的人（个体）的日常生活本身"，"这活生生的个体的人总是出生、生活、生存在一定时空条件的群体之中，总是'活在世上''与他人同在'"，而"不是某种抽象物体，不是理式、观念、绝对精神、意识形态等等"，② 这种个体的历史便是小写的复数的历史（histories）。

"小写的复数的历史"观念有利于文艺展现丰富多彩的"多声部复调"的社会历史。一元化的整体的历史是很难囊括多元化的、色彩斑斓的历史风貌的，它抵制"异质性、矛盾性、碎片性和差异性"因素的渗入，从而试图将自身变成"一种否定诸历史（histories）的单一历史（History）"，③ 也就是说，"宏大历史"观是拒绝、否定"小写的复数历史"观的，这就决定了以此观念为指导的文艺创作与文艺研究中的历史只能是单一的、整体的历史；而文艺与历史的关系也只是简单化、既定的、静态的、决定与被决定关系的模式化。

我们之所以认为强调"小写的复数的历史"（histories）观念具有一定合理性的原因在于，它不再将目光仅仅聚焦于旧历史主义强调的正史、大事件和所谓伟大人物及宏伟叙事，而是将一些轶闻趣事和芸芸众生纳入其关注的视野，"看其人性的扭曲或人性的生长，看在权力和权威的历史网络中心灵是以怎样的姿态去拆解正统学术，以怎样的怀疑否定眼光对现存社会秩序加以质疑，以怎样的文化策略在文本和语境中将文艺和文本重构为历史的课题"④，同时，以此观念审视文艺，就会发现文艺与历史之间并不存在一个人为划定的绝对界限，也不存在一个先在的、超历史的自足的审美领域，我们也不应该在研究文艺或历史时，主观先验地假定存在"文艺"和"历史"两个相分离的自足系统，然后再努力去证明其中的一个可

---

① John Brannigan, *New Historicism and Cultural Materialism*, Macmillan Press Ltd., 1998, p. 35.
② 李泽厚：《历史本体论》，三联书店2002年版，第13页。
③ Frank Lentricchia, *After the New Criticism*, The University of Chicago Press, 1980, p. xiv.
④ 王岳川：《后殖民主义与新历史主义文论》，山东教育出版社1999年版，第159—160页。

以作为"背景"去决定另一个"前景",而另一个,不过是被前者决定的产物。"文本间性"观恰好说明诸多"小写历史"之间的互存、共生的动态关系,它们可以交融互渗,共同铸就"历史舞台",并不存在"背景"和"前景"之分,它们是不同意见与观点交锋的"战场",是传统观念与反传统观念发生碰撞的场所。文艺与历史之间的关系是复杂的、不断发生变化的,是某种单一既定的理论所无法把握的;相反,文本与世界、文本的物质性与其产生的意识形态性、文艺与历史之间的交互作用等方面构成了我们文艺理论研究的对象。

"小写的复数历史"观或许有利于我们在文艺研究中"动态地"把握文艺中的历史问题,力争做到"历史地"看待历史问题。列宁在《唯物主义和经验批判主义》中反复强调马克思主义哲学最重要的是"辩证唯物主义"而不是"辩证唯物主义",是"历史唯物主义"而不是"历史唯物主义",实际上,列宁在这里强调了历史方法与辩证法的内在统一性,在历史方法中涵盖着辩证方法的原则,在辩证方法中蕴涵着历史的内容,其核心是指,不要把研究对象仅仅当作实体,而是要把它置于历史发展过程中,从其产生发展的具体过程中给予研究。赫尔德认为文艺与历史之间具有相互的"植根性",也就是说,不同的文本作为符号网络可以互相理解,因为它们都"植根"于相同的文化之中。文化本身又可以被看作是一个"文本",而文本又具有不确定性,文艺与非文艺界限模糊,能指将超越意图、并颠覆意图,文本意义的无限延宕,不同文本存在着相互取消又相互影响的意义等,这些都使文艺与非文艺,文艺文本与非文艺文本置于文本间性关系之中互相参照、互相渗透、互相理解,"如果将整个文化视为一个文本,那么,所有的在表述层面和事件层面显现的诸事物之间至少潜在地存在着相互关联、制约的关系",而且,当我们把"整个文化视为一个文本"时,实际上就把"某个时代的所有文本既看作是表述又等同于事件",这时的"历史就难以轻松地发挥它曾经一度享有的评判一切和平息众说的功能"了,[①] 这样,由于文本之间的文本间性,使得原来被视为"背景"的历史与被看作"前景"的文艺发生了"位移","背景"变得引

[①] C. Gallagher & S. Greenblatt, *Practicing New Historicism*, The University of Chicago Press, 2000. p. 15—16。

人注目而走向"前台",与先前相对"背景"而言的作为"前景"的文艺相融合,而文本之间的相互融合、相互参照、相互渗透、相互理解的过程恰恰表现出其动态性、过程性,这就克服了以往文艺研究中容易出现的将文艺与历史之间的复杂的动态关系概念化地界定为某个单一而固定的关系的简单化的做法的不足。

第三节 文艺批评的方略

"文本性"特征的凸现,消解了文学文本与非文学文本,经典文本与非经典文本的界限,文本探索中的文本间性研究也就显示出其方法论意义上的重要性;同时,无论是历史还是文学,作为文本,它们都是一种权力运作的场所,不同意见和兴趣的交锋阵地,传统和反传统的势力发生碰撞的地方,因此,对文本的阐释不可能是"无利害关系的"或"非政治的",相反,批评的任务就是传达出批评家的意识形态话语,建构新的文化文本。

一、"文本间性"式批评模式

前文说过,文本性具有的消解性可以"消解"不同类型文本、不同学科乃至等级的区分,文本之间既有学科和专业的特色的差异,但又不是绝对划界,由此不再截然划分经典与非经典、正史与野史,不再设立等级以区分高雅与通俗。关于"非等级制",伽勒赫认为"在追寻文本、话语、权力和主体性形成过程中的关系时","一般并不僵硬地去确定因果关系的等级制",[①] 具体到文艺与社会历史,它们文本之间并无因果等级关系。于是,文艺与世界的关系就可以视为文艺文本与其他文本之间的文本间性的关系,"通过文本与社会语境",也就是"文本与其他文本的'互文性'关系,构成新的文艺研究范式或文艺研究的新方法论"[②]。这就是本文之所讲的"文本间性"式的批评模式。

---

① 《文艺学和新历史主义》,社会科学文献出版社1993年版,第162页。
② 王岳川:《历史与文本的张力结构》,《人文杂志》1999年第4期。

文本性批评模式的提出是针对文学的文本性特点而言的。海登·怀特元史学理论中提出的"文本性"特征是不同于形式主义文艺理论中的文本观的，根本差异在于后者认为的文学文本是静止的、孤立自存的一个自足符号系统，而前者认为文学文本处于由审美文化（文本）与社会政治文化（文本）等构成的文本之间双向运动的关系网络之中的，也就是说，文学文本的这种双向运动状态就是其存在方式。文本的这种存在方式决定了对文学的阐释模式也应置于文本间性的关系中思考，用综合的跨学科的"广角"去分析文艺文本。当我们以此批评模式探讨文本，就"不是对传统文艺文本的一往情深一厢情愿式的陶醉式阐释"，[1] 而是质询式、追问式和自我审视式的批判性解读。所谓"质询式"就是指质询其何以成为文学文本；所谓"追问式"是指对文学文本中的社会存在以及社会存在之于文学的影响展开双向追问；所谓"自我审视式"是指反思研究者自身在理论探讨中的立场以及扮演的角色。[2]

"文本间性"式研究模式有利于从更为广阔的文化视野下研究文艺。美国人类学家克利福德·格尔兹（Clifford Geertz）认为，当我们考察异域文化时，必须深入这种文化内部所形成的各种关系中，忠实而详细地描述文化事件对于当事者的意义[3]，这种详细描述的方法可能仅仅揭示了该文化的某一个方面或某一个侧面，但却能够缩小读者与该文化的距离，产生仿佛身陷其境的感受。以此模式审视，更容易重新勾勒出文学文本产生时的社会文化语境。这与旧历史主义对"历史背景"的研究模式有着根本性的区别。旧历史主义者对历史背景与文学文本之间的关系考察的目的是试图说明文本对历史背景的反映程度，从而揭示该文本产生的历史必然性以及与历史发展的必然性之间是否具有一致性等问题，而文本间性式研究模式在文本之间共时性研究中探寻它们又是如何相互影响、促进历时性变化，以此尽可能找回文学文本最初创作和消费时的历史情况。新历史主义坚信，客观而全面揭示历史真相的历史是不存在的，任何历史文本不过是

---

[1] 廖炳惠：《形式与意识形态》，张京媛：《新历史主义与文艺批评》，北京大学出版社1993年版，第256页。
[2] 参见张进：《新历史主义与历史诗学》，中国社会科学出版社2004年版，第244页。
[3] David H Richer, *The Critical Tradition: Classic Texts and Contemporary Trends*. 2nd edition. New York: St. Martin, 1998, p. 214。

主观化的受权力话语操控的虚构性编码的产物,历史的真理性只会零星地散落在不同的诸多文本之中,若要接近、"触摸"历史,解读不同诸文本并在其"互文"中获得阐释才是最有效的途径和方法。于是,"文艺批评能够大胆地引进陌生化的文化文本,反之,这些文化文本也会与人们耳熟能详的文艺经典文本富有情趣地发生相互作用,尽管这些文本是边缘化、怪异、令人惊异、粗糙的"①,以往的大写的历史书写遭遇冷落,他们另辟蹊径,以对诸多"小写"的历史的书写制衡、解构、颠覆以往大写的正史,以对社会底层小人物命运的关注疏离以往对上层权贵的青睐。

二、文艺的意识形态性研究

海登·怀特的元史学理论特别强调了意识形态与历史话语与历史书写模式结构之间的关系,文艺话语同样也存在着意识形态性问题。由于采用了文本间性模式,处于不同文本相互渗透、相互影响、相互促进关系之中的文艺,通过特有的方式参与到社会话语权力运行之中,从而直接参与到历史进程中。这是不同于以往的社会—历史文艺批评的意识形态理论的。

文艺的意识形态性问题是任何重视文艺研究中历史维度问题的理论所必然关注的基本问题。以往,意识形态指某一社会集团共同的信仰、观念和价值观系统。而文本间性研究模式却显示出与众不同之处,那就是更为深刻地揭示出文艺意识形态的历时性问题——文艺如何作为历史事件而参与历史的建构活动,以及一个社会的成员如何被塑造、再塑造成为该社会的一个自觉的公民这一过程。

作为话语实践活动结果的文本,其生成与存在本身就是"历史事件",至于对其意义的解读活动当然也是作为"历史事件"而存在的,而这一切都与文艺活动的意识形态密切相关。

旧历史主义关注文艺的意识形态,强调文艺活动主体的受动性,即主体受制于社会结构,自我是一种结果而不是起源。他们将主体与社会结构的关系二元对立,在对立中更多地看到主体被社会网络和文化符码所控制的一面,而对主体的能动性一面重视不够。例如,丹纳就认为文艺并非

---

① Gallerher, C. &Greenblatt, S. *Practicing New Historicism*, The University of Chicago Press, 2000, p. 28。

"仅仅是想象力的游戏"或"一个发热的头脑在与世隔绝的状态中捉摸不定的冲动",更不是"由于兴之所至,既无规则,亦无理由,全是碰巧的,不可预料的,随意的",① 也就是说,他认为文艺绝不是孤立的,而是由他们之外的环境、种族和时代等各种因素决定的,这种文艺观念显示了强烈的因果意识对规律的信奉;但是,对这些外在的因素又是如何创造主体的思想意识以及文艺又是如何介入并影响历史等问题缺少阐述。

马克思主义的经济基础、上层建筑学说是与文艺批评密切相关的理论,马克思主义继承了黑格尔辩证法的合理内核,克服了其作为超验存在的"绝对理念",全面阐述了生产力和生产关系的矛盾运动所形成的经济基础决定政治、宗教、艺术等上层建筑的学说,并阐述了上层建筑中意识形态的相对独立性以及对历史的干预功能。如果说马克思主义更加重视处于社会历史发展主导地位的生产力与生产关系等"重大问题",借用现代历史学术语,这是一种"宏大叙事",那么,福柯的话语权力理论以"权力""权力话语实践"等范畴置换了马克思主义的诸如经济、阶级等术语,从一些相对微观的视角探询了社会意识形态等问题,强调了文艺与历史的相互塑造的动态关系。有学者就认为新历史主义带有某种"西方马克思主义"的色彩,凯瑟琳·伽勒尔谈到其政治意识时说,尽管不同的批评家见解不一,甚至产生"厌恶感",但"基本上同意……,一方面,它被指责为一种马克思主义的粗浅版本,一方面,……新历史主义拒绝承认文学及其批评外延能够理想地超越于政治之上"②。

从某种意义上讲,我们不妨将之视为对马克思主义意识形态理论的进一步补充与完善。福柯的权力话语理论对于我们重新审视文艺的意识形态问题不无借鉴意义,而此理论的展开与运用又与文艺的文本间性研究模式密切相关。

文本性与文本间性范畴的引入,意味着对文艺与历史关系问题的认识上发生了一个根本性的转变,那就是"从将历史事实简单地运用于文学文本的方法转变为对话语参与构建和维持现有权力结构的盘根错节的诸层面进行了

---

① 丹纳:《艺术哲学》,人民文艺出版社1994年版,序言。
② 凯瑟琳·伽勒尔:《马克思主义与新历史主义》,赵一凡译,中国社会科学院外国文艺研究所编:《文艺学与新历史主义》,社会科学文献出版社1993年版,第161—162页。

较为全面的理解"①，从而对文艺的意识形态问题有了更为深刻的认识。

我们认为，文本可以被理解为一种具有历史性的话语事件（discursive event）。文本承载、折射了历史文化内涵并通过文本间性进行互动，也就是说，"文学文本拥有了特定的历史文化场所，各种历史力量在此相互撞击，政治和意识形态的矛盾也由此显示出来。文本作为事件的观念使人们承认文本暂时的具体性，这是特定历史语境下的特定话语实践活动中的文本的暂时而确定的功能"，另一方面，由此"我们也承认文本是历史嬗变过程中的一部分，而且的的确确构成了历史变化"，更为重要的是，"批评家从将文本只看作为历史发展趋势的反映的研究方法中转移出来"，从而进入文本间性的研究视野中审视文艺②。作为"事件"的文本既包含文学的"小文本"也包含社会历史文化的"大文本"，其存在就是一种人类的社会实践活动，它既是社会政治、经济、文化诸要素（文本）相互作用而形成的产品，又是上述诸要素的功能性构成部分；文本作为事件，它不再是历史进程的被动反映的"镜子"，而是塑造历史的社会动力能量，这就与那些主张发掘文本普遍意义和非历史性真实的批评流派相左。我们倡导将文学文本作为特定历史事件下的物质产品进行解读，以一种对文学阐释的政治结果极为关切的态度看待文本与语境的关系，重视文学文本与其他文本之间的相互作用，而且，它们之间的关系也不是静态的对立，而是动态过程中的交融互渗。因此，我们说，文学与历史相互塑造。

文学通过文本间性渗透与撞击过程实现其意识形态功能。文本的历史化与历史的文本化双向交互运动就是一个不断碰撞、聚集、传递的过程。历史不再是僵死的过去，而是面向当前唤起人们现代意识的积极的启迪因素，它以迥然相异的过去生活方式与今天时代发生撞击并提出质疑，于是，文本与文本阐释就成为能量的交汇与交换的处所③。

总之，海登·怀特的元史学理论中的历史观、历史意识与研究方法为我们重新审视文艺、审视文艺中的历史问题提供了有益借鉴，从而使我们的文艺理论增加了"历史"的厚重感。

---

① John Brannigan, *New Historicism and Cultural Materialism*, Macmillan Press Ltd., 1998, p. 81。
② John Brannigan, *New Historicism and Cultural Materialism*, Macmillan Press Ltd., 1998, p. 38。
③ Fredric Jameson, *The political Unconcious*. New York Comelluniversity Press, 1981, p. 15。

第五章　文艺学研究的方法论意识

　　海登·怀特的元史学理论研究将文学性与历史性相沟通的观念与方法值得我们借鉴，而世界范畴内的文艺研究走向审美性与历史性的互动建构的发展趋势同样为我们当代中国文艺学研究提供了有益的借鉴。今天，我们重申马克思主义文艺学经典命题"美学的观点与史学的观点"相统一的科学性与作为当代中国文艺学研究科学方法论的现实意义和主要价值显得尤为必要，因为新时期以来文艺研究中出现将"美学的观点与史学的观点"予以割裂，甚至截然对立，以审美性否定历史性维度的各种理论偏颇。

第一节　文艺学研究与方法论意识

　　理论研究依赖于科学的方法论，哲学是世界观与方法论的统一。马克思对科学研究的方法论问题一直是十分重视的，他认为"不仅探讨的结果应当是合乎真理的，而且引向结果的途径也应当是合乎真理的。真理探讨本身应当是合乎真理的，合乎真理的探讨就是扩大了的真理"[①]。因此，从最深层意义上理解，作为由思维结构、思维方式以及系列范畴、概念构成的思想观念具体的建构和存在方式的方法是人类掌握世界的具体方式和途径。就像哲学是观念与方法论的统一同样，一个人的思想观念在深层次上决定了所运用认识世界、分析问题的方法论，一定的方法论构架影响并体现出与此相对应的思想观念。从二者的辩证关系的角度讲，方法就是观念本身。任何科学体系得以确立都离不开用以具体阐释其学科研究理论材料

[①]　《马克思恩格斯全集》第1卷，人民出版社1995年版，第8页。

所需要的独特的科学观念及方法论原则。通常，学者们认为方法论作为一个整体结构，具有三个不同的层面。一个是作为基础层面的最根本的总体方法，在这里世界观和方法论是融会贯通的，有什么样的世界观就会有什么样的方法论，它从总体上观察、分析和把握世界，解决认识世界的路线和途径问题。在这个最基本的层面上，马克思主义辩证唯物主义和历史唯物主义是代表当今最高思维水平的科学的方法论，并构成由它们所统摄的其他研究方法的基础和根本内容。方法论的第二个层面，是介于总体性研究方法和具体科学特殊性研究方法之间的一种中介性的研究方法，它能从某一个方面入手，以思维具体复制客观事物的矛盾发展进程，使研究对象呈现出整体性和有序性，形成一个概念和范畴的多层次结构系统。这是在根本的总体方法论原则指导下的一种构架具体科学体系的方法，具有总体性把握世界的方法所不可取代的地位和价值。这种构架体系的方法，作为马克思主义科学方法论的组成部分，主要体现为以辩证逻辑为基础的从抽象上升到具体、逻辑与历史相统一的方法和新兴的系统科学的方法。文艺研究作为具体科学，还有其自身特殊的研究方法，这就是具体阐释文艺现象的理论研究的方法。这种具体的特殊的研究方法，是从总体的、一般的方法中分离出来的，因此，它只有在所从属的方法论整体结构中，在一般方法的统摄下才有生命的活力。[①]

有的学者认为从方法论的视角，这里存在着一个"元方法"和"类方法"的关系问题[②]：作为独立学科的文艺学、美学，其研究有其特殊的思考和提问的方式，应有其自身的具体类方法，那种将哲学的方法论简单化，机械地移植到具体学科的研究中并以此取代具体学科自身方法论存在的合理性的做法显然是行不通的，这方面是有前车之鉴的。因此，我们不仅要以马克思主义哲学为文艺研究的理论基础，还要寻求一个适应该学科特点的具体的方法论，这种具体学科的方法论与马克思主义哲学方法论之间既有联系又有区别，它们在哲学基本问题上观点是一致的，但它们不是一个层面的概念，如果把后者称作"元方法"的话，那么，前者是更接近

---

① 参见马龙潜：《主客体结构论文艺学的观念与体系构架》，广西师范大学出版社2004年版，第88页。
② 参见曾庆元：《浅谈马克思主义哲学在文艺学发展中的地位与作用》，《甘肃社会科学》2002年第4期。

文艺活动实际的"类方法"。元方法是类方法的方法，具有一元性，即在元方法的逻辑层次上，元方法之间是难以调和并存，表现出明显的排异性特点，而类方法作为从属于元方法的方法，它可以在元方法的规定、指导下实现类方法之间的互补。以此审视新时期以来的理论研究，我们必须清醒地认识到，林林总总的各色学说不管其标举的旗帜多么"现代""新潮"，在这理论的纷呈迥异的后面，也就是说，在理论探讨的五彩斑斓的表象的深层，我们绝对无法掩盖和回避的仍然是哲学层面的对那些最根本观念和问题的界定，实现文艺理论的真正的科学、健康发展，必须将我们的理论体系搭建于坚实的哲学基石之上，以哲学的方式阐释文艺的本质问题，再以此为切入点来揭示文艺的其他问题与规律，也就是说，作为"类方法"的文艺学研究的方法，是不可能超越作为"元方法"的哲学的统摄，那种企图躲避、逃避哲学元问题的探讨而直接解决文艺学具体问题的做法，如同缘木求鱼、舍本逐末，在导致其理论体系极易坍塌的同时，终将回归到哲学的层面并且一定会暴露出其世界观和方法论上的致命弱点。

因此，当我们对文艺进行理论探讨时，那些企图否定哲学作为"元方法"的指导意义，否定哲学作为世界观的意义的理论研究本身，由于缺乏哲学根基而存在致命弱点。文艺学研究的科学方法论问题已经成为学者们关注、探讨的焦点之一，并且取得较为一致的观点：一个科学的方法论，应该具有优秀的理论品格，那就是能够不断地对各种不同的思想观念和理论范式进行辩证分析和综合，在与它们的整合互补中使自己逐渐成长、壮大起来，以此方法论为武器从事对文艺的理论研究工作，便会将以往的理论加以辩证否定，找到一条与人类历史进程、与人类历史发展方向、与时代精神相吻合的中国当代文艺理论一以贯之的思想线索，从而建构一个适应当下中国文艺现实的具有坚实基础的新的文艺理论体系框架。很明显，新时期以来被学者们所倡导的文艺理论的综合创新，既不同于那些把各种理论学说和观点平面地、不分主次地排列、组合，而见不出概念和范畴辩证运动的综合，也不同于那种离开历史和时代具体规定性，逃避对现实生活实践所提出具体问题的回答，而缺乏现实生活根基以及失去其时代精神支撑和统摄的综合，正相反，却是通过对以往的理论研究成果进行重新审视、辨识、转换和吸收，以从中提炼出能够借以回答所研究问题的理论观点。文艺研究的出路在于"综合创新"，在本质上看，这是对学术本位和学术立场的重新定位，是对文艺理论研究途径和方法的重新选择，是一种新的理论观念的再确立，而这一切的实现，又是通过建设一种新的文艺理论形态和理论结构——一个新的当代形态的理论体系框架来得以实现的。[①]要建构这样的理论框架，没有科学的方法论是望尘莫及的。

具体到我们理论探索，我国当前的文艺研究现状是一个众声喧哗格局，同时，某种理论学说有存在一定程度的固步自封、排斥他论的倾向。这种矛盾性阻碍了文艺创作与文艺研究的健康发展。

正如有的学者所指出的，多元化并存的格局决定了任何文艺学理论的发展就处于这个历史与现实、中国与西方、传统与现代的特定语境下，由中国传统文艺学思想、经典马克思主义文艺学、西方马克思主义文艺学以及西方各种形形色色的理论共同交织而成的错综复杂的网络之中，一方面，反思以往文艺学研究中的不足，一方面要面向未来积极创新；一方面在寻求中国传统文艺学的现代转换之路，一方面又要探求可资借鉴的西方各色文艺学理论；一方面探寻马克思主义文艺学理论的中国化，一方面又在力求使其理论现代化。这种多元、立体的网络结构构成了当代中国文化意识的多层次、多维动态的结构形态——这就决定了任何一个处于这个网络结构中的关节上的理论都不再是单一的、静止的，而是古今中外各种审美意识、各种理论学说共同交织、相互作用的结果。面对全球化的文化语境，任何理论的存在与发展都难以固步自封式地将自己的研究视野和思维囿于狭小的范围，代之的则是兼容并蓄、博采众长以丰富自身。

一个无法回避的事实是，自改革开放以来，在西方陆续登场了一个世纪的各种哲学、文艺学、艺术学的观念和学说在中国短短20年的时间里集中上演了，令人应接不暇、眼花缭乱。以往存在的某一文艺学理论独占鳌头、一统天下的局面已经一去不复返，用一种学说去"遮蔽"另一种学说的努力注定是枉然，理论舞台由独唱演变为多声部的合唱，各种理论、学说纷纷登场。这种多元共生的格局在对任何文艺学理论形成冲击的同时更带来了机遇，"冲击"是指来自不同理论阵营内部和外部各种学说、理论派别从不同层面试图动摇甚至解构其他文艺理论的根基；"机遇"是指这种客观局面正好为具有博采众长、与时俱进的优秀理论品格的理论学说提

---

① 参见马龙潜：《对当代文艺理论体系哲学基础的认识》，《社会科学战线》2001年第2期。

供了广阔的发展空间和可资借鉴的理论营养。因此，只有具备优秀理论品格的理论，才可能抓住各种机遇，通过与其他理论的平等对话、交流来达到取长补短、相得益彰、共同发展的目的，任何企图用某种理论观点或者以某种范式独霸天下的想法和努力都是枉然的。一个理论学说应该是其所处时代的多样性的统一。这种历史境遇就要求文艺的创新应该站在时代的高度，积极吸收、借鉴包括中国古代文艺学、美学思想、西方各种哲学、文艺学和部门艺术的一切科学的成分，将其"拿来"为我所用，通过对它们的辩证否定来丰富、拓展自己的理论视野和方法。[①]

从文艺学学科自身发展实际情况看，同样要求文艺学研究以综合全面的视野和方法审视。文艺的存在不能脱离人的审美，不能没有主体人的存在；同时，也不能离开审美客体，文艺存在于主体的审美本质力量与同这一审美本质力量相对应的客体的审美属性所形成的审美关系之中，审美的存在是一种关系性存在，而非一种实体性的存在，因此，以往文艺学研究中将文艺的特性归结为主体或归结为客体的研究模式和结论都失之于实体性思维。文艺的本质既与审美主体的审美理想、审美观念、审美情趣、审美心理、审美感受密切相关，更与审美客体的自然属性相连，同时，还受到不同时代、不同地域、不同民族、不同风俗等社会文化精神因素的制约和影响，处于主客体之间形成的特定的对象性的审美关系中的文艺，是与通过自身各种因素的相互联系和彼此渗透所组成的结构整体密不可分的。这就决定了文艺学研究必然展示出其百花争艳的丰富性特征，文艺学理论的多角度、多层面、多元化存在与发展是必然的。但是，我们还必须清醒地意识到，文艺学理论又是其所处的历史时代精神的产物，这就决定了一个时代的文艺学理论必然是与其所处的社会政治、经济、文化、法律等密切相关，文艺的复合结构决定了我们的理论研究如果仅仅强调文艺的某一角度、某一方面、某一层次或某一部分而否定其他理论或者理论的其他方面，那么，这种理论观很可能导致陷入"以一种极端去抨击另一种极端"的怪圈，而且，由于忽视了文艺学所处的整个系统中的内在联系，将可能出现"瞎子摸象"式的一叶障目而不见森林的失误。

---

① 参见马龙潜：《新世纪马克思主义文艺学研究的基本格局与特点》，《沈阳工程学院学报》2006年第4期。

同时，当前文艺学研究中却存在着某些理论"盲目排外"的现象，这里的"外"是指其理论自身以外的其他文艺学理论学说。这种现象的实质是作茧自缚，其结局极可能由于其理论的封闭性、片面性而导致其自身走向衰败，某些固步自封式文艺学理论陷入了卖矛又卖盾的尴尬境地：一方面由于揭示了文艺学的某种特征或某方面的规律而在文艺学研究的某个方面取得了骄人的"巨大成功"，另一方面，由于斩断了自身与其他理论的沟通与联系，缺少虚怀若谷、兼容并蓄的优秀理论品格，从而导致这种研究模式自身的危机。正如前文所言，文艺学学科所处的主体、客体以及二者之间形成的特殊的对象性的审美关系中的主体、客体及其存在的社会、历史因素共同组成了一个多层次、多侧面的以文艺学为核心的关系网络结构，文艺学正是在这个关系网络中获得并展现了自己的特质。在这个以文艺学为核心构成的关系结构中，主体、客体等因素的存在又有其结构的有机组成要素，这些要素同时又获得了网络关系结构所赋予它们的新的性质、功能和作用，反之，各种要素之间的相互作用、相互影响的动态关系规定着、展示着文艺学的本质特性。因此，正如有的学者所指出的，当我们研究文艺学理论，把握文艺学学科特质和规律的时候，就要通过把握从文艺学与社会生活的关系到其自身各种要素的关系——这样一个复杂的关系结构，以把握这个关系结构形成和发展的历史和逻辑的运动过程来揭示文艺的本质。可见，如果我们仅仅强调文艺学的研究的某种方法或某一方面的特征，如心理的、直觉的、审美的或文化的特征的做法，虽然也可以揭示文艺活动的某方面的特征，具有真理性的一面，但很可能成为一种"片面的真理"。

第二节 "美学的与史学的"观点：当代中国文艺研究的科学武器

上面我们谈到理论研究的元方法与类方法之间的辩证关系问题，坚持文艺研究以马克思主义哲学为思想基础和方法论原则，这是元方法问题；具体到文艺研究的类方法，我们倡导"美学的与史学的"观点相统一的原则作为其理论研究的类方法。之所以我们重新提出这一文艺研究的基本原则是因为在当代中国，尤其是新时期以来出现了各式各样与此相悖离的倾向，值得引起我们的关注。

以"美学的观点"与"史学的观点"进行文艺批评是马克思主义哲学在文艺批评、文艺研究方面的一个重要理论贡献，同时，也是我们进行文艺研究可资借鉴的科学方法论，是我们一以贯之的方法论原则。

"史学的观点"中的"历史"这一范畴在西方的发展演变中形成了双重含义。按照历史哲学研究结论，"历史"这一概念具有两个含义：一是指人类的过去（已经发生一切人类的实践活动及活动中发生的事件），即我们所称的"客观历史"；二是指历史学（人们对人类自己过去的记述与认识，这既包括自然界的发展过程，也包括人类社会的发展过程），也就是"主观历史"。

因此，当我们谈论"史学的观点"时，实质上就包括了两个密不可分的部分：一是历史观，二是历史方法。历史观决定了历史方法的选择，即以何种视角和方法看待（研究）历史和历史问题，而不同的历史方法的选择又会形成、矫正历史观。马克思主义的唯物历史观绝不等同于旧历史主义的历史决定论，后者深受19世纪科学主义影响，认为历史事实是客观地存在于历史学家的思想和参与之外的，他们试图把客观存在的历史看作一个整体，通过对这一整体的把握，即当历史学家彻底掌握"客观事实"之后，历史的本来面目、历史的本质、意义和发展方向、模式、节奏和规律等就会完全被揭示出来，产生某种终极的历史著作。而恩格斯所说的"史学的观点"是历史唯物主义的基本观点。

我们谈论"史学的观点"时更为注重其方法论意义，许多马克思主义学者深刻认识到这个问题，因为它直接关系到对马克思主义哲学的正确把握问题。恩格斯曾高屋建瓴地指出："马克思的整个世界观不是教义，而是方法。它提供的不是现成的教条，而是进一步研究的出发点和供这种研究使用的方法。"[①] 列宁在《唯物主义和经验批判主义》中反复强调马克思主义哲学最重要的是"辩证唯物主义"而不是"辩证唯物主义"，是"历史唯物主义"而不是"历史唯物主义"，实际上，列宁在这里强调了历史方法与辩证法的内在统一性，在历史方法中遵循着辩证方法的原则，在辩证方法中蕴涵着历史的内容，其核心是指：不要把研究对象仅仅当作实

---

① 《马克思恩格斯全集》第39卷，人民出版社1972年版，第406页。

体，而是要把它置于具体的历史发展过程中，从其产生发展的现实过程中给予研究。卢卡奇同样高度肯定辩证法，中肯地指出："马克思主义问题中的正统仅仅是指方法。它是这样一种科学的信念，即辩证的马克思主义是正确的研究方法，这种方法只能按其创始人奠定的方向发展、扩大和深化。而且，任何想要克服它或者'改善'它的企图已经而且必将只能导致肤浅化、平庸化和折中主义。"① 可见，我们要较准确地领会马克思主义哲学灵魂就必须清醒地认识到马克思主义哲学只有成为人们的科学方法论时才能成为服务于人类社会实践的有力武器，才能真正地成为人们认识世界、变革世界的科学指南，如果仅仅当作教条主义的金科玉律而成为书本上吟诵的词句，当作抽象的概念和框框，而不能以方法论的视角把握，注定成为肤浅的、平庸的教条。马克思主义哲学方法论的意义就是它作为一种科学的理论体系本身所具有的指导人们正确认识并解决各种实际问题的能力。在马克思主义哲学中的历史唯物主义的范畴"历史"并不是时空范畴中的社会历史，而是把事物当作"过程"而不是当作"实体"来理解的辩证思维方法。②

"美学的观点"就是将马克思主义哲学的历史与逻辑相统一的辩证法具体运用到文艺审美活动的实践中的结果。文艺活动是一种相对独立的、系统的、具有自身独特规律的以审美方式观照世界的人类实践方式之一，这是不同于其他的社会实践方式的。马克思在《巴黎手稿》中，对人和现实间形成的种种对象性关系做了经典性论述："人以一种全面的方式，……占有自己的全面的本质。人对世界的任何一种人的关系……是通过自己的对象性关系，即通过自己同对象的关系而对对象的占有，对人的现实的占有；这些器官同对象的关系，是人的现实的实现（因此，正像人的本质规定和活动是多种多样的一样，人的现实也是多种多样的）……。"③ 根据"人对世界的任何一种人的关系"这一基本原则，马克思对如何划分对象世界与主体世界之间所形成的各种对象性关系做了进一步具体的论述："对象如何对他来说成为他的对象，这取决于对象的性质以及与之相适应的本质力量的性质；因为正是这种关系的规定性形成一种特殊的、现实的肯定方

---

① 卢卡奇：《历史和阶级意识》，商务印书馆1992年版，第48页。
② 参见孙伯鍨：《作为方法的历史唯物主义》，《河南大学学报》2001年第3期。
③ 马克思：《1844年经济学哲学手稿》，人民出版社2000年版，第85页。

式。眼睛对对象的感觉不同于耳朵,眼睛的对象是不同于耳朵的对象的。每一种本质力量的独特性,恰好就是这种本质力量的独特的本质,因而也是它的对象化的独特方式,它的对象性的、现实的、活生生的存在方式。"① 以此为基础,马克思具体划分了人对现实的三种基本的对象性关系:"整体,当它在头脑中作为被思维的整体而出现时,是思维着的头脑的产物,这个头脑用它所专有的方式掌握世界,而这种方式是不同于对世界的艺术的、宗教的、实践—精神的掌握的。"② 马克思在这里界定了"理论的"和"艺术的、宗教的、实践—精神的"这两种掌握世界的方式,也即人对现实的两种基本的对象性关系。这二者都是在实践基础上产生和发展起来的。生产劳动和社会实践是人们掌握世界的一切方式的基础,同时也是人们掌握世界的主要方式之一,这即是人对现实的伦理实践关系。在它的另一端就是抽象的、理论思维的方式,即人对现实的认识关系。在伦理实践关系和认识关系之间,就是"艺术的、宗教的、实践—精神的"掌握方式,即人对现实的审美关系(宗教虽离艺术较近,却与其有本质的不同)。正是由于人对现实形成了既相互联系又相互区别的三种基本的对象性关系,才使得整个人类社会构成了一个对象方面的真、善、美与主体方面的科学意识、伦理意识和审美意识相对应的关系体系。③

可见,文艺研究就是对作为一种审美现象的文艺活动所进行的符合艺术自身规律的艺术性的探索工作,它要求我们紧紧抓住审美性特征去揭示"美的规律",揭示艺术美,探索文艺发展的内在规律和机制等问题。文艺活动以文本为核心构成了一个复杂的立体网络结构,在这个结构中既有文艺活动的主体也有文艺活动的客体,文本则是文艺活动中的主客体之间交互双向运动的结果,在文艺创作阶段,文本是作者对客观世界的建构式反映,文本中的世界是经过作者审美心理加工后的已深深印有主体审美理想、审美情趣痕迹的审美化客体,是一种"意象性的客体";在文艺鉴赏和文艺批评阶段,文本又是沟通作者与受众(读者)的链结,在文艺的这些活动中,审美是贯穿其始终的纽带,于是,"美学的观点"成为一切文艺研究所必不可少的视角。

---

① 马克思:《1844 年经济学哲学手稿》,人民出版社 2000 年版,第 86—87 页。
② 《马克思恩格斯全集》第 42 卷,人民出版社 1979 年版,第 97 页。
③ 参见马龙潜、杨杰:《知识经济与审美教育》,河南人民出版社 2004 年版,第 173—174 页。

"美学的观点与史学的观点"是辩证统一的关系，绝不是"外部"与"内部"，或者"内容"与"形式"二元的划地为界式的对立关系，也不是"史学的观点"与"美学的观点"两者的简单叠加，而是互为条件、互为依存、互相补充的水乳交融关系。当我们以美学的视角审视文艺活动时，必须运用史学的观点与方法，也就是以动态的、联系的、发展的视角，而不是静态的、孤立的、凝滞的目光观照，将审美对象置于特定的社会历史现实中进行分析，揭示出作为审美存在的文艺的本质规定性，否则就难以揭示深刻的社会历史意义，失去文艺应有之义。反之，当我们以史学的观点研究文艺时，不要忘记，我们的研究对象是作为人类特有的社会实践方式之一的审美活动，也不是科学活动或伦理道德活动，因为不同的实践方式取决于实践客体同与实践客体特征相对应的实践主体的本质力量所形成的特殊的主客体关系的不同，这就决定了审美关系具有不同于其他实践方式的自身规律，针对作为审美活动的文艺就要求审美主体必须"对症下药"地采用符合审美活动特点的"美学的观点"作为研究方法，否则就可能与政治评论或思想评论相混淆，甚至以政治评论或思想评论替代文艺批评。

我们之所以说"美学的观点与史学的观点"是辩证统一的关系的根本原因还在于，二者的逻辑起点是一致的——都立足于"人"这一核心问题。马克思在《巴黎手稿》中认为，人的类的特征在于自由自觉的活动，自由自觉是人的类的特征，也就是人的本质性规定。马克思认为"有意识的生命活动把人同动物的生命活动直接区别开来"，这是人的主体自觉性特征；那么，人的自由性表现在哪里？马克思又说："诚然，动物也生产。它也为自己营造巢穴或住所，如蜜蜂、海狸、蚂蚁等。但是动物只生产它自己的或它的幼仔所直接需要的东西；动物的生产是片面的，而人的生产是全面的；动物只是在直接的肉体需要的支配下生产，而人甚至不受肉体需要的支配也进行生产，并且只有不受这种需要支配时才进行真正的生产；动物只生产自身，而人再生产整个自然界；动物的产品直接同它的肉体相联系，而人则自由地对待自己的产品。动物只按照它所属的那个种的尺度和需要来建造，而人却懂得按照任何一个物种的尺度来进行生产，并且懂得怎样处处都把内在的尺度运用到对象上去；因此，人也按照美的规律来建造。"① 而"美的规律"恰恰是自由的规律，是人由"必然王国"走向"自由王国"的标志。可以这样说，追求自由是人类历史发展的内在驱动力。历史更是人的历史。马克思主义把历史看作是主体人的现实，而不是精神的异在形式或者如康德所讲的物自体，因为"创造这一切，拥有这一切，并为这一切而斗争的，不是'历史'而正是人，现实的、活生生的人。'历史'并不把人当作达到自己目的的工具来利用的某种特殊的人格。历史不过是追求着自己目的的人的活动而已"②。人类的历史铭刻着人不断渴求解放、追求自由，摆脱愚昧落后走向文明先进的艰辛努力的足迹。可见，"美学的观点与史学的观点"就是以人为出发点和最终归宿的一切文艺活动所遵循的原则。

仅以文艺作品为例。文艺作品是美学的与历史的诸要素的统一体，是创作者审美创造的精神产品，饱含人类的情感世界，文艺作品是作为整体而存在的，在作品这个由符号构成的特殊的精神世界中或明或暗地蕴涵着人的世界、意义的世界和价值的世界，杜夫海纳认为价值就存在于对象的存在之中，存在于赋予对象活力的意义之中。即使是研究文艺作品的审美价值也要由形式走向内容，我们只有回到每一个审美对象所提出的意义本身的思考上时才能揭示其具有的特殊本质。③ 我们的文艺批评就要揭示蕴藏在作品中的深刻的社会人生价值和意义。

然而，回顾新时期以来的文艺发展历程，在我国当前文艺批评中不同程度地出现了忽视"美学的与史学的观点"相统一的方法运用的现象，或者将这一马克思主义文艺研究的经典方法曲解为"庸俗社会学""政治决定论""历史决定论"而予以否定；或者标举"一切真历史都是当代史"的旗帜却陷入历史相对论的泥潭，用一种极端否定另一个极端；或者将历史观点与美学观点相割裂乃至截然对立，将其一推崇到极致而否定他者的存在；或者虽说肯定但对其阐释又存在各种误区，如将"美学的观点"等同于"形式研究"，而把"史学的观点"等同于"内容研究"，或将前者视作文艺的"内部研究"，而把后者则为文艺的"外部研究"；等等。由于不能准确地把握、自觉地运用"美学的与史学的观点"的科学方法，导致

---

① 《马克思恩格斯全集》第42卷，人民出版社1979年版，第118页。
② 《马克思恩格斯全集》第2卷，人民出版社1973年版，第96—97页。
③ 米盖尔·杜夫海纳：《美学与哲学》，中国社会科学出版社1985年版，第25—27页。

文艺研究中出现了文艺阐释的盲点和片面性。

新时期以来，伴随着西方各种文艺新思潮、新理论涌入，我国当代文艺理论界不同程度地出现将文艺研究中的"美学的观点"与"史学的观点"割裂甚至对立的倾向，或者以追求文艺"背后"的历史真实而忽视"美学的"维度存在；或者在所谓的"回归文艺自身"的旗帜下凸显文艺的审美性的同时消解、摒弃文艺的历史维度，否定一切非审美因素的另一端的窠臼，于是，历史被放逐、政治被抽空、经典被颠覆、价值被摧毁、崇高被戏谑、道德被消解、理性被蔑视、深度被填平，一言以蔽之，由否定以往的政治化文艺研究模式走向了纯审美化研究模式；有的理论研究以反对"历史决定论"为旗帜，走向了另一个极端，实质上取消了文艺研究中应有的历史意识和历史方法；其代价是将包括马克思主义"美学的与史学的观点"相统一的文艺研究方法在内的一切历史方法、历史因素置于文艺研究视野之外的"不在场"；有的将恩格斯"史学的观点"曲解为"思辨历史"的"历史决定论"，或标以"庸俗社会学"符号而加以否定；有的简单地在"史学的观点"与"外部研究"和"美学的观点"与"内部研究"之间画上等号；有的虽然坚持"美学的与史学的观点"这一批评标准，但是"非历史"地去理解、阐释"历史"，并不能准确把握"历史"范畴的应有之义，实质上还是曲解了马克思主义文艺批评的标准。当我们重新审视、思考马克思主义文艺批评原则时，也许就会发现以上这些具有典型性失误的"症结"所在。

针对19世纪中、初期德国某些文艺批评中出现的以纯粹的政治观点或狭隘的党派观点为标准进行文艺批评活动的做法，恩格斯提出了"美学的与史学的观点"的命题。在《卡尔·马克思〈政治经济学批判〉》一文中，他详细阐述了马克思主义理论研究的方法是逻辑方法与历史方法相统一。实质上，恩格斯提出的"美学和史学的观点"正是"逻辑的与历史的相统一的方法"这一马克思主义哲学的方法论在文艺研究领域的具体化，它不仅成为文艺批评而且是整个文艺研究中的科学方法，直到今天仍然具有很强的理论和现实的指导意义。

今天，具体到我国的文艺批评、文艺理论研究，强化"美学的与历史的观点"的研究的方法论意识显得尤为重要。这正如有的学者指出的，辩证思维的方法就是历史与逻辑相统一的方法，体现到文艺研究中则是任何一个文艺理论都应该是以其所处历史时代的基本精神为灵魂的多样统一的结构整体,如果这种理论学说脱离了它赖以产生和生存的历史环境,脱离了整体或与整体中的其他部分的联系,仅仅从某一个角度、某一个方面、某一个层次或某一个部分去界定文艺的基本理论与规律,那么,这种理论充其量也只能是一个"片面的真理",难以全面而科学地揭示文艺的本来面貌和客观实际。在我国文艺理论的研究、探讨过程中,的确存在着这样的弊病:仅仅单一地依据某一方面的认识去揭示文艺规律而忽视其所处的整个系统中的相互联系。以此审视当前文艺研究中的某些理论模式、理论范式,虽然都有其理论意义和价值,都在一定层面上揭示出文艺的某方面的特质,但只是对文艺这个结构整体的单一、个别的把握,只是对这个整体认识过程中的一个侧面的界定、一个环节的研究,这种研究仅仅把文艺理论的动态结构进行了静态分解,缺少在综合、运动中把握,以致出现将本应丰富多彩的文艺研究简单地定位于或是政治的,或是文化的,或是审美的本质的理论偏颇。① 可见,在文艺研究中如果放弃辩证思维方法或抽掉丰富的历史内涵,仅仅以审美的或其他某一视角进行研究是难以准确揭示文艺本质规定的。

具体说来,我国当前的文艺研究中存在着这样几种割裂乃至将"美学的观点与史学观点"对立的倾向:有的把马克思主义文艺学等同于旧历史主义的"历史决定论",甚至认为是什么"庸俗的社会学"和"经济决定论"而予以全盘否定;有的由否定旧历史主义的"历史决定论"而走向另一个极端,由历史绝对主义陷入了历史相对主义的泥潭;有的抽空历史的具体内涵而凸显所谓的"超历史"的"文艺性""审美性"和"人性",等等。总之,这些失误的主要原因在于背离了"美学的与史学的"这一马克思主义文艺批评的基本原则。

马克思主义文艺批评中"史学的观点"绝对不等同于思辨历史的"历史决定论",更不是什么"庸俗的社会学"或"经济决定论"。

众所周知,马克思主义唯物史观是建立在批评黑格尔历史观的基础上之的。马、恩曾非常深刻地揭示了思辨历史哲学的错误实质是用一种新的、不自觉的或逐渐自觉的神秘的天意来代替现实的尚未知道的联系。具

---

① 参见马龙潜:《方法论意识和问题化意识》,《甘肃社会科学》2002年第4期。

体说来，马克思、恩格斯从三个方面指出了思辨历史哲学的局限性①。首先，思辨历史哲学的逻辑起点是建立在唯心主义基础之上的，即强调精神在历史唯心主义中的最高地位，而这种占最高统治地位的思想精神又是孤立的，既与占据统治地位的人无关，也与所处的历史时期的具体的生产方式和社会关系无关，为了突出其统治地位，必然赋予了这种精神以普遍性，然而，在由不同的思想抽象为一般思想时，其方法是认为在各种统治思想中存在着某种神秘的、具有特定秩序的联系，并把这些各异的思想视为概念的自我运行的结果，进而把经过这种神秘化抽象得到的"一般思想"概念化为某类人物，也就是变成在历史上代表着"概念"的许多人物，同时，这些代表着"概念"的许多人物又被规定为历史的创造者，这就是思辨哲学的历史方法。其次，思辨历史哲学运动中的历史是概念化的历史，而非现实化的历史，也就是说，它所讲的运动仅仅是一种概念的运动而非历史的现实运动，其联系也是概念间的联系而非历史中的真实的联系，这种联系多是宿命的，"黑格尔本人在《历史哲学》中承认，'他所考察的仅仅是一般概念的前进运动'，他在历史方面描述了'真正的神正论'"②，天命论、目的论、前定论、机械论等都是宿命论，例如，黑格尔就是历史目的论的典型代表，他"把全部历史从其各个部分都看作观念的逐渐实现，而且当然始终只是哲学家本人所喜爱的那些观念的逐渐实现，这样看来，历史是为了实现某种预定的理想目的而努力，例如在黑格尔那里，是为了实现他的绝对理念而努力，而力求达到这个绝对理念的坚定不移的意向就构成了历史事变中的内在联系"③，于是，历史的发展就被扭曲成后期历史仿佛是前期历史的目的，④ 而且，小到个人的语言、行动，大到重要历史事件的发生，甚至是历史时代的交替或整个历史的发展趋势都被视为按照某种规定而难以改变的"定论"。再次，思辨的历史哲学具有超历史的性质。由于这种历史理论用思辨的联系取代了现实的具体联系，只能获得抽象的永恒的必然性范畴和普遍性范畴，它们可以超越具体历史时空限制，"这种必然性、普遍性范畴一方面缺乏现实的、具体的依据，

---

① 参见庄国雄等：《历史哲学》，复旦大学出版社2004年版，第14—16页。
② 《马克思恩格斯选集》第1卷，人民文艺出版社1995年版，第101页。
③ 《马克思恩格斯选集》第4卷，人民出版社1995年版，第246页。
④ 《马克思恩格斯选集》第1卷，人民文艺出版社1995年版，第88页。

因而缺少丰富的规定性;另一方面,又使一般脱离个别,把来自个别的一般规律抽象为实体,再进一步把实体理解为主体,理解为内部的过程,理解为绝对的人格。从而,普遍的必然的东西成了凝固不变的模式或公式,并用来剪裁历史材料。"① 在这里,"剪裁历史材料"准确指出其唯心主义的本质,而且超历史性实质上是非历史性,将现实的历史顺序置换为观念在理解中的顺序。唯物史观对思辨历史的决定论的超越在于用现实的"人"替换了抽象的"人的意义",用"人的现实"置换了"绝对精神"。

恩格斯针对当时有的人视文艺的具体事实而不顾,一味地、机械地从文艺中苦苦追寻所谓的"经济决定论"等将唯物史观庸俗化的做法,一针见血地指出:"我们的历史观首先是进行研究工作的指南",当我们研究问题时,"必须重新研究全部历史,必须详细研究各种社会形态存在的条件,然后设法从这些条件中找出相应的政治、私法、美学、哲学宗教等等的观点"。②

其实,对马克思主义文艺批评的种种曲解并不是只发生在中国,更不是今天才有的,在西方历史上已是屡见不鲜了③,徐贲总结道:有人视之为文艺的历史决定论,"它评价当代文艺,根据的是它的政治影响,而评价过去的文艺,根据的则是它的社会环境"④;有的理论家认为马克思主义文艺就是"文艺社会学"⑤;甚至将马克思主义文艺观视作基督教文艺观,是"特殊形式的社会学批评——意识形态批评",认定的标准是"能否对引发革命有所贡献,或能否以某种方式使民众更清楚地意识到他们所遭受的压迫,俾能更有效地与压迫者作斗争";⑥ 有的文艺研究认为文艺具有超历史的性质,以共同的人性论为其立论基础,如美国文艺家韦勒克就曾认为,我们之所以能够欣赏那些在产生时美学作用与意图都不尽相同又远离

---

① 参见庄国雄等:《历史哲学》,复旦大学出版社2004年版,第14—16页。
② 《马克思恩格斯选集》第4卷,人民出版社1995年版,第692页。
③ 参见徐贲:《走向后现代与后殖民》,中国社会科学出版社1996年版,第2—11页。
④ George Watson, *The Literary Critics*, Penguin Books, 1962, p. 225。
⑤ 此观点如:"马克思主义和各种各样的马克思主义学者一直把文艺当作一种特殊的社会学理论资料,因而对文艺十分神往。"(Leo Lowenthal, "Literature and Sociology", in Relations of Literary Study, ed. James Thorpe George, Banta Company, 1976, p. 103。)
⑥ *Literature*: *The Human Experienc*, ed. by Richard Abcarian, etc, St. Martin's Press, 1978, p. 1129。

我们的文艺的原因在于其中存在着共同的人性[①];19世纪初德国浪漫主义理论家史雷格尔的文艺观也是建构于这个共同的人性论基点之上的,他认为,既然"人性的基础无疑是处处相通的","那么人类的历史怎么就不能出现相同的现象呢?大概正是这个想法使我们找到了诗与艺术的古今历史一致的钥匙"[②],等等。由于这种历史方法用思辨的联系取代了现实的具体联系,以历史不同时期的特点比附人的个性,只能获得抽象的永恒的必然性范畴和普遍性范畴,以此企望超越具体历史时空限制,然而,"这种必然性、普遍性范畴一方面缺乏现实的、具体的依据,因而缺少丰富的规定性;另一方面,又使一般脱离个别,把来自个别的一般规律抽象为实体,再进一步把实体理解为主体,理解为内部的过程,理解为绝对的人格。从而,普遍的必然的东西成了凝固不变的模式或公式,并用来剪裁历史材料"[③]。这些观点都没有准确地把握马克思主义哲学和马克思主义文艺批评的精髓。

文艺不可能造就一个超历史的、永恒的、抽象的、观念的人性。文艺并非是一个"超历史性"的审美存在,不能独立于政治、经济、文化、社会而存在,也难以找到一个永恒的"审美标准"来规定它;文艺文本不过是人类的各式各样文本中的普通一员,与哲学、宗教、法律、科学等文本并无二致,皆为特定历史时期的产物与存在者;同时,历史自身也并非具有一个同质、稳定的模式,可以作为"背景"来阐释一个时代的文艺,相反,历史是异质的、多元的、运动的,文艺是"镶嵌"在历史语境之上的与政治、经济、信仰、文化、意识、权力等方面共同构成了"历史"。

这种抽象的人性论恰恰是马克思主义哲学已经超越的费尔巴哈唯物主义的人本主义理论。恩格斯在《路德维希·费尔巴哈和德国古典哲学的终结》中深刻指出其问题实质:"他紧紧地抓住自然界和人;但是,在他那里,自然界和人都只是空话。无论关于现实的自然界或关于现实的人,他都不能对我们说出任何确定的东西。但是,要从费尔巴哈的抽象的人转到

---

① Rene Welleck, *Concepts of Criticism*, p.19。
② *A Course of Dramatic Art and Literature*. Trans, John Black and A. J. W. Morrison, London, 1846, p.21。
③ 参见庄国雄等:《历史哲学》,复旦大学出版社2004年版,第14—16页。

现实的、活生生的人,就必须把这些人当作在历史中行动的人去研究。"①可见,费尔巴哈直观地抽象出人的"类本质",抛开了人的特定历史现实,即特定的历史时期的人的社会关系,其结果必然是抽象的人,若以此为基点阐释、界定人的本质、人的存在以及人的未来等问题,则必然又滑向主观唯心主义。马克思哲学由于运用辩证法,不是把研究对象仅仅当作一个静止、孤立的实体性存在,而是置于历史发展过程中看成一个动态的过程,在不断发展过程中审视对象,从其产生发展的具体过程中来予以研究。

唯物史观从现实的人,即从人生活于其中的社会现实的客观物质基础出发,根据历史发展的客观进程,具体地把握体现着人的现实社会差别的本质,这种本质并不表现为抽象的人的规定性,而是在社会现实栩栩如生地展现出来的内容。因此,马克思以现实的社会关系为理论研究视角审视"人",认为"人的本质不是单个人所固有的抽象物,在其现实性上,它是一切社会关系的总和",②马克思所坚持的人,是历史性的存在,是人在历史发展的动态过程中表现出自己的本质,并没有一种固定的、永恒不变的"类"的本质,这就否定了以往哲学的先验的、抽象的对人的界定。可见,今天文艺研究中所追求的超历史的"人性"与费尔巴哈所讲的人的"类"的本质的界定如出一辙。在这里,"超历史性"实质上是非历史性,将现实的历史置换为观念在理解中的历史。

近年,有的文艺研究以反驳历史绝对主义观为基点,标举克罗齐所倡导的"一切真历史都是当代史"的旗帜,却陷入文艺研究中的历史相对主义泥潭。固然,历史绝对主义的观点有其自身难以克服的弱点,产生于20世纪的新史学理论有其合理的成分,那就是将研究视野扩大到社会政治因素之外的包括经济、文化、教育等方面在内的各个领域,看到了历史研究中的主观方面因素的影响,这是对历史绝对论的纠偏,但是,它如果过度张扬历史研究的相对性的一面,片面地强调"历史的文本性"特征,就极易滑向"历史=文本"的错误推演;当我们强调历史的叙事性特征时,更应注意历史事实(事件)与文本阐释之间的辩证关系。固然,历史不是对

---

① 《马克思恩格斯选集》第4卷,人民出版社1995年版,第236—237页。
② 《马克思恩格斯选集》第1卷,人民文艺出版社1995年版,第14页。

孤立事件的罗列，而是对历史事件的某种理解方式的文本；任何对历史意义的阐释都存在主观性的问题，这是一个无法否定的事实，然而，问题的另一面却是，任何历史文本绝不是阐释"虚无"的文本，绝不是一个可以任意述说的文本，而是一个对曾经实实在在发生过的"事件"的叙述和阐释，任何对历史（事件）意义的阐释必然是以历史事实为依据的，是对某一特定历史事件的阐释，而这一历史事件的发生、存在却是客观的，如果对此客观性熟视无睹而代之以天马行空式、异想天开般的阐释，完全有可能由此而丧失其阐释存在的意义与价值。一言以蔽之，不管"历史"这一概念的内涵可能或者正在发生着怎样的变化，甚至变的如何扑朔迷离，然而，一个铁定的事实却是——历史永远指向那个曾经真正发生过的事件，这就如同历史不管怎样书写，任何人都无法否定或"改写"日本侵华历史事实一样。文艺中的历史问题同样也具有这个性质。

因此，面对文艺创作中的种种歪曲历史、消解政治、解构经典、蔑视崇高、戏谑正义、调侃人生、丑化英雄、嘲笑正直、凸显情欲的做法和文艺批评中的虚化历史、牵强附会、随心所欲、玩世不恭、一叶障目、不见森林的现象，我们更应该回到马克思主义的唯物史观上，以"史学的观点"科学地予以审视。无论是当前文艺创作还是文艺研究中的那些截取某段历史来"重写"历史而又置历史事实于不顾的做法是不可取的。社会历史发展的长河是一个连续不断的整体，任何人无法割断历史，也绝不可能将某一特定的历史时期或事件从其所处的历史中完全孤立出来，因此，这就决定了断章取义式地对某一历史阶段的把握，可能是片面的甚至是错误的。没有历史背景的参照，我们甚至很难判断这一历史时期或者其中的某一人物、事件的是非与价值，如果一意孤行地依照个人的主观意识去杜撰历史、随意"改造"历史，颠倒是非、混淆视听；或者有意回避历史中的宏大事件，对以国家意志和政治权力共同构筑起来的话语系统实施彻底解构，将历史发展的主线索故意隐去，喧宾夺主式地凸现那些细枝末节，甚至热衷于对那些藏污纳垢内容的叙写，有意夸大非主流因素在历史进程中的推动作用，从抽象的历史决定论与历史成见中出发"还原"和"重构"历史，等等，这些做法，不仅是缺乏现实根基站不住脚的，而且这种忽视历史、漠视历史，甚至蔑视历史的文艺创作与研究必然表现出浅薄、狭隘、狂妄、刚愎自用的特点。

真理探讨的本身应当合乎真理,不仅探讨的结果应该是真理,而且探讨的途径和方法也应是合乎真理的。文艺批评、文艺研究也是如此。

第三节　创新时代文艺学研究方法的综合互补

创新是当今社会发展的核心与驱动力,不仅是 20 世纪的焦点问题,更是 21 世纪的主旋律,已渗透到全球的各个领域,范围日趋广阔,这就要求我们要以全面、综合的视角分析问题、解决问题。众所周知,任何事物的发展都是矛盾对立统一的结果,是多种因素的集合体,而非简单的一两个因素的拼凑,正如《发展的新战略》一书中所指出的:"发展是集科技、经济、社会、政治和文化,即社会生活一切方面的因素于一体的完整现象。"[①] 发展不仅指经济增长,还包括人的文化意识的进步,也就是说,发展既包含物质的、经济的发展,也包含精神、文化、伦理道德等意识层面的发展,当代的发展观应该是保持整个社会各个子系统之间的平衡与协调发展,这是整体发展观。因此,文艺学研究必须采用多维视角,从政治、经济、文化、科学等多方面着眼,"它必须具有一种综合的特点,既包括社会生活的多种表现形式,并符合根植于各国人民的历史财富的道德和文化的目的"[②]。任何学科理论的发展都是其所处社会各种因素融合作用的结果。

创新,已成为当代中国文艺学理论发展所面临的核心问题,这是学术界的共识。然而,什么样的理论才能称得上是创新理论,即"创新理论应该具有怎样的理论品格"问题则是一个见仁见智、众说纷纭的问题。文艺学理论的创新是科学的创新,必然具有科学性。作为人文科学门类之一的文艺学,创新的理论应具有优秀的理论品格,这其中包括坚实的哲学基础和开放性品格两个方面。哲学源于各门学科发展的成果,是理论抽象、升华的结晶,同时,又对各门学科的发展具有统帅、指导作用。文艺学理论建构成熟的一个重要标志就是经受住哲学层面的考问,哲学是文艺学理论

[①] 联合国教科文组织:《发展的新战略》,中国对外翻译出版公司 1990 年版,第 4 页。
[②] 费德里科·佩鲁:《新发展观》,华夏出版社 1987 年版,第 29 页。

大厦构建的基石。开放性品格决定了创新的文艺学理论应该拥有海纳百川的胸襟,兼容并蓄、博采众长的品格,以此不断丰富、完善自己,只有这样才能使其自身与时俱进,走在时代的前沿。

  回顾文艺学发展的历程,文艺学在西方相当长的时期中被视作"艺术哲学",这种观念虽然有其自身的局限性,但至少也揭示了文艺学理论的一个方面的特性,那就是与哲学的亲缘关系。当代西方文艺学的诸如现象学文论、存在论文论、阐释学等哲学文艺学的兴盛也再次证明了文艺学理论的哲学根基的重要性。然而,近年文艺学理论研究中有种趋势值得引起我们的重视,那就是对理论建构的哲学基石的不同程度的忽视乃至消解,或者表现为文艺学研究中的对形而上问题探讨的消解,或者是哲学根基脆弱。殊不知,创新文艺学理论的构建都是以哲学为基础的,如果缺乏这一坚实的理论根基,貌似惊人的理论大厦就会成为空中楼阁,不堪一击。正如有学者尖锐指出的,哲学不是服装,可以一天换一个样子,哲学也不是流行歌曲,可以一天换一个调子,它必须有一个一以贯之的东西在里面[①]。有的理论对传统的建立在形而上学哲学基础上的文艺学研究或多或少地表现出轻视的态度,有的学者认为诸如"文艺学的本质是什么"之类的形而上的问题不过都是"伪命题",是符合论的产物,而符合论的前提则是罗各斯中心主义、表象主义、本质主义。在后现代主义视野中,这些前提都应该受到质疑,甚至是彻底消解。于是,他们将本质主义与对"文艺的本质"问题的探索归为同类,认为本质主义是严重阻碍当代中国文艺学发展的僵化、封闭、独断的思维方式与知识生产模式。可是,他们混淆了本质主义和对本质的研究之间的界限,错误地由否定本质论延伸到否定知识论,认为知识型的文艺学是一种方向性的失误。[②]

  持此论者笃信,历史的车轮都已经跨入后现代了,分析哲学该退出历史舞台,形而上学已陷入四面楚歌境遇。于是学者们越来越"务实",秉承维特根斯坦的告诫——"对于不能谈的事情就应该沉默",认为那些对基本理论的研究实在是滑稽可笑的事情。因此,以此观念为指导的文艺学的基本理论被日益"边缘化"也就不足为奇了,这些理论放弃对学理的形

[①] 孙伯鍨:《作为方法的历史唯物主义》,《河南大学学报》2001年第3期。
[②] 关于此问题的探讨参见毛崇杰《本质主义与反本质主义》,《杭州师范学院学报》2003年第5期。

而上学的探讨，力主把那些非理性的生命原动力、情感、无意识、意志、直觉等作为其理论的哲学基础，极力倡导关注审美人生，寻求一种寄托于精神自由的人生境界，以对二元认识论的否定实现统一于虚幻的精神世界的"天人合一"的人生超越。这种对人生、对人的精神世界关注的精神具有合理性一面，但同时却不可避免地陷入两难境地：一方面极力倡导感悟、体验、生命本能活动等非理性一面，反对理性；另一方面，就在这充满激烈言辞的下面，他们用以攻击、颠覆理性的手段仍然还是理性，就如同对无意识理论推崇备至的弗洛伊德也必须依靠有意识的理性去建构其无意识理论，而绝非"无意识"地去谈论其无意识理论一样，非理性主义绝不会、也不可能凭借他们的"非理性"去书写其充满理性色彩的非理性理论，如果真是一部纯粹的仅仅充斥非理性的非理性理论著作，恐怕连他们自己也会不知所云；一方面鼓吹他们的文艺学获得的审美自由较之实践文艺学更深刻、更广泛，因此应解构实践文艺学赖以存在的主客体思维模式；另一方面这一结论的得出恰恰又是基于主客体思维方式，因为当人们得出"甲优于乙"的结论时，其本身就是一个认知性判断，是主体对客体认知的结果，如果真的按照他们所主张的主客一体的思维方式——"物我一体"，那必然陷入"究竟是谁在说谁"的尴尬局面。可见，我们探讨文艺学的问题必然是以哲学为理论背景和指导武器的，必然要以哲学为基本框架。

创新的文艺学理论的坚实哲学根基是不容忽视的一个方面，同时，理论创新还需要虚怀若谷的宽广胸怀，能及时借鉴历史上的以及同时代的不同理论学说的合理成分以期使自身日臻完善，真正做到与时俱进，站在时代的高峰。

具体到我们的文艺理论，我国当前的文艺学研究现状是一个多元化并存的格局，这就决定了多种思想观念、多元研究方法、多维度探索视角、多层次分解剖析的理论之间的兼容并存，而不是某一种理论学说"独霸"天下，因此，任何固步自封、夜郎自大的态度必然由于其自身的封闭性而导致严重束缚研究者自身的理论视野，切断了理论研究的给养，以致最终走向枯萎。面对如此众声喧哗的局面，正如有的学者所指出的①，多元化并存的格局决定了任何文艺学理论的发展就处于这个历史与现实、中国与西方、传统与现代的特定语境下，由中国传统文艺学思想、经典马克思主义文艺学、西方马克思主义文艺学以及西方各种形形色色的理论共同交织而成的错综复杂的网络之中，一方面，反思以往文艺学研究中的不足，一方面要面向未来积极创新；一方面在寻求中国传统文艺学的现代转换之路，一方面又要探求可资借鉴的西方诸多文艺学理论；一方面探寻马克思主义文艺学理论的中国化，一方面又在力求使其理论现代化。这种多元、立体的网络结构构成了当代中国文化意识的多层次、多维动态的结构形态——这就决定了任何一个处于这个网络结构中的关节上的理论都不再是单一的、静止的，而是古今中外各种审美意识、各种理论学说共同交织、相互作用的结果。面对全球化的文化语境，任何理论的存在与发展都难以固步自封式地将自己的研究视野和思维囿于狭小的范围，代之的是兼容并蓄、博采众长以丰富自身。我们应当正视这样一个无法回避的事实，自改革开放以来，在西方陆续登场了一个世纪的各种哲学、文艺学、文艺学观念和学说在中国短短20年的时间里集中上演了，令人应接不暇、眼花缭乱。以往出现的某一文艺学理论独占鳌头、一统天下的局面已经一去不复返，理论舞台由独唱演变为多声部的合唱，各种理论、学说纷纷登场。这种多元共生的格局在对任何文艺学理论形成冲击的同时更带来了机遇，"冲击"是指来自不同文艺学阵营内部和外部各种学说、理论派别从不同层面试图动摇甚至解构其他文艺学理论的根基；"机遇"是指这种客观局面正好为具有博采众长、与时俱进的优秀理论品格的理论学说提供了广阔的发展空间和可资借鉴的理论营养。因此，只有具备优秀品格的理论，才可能抓住各种机遇，通过与其他理论的平等对话、交流来达到取长补短、相得益彰、共同发展的目的，任何企图用某种理论观点或者以某种范式独霸天下的想法和努力都是枉然的。一个理论学说应该是其所处时代的多样性的统一。这种历史境遇就要求文艺学的创新应该站在时代的高度，积极吸收、借鉴包括中国古代文艺学思想、西方各种哲学、文艺学和美学的一

---

① 马龙潜：《新世纪马克思主义文艺学研究的基本格局与特点》，《沈阳工程学院学报》2006年第4期。

切科学的成分，将其"拿来"为我所用，通过对它们的辩证否定来丰富、拓展自己的理论视野和方法。

由此可见，文艺学研究能否真正做到科学创新的关键问题之一是要以科学的态度积极借鉴其他理论研究的合理成分以适应社会、历史发展的脉搏，与时俱进，这是真正实现文艺学理论整合互补、综合创新的基础和前提。

一个理论的创新不能仅仅看其形式的新旧或者产生时间的先后，更不能被其表面话语形式所迷惑。创新，不在形式的标新立异，而在内容的科学性。真理探讨的本身应当合乎真理，不仅探讨的结果应该是真理，而且探讨的途径和方法也应是合乎真理的。一个正确的观点和科学的理论体系的产生、存在与发展必须经受住时间长河的洗涤、实践的检验，一个科学的理论应该具备优秀的品质，必须具有面向未来的开放的眼光和容纳百川的宽阔胸怀，对不同的理论甄别真伪、兼收并举，而不应盲目地固步自封、唯我独尊。以上这些历史的经验和教训以及正在发生在当代中国的事实告诉我们，强化哲学根基和拓宽研究视野是推进当代中国文艺学理论研究的根本之所在。

时代的变迁与文艺发展自身的诉求也彰显了文艺研究方法的综合互补的必要性与必然性的发展态势。

在这一经济运行商品化、电子传媒信息化的时代，文艺以其鲜活的生命力突破了固有的"象牙塔"的束缚而将多维的触角伸向了更为广阔的社会生活的各个角落，获得了前所未有的长足发展空间，以其内容的丰富性与形式的灵活性构成了多元化并置的新格局。面对如此的商品化与传媒化的社会，当代文艺发展呈现出怎样的新面貌、又表现出怎样的区别于以往社会历史时期的独特的质的规定性等等的新形势、新问题，以及文艺研究自身呈现出的试图突破原有的研究模式，借鉴文艺学理论与美学理论等学科已有的研究成果以及相关学科理论优势，通过观念与方法的融合互补、综合创新而构建切合中国当代文艺发展实际的并能借以解答其问题的理论形态的新学科的发展态势成为文艺研究领域科学的方法论选择的历史与逻辑的必然性。

电子媒介的勃兴使人类的文化传播进入一个新的时代，现代传播的腾飞改变了现实世界，也为文艺发展提供崭新的契机，使文艺突破原有模式而展现出新的姿态。无论是都市生活题材还是历史题材作品的创作都得到蓬勃发展，这是我国社会经济飞速发展在文艺创作领域的折射，时代的进步赋予了文艺兴盛的契机，也为作家提供了丰富的创作空间。文艺创作以平易近人的面孔、喜闻乐见的浅显形式走入寻常百姓生活，轻松愉快的格调给人们紧张的工作、高节奏的生活以放松，起到了宣泄情绪、丰富生活、调剂节奏、平衡心态的作用。这种关注世俗生活、张扬生命力、注重娱乐消遣、肯定现实利益的特点恰好迎合了大众的文化消费心理，当代文艺由此获得了更为宽阔的伸展空间。现代传媒为我国新世纪文艺的蓬勃发展提供了坚实的物质基础。

　　文艺传播范畴的引进拓展了以往文艺研究的视野。通常人们认为，文艺创作（文艺生产）与文艺欣赏（文艺消费）构成了文艺活动一个完整过程。如果说前者是将主体化的客体世界物化为精神性的文艺文本的过程，那么，后者则是将物质化的文艺文本意识化为受众的娱乐消费与精神享受。这其中，由文艺文本到文艺受众消费还有一个非常重要的中介环节——就是我们过去相对忽视的文艺传播。如果没有文艺传播这一关键环节的媒介作用，文艺文本只能是现象学家英伽登所说的潜在的文艺作品，而不能称作真正的文艺，因为没有受众接受的文艺其实际意义是"无"——作为文艺的功能和作用只是虚幻的。由于传播在以往的文艺活动中的地位和作用并不像今天这样显著，没有进入我们研究的视野或没有给予足够的重视是可以理解的。然而，当下的文艺传播却是我们文艺研究绝对不容忽视的。

　　一般说来，文艺传播的发展大体经历了三个阶段：原始口头传播、书面文字传播和现代媒体传播，当然，这三个阶段仅仅是按照发生学的角度进行描述的。作为原始的口耳相传的诸如神话、传说、民谣和诗歌等文艺样式，其传播方式具有瞬间即逝的特点，几乎没有人关注和研究其传播方式；文字的诞生使书面传播成为现实，使近代报刊传媒的勃兴成为可能，文艺传播也由此步入了一个新时代，但是，从符号学的视角审视，由于这种书面文字与口头文字在本质上并没有质的区别，于是，人们依然将研究重心锁定到文艺创作主体的创作活动，对于文艺接受以及如何接受等问题缺少关注，文艺传播问题仍是研究的盲点；而现代传媒手段的出现谱写了人类文明历史的新篇章，使文艺获得前所未有的生命活力和发展空间。于是，文艺传播闪入我们的文艺研究视野。

自1844年的第一条电报线路的诞生，文艺传播进入了电子媒介的时代。各种新媒体的产生与创新为文艺传播推波助澜，同时，音像业、广播电视业、计算机、网络以及自媒体等技术又与文艺、文化产业汇成滚滚洪流而成为"朝阳产业"，毫不夸张地说，信息化的现代传媒打造了现代意义的文艺，使文艺呈现出不同于以往历史时期的新的特质。首先，现代传媒"生产"了文艺文本的"生产者"。社会变革的历史证明了西方经济学家"裴迪—科拉克经济法则"的正确性。早在17世纪，威廉·裴迪就曾预言，随着社会生产力的提高、经济的不断发展，社会生产必将由劳动密集型转向科技密集型，社会支柱行业也将发生转移，从有形财物的生产转向无形的服务性生产，实现"农业—工业—商业"的逐级转变，其内驱力是追求更大的利润，因为这条链条的后者总比前者更能获得可观的利润；20世纪40年代的另一位西方经济学家科拉克在对产业进行分类时说，就业结构的中心将随着社会经济发展逐步由第一产业向第二产业、第三产业转移，这就是"裴迪—科拉克经济法则"。伴随新兴产业的异军突起，人们发现同属第三产业的体力劳动与脑力劳动之间的差异，于是后者被称作第四产业或知识信息产业；不久，服务行业脱颖而出，至此，满足人类心理感觉的服务业便成为人类历史上的第五产业。文艺作为文化产业的丰厚回报而刺激产生了大批文艺"生产者"。其次，社会生产力的发展为当代文艺蓬勃发展开拓了广阔的消费市场。社会生产力的发展使人们拥有了更多的文化娱乐消费的"闲暇"时间和较为"富裕"的经济承受力，于是，作为特殊精神产品的文艺便拥有了越来越多的"消费者"。第三，多元化的文艺创作迎合了社会不同阶层的心理需求，同时，现代社会的多元化发展格局又使多样化的文艺需求成为现实，反之又刺激了文艺的多元化发展。

更为重要的是，现代传媒的商品化市场经济模式为艺术生产提供了可资借鉴的运作方式。在当今经济时代，一个突出的全球趋势就是"经济—文化"的一体化，即文化的经济化与经济的文化化的互动统一，前者指经济运行规则、运作模式进入文化领域，包括文艺在内的文化产品成为可以规模化生产的特殊形态的商品，文化产业成为国民经济中的一个日益强大的产业，文艺融入经济的、商品的因素而具有了新活力，这为其再发展提供了"造血"机制，为文艺的可持续发展提供了强有力的经济保障和推动力；后者是指文化渗透到社会经济的各个细胞之中，文化的、知识的、科技的与心理的诸多因素越来越占据了主导的、重要的，甚至是主宰的地位。文化艺术与产业融汇为一体，艺术作品成为艺术"商品"，艺术的生成已演化为社会大机器生产整体中的一个组成部分，文艺活动从生产到消费均受到市场经济价值规律的运行法则的制约，纳入了市场交换的运行轨道，为了能够经受住市场竞争的"严格检验"，文化艺术的一切都须预先被设计好，"甚至是作为上市销售的商品被创造出来的"[1]，于是，经济效益、发行量、票房收入等因素就成为新的文艺追逐的驱动力。

可见，现代传媒的突飞猛进使文艺传播达到前所未有的水平，文艺消费的提高又刺激文艺生产的发展，在文艺的"生产—消费"链结中，生产与消费二者互为依托、互为条件、共同提高，从而使文艺不断提升到新的高度，形成良性循环的发展态势。

文艺传播有力地推动了文艺的发展，使文艺呈现出与以往不同的特质——那就是纳入艺术生产轨道。这就要求我们的理论研究应以多维视野把握现阶段文艺发展的线脉和特点，更为深入而全面地揭示传媒时代文艺活动的规律和特质，其中，艺术生产理论的视角尤其不容忽视。

早在1857年的《〈政治经济学批判〉导言》中，马克思就明确提出了"艺术生产"的概念，这是对《巴黎手稿》有关论述的进一步深化[2]，之后又阐述了物质生产与艺术生产之间的辩证关系，认为艺术与精神生产必须遵从现有的物质生产方式，并从物质生产和生产方式的发展中获取根本的阐释。马克思关于艺术生产的经典论述的正确性与深刻性在当代中国的文艺实践中再次得以印证。艺术生产理论揭示了商品化经济社会中的文艺被纳入了"生产—流通—消费"的轨道而获得快速发展，这为我们研究新形势下的文艺提供了可资借鉴的理论依据。

纵观人类的发展史，从本质上讲就是人类不断改造客观世界和改造主观世界的历史。人类的社会实践活动不仅改变着自然界和社会的面貌，也

---

[1] 詹姆逊：《后现代主义与文化理论》，北京大学出版社1997年版，第88页。
[2] 马克思在《巴黎手稿》中指出："宗教、家庭、国家、法、道德、科学、艺术等等，都不过是生产的一种特殊方式，并且受生产的普遍规律的支配。"认为艺术生产受到生产的普遍规律的支配。参见马克思：《1844年经济学—哲学手稿》，人民出版社1985年版，第78页。

改变着物质生产和精神生产的主体——人，不断丰富、强化、提高人自身的各种本质力量；人类的实践活动对主观世界和客观世界的改造就像球体的两面一样难以分割，是同一创造性劳动在主体内部和外部两个方面的"双向建构"——"人创造环境，环境也创造人"①。主体世界与客体世界的关系是辩证的，既是互相改造的前提条件，又是相互改造的结果，如果没有对客观世界的改造，就没有对主观世界改造的物质基础；如果没有对主观世界的改造，改造客观世界也就成为一句空话。在长期不断的改造进程中，两者都相应地提升到高一层的阶段，人类在将粗糙的客观世界改造为人化自然的同时，也改变了自身的主观世界，正是在实践中，人的意识才得以产生、形成和逐步完善，"最初的从动物界分离出来的人，在一切本质方面是和动物本身一样不自由的；但是文化上的每一个进步，都是迈向自由的一步"②，人类在创造文化的同时，文化也塑造了人，"艺术对象创造出懂得艺术和能够欣赏美的大众，——任何其他产品都是这样。因此，生产不仅为主体生产对象，而且也为对象生产主体"③。文艺，既是人类社会实践活动的产物——人类精神生产的产品，也是人们消费的对象，两者相互影响、相互作用、相互发展、共同提高。

文艺传播的迅猛发展使得文艺创造与文艺消费（接受）之间的联系更为密切，它们彼此关联、相互刺激，共同促进了文艺发展。以艺术生产的视角审视，艺术生产与艺术消费二者具有统一性——"生产直接也是消费。双重的消费，主体的和客体的"④。在生产过程中，"人的活动借助劳动资料使劳动对象发生预定的变化。过程消失在产品中。……劳动物化了，而对象被加工了，在劳动者方面曾以动的形式表现出来的东西，现在在产品方面作为静的属性以存在的形式表现出来"⑤。艺术生产是生产者在生产中发挥个人的能力并且消费这种能力的过程，表现为自然原形态和特征的变化，创作主体的精神世界由意识形态转化为一定的物质形态，即马克思所说的人的本质力量对象化，主体的本质力量凝聚和体现在作为主体

---

① 《马克思恩格斯全集》第3卷，人民出版社1985年版，第4页。
② 恩格斯：《反杜林论》，人民出版社1985年版，第124页。
③ 《马克思恩格斯全集》第3卷，人民出版社1985年版，第30页。
④ 《马克思恩格斯选集》第2卷，人民出版社1972年版，第93页。
⑤ 马克思：《资本论》第1卷，人民出版社1975版，第205页。

活动产品的对象——文艺作品身上——譬如转化为CD、VCD、DVD等产品，这时的文艺产品就变为物化创作主体本质力量的相对静止的实在，其实质是产品被赋予了主体的特性，这是对主体的"消费"；客体的消费是指各种生产资料的消耗；生产创造着消费，它不仅为消费提供了可以消费的对象，而且还创造出特定的消费方式，给予消费者以消费的规定性，从而使消费得以完成，因为这时的消费对象已经"不是一般的对象，而是一定的对象，是必须用一定的而又是由生产本身所媒介的方式来消费的"①，例如，DVD生产技术决定了这种消费行为与方式的可能性与现实性，消费者对消费品的需求是以人们的知觉认识消费品对自己有某种用途而发生的，如果社会不存在某种产品的生产，也就不会产生对这种产品进行消费的欲求。

另一方面，"消费直接也是生产，正如自然界中的元素和化学物质的消费是植物的生产一样"②，与前面所讲的"生产"不同，这叫"消费的生产"，是劳动力的再生产过程。在前者的生产中，生产者的文化素养物化为艺术的内在因素，而在后者，生产者所创造的艺术产品被人化——内化为人的意识形态，可见，艺术消费可以建构人的意识体系，实质上是对人的"人化"生产。在艺术的生产与消费关系中，每一方表现为对方的手段，相互依存，并以对方为媒介，为对方提供对象——生产为对方提供外在的对象，使消费成为可能，消费为生产提供想象的对象，二者彼此运动——通过这个双向互反的运动彼此发生关系，生产直接就是消费，消费直接就是生产，两者之间存在着一种媒介运动，两者的每一方当自己实现时就创造对方，把自己当对方创造出来。生产媒介着消费，它创造出消费的对象，没有艺术生产，艺术消费就失却了对象，消费就变成了实际的不可能；同时，艺术消费也媒介着艺术生产，若没有艺术消费主体的存在，艺术生产也就失去了意义，因为，正是消费才为艺术生产创造了消费主体，并且创造出新的生产的需要，消费创造出生产的动力，"也创造出在生产中作为决定目的的东西而发生作用的对象。如果说，生产在外部提供消费的对象是显而易见的，那么，同样显而易见的是，消费在观念上提出现实的对象，作为内

---

① 马克思：《资本论》第1卷，人民出版社1975版，第205页。
② 马克思：《资本论》第1卷，人民出版社1975版，第205页。

心的意向、作为需要、作为动力和目的。消费创造出还在主观形式上的生产对象"①。也就是说，艺术的生产者早在生产之前的设计中就已考虑到艺术消费的对象、趣味以及消费方式等因素，并将这些因素纳入了"产品"设计方案之中，艺术消费水平在一定程度上制约着艺术生产水平，两者相辅相成而共同发展。由此可见，艺术只有被消费时才能由物质形态的产品转化为意识形态的"产品"而成为人的意识，才能"内化"为人的综合素质的一个有机部分；另一方面，艺术消费不仅刺激着艺术生产，而且在深层次上决定着艺术生产的对象，即在观念上"勾画"生产的对象，也就是说，艺术消费者的消费水平、消费品位、消费方式、兴趣爱好等影响着艺术生产者的生产动机，早在有形的产品生产出来之前，在艺术生产者的主观意识中就先在地设计好艺术的"规格和品牌"了。因此，有什么样的艺术消费者就会有什么样的艺术产品的生产；反之，有什么样的艺术生产也会"生产"出什么样的消费者。

艺术生产理论正确阐释了艺术生产与艺术消费之间的辩证关系，对以往文艺研究中忽视消费（读者接受）维度的弊端无疑具有查漏补缺的意义。

当代中国文艺实践呈现出审美日常化、媒体工业化、信息图像化、艺术生活化、形象视觉化的特点，人们以往所熟知的那种"纯审美""无功利"式的"纯文艺"日渐沉寂和凋零，文艺已经从过去的那种特定意义上的"高雅艺术"走向寻常平民化的凡俗生活，文艺嬗变为现代工业经济下的大众文化，成为商业化的消费品。面对如此形势，我们的文艺研究应该如何应对？怎样跨学科或者在学科的交叉中实现理论融合、方法互补，从而构建具有中西文艺宽阔研究视域的可以借以阐释中国当代文艺发展新问题的更为符合文艺自身规律而又具有时代鲜明特征的新的理论学科也就成为历史的必然抉择。由此可见，文艺研究方法论的走向综合互补的态势绝非偶然。文艺活动作为一个具有复杂结构的研究对象，单纯的文艺学与单纯的美学理论的划界式、分解式的研究虽然可能在一定层次、一定视角揭示文艺的某一方面、某一部分的特性，但都常常失之于偏颇，因为这仅仅不过是对文艺整体结构中的一个环节、一个侧面、一个阶段的界定，而缺

---

① 《马克思恩格斯选集》第 2 卷，人民出版社 1972 年版，第 94 页。

乏整体性和框架性的宏观把握。

　　文艺学研究方法的综合互补恰恰借鉴了众家所长，从而具有了多学科、跨学科、超学科以及视域宽阔的特点。以往文艺学与美学以及其他相邻学科研究的发展轨迹呈现出交叉互补和融合创新的态势。其中较为明显的是，文艺学研究走向了美学化，表现为文艺学在坚持文艺与外部世界关系探讨的同时借鉴美学理论的优势对文艺进行审美性研究；另一方面，美学研究也走向了文艺理论化，表现为美学理论不仅着力于对自身体系的建构，还将研究的视角扩展到更为广阔的社会生活的空间，从而使美学理论更具鲜活的生命力和实践品格。文艺研究方法的整合互补与综合创新的发展趋势，为中国当代文艺研究提供了新的观念与新的研究方法和视角。

　　因此，当代中国文艺学研究方法的互补借鉴、综合创新是其得以迅速发展的历史与逻辑的必然选择。

第六章　当代文艺研究的基本格局与特征

美学的观点与史学的观点的统一是当代中国文艺研究的科学武器。新中国 70 余年的文艺发展实践无可置疑予以证明，只有坚持这一原则才能使我国文艺沿着健康轨道前进，否则就可能出现这样或那样的失误。

第一节　当代文艺学嬗变轨迹及其基本格局

新时期以来的文艺理论作为新中国 70 年来社会主义建设事业取得的巨大成就的重要组成部分而走过了极为不平凡的道路，其中既有令人欢呼雀跃的成绩，也有值得冷静思索的失误。因此，回顾与反思新时期文艺的理论研究与创作实践的经验与教训对于总结过去、引领未来，为文艺的健康发展奠定坚实的新的逻辑起点无疑具有重要的理论价值和现实意义。

新时期文艺是当代中国继建国后十七年时期、"文革"时期之后的第三个历史阶段。新时期文艺理论与实践伴随着改革开放带来的政治、经济、文化等诸多方面的全方位复苏与发展的历史潮流而在不断探索中走过近四十年的辉煌历程。它以政治、哲学观念的现代化转变与对"人"的范畴的深刻反思与重新思考，各种文艺思潮的频繁登场、更替与不同理论观念之间的文艺争鸣的一次又一次交锋，文艺创作的多元化发展与快速嬗变为基本特征，成为当代中国文艺发展历史上具有独特性和时代感的时期。这其中，既有令人欢欣鼓舞的成绩，也有值得反思、借鉴的教训。如何正确认识、全面总结、客观评价新时期以来我国的文艺理论研究与创作实践的整体结构特性和逻辑发展线脉，辨析马克思主义文艺理论、中国传统诗学、西方文论等诸多文艺思潮与理论之间在共同构建中国当代形态的文艺理论过程中的辩证关系以及各种文艺思潮与倾向之间既矛盾对立又辩证统一的关系等问题，总结与归纳这一历史发展历程中取得的成绩、揭示并汲取各种失误与教训，既是对新时期这一具有承上启下的里程碑式历史阶段的必要回顾、梳理与反思，同时，更是立足现实在充分认识既往的经验与教训基础上通过对不同的理论学说之间的互补借鉴、综合创新以确立我国文艺理论与文艺创作实践继往开来、健康发展的新起点所赋予我们理论研究的任务。

新时期以来，我国的文艺创作与理论研究取得丰硕的成果，表现为由封闭走向对话、由一元化走向多元化，逐渐形成开放性、包容性、对话性的特点，呈现出前所未有的多元化的格局与活跃局面。所谓"开放性"是指无论是人们的思想观念还是现实社会实际都由"文革"时期视西方资本主义社会为洪水猛兽、视各种非马克思主义理论为异端的自我封闭、僵化固执走向以较为宽广的胸怀吸收、借鉴包括西方各种思想和理论学说在内的人类共同创造的精神财富。"包容性"是指，无论是理论界还是创作界都不再是某种理论学说或者某种创作题材、创作风格和表现手法的"独霸天下"，而是代之以众声喧哗的"复调式多声部"的多元化并置的格局的形成与存在，在文艺实践方面则是各种创作题材、不同风格样式与多样化表现方式的历时态的演变与共时态的并存，具有极大包容性特点。"对话性"是指，各种文艺观念、文艺研究方法与创作风格、技巧逐渐走向交流、融合、互相渗透与借鉴互补。

纵观新时期以来的文艺发展轨迹，无论是创作实践还是理论研究都取得令人欣喜的成绩。新时期以来的文艺创作实践在质量、数量上都是"文革"时期所无法比拟的，多元化的题材与多样化的风格极大地丰富与满足了社会各个阶层的审美娱乐需求，为社会主义精神文明建设做出了不可替代的贡献。在理论探讨领域，有学者就进行了梳理、归纳，认为，由诸如对文艺"工具论"、人道主义与人性论、文艺的主体性，以及关于文艺的意识形态属性和审美特征等等一系列问题的分歧和论争组成了理论研究的主线，产生了较大的社会影响，成为思想文化界关注的焦点。正是这些论争的发生与存在有力地促进了文艺研究的发展，为文艺创作实践的破除禁区、大胆探索提供了强有力的理论支撑，这也恰恰是拨乱反正、解放思想，对"文革"的一元化思想禁锢的彻底颠覆与摒弃，反映了理论界积极参与新时期文艺理论建构的热情和日益高涨的主体性意识与问题化意识。

当然，这些论争本身是有深层根源的，拨开纷纭的表象，其实质是对文艺的本质特征和发展规律的认识的差异性导致。由于人们观察和理解文艺问题的思想基础、运用的方法、审视的角度等方面因素的不同，必然造成不同观点之间激烈的、有时甚至是相当尖锐的冲突的发生，形成了数次关于文艺基本问题论争的高潮。在关于新时期文艺基本理论问题的研究中，有的学者偏重于对一些专题性问题——如文艺的主体性、人类学本体论的文艺学与文艺学研究的文化学转向与语言学转向等问题所进行论争的总结和分析，而较少将其放在文艺本质问题研究的整体结构和逻辑发展行程中来加以综合把握；而有的学者则偏重于对在西方现代主义和后现代主义的一些流派和观点引进和移植上所展开论争的梳理，而较少把它们与对由中国社会和文艺发展的历史与现实所具体规定的当代中国文艺的本质特性的探讨结合起来；也有的学者虽然偏重于对马克思主义文艺理论一些基本问题讨论的回顾和反思，但却较少对马克思主义哲学文化思想的本质内涵及其与人类现代化历史进程的关系进行更为全面深入的研究和把握。应该说，这些研究虽然从不同角度对各次具体的文艺论争都有所论述，但由于缺乏对构成当代中国文艺理论基本格局的各种条件和因素及其相互联系和转化的关系的整体把握，缺乏对这些论争中各种观点的正误得失的辩证分析，尤其缺乏对在新时期文艺运动中居于主导地位的马克思主义文艺学在当代中国的新发展，并形成其开放性、包容性的体系结构特性的综合研究，致使此项研究还不够系统、全面和深入，在整体水平上还较少有新的突破。而在此基础上所产生的对文艺本质问题的认识，特别是对当代中国文艺学的性质和发展趋势的认识，就难免以偏概全，以至不同程度地脱离我国社会发展和文艺发展的实际。这是我们对新时期以来文艺研究历史梳理与理论反思的基点和重点，因为这些问题如果不能较好地克服与改进而继续存在下去，那必将严重地影响和阻碍我国文艺研究的健康发展，建构具有中国特色的文艺学当代形态的理论也将成为一句空话。[①]

新时期文艺的发端是从对以往，尤其是"文革"中占据统治地位的"极左"文艺思潮的反思、清理为基点起始的。一方面，理论界正本清源，

[①] 参见马龙潜教授主持、杨杰等参与的国家社会科学基金重点项目《新时期以来文艺本质问题的论争及其理论探析》（项目批准号：07AZW001）申请书。

铲除"文革"时期文化专制主义理论体系，重新倡导文艺的"双百"方针，在理论上为文艺创作实践的多元化发展拓宽空间，旗帜鲜明地提倡文艺创作的"不同形式和风格的自由发展，在艺术理论上提倡不同观点和学派的自由讨论"，明确规定对文艺的"行政命令必须废止"，更不允许"横加干涉"文艺实践活动[①]；另一方面，文艺又成为拨乱反正和思想解放的急先锋。具有不同历史背景的多支艺术家队伍汇成了多元化的创作大军，无论是在题材内容上还是艺术表现形式与风格上都呈现出多元化的发展态势，仅就文艺领域而言，朦胧诗、意识流小说、心态小说和风俗画小说等纷纷登上了中国文坛，这是"文革"时期所无法比拟的。

新时期文艺创作实践由复苏、反思到走向繁荣主要有两个方面的历史契机：一是中国社会现实的巨大变革，二是西方各种现代、后现代文艺思潮、创作探索的涌入。当然，我们对这两个方面的划分仅仅是出于问题阐述清晰的考虑，实质上它们的关系就如同球面一般的互为表里，互相依存、不可分割。因为如果没有中国社会的政治、经济、文化的变革，在封闭的国策和将西方哲学、文化视如洪水猛兽的政治气候下，西方文化的传入与广泛接受几乎是不可能的；另一方面，西方各种文化思潮的涌入与渗透又成为当代中国社会转型的加速器；反之，这种社会的转型更有利于与世界各国文化的交流。从根本上讲，新时期文艺发展的演变还是社会存在与社会意识的关系问题。社会存在的变革必然决定社会意识的变化，当社会发生转型而出现各种已有的理论难以应对时必然寻求包括西方的各种能够借以回应、解答当前新问题、新情况的理论；而当人们的观念受到包括西方在内的各种思潮影响而发生转变时又会通过自己的言行以各种方式和途径或隐或显地对社会现实施加反作用，从而最终产生改变社会现实的力量。而这一切的作用与反作用之间的互动过程导致的从社会存在到社会意识的变化又最终融汇到现实世界这一文艺创作与存在的源泉之中并通过人类特有的"实践—精神"把握世界方式的审美反映与审美建构相统一的文艺得以展现。就第一个方面讲，新时期政治与意识形态的转型激发了中国社会现实的巨大变革，工作重心由突出"以阶级斗争为纲"的政治核心转

[①] 邓小平：《在中国文艺工作者第四次代表大会上的祝词》，《中国文艺工作者第四次代表大会文集》，四川人民出版社1980年版。

向以社会主义经济建设为中心；施政方针上由自我封闭转向改革开放；思想观念由恪守"两个凡是"转向"实践是检验真理的唯一标准"，由教条主义转向实事求是；价值观由片面地强调"一块砖精神"转向尊重个体的存在、由单一提出集体主义而忽视个体性存在到对个体主体性的倡导、张扬，等等，这一切必然带动社会各个领域、甚至各个角落的变化，这些社会现实的变化又会在文艺创作中得到充分的反映；同时，文艺又在社会转型时期充当了推波助澜、甚至独领风骚的角色。就第二个方面的西方各种思潮的传播影响方面讲，突出表现在 80 年代由农村家庭联产承包责任制到经济体制改革、科技体制改革、教育体制改革等的云涌而起的改革大潮标明社会改革范围的迅速扩大与开放空间的不断拓展，这使得人们在反思"极左"思想造成巨大危害的同时，将探索的目光转到向西方各种文艺思潮寻求发展的路径。与此同时，1986 年《关于精神文明建设的指导方针的决议》的颁布将文艺改革的帷幕拉开，文艺界也在告别"文革"时期旧有的文艺体制与格局的同时开始自觉地高举"文艺现代化"大旗而积极引进、借鉴、学习西方近、现代文艺理论，将文艺的现代化与社会的现代化视为一体，将自身的现代化与世界范围文艺发展的现代化联系在一起，各种新的文艺观念、概念和文艺研究的方法接踵而至，由此观之，"方法论年""观念年"的出现绝非偶然，而是有着历史与逻辑的必然。于是，不仅诸如萨特、福克纳、乔伊斯等理论家漂洋过海成为中国文艺界耳熟能详的名字，新潮音乐、新潮电影、新潮美术等文艺样式也纷纷登陆中国，这一时期逐步形成的对形式主义文论、结构主义文论、精神分析批评、接受美学、后殖民主义等西方当代主流文艺理论的移植模式为背景，以"方法年"和"观念年"所形成的众声喧哗的理论格局，还有围绕反映论、形象思维与非理性主义、人道主义与人性论，以及二重性格组合论、文艺主体性理论、文体革命论、"新感性"论、纯审美论等对文艺本质的界说所展开的论争等汇成强大的合力共同推动了新时期初期文艺观念更新。这种文艺观念的变革反映到文艺创作实践中则是从观念、题材到创作风格、手法都发生了与以往截然不同的转变，多种观念、风格、流派、手法并存的格局一扫"文革"时期单一、枯燥的局面，文艺寻求自我的呼声日渐明确与增强。

进入后新时期，中国社会现实出现了不同于新时期初的 70、80 年代的新形势，面对文艺发展的新情况、新问题，于是，各种后现代主义文艺思潮被及时地译介到中国，无论是文艺研究还是文艺创作都呈现出与新时期初期的迥然不同的新特征。

社会转型现实决定了人们观念的转变，由此改变了人们的文艺观念。面对新的历史时期的新形势，文艺界又将探寻的视角转向西方有关文艺思想寻求理论支撑。我国新时期由计划经济向市场经济的转型在80年代末、90年代初基本框架形成，文艺也一改过去的计划经济下的运行模式而被纳入了市场经济的运行模式，由此带来了从文艺观、文艺理论到文艺创作的系列变化。

经过十余年改革开放政策的实施，人们逐渐由小心尝试、探索这一社会转型到以积极、热情的接纳、大胆践行，反映了市场经济在中国的逐步确立而带来的观念、情趣、心态以及娱乐方式的转变都直接影响乃至左右着文艺实践，由此决定了人们对文艺的再认识以及理论阐释的重构产生的可能性与必要性。以往，文艺总是为神圣的光环所笼罩呈现于现实社会而远离"铜臭味"，但是，市场经济无情地将一直处于计划经济模式中政府呵护与财政支撑下的高雅文艺抛向改革风云的浪潮峰尖之上而不得不"置之死地而后生"地放下架子去"自谋生路"，于是，通俗性、娱乐性、消遣性、大众化成为文艺的基本特点而飞入寻常百姓家，一向被视为难登大雅之堂的通俗文化逐渐向精英文化、主流文化渗透而使后者蕴含几多世俗化的色彩。市场经济下的文艺走向日常生活化而与经济联姻，蜂拥而起的"文化搭台，经济唱戏"就是极好的写照。如果说，之前的文艺活动论、反映论、意识形态理论较为重视文艺与社会之间的外部关系问题的探索，那么，艺术生产论则更为富有时代感地揭示了文艺在当今中国市场经济下的运行特点和规律，阐释了当前文艺实践之所以表现出区别于其他任何历史时期的独特现象的内在质的规定性的根本原因所在。因为，艺术生产理论可以较为充分地揭示文艺作为特殊的精神产品纳入"生产—消费"轨道而具有的商业驱动力状态下的艺术生产者、艺术传播与受众之间的生产与消费的辩证关系，由此不仅可以有助于我们理解为什么今天的文艺表现出不同于以往历史时期文艺发展的特征，还便于我们剖析当前文艺创作实践中存在的理想破灭、道德沦丧、价值消解、深度填平、秩序颠覆等不良倾向的深层根源并找到纠偏的途径和方法。

作为这一时期文艺发展特点之一的商品化倾向与现代传媒勃兴的特定历史时期的经济基础密不可分，这在一定程度上导致文艺的浅显化与价值观念的去中心化的倾向。大众传媒一方面使文艺以更为便捷的方式和途径搭建了与受众的沟通桥梁，使文艺获得前所未有的发展空间；另一方面，这种借助现代传媒技术实现的视听效果可以强烈地作用于受众的感官而产生传统文艺形式所无法比拟的震撼人心的冲击波，于是，表面化、浅显化、通俗化、视听化就成为这一时期大众文艺的明显特点。因此，文艺由以往的重视"文以载道"的社会功能转向对娱乐、消遣的消费性功能的挖掘，由对人文精神的张扬转向对人的欲望的宣泄，由对思想内涵深度的追求转向对文艺表现形式、技巧的追捧。

在社会商业化的全面渗透的历史背景下，文艺创作实践的转型是必然的。对此，社会各界褒贬不一、见仁见智。持积极肯定态度者认为，这是文艺摆脱各种外在的束缚而回归其自身的必然之路，是文艺沿着应有的轨道发展。其论据是，从文艺的外向关系——也就是文艺与外在社会现实的关系看，文艺走向了"自主"，既不再受各种外在强加于其身的条条框框的限制，也不用紧跟在社会政治之后而被动地、亦步亦趋地扮演政治的"传声筒"的角色，而是自己"当家做主"地具有独立的话语权，由"他律"走向"自律"；从文艺的内向关系——也就是文艺的主观与客观、再现与表现、反映与建构的矛盾的诸多范畴关系看，艺术家主体的创造性空间获得极大的拓展，心灵之门敞开，当面向现实社会时，既可以书写宏观的巨大历史叙事，也可以描绘微观的锅碗瓢勺交响曲的日常生活；既可以反映与再现主流的社会的集体意识，也可以揭示私人的个性化的私人感受；既可以满怀崇高感地讴歌社会历史的伟大变迁，也可以消极甚至较为颓废的心态宣泄私人的郁闷与彷徨；既可以再现、讴歌英雄伟人，也可以书写社会"小人物"的悲欢离合；既可以对未来充满希望与憧憬，也可以抒写个体的迷茫乃至消沉情绪。从创作主体艺术家的视角看，无须再肩负那沉重的十字架，文艺观念日趋开放，可以以自由、轻松的心态从事文艺实践，等等。有学者对此进行了归纳，认为这一时期的文艺表现为题材的巨大包容性，价值观念与审美意识的深刻分化，关注平民日常原生态生活中的酸辣苦甜，尊重、关怀个体性存在，一言以蔽之，伴随多元化格局的逐步形成，文艺实践的多样性、丰富性、包容性与自由性日益强化，各种文体试验与形式探索的文艺创作并相争艳，尤其是侧重以个性化的视角对现实生活的体味与对历史的反思取得了长足发展。他们认为，所有的这些都是文艺进步的表现。当然，对这一时期的文艺实践表现出质疑态度者也是言之有理的。持论者认为，今天的商业化与大众传媒制造的虚假繁荣之下难以掩盖的却是导致文艺创作异化的负面影响——商业利益的驱动使文艺创作实践偏离了应有的轨道，为了迎合市场的需求而追新逐异，放弃了文艺的人文精神关怀和艺术家理应承担的社会责任而使文艺流于世俗甚至陷入庸俗的泥潭。

后现代主义文艺思潮在中国的蔓延，使新时期文艺创作实践转型更为明显。产生于西方资本主义社会后工业时代的后现代主义"要从根本上动摇现代主义确定性的信念，瓦解由个体信念支撑的精英文化秩序，填平雅俗文化的鸿沟。在后现代主义的文化图式里，没有了等级秩序和在场的优越地位，也没有了真实和虚构、过去和现在、重点与非重点的区别。我们看到的是诸如对假象中心的消解，对某种伟大叙事或'元叙事'的怀疑和对'稗史''新历史'的兴趣，对形而上的沉思的摒弃和对平面的反讽和戏拟的使用，对终极意义的不屑一顾和对羊皮纸上书写以获得快乐的迷恋，本体论意义上确定性已不复存在而代之以失去本体确定性支持后的游移、漂浮和不确定性"①。杰姆逊认为后现代主义的突出特点是削平深度模式、消解历史意识、摒弃主体性和取消距离感。与此思潮相一致，文艺创作实践也有了后现代主义色彩的深深的烙印，真理被悬置，整个世界蜕变为一堆关于表述的文本，于是，能指与所指、现象与本质、表层与深层、真实与非真实等建立在传统哲学认识论基础之上的二元对立被消解而融为一体，以对现象的描述替代对本质的探索，以对事物表层的浮光掠影式扫描代替对深度思想的追问，以对神圣性的解构走向对"恶之花"的展示、以对真实的否定而陷入相对主义泥潭，以对客观历史的质疑走向主观唯心史观、以对人的理性的放逐走向对生物性欲望的沉迷，以对人的存在的现实内涵的抽空走向超越社会历史具体规定性的虚幻的精神的统一。

面对80年代末、90年代初较为明显形成的文艺创作实践的转型，理

---

① 詹明信著，张旭东编，陈清桥等译：《晚期资本主义的文化逻辑》，三联书店1997年版，第427页。

论界关注并积极译介引进"西方马克思主义"有关学说,并由此围绕艺术生产论、文化工业论、大众文化论、文艺理论的文化学转向、文艺理论的语言学转向、"新马克思主义"文艺学、"后新时期"文论等理论对文艺本质的规定展开了更为深入的讨论,进行了系统的梳理和综合的分析。

第二节 新时期以来西方文艺理论的传播历程与影响

新时期文艺理论伴随着改革开放带来的政治、经济、文化等方面的全方位复苏与发展的历史潮流而在不断探索中走过三十余年的辉煌历程。这其中,既有令人欢欣鼓舞的成绩,也有值得反思、借鉴的教训。如何全面总结、正确认识、客观评价新时期以来西方文论对我国文艺理论发展的积极推进作用和在西学东渐的过程中我国文艺学自身面对蜂拥而至的各种光怪陆离理论做出的种种应对中存在的不足,以及科学辨析、准确把握西方文论与马克思主义文论、中国传统文论诸因素在共同构建当代中国文艺理论过程中的辩证关系等问题,既是对新时期这一具有承上启下的里程碑式历史阶段的必要回顾、梳理与反思,同时,更是立足中国当下现实,在充分剖析既往的经验与教训基础上通过综合创新以确立既与时代精神相一致、与中国社会历史状况相吻合,又能够借以应答当下文艺活动中出现的各种现实问题的中国当代形态的文艺理论继往开来健康发展的新起点所赋予我们理论研究的任务。

一、西方文论传播的契机

以接踵而至的西方文论的译介、借鉴乃至一波又一波的争鸣热浪为标志的西方文论中国化历程的展开有其历史与逻辑的必然性,概括地说,大致有以下两个方面的原因:一是现实社会文艺实践的需求,二是文艺理论自身发展的规律。就前者而言,无论是社会生活的丰富性还是人们的思想观念、审美情趣的多样性——文艺既是五彩缤纷现实生活的生动反映与写照,同时又是艺术家主体看世界的"独特窗口",是艺术家的个性心灵的表现——这些都内在地要求文艺活动是多元化的。文艺属于建立于经济基础之上的上层建筑,作为意识形态的文艺必然是受制于经济基础并反映经济基础的变革，"物质生活的生产方式制约着整个社会生活、政治生活和精神生活的过程，不是人们的意识决定人们的存在，相反，是人们的存在决定人们的意识"[1]。无可辩驳的事实证明，任何历史时期的重大的社会变革都会不同程度地引起文艺形态的变化并成为文艺活动充分展现的内容，作为影响深远的具有里程碑式的新时期，由计划经济向市场经济的转轨必然引发系列社会问题的出现，新时期改革的力度与深度所产生的巨大震动冲击必然要在人类的以"实践—精神"方式把握世界的文艺活动中激起轩然大波。改革开放的东风吹醒了中国社会的"一潭死水"，人们由此焕发青春活力，以极大的热情参与社会活动、感受社会脉搏的跳动、体味社会人生的百味。于是，文艺也一改"文革"期间的单一乏味的局面，在积极反映和表现改革开放所给中国社会政治、经济、文化、生活等不同领域带来的新气象、新局面、新形势的同时，逐渐关注社会不同阶层娱乐需求和精神享受，以不同题材、不同情趣、不同风格、不同形式繁荣社会主义文艺事业。另一方面，社会的激烈变革必然带来各种新形势、新问题的出现，文艺领域的转变也迫使文艺理论做出应答，面对这种多元化的文艺创作实践，以往的单一化的文艺理论是难以应对的，而中国传统文论时过境迁而与现实拉开距离，因此，理论工作者自然而然地就将探寻目光投向了西方，寻求各种新理论作为支撑。就文艺理论自身发展的规律而言，一种理论若要生存与发展必然要具备与时俱进的理论品格，否则一定会被历史无情抛弃。因此，新时期以来的中国文艺理论研究也面临与时俱进的问题。这里所讲的理论的与时俱进的理论品格是指两个方面的含义：一是指某种理论必须不断在诸多学科理论的发展中通过"分化—综合"的双向互动使自身汲取相关领域理论的新成果以丰富、充实自己；一是指理论应该紧扣时代发展的节奏，关注现实社会的发展，应对与解答现实社会中出现的各种新问题。改革开放的中国是不同于其他任何国家与其他历史时期的，面对日新月异的世界，面对信息化时代，面对"地球村"的文化密集交流，东西文化在碰撞，古今文化也在交汇，过去已有的观念与理论在现实社会面前表现出从未有过的无奈与乏力，尤其是新世纪以来伴随经济全球化步伐的急剧加快和我国成功加入WTO，西方文化的大量涌入对我国文

---

[1] 《马克思恩格斯选集》第2卷，人民出版社1972年版，第82页。

化构成强有力的挑战，而中国传统的文艺理论不足以应对现代信息时代、传媒时代的多元化并置格局的文艺实践，于是，中国学者必然向已经是现代、后现代的西方社会寻求各式各样的理论学说来解答中国的现实问题。以上两种原因成为新时期西方文论在中国广泛译介的历史与逻辑的必然选择。

二、西方文论传播历程

新时期以来西方文论在中国的译介与传播丰富了理论资源，开阔了研究视野和思路，在一定程度上推进了我国文艺学的建设。在这个传播过程中，有的学者不仅一针见血地指出其中存在的令人担忧的与中国文论脱节和不能正确辨析其理论局限性的不足，还身体力行地积极倡导、推进西方文论的中国化进程，这是新时期西方文论中国传播的最大收益。

客观地说，80年代中期由对西方文论"爆炸式"的介绍直接引发的"方法论年""观念年"的历史功绩应该予以充分肯定。西方文论的广泛引进与介绍具有积极的建设性意义，表现为：首先，这与全国上下思想大解放的历史潮流相吻合。人们不再将西方文论视作资本主义的洪水猛兽而退避三舍，代之以开放的心态接受、学习、研究。其次，这与现今时代全球一体化的交流、对话、借鉴、学习、互补的趋势相一致。信息时代、传媒时代告别了以往封闭、半封闭、自给自足的生存方式，逐渐参与到世界各国的政治、经济、文化的交流中，通过资源共享、优势互补来谋求自身发展。同样，我国文艺理论的发展也不能脱离历史时代，西方文论的引入成为有益的理论资源，不仅可以开阔我们理论研究的视野，丰富理论探索的多元化方法，还能够在与中国传统文论的互补融合中实现共同促进当代中国文论建构的目的。第三，为新世纪中国文艺学发展奠定坚实的理论基础。科学的研究方法要求文艺理论研究者"必须要有卓越的宽广视界。获得这个视界，这总是意味着，我们学会了超出近在咫尺的东西去观看，但这不是为了避而不见这种东西，而是为了在一个更大的整体中按照一个更正确的尺度去更好地观看这种东西"[①]。历史史实也证明，多元化的理论与多元化的研究模式有利于互相参照、取长补短，因为不同的理论研究、不

---

① 伽达默尔著，洪汉鼎译：《真理与方法》（上卷），上海译文出版社1999年版，第392页。

同的研究方法都有其自身的长处并以此限制了该方法所适用研究对象的范围，如果超出相应的研究对象和领域，这种理论和研究方法便会"失效"，由此得到的研究结论可能就会出现偏差，甚至是荒谬的。因此，以文艺活动这一极具复杂性特征的复合结构作为研究对象的文艺理论，如果仅仅以某种单一的理论或者单一的方法进行分解式、划界式的研究，尽管也可能在一定方面、一定视角、一定层次上揭示文艺活动的某一部分或者某方面的特性，但往往由于其单一性、机械性、简单性而导致仅仅是对文艺活动整体复合结构中的一个侧面、一个环节、一个部分的阐释，而缺乏框架性和整体性的高屋建瓴式的把握与揭示，最终必然导致失之于偏颇。西方文论的多元化并置的格局恰好可以为我们的文艺研究与理论建构提供丰富的可资借鉴的学养，也为我们在相互借鉴、优势互补、融会贯通中实现综合创新奠定扎实的基础。

西方文论的中国传播缘于"始于学步"，通常，"始于学步，终于创新"具有普遍性，当我们不知或者知之甚少时，必须以海纳百川、博采众长的胸襟向先进者学习；我们学习先进知识的目的不是跟在人家后面亦步亦趋地东施效颦，而是要追求创新，创新就是将学到的知识进行融会贯通，内化为自己知识结构因素并外化为能力，以此为基点实现超越自己、超越他人的目的。正如有的学者指出的，西方文论在中国传播的关键是中国化问题，然而，这一蝶变过程却是艰难的。表面看，"化—中国"与"中国—化"似为文字语序的颠倒，但其实质却是文艺观念、研究方法与思路的根本性裂变。前者是指缺乏批判精神不加甄别地将西方文论"一味拿来"，不顾中国国情具体实际而生硬地削足适履般"套用"，这是以西方为最高膜拜蓝本来"改造"中国，使中国复制西方模式，从而使中国"西方化"，"全盘西化"就是"化—中国"的极好写照；而"中国化"则是立足于中国的现实国情有甄别地选择、借鉴西方的各种先进科学以开阔我们的视野，通过内化为我们自身的一部分而丰富、完善、发展自己。

西方文论的"中国化"就是由表层传播变为深层建构，这实质是由外在的异质的因素逐渐转化为内在的同质因素的过程，这一过程集中表现为由初始的对西方文论的"生吞活剥"式的"硬译"与"牛唇不对马嘴"般的生搬硬用逐步试图转变为融会贯通、水乳交融地与马克思主义文论、中国传统文论共同成为现代中国文论话语构建的重要来源和组成部分。改革开放伊始,由于人们长期受到一元化思想意识的禁锢,面对国门洞开后展现在我们面前的光怪陆离、异彩纷呈的西方文论,我们的文艺理论界更多地表现为如饥似渴的"拿来",学者们以极大的热情从事西方文论的介绍工作,忙于"搬运"之中,理论主体"自我"的"不在场"使主体自身的自我独立判断能力显得缺失,反映到我们的理论著述中则是"陈述沦落为转述,概念翻新至多不过是概念搬运","句型的构造结构,凝固于'根据''从''按照'等一类介词的前置形式状态,而篇章人称中心,毫不隐瞒地供奉给那些使人头晕目眩的'他',或者'他们'",批评者"所言说的并非其自身言说,不过是某种话语的代言人而已"①;当运用西方文论阐述问题时,也不同程度地表现为"生吞活剥"的特点,以西方理论阐释中国本土问题难免常常出现格格不入的"两张皮"的尴尬境地,因为西方社会与中国现实差异较大,西方文论与中国传统文论本来就分属于两套话语体系——这就如同西医理论很难解释中国传统医学一样,如果缺少西方文论的中国化转换环节而代之以盲目的照搬套用,置中国国情于不顾,难免导致南辕北辙的结局。这种"化—中国"状况表明西方文论只是以"他者"的身份外在于中国文论,它不过是一个纯粹的"形而上"的空洞理论,面对中国社会现实则暴露出苍白的无力;只有中国化为与现时代中国国情相适应的具有中国特色的理论时,才能"凤凰涅槃"而获得实践力量。于是,许多学者深刻地意识到,西方文论赖以产生与存在的西方社会现实与中国有着较大的差异性,其文论研究与中国文艺实践也存在相当的距离,因此,如果仅仅邯郸学步式地追随在西方文论的后面亦步亦趋而忽视中国政治、经济、文化等特定历史的具体规定性的社会现实实际而照搬照抄西方文论,难免失之偏颇,而且,如此以往必然导致出现"言必称西方"而丧失我们自己话语的局面。一个没有自己声音的国家和民族同样在世界上难以拥有话语权,当我们大谈西方的"对话—交流"理论时,拿什么去与他者对话、交流?鉴于此,学者们一方面反思西方文论中国化进程中的得失,一方面将注意力转移到中国特色的文艺理论的构建上,试图通过对本土理论话语的重构实现与西方的平等交流对话。由此而引发了一系列论争,虽然说彼此的观点、角度、方法各有千秋,甚至具有浓厚的片面

---

① 王列生:《批评危机:亟待走出的六种缠绕》,《华中师范大学学报》1996年第4期。

性色彩，但都包含了对中国当代文艺理论建设的积极热情。尽管这项工程任重而道远，但学者们的反思、建构、对话意识的觉醒与强化毕竟蕴含着中国文艺理论未来前景的希望。

三、西方文论"中国化"进程的理论反思

当然，新时期以来西方文论的中国化进程在取得令人瞩目的成绩的同时也并非完璧无暇，同样也存在着不足，较有代表性地表现为两个方面：一是对理论研究的哲学根基不同程度的忽视，二是科学的方法论意识的欠缺。前者表现为受西方的反本质主义哲学思潮影响，误将"本质"等同于"本质主义"而加以简单而粗暴的否定，摒弃一切对研究对象的诸如"本质"的形而上的探讨，由反对"二元对立"到解构认识论中的主客体关系，再到文艺理论中放弃对基本问题、基本范畴的学理探讨，由于不能对"文艺的内在规定性"这一文艺研究的最基本理论问题进行准确把握，以至于出现或者将文艺泛化的理论，其实质取消了文艺存在的价值和地位；或者出现将文艺对世界的反映与对文艺创作主体的表现割裂甚至截然对立，并将其中一端推向极致而无限膨胀为文艺的全部属性的理论。虽然这些错误的具体呈现形态各异，但在深层上剖析，其失误的根本原因在于其理论缺少坚实的哲学根基。就第二个失误方面而言，集中表现在对西方文论的教条主义的信奉与迷恋，以至于常常用一种极端去攻击另一种极端，以新的教条主义反对以往理论研究中存在的教条主义弊端，以自身理论的片面性驳斥其他理论片面性，这必然陷入矫枉过正的泥潭。当然，上述两种具有代表性的错误在根本上具有内在的一致性，那就是表现出与哲学越来越疏远的理论态势。

就第一种错误倾向而言，我们在西方文论中国化进程中时常常不加批判地将其理论的哲学根基欠缺的局限性一起移植到中国，从而使我们自身理论也陷入这种缺陷中。不可否认的是，即使那些极力反对哲学传统的西方现代、后现代文论在很大程度上也无法回避而深深地受到西方哲学思潮的左右。西方哲学思潮中的反本质主义的暗流，认为建立在古希腊哲学基础上的形而上学是本质主义的思维模式，它将世界主观地分作了本质与现象、内容与形式等对立的二元并确定前者的优先性与对后者的决定性地位。反本质主义理论在一定程度上击中了本质主义的要害，因为，我们认

识事物的过程中常常是先接触到事物外在的现象然后深入到本质的研究，并认为本质先于现象，当把这种认识上升到理论抽象时就容易产生将"本质"与"现象"予以割裂、对立并将"本质"提升到既独立于事物"现象"之外又决定事物存在的具有"本原"属性的特殊地位，这就是反本质主义所深恶痛绝的本质主义。在反本质主义者看来，"本质主义"的错误之处在于主观地预设了先于客观物质世界而存在的具有先在性、永恒性、普适性特点的所谓的"本质"，并将其推崇为极致，譬如柏拉图就认为现实世界外还有一个更为真实的而且能够凌驾于现实世界之上并决定现实世界的存在与性质的理式世界；本质主义在研究方法中也预设了矛盾的双方，其中一方居于统治、主导和决定的地位，而另一方则处于附属、被统治和被决定的地位。本质主义的实质是，要么陷入唯心主义泥潭要么囿于形而上学的桎梏。不过，同时我们必须清醒地认识到，反本质主义"将孩子与污水一起倒掉"般地又陷入了另一个误区，那就是将"本质主义"与"本质"相混淆，由此否定了对事物内在规定性的探讨研究，放弃了对基本理论的探讨，将现象与本质不加区分地合二为一、以现象即本质、本质即现象的简单等同来实现以对现象的研究取代对本质的揭示。"本质"是不同于"本质主义"的一个范畴，是指"事物本身所固有的，决定事物性质、面貌和发展的根本属性"[1]，即一种事物区别于其他事物的质的规定性。作为理论范畴，对"本质"的研究不但是重要的，而且是必要的，拨开林林总总的事物的表象，总会发现某类事物所具有的共性的存在，这是该类事物成为其自身并不同于他事物的根本所在，若放弃对事物抽象的概括性研究就不可能达到真正、实质性的对其把握。例如，文艺理论研究的对象是文艺，若没有对诸如"文艺是什么"的形而上的抽象思辨，就难以正确地把握与阐释文艺的应有内涵与外延，必然导致将"文艺"与"非—文艺"混淆，文艺研究必然会陷入支离破碎的"碎片"之中而难以自拔。事实证明，正是由于对基本问题认识模糊，以至于出现或者认为文艺走向终结的"消亡论"，或者混淆文艺与文化等社会现象而主张文艺的"泛化论"；即便是坚守文艺"边界"的学者，在厘定文艺的本质规定性时或者仅仅认识到文艺对客观世界的反映与再现一面而将文艺的属性定位于"客

---

[1]《现代汉语词典》（第5版），商务印书馆2005年版，第65页。

观论""再现论",或者只看到了文艺对主体思想的表达与情感抒发的一面而将文艺简单地界定为"主观论""表现论"等错误观点。

况且,文艺理论的建构在深层次上需要哲学做坚实根基,无论是西方古典文论还是现代、后现代文论都印证了这一点的正确性。然而,如今西方理论有一种很流行的思潮,就是对传统的建立在形而上学哲学基础上的文艺研究不同程度地表现出与哲学疏远的趋势,认为那些诸如"文艺的本质"之类的抽象思辨的命题是伪命题,形而上学该退出历史舞台了。于是这些理论越来越旗帜鲜明地认为应该放逐对文艺基本理论、基本范畴的探讨,传统的文艺理论正在走向"终结"。因此,文艺研究的基本理论探讨被"边缘化",那些关于抽象的物质与精神实体等形而上学的理念的学理探讨也被放逐,而那些诸如无意识、直觉、情感、意志等非理性因素则被奉为新的哲学基础,以对二元认识论的否定实现统一于梦幻的精神世界的"主客一体"。然而,我们不难发现,这种理论不可避免地很快陷入悖论:一方面反对理性而极力倡导感悟、体验生命等人的本能活动的非理性的一面,另一方面,就在这充满激烈言辞之中,其用以攻击、颠覆理性的手段只能还是理性。任何人都应该正视这样的事实:当我们试图建立一门学科理论体系时,必然以对这门学科的研究范围、研究对象、研究方法以及研究意义等问题的认识为建构起点的,之后才能以此为基础展开其理论探讨,因此,一门学科体系的理论建构是人类认识活动的结果,认识活动是科学研究的基础,而认识活动必然要由主体和客体这一认识结构要素构成,否则将失去认识活动赖以存在的可能。由此可见,不管西方非理性哲学和解构哲学多么试图解构、超越主客体关系结构,只要这些哲学家在思维,就无法跳出形而上学的网结,只要他们想"在场",就无法取消哲学存在的合法性,形而上学就必然存在,建立在诸如本质、规律等抽象思辨基础之上的理论大厦就不会坍塌。因此,我们的文艺理论研究必然要以哲学为理论基础和指导原则,必然要建立在坚实的哲学基础之上。[①]

就新时期以来西方文论中国化的第二个误区方面而言,科学的方法论意识的淡薄表现得尤为突出。改革开放初始,人们一面反思"文革"中"极左"思想路线禁锢文艺发展的负面影响,一面将目光转向扑面而来的

[①] 参见杨杰:《论马克思主义美学观元典性研究的当代价值》,《齐鲁学刊》2004年第6期。

西方各种文艺学说寻求理论支撑，在批判以往的文艺研究中的教条主义的同时又陷入了新的教条主义之中[①]——由以往对西方文论视为"洪水猛兽"的退避三舍滑向言必称西方而藐视中国文论的新的教条主义；由反对过去尊奉一元化理论的教条主义滑向现今的将某种西方理论无限放大、以偏概全、奉为金科玉律的新的教条主义。有的理论认为新时期之前的我国文艺理论研究是"外部研究"，由于不能触及文艺本身规律而应该予以摒弃，于是转向西方的诸如新批评、符号学、结构主义等形式主义的"内部研究"；有的认为我国以往文艺研究坚持的是"政治化"的研究模式，这种模式过分凸显了"社会—历史"维度在文艺研究中的地位与作用而忽视文艺之所以成为文艺的根本性所在，于是拿来了西方的"形式主义"研究模式，高举文艺研究的"审美化"大旗而否定了文艺的丰富性与多样性；更有审美泛化论倡导者，主张取消文艺的"边界"而将文艺混同于社会一切文化现象，青睐于以西方"文化学"研究模式替代文艺研究自身，等等，这些理论观点都程度不同地表现出新的教条主义的倾向，严重影响和制约了文艺研究中科学的方法论的运用。

社会生活的绚丽多彩决定了对其进行反映与表现的文艺活动的复杂多样，以这种绚丽多彩的文艺活动为研究对象的文艺理论的多元化形态不仅是必然的也是应该的，因此，采用不同的理论学说与多样化的研究方法来揭示、阐释文艺发展的基本规律并借鉴诸派理论之长，通过综合创新实现构建我国当代形态文艺理论体系才是值得肯定的路径；同时，这种文艺理论更应该是一个与中国特定历史时期的政治、经济、文化等社会现实相吻合以及以所处时代精神为统领的多样化统一的整体结构。

固然，以往的文艺研究较多地关注文艺与社会政治的关系，对文艺的审美性等自身特点的探讨相对薄弱些，但西方文论所倡导的"内部研究"则又走向另一个极端，将文艺视作自我封闭的自足体，过分地强调文艺的语言、结构等因素而割裂了文艺与现实世界这一其赖以产生与生存的基础之间的联系，从而使文艺成为无源之水、无根之木；我国的文艺学、美学思想传统更为强调"文章合为时而著，歌诗合为事而作"，强调美与善的

---

① 参见李志宏、金永兵：《站在新的历史起点上》，马龙潜主编：《新时期马克思主义文艺理论中国化进程的回顾和反思》，时代文艺出版社2008年版。

统一性，因此，较多地关注以"社会—历史"视角进行文艺研究，而"审美化"研究模式虽然从审美的角度可以揭示文艺的审美性特征，但审美仅仅是文艺特征的一个方面；至于"文化学"的研究模式，如果说这种研究方法长处在于将文艺置于更为广阔的文化背景中进行探讨可以有效地拓展我们的视野，增加文艺研究的厚重感，那么，将文艺与文化相混淆进而以文化研究取代文艺研究的做法则是不可取的，因为文化是由不同的层面组成，既有自发性、自在性与原生态等较明显特征的基础层面，也有较高的精神层面，文艺就是文化中较高层次的、更具有代表性的文化形态，是人类精神创造的结晶，它不仅可以为人们提供那种感性魅力和情感愉悦，更为主要的是还能够揭示文艺所展现的人与自然、人与社会之间形成的特殊的审美关系中所蕴含的人文精神与科学精神的内在沟通性和关联性，由此启迪人们去感悟自然、体味人生、把握未来。显然，如果用一般的文化学的理论原则来规定文艺学，或让文艺学去演绎一般文化学的原理，其结果，不是放弃对文艺学本质特征的探讨，硬要把文化学的特性套在文艺学的头上，将文艺学混同于一般的文化学，就是以文艺学没有超越文化学的研究对象和范围为由干脆否认、取消文艺学独立存在的地位和价值。以上所说的西方文论中国化进程中出现的具有代表性的误区反映出理论研究方法论的科学性欠缺的弊端。

同时，西方文论中国化进程中出现的众多学说的多元化并存与各个理论之间壁垒高筑的局限也是较为明显的。在我国文艺理论的研究、探讨过程中，的确存在着这种仅仅依据对某种西方文论，乃至某一方面的认识去揭示文艺的规律而忽视了文艺所处的整个系统中的相互联系的弊病。如前文所述，每一种理论的适用范围与研究对象的特定性决定了其对文艺特性揭示的有效性与局限性共在并存的特性。而且，在西方文论的中国化进程与中国文论的现代化建构中，这些理论之间的关系也并非是平行铺开的，更不是把各种理论学说和观点不分主次地予以平面化排列、组合，而是概念与范畴之间的辩证运动的过程。

正如许多学者深刻认识到的，我们的文艺理论的建构应以不断地对包括西方文论与中国传统文论在内的各种不同的思想观点和理论范式进行辩证分析和综合，在对中西方的整合互补中建构具有中国特色的当代文论形态，在对以往的文艺理论加以辩证否定中探寻一条与人类历史进程、与时代精神相吻合的中国当代文艺理论一以贯之的思想线索，从而建构一个适应中国当今时代社会特点的能够借以回答各种现实问题的具有实践品格的理论。很明显，我们这里所倡导的方法论的综合创新是不能离开历史和时代的具体规定性，不能逃避对中国现实社会文艺实践所提出具体问题的回答的责任，更不能缺少坚实的现实生活根基和失去其时代精神统摄和支撑的综合，而是通过对以往的包括西方文论在内的古今中外文艺理论研究成果进行重新审视、辨析、转换、吸收和借鉴，以从中提炼出能够借以回答所研究问题的理论观点。文艺理论研究的综合创新是对其理论研究途径和方法的重新选择，是通过建设一种新的中国文艺理论当代形态的理论体系框架结构来得以实现的，要建构这样的理论框架，没有坚实的哲学基础和科学的方法论为思想武器是难以企及的。显然，是否拥有正确的哲学根基和能否有效地选择、运用科学的方法从事文艺理论研究工作，是能否真正地实现当代中国文艺理论建构的整合互补、综合创新的基础和前提。

新时期西方文论中国化的进程已经走过了三十余年，其中既有成功的喜悦也有失误的焦虑，如何发扬光大已有的成绩，克服存在的不足，从中汲取经验教训，是关系到能否有效地借鉴西方文论的滋养使当代中国文论走向健康发展轨道的关键所在。

第三节 近年文艺研究中的新教条主义倾向辨析

新时期文艺研究理论是以反思以往文艺研究中存在的教条主义弊端为肇始，通过拨乱反正、正本清源而得以不断长足发展，伴随着改革开放的伟大事业而取得了世人瞩目的成绩。同时，也萌生了令人担忧的倾向，那就是近年由对以往文艺政治化等教条主义研究模式的反思、批评而走向了新的教条主义[1]，陷入了以新的教条主义反对旧有的教条主义的怪圈，严

---

[1] 关于当前文艺研究中的教条主义倾向问题已经引起学者关注，例如马龙潜教授在《新时期马克思主义文艺理论中国化进程的回顾和反思》一文中提出"警惕新的'文艺教条主义与艺术教条主义'"的观点。参见李志宏、金永兵主编：《站在新的历史起点上》，时代文艺出版社2008年版，第267页；再如仲呈祥《关于加强文艺评论的若干思考》中也提出相似观点，《文艺报》2009年9月17日。

重地妨碍了当下文艺理论建构的科学性,这种新教条主义倾向突出表现为:由反思以往的仅仅注重文艺社会功能的"工具论"走向割裂文艺与社会、文艺与历史纽带的文艺"自足论";由反驳以往"只谈政治"的"外部研究"走向局限于"内部研究"的"审美主义";由反对以往文艺意识形态偏于社会政治功能到审美主义转向,将"审美性"教条化为文艺的全部规定性;由驳斥以往对人的单一理性化的片面强调滑向感性至上,乃至唯一的教条主义;以唯物史观等同于"历史决定论"为借口予以否定而又陷入唯心史观、历史虚无主义泥潭。种种倾向表明,当我们匡正以往文艺研究中存在的教条主义弊端的同时,谨防陷入新的教条主义泥潭,否则必然出现以一种偏颇驳斥另一种偏颇的怪圈,进而阻碍文艺理论的健康发展。因此,克服当前文艺研究中新的教条主义倾向,走出文艺研究的误区,是我国文艺学沿着科学的轨道发展亟待解决的问题。

一、辩证法与教条主义

文艺研究需要科学的方法论。面对众声喧哗、多元并存的理论格局,强化方法论意识在今天就显得尤为迫切和重要。从方法论的视角审视,任何方法具有不同逻辑层次的适用性特征,也就是说,超出其运用范围可能就失之毫厘谬以千里。因此,相对科学的方法论,尤其是元方法论的选择显得尤为重要。

马克思主义哲学不仅为我们树立正确的世界观指明航向,还为我们提供了科学的方法论,它能不断汲取各个时代不同学科最新研究成果以丰富其自身,这使其研究方法与时俱进、日臻科学,具有包容性、综合性特征。辩证法便是其方法论的精华。这正如恩格斯高屋建瓴指出的,"马克思的整个世界观不是教义,而是方法。它提供的不是现成的教条,而是进一步研究的出发点和供这种研究使用的方法"[1],由此可见,从本质上讲,方法就是人类主体把握客体世界的具体途径和方式,它由特定的概念、范畴所构成,方法实质是人的思想观念、思维方式以及思维结构的具体化展示方式——就如同哲学是世界观与方法论的融合一样,方法与观念总是如球面般互为表里,某种思想观念总是通过特定的方法论体系得以显现,而

---

[1] 《马克思恩格斯全集》第39卷,人民出版社1972年版,第406页。

方法论又是以特定观念为其内核，在这个视角上讲，我们可以说方法论就是思想观念。文艺学科学体系的确立，首先要确定独特的科学观念及方法论原则，这将为我们具体阐释文艺学所运用的理论材料奠定前提。

辩证法就是对对象"辩证地分解了的整体"的认识的方法，它有助于使我们的认识形成一个由不同层次构成的具有整体性、有序性特征的结构系统。辩证思维方法的特点在于当它审视客观对象时不是把对象静止地看作其自身，而是在动态的、历史的发展过程中来把握对象，辩证法不是孤立地把对象视作单一的存在物，而是以普遍联系的观点将其置于与其他事物的关系中加以观照、审视。与辩证法截然不同，作为主观主义表现形式的教条主义，不分析事物的变化、发展，不研究事物矛盾的特殊性，只是生搬硬套某些原则、概念来处理问题，他们漠视不同质的矛盾需用不同的方法去解决的特殊性，千篇一律地将教条奉为金科玉律，其实质是背离辩证法而陷入形而上学。在辩证思维的视阈中，文艺是一个具有复杂层次的复合关系结构体系——既包含文艺外部关系结构，也包括内部关系结构。外部关系结构是指文艺与外部客观世界的关系，文艺与社会历史、政治、审美、文化等诸多意识形式共同构成一个多层次、多维度的关系结构，文艺通过这些复合关系结构获得并展现自己的特质；内部关系结构是指文艺自身的关系结构，社会历史、政治、审美以及文化等诸要素又内化为文艺复合关系结构的有机组成部分而形成文艺的内部关系结构，从另一个方面对文艺的本质予以规定；文艺就是这样在其外部关系结构与内部关系结构以及二者的不断往复建构过程中形成的诸关系动态结构中存在并显示其丰富的内涵。当我们审视、探讨文艺，实质就是把握文艺从文艺与社会生活的关系到文艺自身各种要素之间关系这样一个由多级多层次关系所构成的关系结构体系，这就势必要求我们以辩证的方法——即普遍联系的、运动的观点——对文艺活动这样一个具有复杂关系结构的研究对象进行更为全面、系统的阐释，如此才有可能达到既对从文艺与社会生活的关系到文艺自身各种要素之间的关系这样一个由多级多层关系所构成的关系结构的综合把握，又可以达到对这个关系结构背后隐藏着的昨天不在场的和未来尚未出场的文艺艺术的全部的潜在的丰富性、多样性和复杂性的把握，从而把纵向的人类文艺艺术发展的历史与未来同横向的文艺艺术发展的现实的需要交织在一起，以真正推动文艺研究整体面貌的改革和发展；同时，这种辩证方法也蕴含了人类的科学观念从传统向现代转化的转变。传统的科学观作为一种机械论的科学观，它坚持的"主体—客体"的思维模式有其合理性，但也有其自身难以克服的局限性，其最大特点是对自然和社会有机整体的分解性和划界性的认识。因此，它追求的是对在场事物的认识，而难以达到对未在场事物的认识，只能达到对在场的因果关系的认识，而不能达到对作为因果必然性之根本的未在场的自组织、自调节规律的认识。而现代新的科学观作为有机的、整体性的科学观所坚持的是辩证思维的模式。它对事物的认识，不仅是把握它的因果关系，而且还包括对其所具有的自组织、自调节性、合目的性的功能、意义的把握。这就决定了今天的美学和文艺学对文学艺术的研究，必然要突破传统的"主体—客体"的分解性和划界性的思维模式，把文学艺术显现的因果必然性与隐蔽的自组织、自调节的规律性融合起来，以达到对文学艺术有机整体的完整而全面的把握。[①]

以往单纯的审美反映论与单纯的审美建构理论的划界式、分解式的研究虽然可能在一定层次、一定视角揭示文艺的某一方面、某一部分的特性，但都常常失之于偏颇，因为这仅仅不过是对文艺整体结构中的一个环节、一个侧面、一个阶段的界定，而缺乏整体性和框架性的宏观把握。作为一个由诸多要素和不同层次构成的复合关系结构的文艺，其立体复合关系结构决定了文艺既与自身的诸要素之间形成动态双向建构关系，还与外部诸多因素之间形成双向逆反建构关系，而且，这种内部关系与外部关系之间又形成了不断的交互建构关系，文艺的本质特征就存在于这些复合关系结构之中。因此，当我们以不同的视角、方法研究文艺时，虽可以揭示其某方面的性质，但若仅仅局限于此，将在一定视角下的通过某种方法得到的对文艺的某个方面特点的揭示进行无限放大、膨胀、上升到文艺的全部本质规定性，难免会出现以偏概全的弊端，这是难以全面而正确地解释文艺的本来面貌和应有本质规定。

二、审美主义倾向的极端化

新时期文艺理论与实践活动在不断探索中走过近四十年的不平凡历

[①] 马龙潜：《什么是文艺美学》，《文艺美学研究》（第一辑），山东大学出版社2002年版。

程，期间各种文艺思潮的频繁登场、更替，不同理论观念之间的文艺争鸣一次又一次交锋，文艺创作多元化发展与快速嬗变，这成为当代中国文艺发展历史上具有独特性和时代感的光辉篇章。其中，既有令人欢欣鼓舞的成绩，也有值得反思、借鉴的教训——近年出现的新教条主义倾向便是值得关注的问题。这突出表现为：由反对以往存在的文艺"他律论"教条主义走向斩断文艺与社会联系的孤立的文艺"自律论"极端；由诟病以往文艺"只谈社会历史、政治"的"外部研究"滑向固守"内部研究"的"审美主义"；由反对以往文艺意识形态偏于社会功能到审美意识形态论转向，将"审美性"教条化为文艺的全部规定性；由驳斥以往对"人"感性排斥的单一理性化的片面强调陷入否定理性而将感性推崇到极致乃至人的唯一本质的偏颇；以唯物史观等同于"历史决定论"为借口加以否定而又陷入唯心史观、历史相对正义、虚无主义的泥潭。

纵观新时期以来的文艺思潮，无论是对文艺的"政治从属论""工具论"、文艺意识形态论、人性论与人道主义，还是文艺二重性格论、文艺主体性、文艺的意识形态性与审美性、审美意识形态论等系列问题的探讨甚至是激烈论争，其中都隐含着审美主义思潮在当代中国激起的串串波纹，毫不夸张地说，审美主义成为新时期以来中国文艺理论研究领域的一个无法回避的重要思想脉络，它时隐时现地在新时期的各个历史阶段以不同的话题和理论话语形式展现给我们。然而，本来这极具纠偏意义的文艺审美性问题却在嬗变中又滑向了与政治工具论相反但实质类似的另一种极端的教条主义。

新时期文艺理论是以反思以往的文艺"工具论"为肇始。"文革"时期出现了将文艺的社会功能单一化为社会政治的工具，文艺研究、文艺批评的"政治标准"蜕化为"唯一标准"而加以绝对化的教条主义的弊端，审美主义登上中国历史舞台对文艺研究领域的拨乱反正有着积极意义。客观地说，审美主义思潮在弥补以往文艺研究中存在的某种程度上忽视文艺的审美性特质的欠缺，拓宽文艺探索的视角和方法，推动我国当代文艺研究的不断深化方面具有积极的建设性意义。受现代中国特定社会历史条件限制，20世纪初的急风暴雨式的民族救亡始终是当时社会的主要矛盾，因此，文艺创作实践与理论研究更多地关注社会历史、政治因素，为民族解放而呐喊；虽然《在延安文艺工作座谈会上的讲话》提出了文艺批评与研究的"政治标准与艺术标准"的观点，但其重心仍然置于社会政治维度；新中国成立后，人们投身新中国建设的高涨热情又将文艺紧紧吸引于此，文艺依然与时代脉搏的跳动休戚相关，深情讴歌新中国的新人新事；至"文革"时期，"政治标准第一"演化为极端的"政治标准唯一"，文艺成为图解政策的"时代传声筒"，而对文艺自身规律的探讨几乎被彻底屏蔽。新时期改革开放的春风滋润着人们干涸的心田，西学东渐将西方各种哲学思潮、文艺思想传入中国，其中，审美主义对中国文艺理论界形成巨大冲击波，其影响力至今不衰。审美主义倡导文艺研究的重心在于文艺的审美性，认为文艺是自律的，它"永远是独立于生活的，它的颜色从不反映飘扬在城堡上空的旗帜的颜色"①，因此，审美性才是文艺之所以成为其自身的根本原因所在，对文艺审美性的肯定与张扬才是回归文艺本身。形式主义代表人物什克洛夫斯基曾形象比喻说，"我的文艺理论是研究文艺的内部规律，如果用工厂方面的情况做比喻，那么，我感兴趣的不是世界棉纱市场的行情，不是托拉斯的政策，而只是棉纱的支数和纺织方法"②。中国学者受此启发也开始关注文艺的审美性问题的研究，无论是研究观念还是研究思路都发生了明显的转向：由文艺的"外部研究"转向"内部研究"——从侧重文艺与外部客观世界的关系转向对文艺内部规律的探讨，认为以往的文艺学研究过分地看重文艺的社会功能——工具性，这势必影响、甚至致使文艺的审美特征边缘化，因此，文艺研究由他律回归自律是必然的。

　　审美主义理论的价值在于它深刻地揭示了文艺的重要属性——审美性问题。将文艺研究纳入审美关系这一人与世界形成的特殊的对象性关系中审视，可以从本质上区分文艺对客观世界的反映与科学认识的差异在于文艺是以"实践—精神"的方式把握世界，文艺的审美性是由客体的审美属性同与客体的审美属性相一致的人的本质力量（审美力）之间构成的特殊的对象性关系——审美关系——所决定，审美论有利于从根本上界定作为以"实践—精神"方式把握世界的文艺既不同于人类的社会物质实践活动，也与哲学、伦理学等人类其他精神活动有别的独特的本质特征，同

---

　　① 什克洛夫斯基：《文艺散论·沉思和分析》，莫斯科1961年版，第6页。
　　② 什克洛夫斯基：《关于散文理论》，苏联创作主体出版社1984年第8期，译文转引自朱立元：《现代西方美学史》，上海文艺出版社2002年版，第282页。

时，我们也会较为清晰地辨析以往文艺研究的客观论（再现说）与主观论（表现说）的合理内核与各自理论的局限性所在，认清文艺的本质规定性既不在于外界客体对象，也不是由主体单方面就可以决定，而是在于审美客体与审美主体之间形成的特殊的审美关系之中，是审美客体与审美主体双向逆反建构的结果，因此，文艺本质规定性在于审美反映与审美建构的统一——审美反映不是机械的镜子式的反映，而是主体对客体世界的审美建构式的反映；审美建构也不是主体不受任何限制的天马行空之举，而是以审美反映为前提的建构，文艺的本质就形成并存在于审美反映与审美建构之间不断交互的双向建构之中。无疑，审美主义对深化文艺研究，深入阐释文艺属性，澄清以往文艺研究中存在的各种误区具有积极的建设性意义。

然而，近年文艺研究中的审美主义理论却出现了走向唯美的新教条主义倾向。这突出地表现为将文艺的审美性特征无限扩大，并恶性膨胀为文艺的全部本质规定性，割裂了文艺与社会生活的必然联系；同时，又抽空审美的具体内涵，试图构建一种能够超越不同时期社会历史的具体限制的随意横跨时空的具有极强普适性的"审美性"，并以此作为文艺的全部属性和评价其水平高低优劣的最高甄别标尺。对于前者，审美主义者将本应蕴含丰富内质的具有多维层面的复合关系结构的文艺的属性界定为单一的审美特性，这虽然抓住了文艺是以"实践—精神"方式把握世界的这一重要方面，但却忘记了文艺审美反映的对象是客观世界这一存在的基本前提；就其研究方法讲，审美主义者一方面从审美关系中探讨文艺的审美问题，另一方面，又把美与真、美与善相分割，将人的审美意识与科学意识、伦理道德意识相剥离，将审美凌驾于赖以存在的形成于人类社会实践活动之中的审美关系之外，这样，貌似使审美脱离了社会世俗束缚而获得某种独立的精神品格，实则却成了无源之水无本之木而枯萎，如此的文艺只能是空中楼阁、海市蜃楼。就第二方面讲，审美主义者置换了"审美"的应有内涵，剥离了"审美"所必然具有的历史维度。马克思曾一针见血地批驳这种抽象哲学——"在思辨终止的地方，在现实生活面前，正是描述人们实践活动和实际发展过程的真正实证科学开始的地方。关于意识的空话将终止，它们一定会被真正的知识所代替。对现实的描绘会使独立的哲学失去生存环境，能够取而代之的充其量不过是从对人类历史发展的考察中抽象出来的最一般的结果的概括。这些抽象本身离开现实的历史就没有任何价值。它们只能对整理历史材料提供某些方便，指出历史资料的各个层次的顺序。但是，这些抽象与哲学不同，它们绝不提供可以适用于各个历史时代的药方或公式"①。作为人类特殊的"实践—精神"方式把握世界的审美活动不仅是历史性的存在，同时也是构成奔流不息的历史长河的一个重要组成部分，它总是存在于由政治、经济、文化、法律等构成的一定的、具体的现实社会生活之中，人类社会实践活动的主体、客体以及主客体之间形成的特定对象性关系都是历史性的客观存在。审美活动是人类特有的实践方式，而作为审美实践主体的人又是一定历史时期的具体社会关系总和的人，审美主义所追求的那种能够超越其赖以生存的客观现实的所谓永恒的、抽象的审美精神的存在必然是虚缈的。同样，审美也不可能是超越具体的社会实践的精神本体的自我运行，那种试图为文艺找到一个亘古不变的永恒的审美精神的愿望与做法只能是缘木求鱼。

文艺与科学、政治、哲学、经济、文化、意识、权力、法律等皆为一定社会历史时期的产物和存在者，共同构成了历史长河，历史本身也并非拥有某种同质、恒定的演变程式，恰恰相反，历史发展历程却是由多元的、异质的诸因素的不断运动组成，文艺是"镶嵌"在历史语境之上的与政治、经济、信仰、文化等方面共同构成了"历史"。文艺也并非是一个"超历史性"的审美存在，既难以超越当时的社会历史而独立存在，也难以奢望一劳永逸地发现某个永恒不变的"审美标准"来衡量、评价文艺；那种试图为文艺理论找到一个超越、甚至独立于人类社会具体历史制约的、尤其是当代中国社会发展实际的所谓"超审美"的学科学术本位，并将这种预先设定的"超然性""独立性"视作衡量文艺与学术真伪与优劣标尺的做法，其实质是抽空审美的具体历史内涵，不顾人类社会历史，抹平了不同时代、不同经济结构和社会制度下的文学艺术之间的相互区别，将审美活动界定为纯粹的、孤立的精神界的自我运动、自我发展的活动，认为审美自由是一种从必然中提升而出的、纯粹的、不受任何限制的自由。以此为基础建构的文艺理论消解了当前我国现代化建设的理论与实践所提供的时代精神，颠倒了文艺及其理论产生和发展的源与流的关系，由

---

① 《马克思恩格斯选集》第1卷，人民出版社1995年版，第73—74页。

于脱离现实社会历史，疏离乃至摆脱社会中心话语对其的统摄性，从而回避了当代社会现实要求文艺理论应该也必须回答的一系列理论问题，也背离了社会实践是最终判定学术研究真伪与正误的唯一标准的基本原则。①

三、人学问题误区②

近年来文艺研究中的另一种新教条主义倾向是对人性的界定，这突出表现为两个方面：一是将人的本质局限于感性欲望，尤其是感官肤觉，二是将人抽空为某种精神化、符号化的抽象人性的躯壳。上述两种倾向在"矫枉"过去对人的单一化界定的教条主义局限的同时，又"过正"地陷入新的绝对化的教条主义极端。前者，无论是文艺理论研究还是文艺创作实践都存在过度张扬人的感性欲望、生物本能的倾向，并以此作为人的"本真"的诗意存在而忽视人之为人的社会性、精神性的本质的倾向；后者，将人性的丰富而具体的内涵抽空为永恒的精神符号，全然不顾具体社会历史对人之存在的客观制约。二者失误的共同之处在于片面地、教条化地凸显人之某方面特性，将人的自然性、社会性和精神性的辩证统一予以割裂。

在谈到人的类的本质时，马克思说："一个种的全部特性、种的类特性就在于生命活动的性质。"③ 人的本质必然蕴涵于人的生命活动形式——人的存在方式中，因此，人类社会实践是人的生命活动的形式，即人的存在方式。人的类特征的丰富性与多层次性的统一恰恰在人类社会实践中得以现实生成与充分展现，人的全部丰富性内涵通过人类的社会实践的主体与客体对象之间构成的不同关系体系而得以存在与呈现。正是在实践中，人由自然存在物通过对象化过程转化为社会的、有意识的、能动的、具有主体性的类的存在物，并且，作为人的存在方式的实践使主体的人与客体的世界在互为条件、互为前提、互相影响、互相促进中，不断相应地提高到一个新的水平。正是在这个主客体之间互动建构的过程中，人的本质得到不断完善与发展，人的自然性、社会性与精神性相统一的完整的概念展现在我们面前。

---

① 参见马龙潜：《方法论意识和问题化意识》，《甘肃社会科学》2002年第4期。
② 此问题内容的详细阐述参见第七章第三部分，本部分内容作为问题提出的概述。
③ 《马克思恩格斯全集》第42卷，人民出版社1979年版，第96页。

物质生产活动构成了人类社会实践的基础层面，由此生成了人与自然、人与社会的多重复合关系结构并通过这种多重复合关系结构显示出人的内在规定的多样性统一与不同层面的复杂特征。物质生产实践活动是人与自然之间进行的物质交换活动，是人类生命维系与传承之最基本、最前提的条件，它确定了人与自然的对象性关系，使人由自然、自在的存在物转化为具有主体性的有意识的、有别于自然原生态的类的存在物；在人与自然的物质交换过程中还萌生了人与人之间的交换活动，形成了人类的社会关系，从而使人类成为社会性的存在物。人与人之间的社会关系依赖于人与自然关系，同时，人与人之间的社会关系又制约着人与自然的关系；在物质生产实践不断提高的基础上，人类的精神文化活动实践逐步发展并丰富起来。由此可见，正是通过社会实践这一人的基本存在方式，表现出人的自然性、社会性和精神性的不同层面的丰富性与多样性相统一的特征，如果我们仅仅以人的自然属性、生物属性界定人的本质，或者单纯以人的社会性或精神性对人进行厘定，或者只看到人的感性、生物性的一面而忽视人的理性、精神性的存在的特征，或者相反，等等，这些对人的本质特征的片面、静止、孤立的界定都偏离了人的应有内涵。

就上述第一种倾向而言，仅仅强调人的感官欲望为人的基本特征而漠视人的理性、社会性维度，虽然这对于"文革"时期片面强调人的理性、政治性弊端具有纠偏意义，但同时又极易滑向新的教条主义。客观地说，以往文艺研究中的确存在对待人性问题有压抑人的感性欲望而只强调人的社会理性的不足，由此导致人物性格的扁平化，因此，恢复人的感性维度，为人的七情六欲正名，对全面而深刻把握人性问题具有不容置疑的作用。但是，我们不能用一种极端反驳另一种极端，当我们摒弃理性、社会性对人的重要作用和意义而单纯沉溺于对感性欲望享乐的书写时，这种只将感官的、个人化的人性"大写、特写"的文艺观是难以科学、正确、全面地揭示人的本质规定性的，这种"要以肉体为准绳"的理论将人的感官欲望奉为至高无上的人的本质，认为感官胜于精神——"身体乃是比陈旧的'灵魂'更令人惊异的思想"，因此，"相信肉体都胜似相信我们无比实在的产业和最可靠的存在"[①]，如此极端化的感性至上、感官膜拜的观念必

[①] 朱立元：《现代西方美学史》，文艺出版社1983年版，第114页。

然导致沉沦于对人之肉体欲望的精雕细刻，于是，原本的感性与理性、生理与心理、肉体与精神、动物性与社会性等诸多因素相统一的"身体"被机械地割裂，后者无情地受到压抑甚至被消解，取而代之的是对前者的过度张扬乃至无限放大为人性的全部，"身体"已经成为人的原始本能的动物性、生物性、肌肤欲望的代名词，人的理性、社会性被屏蔽了，人活动的一切目的、内驱力变成了情欲，仿佛只有感性、只有身体感官才是人的正常人性的表现，而理性、社会性似乎都异化为人性的桎梏、枷锁，于是，社会性、精神性的存在必然被悬置于人的本质之外。

纵观人类发展史，实质就是人类通过实践活动不断改造客观世界与改造主体自身的历史，两者互为条件、互为前提。从客体视角看，前者推动了人类社会物质文明的提高，从主体角度讲，后者提升人类精神文明；从历时态看，人类社会的文明史也就是主体意识体系不断走向和谐发展的过程，人的理性与感性是不容剥离的，感性与理性交互渗透、作用，理性中带有感性色彩而避免枯燥、乏味，感性融入理性规范，因此，任何试图压抑感性或者摒弃理性的观念与做法，由于背离人的全面和谐的意识体系建构的规律而注定失败，没有理性制约的感性极易滑向危险的边缘，荡然无存，福柯的名句依然具有警示作用——纯粹的完全的快乐是同死亡联系在一起的。所以说，人的本质特征绝不是那些沉溺于动物性、自然性、感性欲望的人的本能层面的快感。

就上述第二种倾向讲，持论者视不同历史时期社会现实的差异性于不见，试图探究某种放之四海而皆准的能够超越不同历史时期时代精神、社会政治、法律、经济、民俗、文化等具体状况的符号化的永恒存在的所谓"人性"，他们高举"人文精神"大旗将各个社会时期的历史痕迹抹平，尤其是对改革开放以来中国的巨大变革事实与朝气蓬勃、与时俱进的时代精神熟视无睹，将有血有肉的活生生的富有多维内涵的客观存在的人抽空为苍白的、凝固的、空洞的某种精神的符号躯壳，将当代中国的时代精神天马行空地置换为所谓人文精神，将作为社会关系总和的立体的多面性的人的本质规定浓缩为纯粹精神象征的符号——人性，并以此骄傲地宣称获得了文艺的某种"真谛"。

"文学是人学"命题的深刻含义在于它揭示出人与包括文学在内的一切文艺活动的鱼水关系，人不仅是文艺活动的主体，同时，还是文艺反映与表现的核心，即使写景写物的作品不过也是"借景抒情、咏物言志"，文艺关注的仍是人和人的精神世界。人类历史发展轨迹有力印证了不同社会时代以及不同历史时期的人的存在的状况汇成了奔流不息的历史长河这一事实。一方面，人的本质特征现实地生成和存在于各个不同历史时期中，一方面又在潜移默化中与社会历史的变迁发生着微妙的转变。不同时代的社会生活是绚丽多彩的，处于不同历史形态的社会关系中的人的本质规定性的具体内涵具有历史性的差异，其具体存在的形态也会千姿百态。马克思主义正确揭示人的本质的丰富性，克服了以往哲学对人学问题研究从抽象的人性出发的局限性，摒弃那些先验的、超验的、抽象的哲学体系，以客观现实的人作为切入点，在历史发展的动态过程中科学而深刻地揭示出人的本质是在人类生产实践活动中具体地、现实地、动态地存在和展现给我们的作为历史的产物与历史性存在的自然性、社会性与精神相统一的完整的人的内涵，而非像某些理论宣扬的那种抽象化、符号化的人性或人文精神，更不是某种抽象的、凝固的、永恒不变的人的"类本质"。相反，人总是处于特定的自然环境和社会环境构成的历史时空，并在其中生存与活动，人的社会关系的历史性、现实性、具体性和复杂性就注定了现实世界对人的各种限定、制约的客观性和多维性，现实的人的本质就是多维社会规定性的辩证统一。

某些理论所孜孜追寻的精神的、具有超越性的抽象人性在现实世界中是难以存在的。人的社会实践是有意识的、能动的活动，既受动于特定社会客观条件，同时又受动于主体自身客体的制约，作为历史性存在而程度不同地作用于社会历史。人的自然性、社会性和精神性的诸方面有机融合在一起而不能孤立、分割——自然性是人之存在的先在物质依存，是社会性、精神性的物质生理前提和基础，人的存在首先表现为自然性："人直接地是自然存在物。人作为自然存在物，而且作为有生命的自然存在物，一方面具有自然力、生命力，是能动的自然存在物；这些力量作为天赋和才能、作为欲望存在于人身上"；主体是受制于客观世界，"作为自然的、肉体的、感性的、对象性的存在物，和动植物一样，是受动的、受制约的和受限制的存在物"[①]，毫不夸张地说，人的社会性、精神性所表现出的主

---

① 《马克思恩格斯全集》第42卷，人民出版社1979年版，第167页。

动性其实是依赖于作为受动性的自然性，因此，马克思主义坚持认为受动性是能动性的基础。人在社会实践中形成一定的生产关系，"生产关系总和起来就构成所谓社会关系，构成所谓社会，并且是构成一个处于一定历史发展阶段上的社会，具有独特的特征的社会。……每一个生产关系的总和同时又标志着人类历史发展中的一个特殊的阶段"①，所以，生存于特定社会关系中的具体的、现实的、社会的人的存在必然是这一特殊阶段的产物，离开社会关系是无法揭示和阐释人性问题的，"人不是抽象的蛰居于世界之外的存在物。人就是人的世界，就是国家，社会"②。因此，自然性、社会性与精神性相统一的人不是被抽空具体丰富内涵的抽象的象征性、符号性的存在。

我们不难发现，近年这种抽象的人性论是有其历史渊源的，它与当初恩格斯所深刻批评的费尔巴哈机械唯物主义的局限性有惊人的相似处，那就是，由于不能正确理解、科学把握社会实践与人的存在之间的密切关系，更多的是从客体的角度去把握"对象、现实、感性"，将人的"生活"简单地等同于满足人生存的生理需求，而没有把人当作在生存并活动于特定历史条件下的现实的、具体的人去审视，对人的理解也就忽视人之存在的历史性维度而得出抽象的、直观的所谓人的"类"本质。由于这种历史方法非但没有以现实的具体联系为视角，反而以思辨的抽象的联系来替代，以空洞的、先验的人性笼统地置换了各个具体社会历史的现实人的特殊性，以横跨时空的所谓的"人文精神"代替了各个历史阶段的鲜明的时代色彩，可是，"这种必然性、普遍性范畴一方面缺乏现实的、具体的依据，因而缺少丰富的规定性；另一方面，又使一般脱离个别，把来自个别的一般规律抽象为实体，再进一步把实体理解为主体，理解为内部的过程，理解为绝对的人格。从而，普遍的必然的东西成了凝固不变的模式或公式，并用来剪裁历史材料"③，这就是其理论的失误所在。

无论是将人的本质归结为人的感性的、生物的自然性特征，还是抽象为某种超时空的"人性""人文精神"的观点，其失误的共同特点在于不是从实践的角度研究人，而是将自然与精神对立，然后孤立地从其一者中

---

① 《马克思恩格斯选集》第1卷，人民出版社1995年版，第345页。
② 《马克思恩格斯全集》第23卷，人民出版社1972年版，第1页。
③ 参见庄国雄等：《历史哲学》，复旦大学出版社2004年版，第14—16页。

获取结论,因此,在他们理论体系中的人与世界的关系不是辩证统一,而是分裂对立的。前者孤立地、静止地将自然看作是本体,只能从自然客体的角度看待人与自然的关系,这时的人只是客体主宰下的被动的状态,人的主动性被遮蔽;与此相反,将人的本质内涵界定为某种神秘精神性的论点在对待人与自然关系时,把精神看作世界本体,于是,他们眼中的主体能动性就被抽象地无限放大,全然忽视了人的能动性发挥的基础和前提是受动性这一客观事实。尽管上述二者失误的表现形式不同,但他们的错误实质却是一致的,即割裂了人的自然性、社会性与精神性之间的辩证统一关系。

四、唯物史观与唯心史观之辩

在文艺研究的历史观方面,新教条主义倾向突出表现为由反驳以往的历史决定论而陷入历史相对主义和历史虚无主义的泥潭,从根本上抛弃了马克思主义唯物史观的统领。在此错误观念指导下的文艺研究,以"非历史"的方法审视历史,必然走向唯心史观。持论者彪炳克罗齐"一切真历史都是当代史"的大旗,怀疑历史、解构历史、重释历史,但这一切努力不是建立于翔实的史实、史料基础之上,而是仅凭主观的、个性化的"大胆"臆测,于是,传统的社会道德价值体系被解构,经典历史文本与历史人物备受嘲弄,历史史实成为任人"打扮的小姑娘"和随意言说的"玩物","宏大历史"被肢解为众多的"小历史(们)",中心话语被边缘化,各种非主流意识被凸显。马克思主义文艺观一贯坚持的"美学的与史学的"观点被片面化、教条化地只剩下所谓"审美"的视角。具体到近年文艺研究现状,正如有学者深刻指出的:将历史人物"人性化",将历史事件"叙事化"。有的强调抒写、表现文艺主体对历史人物、历史事件的个体感受和主体情感倾向,宣扬要充分展现个性情怀、发挥主观创造性,漠视、遮蔽固有的社会规范与道德伦理体系,全面解构已有的被人们广泛认可的"历史教科书"观点,他们视不同历史时期的时代精神和具体社会状况的本质区别而不见,抽空历史丰富、具体内涵而虚构一个能够超越时空差异的放之四海而皆准的"主观历史";在历史人物形象刻画上则是不顾各个历史时代具体社会关系的不同而去追寻塑造抽象的"人性",并为歌颂如此"人性"品格而不惜重造历史、移花接木地打造个人心中的、主观的所谓"英雄形象"。

当人们质疑历史决定论时,常常误将此与马克思主义的历史唯物主义画上等号而一并予以摒弃,从而使文艺研究失去了唯物史观这一强有力的思想武器。马克思主义的历史唯物主义与旧历史主义的历史决定论有着本质的区别。我们应该扬弃的历史决定论是19世纪科学主义笼罩下的产物,是客观论历史观——认为历史学家的任务就是把握、揭示客观存在的历史事实,因为他们坚信通过对这一作为整体而存在的客观史实的把握,就可以准确还原历史本质和历史本来面目,由此便会揭示历史史实的意义,预测未来发展方向,于是,试图阐述历史发展模式和规律的某种终极的历史著作就会应运而生。我们所强调的"史学的观点"是指历史唯物主义,是作为方法论意义的历史方法——把事物当作"过程"而不是当作"实体"来理解的辩证思维方法①。

历史决定论有其自身难以克服的局限性,新史学理论的诞生具有积极的纠偏意义。如果说前者的研究存在"目中无人"的缺陷,忽视历史研究中的主观方面因素影响的话,那么后者中主体的"人"却是伟岸而立,甚至是主宰历史的决定性因素。然而,这种极端宣扬历史研究的主观性、相对性,一味地强调"历史的文本性"特征的做法,其实质是简单地将历史等同于文本。固然,由于时代的变迁和时空上的差距,历史不会为我们"昨日重现",我们更不会亲身经历那些业已逝去的历史事件、接触那些已做古的历史人物,我们要了解历史、研究历史,记载历史的"文本"或许就成为最便捷、有效的途径,即使我们亲自接触的考古新发现的文物,通常也以文本的形式阐释其含义或揭示其意义。美国历史学家卡尔·贝克尔曾说,"由于这些事件已不复存在,所以,史学家也不可能直接与事件本身打交道。他所能接触的仅仅是这一事件的有关记载。坚定地说来,他接触的不是事件,而是证明曾经发生过这一事实的有关记载。当我们真正严肃地考虑这些铁的事实的时候,我们所接触的仅是一份证实发生过某个事件的材料。因此就出现了一个很大的差距,即:已经消失了的、短暂的事件与一份证实那一事件的、保存下来的材料之间的差距。实际上,对我们来说,构成历史事实正是这个关于事实的证明。如果确实如此,历史事实

---

① 参见孙伯鍨:《作为方法的历史唯物主义》,《河南大学学报》2001年第3期。

就不是过去发生的事情,而是可以使人们想象地再现这一事件的一个象征。既然是象征,说它是冷酷的或铁一般的,就没有什么价值可言了。甚至评论它是真的或假的都是危险的,最安全的说法是这个象征或多或少是适当的"①;詹姆逊评述说:"历史并不是一个文本,因为从本质上说它是非叙事的、非再现性的;然而,还必须附加一个条件,历史只有以文本的形式才能接近我们,换言之,我们只有通过预先的文本化才能接近历史。"②

这种强调历史"文本性"的观点,实际上将历史研究的重心由客观史实移向了主观的"历史书写"——史实本身并不重要,关键是我们如何"书写",这正是当今新历史主义文艺思潮所彰炳的旗帜。然而,这其中却暗含一个逻辑误区,那就是在我们张扬历史书写的叙事性特征、凸显历史书写的意识形态性时,是否把历史史实与对历史史实进行书写、阐释的文本之间关系混淆了?我们并不否定,作为历史研究学科的"历史"不可能是对一个又一个孤立的历史事件进行简单的堆砌、叠加,而是依据某种理解方式将历史事件纳入一定叙述模式进行编排的文本,这就注定任何对历史意义的诠释都存在主观性的问题——这一点是任何人所无法回避的。不过,我们更应该正视这样一个问题:不管采用何种书写模式撰写的历史文本总是指向某个特定历史时期、特定历史事件或历史人物,他们的存在既是客观事实,又有其产生、存在的客观条件,对其意义的阐释也必然是以历史史实为准绳的,因此,任何历史文本绝不是阐释"虚无"的文本,也绝不是一个凭借主观想象就可以随意"虚构"的历史文本,更不能是主观臆断的天马行空式的牵强附会,否则,那样的历史研究、那样的历史文本是没有任何价值和任何意义的。不管"历史"这一概念的内涵可能或者正在发生着怎样的变化,甚至变的如何扑朔迷离,然而,历史书写永远指向那个曾经真正发生过、曾经的的确确存在过的对象——这是一个不容任何人质疑的铁定事实。我们每个人都应该敬畏历史、尊重历史,历史题材文艺应该给人以历史睿智感与历史厚重感,"留下了令人心惊不止、久久不去的历史意味。这里所说的历史感、历史意味,……它既是历史的,包含

---

① 卡尔·贝克尔:《不偏不倚和历史写作》,张文杰等编译:《现代西方历史哲学译文集》,上海译文出版社1984年版,第229页。

② 詹姆逊:《政治无意识》,中国社会科学出版社1999年版,第70页。

着我们民族昨天、过去的思想的积淀，同时又是发展的，包含着今天的反思与自我认知的意绪，这是我国的悠长历史传统与现代意识的反思融合而成的一种进取的历史精神"[1]，那种游戏历史、藐视历史的观念与做法必将显现出其浅薄与荒谬性。

近年的唯心史观持论者强调文艺要以"当代意识"重新诠释历史的观点也是难以立足的。不可否认，任何时代的人都会站在自己的特定时代去审视历史，我们当代人也是以自己所处的视野审视、阐释历史，必然印有深刻的当代意识与个人的主体意识。然而问题的关键是，这里的"当代意识"难道仅仅是一个时间范畴？其实不然。"当代"不仅仅是指时间，更指观念、意识的"先进性"，即站在时代的高度审视历史，运用历史唯物主义的观念与方法探究历史，即"历史地"看历史，也就是说，要在历史发展的动态过程中以发展的、普遍联系的观点分析历史，不仅要看到一定的历史结果，更要审视历史演变的原因、过程；对历史人物和历史事件的评价更要符合历史真实。生存于当代的人未必每个人就与生俱来地拥有了"当代"观念与"当代"意识，恰恰相反，有的"当代人"满脑子里充斥着"非当代"的诸如宗法意识、封建意识、皇权意识、特权意识、权谋主义，已与我们所生活的"当代"社会理念背道而驰。

我们也不反对历史题材文艺创作的"创新精神"。然而，历史的创新必须建立在对史实全面、详实的把握和分析的基础上，必须以历史事实为基准，更加准确、更加深刻地揭示历史的真实、历史精神。因此，尊重历史、敬畏历史是我们研究历史题材文艺的坚实的基石和逻辑起点。近年历史题材文艺创作的那种截取某段历史而天马行空式地凭借主观臆断任意"戏说"、虚构、杜撰、"重写"历史而又置历史事实于不顾的观念与做法是不可取的。社会历史发展的长河是一个连续不断的有机整体，任何人无法割断历史，也绝不可能将某一特定的历史时期从其所处的历史环节中完全孤立出来。因此，那种断章取义式地对某一历史阶段的把握，可能是片面的甚至是错误的，没有具体历史的参照，我们甚至很难判断这一历史时期或者其中的某一人物、事件的是非与价值，如果一意孤行地仅仅依照个人的主观意识去杜撰历史、随意"改造"历史、"创造"历史，娱乐历史，

---

[1] 钱中文：《历史题材创作、史识与史观》，《文艺评论》2004年第3期。

拿历史做游戏，对历史肯定的人物竭尽调侃之能事，而对已有历史定论的反面人物却颠倒是非、混淆视听；或者有意回避历史中的宏大事件，对以国家意志和政治权力共同构筑起来的话语系统实施有效解构，将历史发展的主线索故意隐去，喧宾夺主式地凸现那些细枝末节，甚至热衷于对那些藏污纳垢内容的叙写，有意夸大非主流因素在历史进程中的推动作用，从抽象的历史决定论与历史成见中出发"还原"和"重构"历史，等等的这些做法，不仅是缺乏历史根基难以立足，而且这种忽视历史、漠视历史、蔑视历史，甚至颠覆历史的历史题材文艺创作必然表现出浅薄、狭隘、狂妄、刚愎自用的弊端。因此，面对文艺研究与创作中的种种歪曲历史、消解政治、解构经典、贬低崇高、戏谑正义、调侃人生、蔑视英雄、嘲笑正直、凸显情欲的做法和文艺批评中的抽空历史、牵强附会、随心所欲、玩世不恭、一叶障目、不见森林的现象，我们更应该回到马克思主义的唯物史观上，以"历史的观点"科学地予以审视。①

科学的方法论是真理探讨的必然选择，"不仅探讨的结果应当是合乎真理的，而且引向结果的途径也应当是合乎真理的。真理探讨本身应当是合乎真理的，合乎真理的探讨就是扩大了的真理"②。

---

① 参见杨杰：《历史的与美学的观点：当代文艺批评的科学武器》，《文艺理论研究》2008年第1期。
② 《马克思恩格斯全集》第1卷，人民出版社1995年版，第9页。

第七章　近年文艺研究中的若干问题辨析

新时期以来的文艺学研究已经走过近40年，当我们回首这变革巨大的历史阶段的同时，冷静反思其中发生过、甚至正在发生的一些值得关注的问题也是必不可少的，因为，正是这些问题的存在，影响甚至妨碍我国当前文艺理论科学体系的建构和健康发展。

第一节　审美现代性的中国化及其理论反思

伴随着世界范围的现代性走向审美现代性，中国文艺学理论界积极引进、借鉴其思想观念与研究方法并自觉地运用到学科理论建构中，这为新时期以来的文艺学研究注入了理论学养、扩展了探索视野、丰富了研究方法，弥补了以往研究过程中存在的不足，有力地推动了我国文艺学的不断深化发展与理论体系建构，具有积极的纠偏作用和建设性意义。但同时我们也应该清晰地认识到，由于现代性与审美现代性之间固有的纠结性、复杂性，使得审美现代性理论自身矛盾丛生，另一方面，中国学者们在借鉴其理论时存在矫枉过正的偏激，导致文艺学研究出现一定程度的值得注意的倾向。鉴于此，正确评价审美现代性的两面性以及当代中国文艺学研究中存在的将审美推向极致的理论偏颇，澄清认识、走出误区，从而使之沿着科学的轨道发展就成为历史赋予我们理论研究的任务。

一、现代性与审美现代性

西方历史发展进程的复杂性使得由现代性到审美现代性思潮嬗变的轨迹充满了纠结性，由此导致了西学东渐对中国学者影响的多维性，在积极推进新时期以来中国文艺学研究不断深化方面起到了以他山之石攻我之玉的借鉴作用的同时，其理论自身的局限性也不可避免地暴露出来并在一定程度上遮蔽了当代中国文艺学研究的科学方法的运用，导致理论研究的某些偏颇的出现。

现代性与审美现代性的关系充满了"剪不断理还乱"的纠结。在西方，作为时间维度范畴的"现代"是指古代、中世纪之后相延续的历史阶段，早期用于指称基督教官方的当下，以示有别于罗马异教的过去，后来被宽泛地认为是一种与古代性密切相关的时代意识，是历史变迁的结果，被视作一种线性不可逆的、无法阻止流逝的历史性时间意识①，也就是说，"现代"一词的含义已经伴随历史步伐而成为表述与过去失却的时代既联系又区别的经由过去走向未来的过渡过程中产生的一种共同的时代意识，其具体内涵充满了动态特征，因为"现代"是一个相对概念，如"过去"与"现代"只是相对意义上讲的，今天的"现代"是针对昨天或之前的"过去"而言才能称作"现代"，而当以"明天"为参照时，"现代"只能成为"过去"，由此又产生了新的"现代"。

"现代性"是一个时间/历史范畴——特指独一无二的历史现实性中对于现实的体验和理解，是对历史进步的信仰②，这一范畴是在文艺复兴及其之后的包括启蒙运动在内的系列思想运动中逐步得以确立的。学者们通常以"星丛"等词语形容其含义的复杂性、多义性，但都大体认同以理性、主体等核心范畴作为其基本特征的概括，视之为科学技术进步、工业革命和资本主义带来的全面经济社会变化的产物，是全方位的对"现代"社会的把握，包括从经济基础到上层建筑的方方面面，尤其凸显某一"现代"时期的精神意识层面的思想观念、文化特性的总体含义，具体表现为：相信科学技术造福人类的可能性，对理性的崇拜，在抽象人文主义框架中得到界定的自由理想，以及实用主义和崇拜行动与成功的定向③。

审美现代性脱胎于现代性又有别于现代性，至于它们之间的辩证关系如何，在不同的学者观念中见仁见智。作为极力维护现代性合法地位的哈

---

① ［美］马泰·卡林内斯库著，顾爱斌、李瑞华译：《现代性的五副面孔》，商务印书馆2002年版，第18—19页。
② ［美］马泰·卡林内斯库著，顾爱斌、李瑞华译：《现代性的五副面孔》，商务印书馆2002年版，第336页。
③ ［美］马泰·卡林内斯库著，顾爱斌、李瑞华译：《现代性的五副面孔》，商务印书馆2002年版，第48页。

贝马斯认为审美现代性是现代性的维护者。在他看来，现代性与西方社会的分化密切相关，人文主义、启蒙运动使得西方社会结构发生了转型，尤其是意识形态领域出现了分化，"从这些古老的世界观中遗留下来的问题已被人安排分类以列入有效性的特殊方面：当作知识问题，公正性与道德问题，以及趣味问题来处理。科学语言、道德理论、法理学以及艺术的生产与批评都依次被人们专门设立起来。人们能够使得文化的每一个领域符合文化的职业而文化领域内的问题成为特殊专家的关注对象"①。他坚信，审美现代性具有修正、完善现代性之功能，也就是说，审美现代性相对于现代性实际上充当了现代性自我调节和自我修复的角色，被认为能够完成拯救现代性于危难之中的历史重任。审美现代性试图针对现代性暴露出来的种种缺陷和危机提出拯救策略和措施，它通过对现代性的调整、修补来实现现代性的自我确证与自我完善，以此表明现代性具有持续活力，因此，审美现代性不过是现代性自我完善、自我修正的机制，其实质仍然是对现代性的肯定。与哈贝马斯观点相左，马克斯·韦伯等学者则认为审美现代性是现代性的否定性力量。韦伯以"现代性的铁笼子"概括现代性的弊端，他认为现代性导致现代合理化与社会制度的官僚化，已经使社会异化为"铁笼"，现代性的基本特点是理性化，但并非所有的理性都能得到张扬，价值理性与实质理性受到了来自工具理性和形式理性的压抑；卡林内斯库认为现代性已经造成资本主义社会深刻的危机意识，"历来启蒙的目的都是使人们摆脱恐惧，成为主人。但是完全受到启蒙的世界却充满了巨大的不幸"②，现代性几乎到了不可救药的地步，审美现代性与现代性发生了无法弥合的裂变。可见，在卡林内斯库等人的理论视野中的审美现代性是迥异于现代性并成为其否定性力量的。同时，审美现代性自身又充满悖论，它"被理解成一个包含了三重辩证对立的危机概念：审美现代性对立于传统；对立于资产阶级文明（及其理性、功利、进步理想）的现代性；对立于自身。"③ 通常，审美现代性被认为是文化现代性的一个方面，

---

① ［德］哈贝马斯：《论现代性》，王岳川、尚水译，《后现代主义文化与美学》，北京大学出版社 1992 年版，第 16 页。
② ［德］霍克海默、阿多诺著，洪佩郁、蔺月峰译：《启蒙辩证法》，重庆出版社 1990 年版，第 1 页。
③ ［美］马泰·卡林内斯库著，顾爱斌、李瑞华译：《现代性的五副面孔》，商务印书馆 2002 年版，第 16—17 页。

而文化现代性与社会现代性两者共同构成了现代性,这种本源同根性关系自然就决定了它们之间既矛盾对立又辩证统一的复杂性。审美现代性诞生于现代性之中,但又超越现代性,一方面,它的产生与存在必须依赖于现代性,另一方面,它又游离甚至否定了现代性的基本原则,其关系之微妙恰恰在于似与不似之间。说它"似",是因为审美现代性植根于现代性之中,自然就会与现代性有着千丝万缕的渊源,以至于如果脱离与现代性的关系,审美现代性由于失去产生的基础而将不复存在,也就是说,若没有对现代性的界定,根本就无从谈起审美现代性中的"现代性";说它"不似",是因为审美现代性对现代性的理论假设和现实结论均提出颠覆性的质疑,尤其是现代性的立论之本——"理性"更是予以否定,它旗帜鲜明地主张恢复人的感性以解构理性统治下的社会现实。审美现代性既处身于现代性的内部又置身于现代性的外部,对现代性采取一种相异性的立场,从而达到否定、超越现代性的目的。它从否定现代性的最基本的理性开始,来达到其以感性置换理性霸权地位之目的。审美现代性对现代性的否定、超越工作又是凭借审美唤起人的感性以抗衡、制约理性才能得以实现,可是,审美的存在又依赖于现代性成果。于是,审美现代性难免又陷入重重的悖论之中,一方面,非审美不能达到解构理性之目的,而另一方面,用以宣扬感性的审美的存在与传播必定又建立在现代性所奠定的物质载体与现代传播手段基础之上;一方面,凭借审美张扬人的精神性以挽救现代性所导致的沉溺于"拜物教"的信仰危机,另一方面,所期望唤醒的人的"感性"不过又是对现代性社会所提供的物欲更强的享乐性与更大的依赖性。就这样,在审美现代性理论中往往出现卖矛又卖盾的既相互矛盾又令人费解的现象——既是对现代性认同又是反对,同时,反对恰恰又是认同,认同又成为反对,建构审美现代性理论的过程恰是解构其自身理论的策略实施的过程,越是强调自身理论的合理性,合理性就越是被解构为不合理;越是突出现代性的不合理,越是强调解构现代性,又恰恰是对现代性的建构和对解构本身的再建构,这又从反面证明了现代性具有合理性特征的不可动摇性。

尽管审美现代性在西方充满争议,但其鲜明的审美化的旗帜却还是充满了迷人耀眼的色彩。

二、审美现代性的中国化及其价值

新时期以来,西方审美现代性思潮在中国得到了积极的响应,文艺学研究中的审美主义倾向便是典型代表。客观地说,审美现代性思潮在推进我国文艺学研究的不断深化过程中起到不可忽视的作用,具有重要的理论价值和现实意义。

众所周知,我国的新时期文艺研究是沐浴在改革开放的春风之中与社会政治、经济、文化的全面拨乱反正一起走向快速发展之路的,是以政治、哲学观念的现代化转向与对以往"文革"中各种错误文艺观念和倾向的深刻反思、重新评价为起端,以马克思主义文论中国化、西方文论的介绍、借鉴与中国传统文论的现代化等不同学术资源的相互碰撞与整合,各种哲学思潮、文艺思想纷纷登场、交相更替为基本特征。纵观新时期以来的文艺思潮,无论是文艺"工具论"、人道主义与人性论,还是文艺的主体性、文艺的意识形态与审美属性等系列问题的探讨乃至是论争,其中都隐含着审美现代性思潮在中国激起的系列涟漪,甚至可以这样说,审美现代性成为新时期以来中国文艺学中的一个重要的思想线脉,或隐或现地在新时期的不同阶段以不同的话题、理论话语形式出现,其实质仍然是倡导、坚持文艺理论研究的审美化视角。就如同审美现代性冲击波在西方社会激起千层浪一般,其在中国文艺理论界造成的强烈反响同样也是不容忽视的,而且,我们对其发挥的有助于推进中国文论现代化进程的积极的具有建设性意义的作用必须予以充分的肯定。

新时期肇始,人们对"文革"中占据统治地位的"极左"文艺思想予以清理、反思,对文艺"工具论"的批评实质是对文艺与政治关系问题的重新认识与评价。由于20世纪以来的中国历史发展的特定情况,决定了文艺与社会政治的联系比较密切,甚至呈现为某种不断强化的态势。20世纪初,文艺高举"科学"与"民主"大旗与当时的社会政治潮流相吻合,有力地推动了半封建半殖民地的中国向现代文明的转型;之后的民族救亡运动更使文艺紧紧地与祖国的安危同命运、与人民的疾苦共呼吸;而新中国的诞生激发了人们讴歌社会主义和献身祖国建设的高涨热情,这时的文艺又唱响了时代的最强音;至"文革"时期,伴随"左倾"思潮的恶性膨胀和极端化发展,文艺的政治化倾向发展到极致,由"政治标准第一"演化为"政治标准唯一",文艺成为政治的御用工具和时代的"政治传声筒",文艺过度地偏向了政治性功能而相对忽视其他属性,文艺与政治的关系被极度扭曲,因此,对于这种极端化的偏颇予以反思和矫正就成为历史的必然。新时期的到来为铲除"文革"时期的文化专制主义和文艺极端政治化以及政治过多地干预文艺的不良机制提供了契机,思想解放、"双百"方针的倡导与"真理标准"大讨论又为文艺的多元化发展提供了精神支撑,营造了广阔的伸展空间,改革开放的国策为西方各种哲学思潮和文艺思想的西学东渐敞开了国门,审美现代性思潮与形式主义文论的涌入开启了新时期文艺研究的审美化模式,同时,在文艺创作实践中呈现出多元化的繁荣景象,审美消费主义、审美娱乐主义等也得到社会认可而得以生存发展。在这种历史背景下,文艺研究的现代化就成为整个改革开放后的中国社会主义现代化的一个有机组成部分而加入到滚滚历史洪流之中。一方面,学者们注重文艺研究的审美属性维度的探讨,将以往文艺研究中对文艺与社会历史关系的"外部研究"的关注转向对文艺自身的"内部研究",认为以往的文艺研究的政治工具性遮蔽了审美性特征的探讨,文艺之所以成为文艺的关键在于"审美性",因此应该回归文艺本身——即审美性的探讨,而对"审美性"进行研究的一个极为重要的视角就是重点探讨文艺的审美特性;另一方面,审美现代性思潮的中国化使学者们关注到普通人的长期被压抑的感性特征与日常生活现状,将文艺与美学研究的触角伸向更为宽阔的社会生活的各个方面,甚至社会下层,在一定程度上拓展了我们的研究视野。可见,新时期以来的审美现代性思潮对于我国文艺学走出"文革"困境,凸显以往在某种程度上忽视的文艺的审美性特征并引起学界给予应有的关注方面起到积极的推动作用,我们应该予以充分的肯定。

就上述第一个方面讲,审美现代性思潮推进了我国文艺学研究的不断深化。新时期以来,审美现代性思潮主导下的文艺研究成为当代中国文艺学多元化格局中重要的一个组成部分,倡导文艺审美的独立性与自律性,将审美视作文艺的本质属性和最高标准,这在一定程度上为我国文艺学研究的不断深化起到有力的推进作用。这主要表现在以下几个方面:首先,科学地揭示了文艺的本质属性。以往我们在谈论文艺艺术的特征时常常引用别林斯基关于哲学与文艺区别的论述,将二者的差异仅仅看作是一个用"三段论"一个用"图画"的表现方式的不同,而没有真正把握文艺表现对象的属性与文艺活动主体特殊的本质力量以及二者之间形成的特有的对象性关系——审美关系——同主体与客体对象之间形成的其他对象性关系之间的根本性差异,没有认识到文艺是主体对客体的以"实践—精神"方式的把握,由此决定了文艺活动既不同于物质实践活动也有别于人类其他的精神活动;由于将文艺活动纳入了客体对象的审美属性同与客体属性相适应的人的审美本质力量之间构成的审美关系的研究视野观照,我们就不难发现以往文艺研究中将文艺的本质简单地定位于客观论、再现论或主观论、表现论的观点都是片面的,文艺的本质属性既不是由单纯的客体方面也不是单一的主体方面所能决定的,而由审美主客体之间形成的审美关系所决定,文艺是作为人的审美活动方式而存在的,是审美反映与审美建构的统一。其次,深化了对文艺审美特征的研究。自新中国成立后,受苏联文艺理论的影响,我们的文艺研究一直比较关注文艺与社会关系的探讨,而对文艺自身规律、特征的研究相对比较薄弱,即使是对文艺与社会关系方面的研究也存在将马克思主义哲学简单、生硬地套用在文艺活动上并取代具体学科研究方法的弊端。例如,用马克思主义哲学的唯物论、反映论直接搬到文艺研究中便造成了过于笼统地得出"现实生活是文艺的源泉,文艺是对现实生活的能动反映"的比较空泛的结论的一个主要原因就是不能辩证地对待作为哲学层面上的方法论与作为具体学科的文艺理论研究的方法之间的联系与区别。至于文艺是如何反映现实生活、文艺主体在这一活动中的心理机制是什么等中介环节等问题则言语不详或失之泛化,没有真正深入文艺活动的具体内部中研究。再次,彰显了文艺研究的审美视角的方法论价值和意义。"美学的观点与史学的观点"的统一作为文艺研究的科学方法论一直是马克思主义文艺学所坚持的一项基本原则,但是"文革"期间的"极左"政治思潮使得文艺研究中的"美学的观点"被忽视,即使"美"本身也被视作低级趣味,文艺哪还敢谈"美"的问题?只能沦落为"政治宣传的驯服工具",文艺活动也只能以社会政治功用为出发点和目的。而审美视角的重新确立与再度凸显不仅为文艺理论恢复了固有的研究途径与方法,而且也为文艺创作实践追求美的形式鸣锣开道,提供强有力的理论支撑。

就上述第二个方面讲,由于审美现代性是针对启蒙现代性产生的负面作用而提出,而启蒙现代性带来的弊端就是工具理性至上成为霸权,认为科学技术在极大提高社会生产力，大幅度提升人们物质消费水平的同时造成了人的异化与精神家园的丧失，由此对人的感性和人的丰富性构成压抑，人的价值观发生动摇，信仰危机产生。丹尼尔·贝尔是这样揭示现代性的："传统的现代主义试图以美学对生活的证明来代替宗教或道德；不但创造艺术，还要真正成为艺术——仅仅这一点即为人超越自我的努力提供了意义。但是回到艺术本身来看，就像尼采明显表露的那样，这种寻找自我根源的努力使现代主义的追求脱离了艺术，走向心理：即不是为了作品而是为了作者，放弃了客体而注重心态。"① 以浪漫主义为起始的审美现代性崇尚自然与情感的鲜明旗帜奠定了之后不同时期审美现代性的主要思想线脉。他们试图通过感性与非理性对抗现代性的各种弊端，以此塑造感性获得解放的完整的人。受审美现代性思潮的影响，国内学者也以"美学最初含义是感性学"为依据而极力推崇审美对人的感性的唤起与张扬，并将审美上升到本体论层面宣称审美就是人的"诗意存在"，是人生的终极目标，以此形成了存在论美学和超越美学等理论观点，有的学者倡导"审美的日常生活化"与"日常生活的审美化"，主张文艺学、美学学科边界外展，这种关注现实社会和世俗人生态度的初衷值得欣赏，同时，这也为文艺学、美学理论研究增强了实践性品格，在一定程度上拓展了我们理论研究的视野。

三、审美现代性中国化的局限性

审美现代性思潮对新时期以来中国文艺学的影响是双重的，一方面它起到积极推进的作用，同时，其自身固有的矛盾性与中国学者理解的片面化、运用的极端化导致明显的负面效应出现，对此我们也不能忽视。

首先表现为片面地张扬人的感性而在某种程度上又将感性与理性相对立，实质走向与片面宣扬理性相反的另一个极端，由于导致人性的分化而最终使其理论自身走向衰败。正如审美现代性思潮对个性与情感极度推崇，将其视作大自然的恩赐，由此否定现代社会对人性的摧残、对个性的压抑和对自由的束缚一样，他们坚信审美与感性密不可分，譬如，尼采就认为，审美状态仅仅出现在那些能够使肉体的活力横溢的天性之中，感性

---

① ［美］丹尼尔·贝尔：《资本主义的文化矛盾》，三联书店1992年版，第98页。

是绝对优先于理性的，因为身体乃是比陈旧的"灵魂"更令人惊异的思想，因此，无论在什么时代，相信我们的肉体要胜似相信我们的精神；有人甚至宣称"我不关心看不见的一切，只关心我能闻、能尝、能触、能刺激我全部感官的一切"①。有的学者甚至认为身体快感是抗衡文化意识形态的支撑点，因为，作为大自然赋予的身体是非文化的，它可以与意识形态划清界限。可见，审美现代性以对身体感性的高扬来置换理性的独裁。

审美现代性思潮所宣扬的非理性主义以及在一定程度上对科学技术与理性的反思甚至贬低都是与现阶段中国的实际国情相抵牾的，其潜在危害性不容忽视。西方有着崇尚理性的悠久历史，从欧洲文明的摇篮古希腊时代就高举理性大旗，文艺复兴时代的人文主义将理性提升到与神性分庭抗礼的高度，一直到德国古典美学时期理性都占据社会主流，"人是理性的动物""知识就是力量"等标志性命题便是极好的印证，西方现代性在张扬理性、塑造人的理性素质方面功不可没。西方的这种历史进程，尤其是现代性的广泛传播使得理性已经深入人心，科学精神成为人的全面素质中的重要组成部分，理性规范成为社会管理、运行的机制。然而，中国的历史与现阶段的国情与西方社会有着较大的差异。由于中国自古代就以伦理学见长，重视人文精神的张扬，自然科学的进步相对滞后，科学精神相比人文精神的发展不够均衡，此外，中国长期处于封建、半封建的社会形态，封建专制、宗法制、家长制一言堂等封建意识更是根深蒂固，严谨的科学精神既没有在社会上蔚然成风，也没能在个体意识中扎根，而人文精神中"民主"意识又是欠缺的，对此状况，20世纪初的许多中国学者也清醒地认识到"近代欧洲之所以优越他族者，科学之兴，其功不在人权说下，若舟车之有两轮焉。今且日新月异，举凡一事之兴，一物之细，罔不诉之科学法规，以定得失从违，其效将使人间思想云为一尊理性"②，今天，科学精神与理性意识的培养依然任重而道远，中国的现代化是以人的现代化为基础和核心的，人的现代化又由和谐人格的培养、科学素质与人文素质相协调的综合素质教育、科学精神与人文精神的相统一的完善的意识体系的形成等诸多方面组成，因此，任何将人的感性与理性、肉体与精

---

① ［丹麦］勃兰兑斯：《十九世纪文艺主潮》（第2卷），人们文艺出版社1981年版，第75页。

② 陈独秀：《敬告青年》，《青年杂志》1915年第1期。

神、情感与意志、个体与社会等因素予以割裂乃至对立的观念与做法都是违背人类自身和谐发展与人类社会科学发展规律的，其结果必然因其片面性、局限性而导致式微，最终走向穷途末路而宣告退出历史舞台。

具体到新时期以来极力倡导审美性的理论倾向而言，其一味追捧感性的论点的片面性、局限性是非常明显的。人的感性与理性是难以分割的，人类社会嬗变的历史轨迹就呈现为人类在社会物质实践活动中建立起来并不断得以完善的人与现实世界的对象性关系，在这个历史进程中，人类在改造客体世界的同时也在完善、丰富主体自身，而且，改造客体世界与改造主体世界两者互为前提、互为条件，在双向建构的过程中都彼此相应地提高到一个新的水平。改造客体世界的结果呈现为物质文明的发展，改造主体自身的成果就是人类精神文明的提升，正是从这个视角和意义上讲，物质文明与精神文明犹如鸟之双翼、车之双轮一般难以割裂，必须协调发展。从社会实践主体改造的方面看，人类的历史就展现为主体的感性世界与理性世界的不断走向和谐发展的趋势，因此，无论是排斥理性还是压抑感性都违背人的和谐发展规律，即使是极力倡导非理性的叔本华也非常客观而深刻地揭示了理性对于人的重要意义，他认为，"在我们所有的一切表象中的主要区别即直观表象和抽象表象的区别。后者只构成表象的一个类，即概念。而概念在地球上只为人类所专有。这使人异于动物的能力，自来就被称为理性"[①]。叔本华的观点很值得那些片面宣扬感性至上者深思。作为一个完整的人，感性与理性的任何一方不仅不可缺失，而且还需要密切配合，只有理性潜在规范下的感性与充满鲜活感性色彩的理性的和谐统一才能够真正使得个体的人构建起完整的意识体系，才能成为和谐全面发展的人，才能够真正担当起中国社会主义现代化进程的历史重任，才能够在创造丰富的物质财富以满足人类自身生存物质条件的同时从事多彩的精神创造活动。没有理性制约的感性极易滑向危险的边缘。

其次，审美现代性反映到新时期以来的文艺学研究领域，同样也存在值得商榷的问题和亟待澄清的误区。西方审美现代性中国化的表现是审美主义理论倾向，尽管这一线脉自新时期至新世纪以不同话语形式和不同论点出现，其实质是很清晰的，那就是将审美性不断推进、渗透到文艺理论

---

① [德] 叔本华：《作为意志和表象的世界》，商务印书馆1982年版，第30页。

中并试图作为主导话语而引领中国文艺学的发展。正如有的学者归纳梳理的，新时期以来，有学者将马克思主义文艺批评的经典——美学的与史学的观点的统一范式抽象为"社会—政治"的范式而予以否定，取而代之的是由"政治"的范式转向"学术"的范式，由外部研究转向内部研究，与此相呼应，文艺研究的"政治化"倾向也就自然而然地转向了"审美化"研究模式，这使其进一步获得了貌似合法的地位，并将这种"审美性"上升为本体论意义上的人的"本真"的"诗意地栖居"，视作超然的具有普适性的永恒的人类精神，视作文艺创作的最高境界，视作文艺研究水平高低甄别的唯一标尺，甚至宣称上述的审美化的历程就是马克思主义文艺学中国化的进程，是中国学者对马克思主义文艺学的贡献。[①] 在这里暂且不加判定其理论是否就是马克思主义文艺学中国化的进程，抑或对马克思主义文艺学是否做出贡献，仅以文艺理论研究方法的科学性而言，其理论研究本身就存在可圈可点之处。

文艺作为人类以"实践—精神"方式掌握世界的精神活动而存在，世界、作者、文本、读者等众多因素构成了文艺的多重复合关系结构，这就决定了文艺活动与文艺研究的多面性和复杂性，因此，无论是以"政治—历史"的视角还是文化视角或者审美化视角对文艺进行研究，都可能在一定角度、一定层面、一定程度上揭示文艺的某个特征，都具有合理性与真理性的一面，但是，如果将某种研究视角或模式视作文艺的"唯一科学"的研究方法并将以此研究获得的结论无限放大为文艺的全部特征，那必将失之偏颇。杜夫海纳就曾总结说，科学的研究方法应该具有多学科、跨学科和超学科三个特点；伽达默尔也认为，文艺研究"它表达了进行理解的人必须要有卓越的宽广视界。获得这个视界，这总是意味着，我们学会了超出近在咫尺的东西去观看，但这不是为了避而不见这种东西，而是为了在一个更大的整体中按照一个更正确的尺度去更好地观看这种东西"[②]，因此，以方法论的视角审视，我们应该清醒地认识到每种研究方法都有自身内在的特点和适用范围，超出相应的研究对象和领域，这种研究方法可能

[①] 参见马龙潜：《新时期马克思主义文艺理论中国化进程的回顾和反思》，李志宏、金永兵主编：《站在新的历史起点上》，时代文艺出版社2008年版。

[②] [德]伽达默尔著，洪汉鼎译：《真理与方法》（上卷），上海译文出版社1999年版，第392页。

就会无能为力,由此得出的结论可能就会失之毫厘谬以千里。可见,文艺活动作为一个具有复杂结构的研究对象,单纯的美学的视角和方法与单纯的史学视角和方法只能是分解式、划界式的研究,它所能做到的仅仅不过是对文艺整体结构中的一个环节、一个侧面、一个阶段的界定,而缺乏整体性和框架性的宏观把握。审美化的研究模式同样也具有这个特点。

再次,审美现代性使审美自身陷入悖论。一方面,将审美上升为本体论,将审美看作是人"诗意栖居",将审美视为价值观、世界观和人生观,认为审美具有救赎的意义,是人格完美的提升,而且是人生追求的最高境界,以此抗衡理性霸权造成的价值缺失;另一方面,又大力讴歌感性,张扬身体感官享受,沉溺于日常消费文化和享乐文化所带来的感性愉悦,审美的精神超越性与救赎意义则在欲望的狂欢与宣泄中被消解,反而成为解构人的精神世界的利刃,"在表面的审美化中,一统天下的是最肤浅的审美价值;不计目的的快感、娱乐和享受"[1]。黑格尔理论中的具有令人解放、赋予主体自由意义上的审美,在审美现代性倡导者喧嚣中实质走向了感性化、情欲化、物欲化的感官刺激,由尊奉感性滑向膜拜感觉,最终沉沦于身体——不受任何理性约束的感官,由此使人又陷入对感性刺激的依赖,这与其所宣扬的审美可以重建精神家园的初衷可谓南辕北辙。以此观念为指引的文艺创作只不过从艺术中抽取了最肤浅的成分,美失去了它深邃的感人的精神内核,充其量游弋于肤浅的表层,更为严重的情况是将伟大的崇高置换为浅薄的滑稽[2],难以陶冶人的情操、净化人的心灵。

他山之石可以攻玉。当代中国视野中的审美现代性问题是一个值得关注和研究的话题,正确借鉴与科学运用对于建设中国当代形态的文艺学学科、不断深化文艺理论研究都具有积极的建设意义。

---

[1] [德]沃尔夫冈·维尔施著,陆扬、张岩冰译:《重构美学》,上海译文出版社2002年版,第6页。

[2] [德]沃尔夫冈·维尔施著,陆扬、张岩冰译:《重构美学》,上海译文出版社2002年版,第6页。

第二节 文艺研究的"审美化"理论模式的思考

伴随着西方文艺理论家惊世骇俗的"文学终结"论的抛出，我国的理论家也发出了中国文论"危机""失语症"的慨叹以示对文艺理论步入"山穷水复疑无路"窘境的认同，于是，学界忙于为文艺理论寻找出路，有的学者开出了"审美化"研究模式的一剂"良方"而另辟蹊径。然而，这又是怎样的一剂"药方"？它能否使当前文艺理论走出困境？

"审美化"研究模式对弥补我国以往文艺理论探讨中存在的单一的政治化研究模式的片面性具有一定的纠偏意义。如果说政治化的研究模式侧重文艺与外部社会关系的探讨，那么，审美化的研究视角则更为重视文艺的内在特性的研究，较为深入地揭示了文艺的诸如文本的结构层次、语言等问题，为我们全面而科学地把握文艺提供了一个有益的探索视角。文艺以审美方式对现实世界的建构性反映方式决定了以审美视角审视文艺是我们文艺研究中必不可少的维度和方面。

然而，近年来审美化的研究模式在实践过程中出现被一定程度"异化"的趋势，偏离了其应有发展轨道，这主要表现为两种值得我们思考的倾向：一是将审美提升到极致，演变为抽空其具体的、特定社会历史内在规定性的能够超越一切社会、历史现实的人类生存的具有极大普适性的恒定原则，并以此作为文艺研究的全部规定和最高原则加以规定；一是将审美范围无限拓展、泛化，将社会生活中的包括藏污纳垢在内的一切都不加区分地纳入审美的"箩筐"，消解"审美"与"非—审美"、文艺与非文艺的界限，实质上取消了文艺的存在价值。以上"审美化"研究模式的两种具有代表性的失误的实质在于假借"审美"之名而又抽空或置换了审美应有内涵，仅仅保留了"审美"范畴的"躯壳"，消解了审美应有之义，如此的研究观念、研究方法非但难以为文艺研究指明出路，反而可能将我们的文艺研究引入另一误区。

文艺，作为人类特有的社会实践活动方式之一审美活动的精神结晶是特定具体时代的存在者，必然与人、与人的实践对象——社会现实——结下了不解之缘，文艺活动中的世界、作家、作品、读者之间，以及文本自身的各个因素之间交互形成了不同层面、不同角度的错综复杂的立体网络结构，这个立体的网络结构又使文艺置身于不同的具体结构之中以不同方式展示自己诸多方面的面貌并赋予了文艺以不同层面、不同角度的质的规定性。因此，对文艺研究所形成的文艺理论就与文艺所处的这个复杂的结构整体赋予文艺的特质密切相关，这也决定了文艺研究的方法的多元性和视角的多样性，科学而正确地认识文艺、把握文艺的特点的前提就是我们必然采用综合、辩证的方法，如果仅仅采用某一个方法、从某一个视角、某一个层面或某一个部分去审视文艺，虽然可以揭示文艺的某一特点，但很可能出现"瞎子摸象"式的片面性，难以真正科学、全面地把握文艺的规律。文艺研究的历史也不止一次地印证了这一结论的正确性。

正如有的学者尖锐指出的[①]，以辩证思维的视野审视，我们的文艺研究若仅仅对研究对象进行静止的、部分的、孤立的探讨是远远不够的，还必须以运动的、联系的、发展的眼光将其置于所处的整体中研究，因为，前者不过是我们研究过程中的一个环节、一个部分、一个方面，是对对象的整体结构中的个别把握。如此看来，以往文艺理论发展过程中的人文主义或科学主义流派的研究模式都有其存在的合理性和理论研究的价值、意义，然而，其"真理性"仅仅是依据某一逻辑层面而言的，如果将之扩展到极端而成为该研究对象的全部规定就可能失之偏颇。同样，不论是文艺研究中的政治化研究模式还是审美化或者文化研究模式也具有上述的特点，如果将通过单一方法所得到的认识当作文艺的全部规定性而加以提升、界定并作为排斥其他研究模式的论据，难免失之偏颇。文艺的审美化研究模式虽然有其真理性的一面，在一定层面揭示了文艺的某方面特点，为我们进一步探讨文艺提供了新视角，然而，这不过是对文艺研究整体认识过程中的一个环节和步骤，缺少分解后的综合以及静止后的运动，如果将此研究模式无限扩展，很容易陷入"以一种极端驳斥另一种极端"的怪圈，所得到的关于文艺的规定也难免以偏概全。可见，审美的研究模式并不能替代其他的研究模式和方法而成为文艺研究的"灵丹妙药"。

况且，当前的审美化研究模式在某种程度上出现了偏差，背离了"审美"的应有之义，这是尤其值得关注的。"审美"活动总是存在于特定社

---

① 参见马龙潜：《方法论意识和问题化意识》，《甘肃社会科学》2002年第4期。

会、历史条件之下,无论是"审美"活动的主体,还是"审美"活动的对象,以及具体审美活动过程本身,都是特定的历史性存在者,既然审美活动是人类特有的实践方式,而人又是特定历史、具体社会境遇下生存的人,那么,根本不存在超越其存在现实的抽象的、永恒的审美精神。辩证思维方法的特点不是把事物仅仅看作事物,而是从过程中来把握事物,不是把事物看成一个实体,而是看成一个过程,不是以静止眼光看事物,而是在不断发展过程中加以审视,辩证法不承认任何超感觉的本体、绝对的东西,相反,认为一切所谓的本体都是可感知的,都是有始有终的,存在于历史之中。同样,审美也不可能是超越具体的社会实践的精神本体的自我运行。

历史问题作为人类本体存在的时间维度而充满神秘色彩。随着人类主体意识觉醒,当人们思考人类自身来龙去脉时,"历史"必然跃入我们的问题域中,我们试图通过对历史的探究来了解人类自己。于是,历史问题自然就被紧紧锁定于文艺活动之中,并不断通过文艺得以展现与揭示。

作为一种具有审美特质的历史存在和富有历史蕴涵的审美介质,文艺是人类实践活动方式之一,并构成历史长河而绵延不绝。因此,历史维度是我们文艺创作与文艺研究所难以也无法回避的轴线。同时,历史总是具体的,展现为某一特定的经济基础和社会意识形态的发展和演变,对待人类历史的一切抽象的、先验的、非历史的体系哲学终将被解构和颠覆,这正如马克思在《德意志意识形态》中系统表述的:"在思辨终止的地方,在现实生活面前,正是描述人们实践活动和实际发展过程的真正实证科学开始的地方。关于意识的空话将终止,它们一定会被真正的知识所代替。对现实的描绘会使独立的哲学失去生存环境,能够取而代之的充其量不过是从对人类历史发展的考察中抽象出来的最一般的结果的概括。这些抽象本身离开现实的历史就没有任何价值。它们只能对整理历史材料提供某些方便,指出历史资料的各个层次的顺序。但是,这些抽象与哲学不同,它们绝不提供可以适用于各个历史时代的药方或公式。"[①] 德国著名哲学家卡西尔也说:"我们不能以任何构成人的形而上学本质的内在原则来给人下定义,我们也不可能用可以靠经验的观察来确定的天生能力或本能来给人

---

① 《马克思恩格斯选集》第 1 卷,人民出版社 1995 年版,第 73—74 页。

下定义。……人类活动的体系，规定和划定了'人性'的圆周。语言、神话、宗教艺术、科学、历史，都是这个圆的组成部分和扇面。"① 可见，人与历史都有具体规定性，审美是人的活动，必然是社会现实的，这正如美国人论学家本尼迪克所言："从未有人以原始的眼光看过这个世界，他看到的这个世界，正是由一套明确的风俗、制度和思维方式改造过的世界……个体生活历史首先是由他的社会代代相传下来的生活模式和标准。从他出生之时，他生活于其中的风俗就在塑造着他的经验与行为，……其文化的习惯就是他的习惯，其文化的信仰就是他的信仰，其文化的不可能性亦就是他的不可能性。"② 对文艺的研究观念与方法应该是将文艺与其所在的特定历史时期的社会结构、意识形态以及其自身的产生条件、发展过程结合起来。

文艺不可能造就一个超历史的、永恒的、抽象的、观念的人性，也并非是一个"超历史性"的审美存在，不能独立于政治、经济、文化、社会而存在，也难以找到一个永恒的"审美标准"来规定它；相反，文艺文本不过是人类的各式各样文本中的普通一员，与哲学、宗教、法律、科学等文本并无二致，皆为特定历史时期的产物与存在者；同时，历史自身也并非具有一个同质、稳定的模式，可以作为"背景"来阐释一个时代的文艺，相反，历史是异质的、多元的、运动的，文艺是"镶嵌"在历史语境之上的与政治、经济、信仰、文化、意识、权力等方面共同构成了"历史"。

那种试图为文艺理论找到一个超脱于甚至独立于人类社会具体历史制约的、特别是当代中国社会发展实际的所谓"超审美"的学科学术本位，并将这种预先设定的"超然性""独立性"视作衡量文艺与学术真伪与优劣的标尺的做法，其实质是抽空审美的具体历史内涵，不顾人类社会历史，特别是当代中国社会发展的实际情况，抹平了不同时代、不同经济结构和社会制度下的文艺之间的相互区别，将审美活动界定为纯粹的、孤立的精神界的自我运动、自我发展的活动，认为审美自由是一种从必然中提升而出的、纯粹的、不受任何限制的自由的观念是无法立足的。以此为基

---

① ［德］恩斯特·卡西尔著，甘阳译：《人论》，上海译文出版社1985年版，第87页。
② ［美］本尼迪克：《文化模式》，华夏出版社1987年版，第2页。

础建构的文艺理论消解了当前我国现代化建设的理论与实践所提供的时代精神，颠倒了文艺及其理论产生和发展的源与流的关系，由于脱离现实社会历史，疏离乃至摆脱社会中心话语对其的统摄性，从而回避了当代社会现实要求文艺理论应该也必须回答的一系列理论问题，也背离了社会实践是最终判定学术研究的真伪与正误的唯一标准的基本原则[①]。

与远离社会现实而空谈抽象的超历史、超现实的"审美精神"的研究倾向不同，另一种具有代表性的倾向虽说关注现实社会，但是置换了"审美"应有的内涵，否认了美与真、善之间的内在辩证关系，认为现实生活中存在的一切就是审美，表面上看似乎将审美拓展到社会生活的各个角落，为文艺活动和文艺研究注入了新鲜血液，实际在深层逻辑上消解了"审美"与"非—审美"的界限，也就消解了审美存在的价值和意义，表现在文艺理论研究上，同样难以正确揭示文艺的规律。

真、善、美之间是辩证统一的关系。众所周知，马克思依据人的本质力量同与其本质力量相适应的客体属性所形成的特殊的对象性关系的不同，将人在社会实践中形成的对象性关系具体划分为三种——认识关系、伦理实践关系和审美关系，由此形成的人对现实的既相互联系又相互区别的三种基本的对象性关系，在对象方面表现为真、善、美，在主体方面则是科学意识、伦理意识和审美意识。

认识关系是客观世界的真与人所独有的本质力量——理智所构成的对象性关系，认识的目的是反映事物固有的规律和属性，表现为人类对"真"——客观规律的追求；伦理实践关系是价值关系，它是人对外部世界是否符合主体自身的需要所建立起来的一种利害功利关系，表现为人类对"善"的追求；真与善统一的美是客观的，表现在主体方面则是理智与意志统一的审美意识。理智反映客观真理，意志追求理想的善，审美情感则把握真与善统一的美。真与善统一的美所具有的特性决定了它必然成为与之对应的理智与意志相统一的审美情感的对象；也正是理智和意志统一的审美情感这一特殊的人的本质力量，决定了它只能在真与善相统一的"美"这个对象上得到肯定和证实。美固然不是真，但却以真为基础；从美与价值的关系看，美具有一定价值，审美关系的客体本身就具有价值

---

① 参见马龙潜：《方法论意识和问题化意识》，《甘肃社会科学》2002年第4期。

性。苏联美学家图加林诺夫认为，没有对社会或阶级以及人的需要和利益的关系，价值是不可思议的，而美是离不开对象与人的价值关系的，因而他说："漂亮、美绝不是自然现象的天然属性，也就是说，在脱离人的自然中没有美。"① 没有价值的尺度，要把握美是不可能的。审美感知和审美体验本质都具有某种价值评价的性质，审美趣味和审美理想就是价值评价的主观标准②。

因此，审美的内涵必然包含着"真"与"善"的因素，以此反思当前文艺理论的审美泛化研究倾向的弊端也就显而易见了。

有的学者倡导将审美、文艺研究的边界扩展到日常生活的方方面面，这种关注现实生活的精神是值得肯定和赞赏的。然而，日常生活并不是都在一个平面上，也有高雅、非高雅甚至低俗之别，难道那些低级趣味、腐朽堕落的观念与行为也是"美"？况且，同是人的需求也有高低之分，既有本能、生理的——如食色性也，也有高层次的——如个人价值的实现，难道审美之维应该放弃对人生美好精神的追求而沦落为对生理快感的迷恋？

有学者认为，伴随着后现代主义思潮的冲击，人们过去所熟知的那种"纯审美""无功利"式的"纯文艺"日渐沉寂和凋零，文艺已经走向日常平民化的凡俗生活，文艺成为现代工业经济下的大众文化，成为一种商业化的消费品，于是大胆地宣称，审美与日常生活之间的界限已经消失，审美存在于购物中心、酒吧、咖啡厅、美容中心，美不在虚无缥缈间，美就在女士婀娜的线条中，诗意就在楼盘销售的广告间，美渗透到衣食住行等社会生活的方方面面。不难看出，这里张扬的是人的快感而不是美感，满足的是人的感官而不是精神需求，对快感的顶礼膜拜悄然取代了对理性、神圣的追求，于是，"个人生活转变为闲暇，闲暇转变成为最细微的细节也受到管理的常规的程序，转变为棒球和电影、畅销书和收音机所带来的快感，这一切导致了内心生活的消失"③。当人们从过去专制主义对人性压抑的桎梏中挣扎出来时，又极易滑向另一个极端，这种过分凸显个

---

① 转引自斯托洛维奇：《审美价值的本质》，中国社会科学出版社1984年版，第20页。
② 参见马龙潜、杨杰：《知识经济与审美教育》，河南人民出版社2004年版，第173—176页。
③ ［德］霍克海默：《霍克海默集》，上海远东出版社1992年版，第424页。

性，仅仅停留在个体性的层次上的追求是肤浅的，充其量不过是自我解放与自我价值实现的呼声，难以奏响时代的最强音。"审美化"研究的持论者推崇的是个体的审美情趣，强调的是个体的文化立场，把审美完全视作纯粹的个人行为，对已有的社会价值体系进行颠覆，正如有的学者指出的，其结果要么否认社会规范、价值取向，要么陷入相对主义的旋涡而放弃价值判断，如果这种极端的个体主义得以无限膨胀，就如同装在麻袋中的一个又一个土豆，有朝一日突破了麻袋——社会价值规范的束缚，必将各奔东西，土崩离析。一个失去规范控制的社会宛如任意漂浮而失去航标的船只一样会陷入危险。

况且，这里张扬的不过是人的个性中的本能欲望，刺激的是人的生理本能和感官的享受，将审美的精神愉悦与感官愉悦的和谐统一的本质予以割裂，悬置对精神的追求而沉溺于"审美就是欲望的满足，就是感官的享乐，就是高潮的激动，就是眼球的美学"[①]。福柯的忠告——纯粹的完全的快乐是同死亡联系在一起的——对我们的警示是深刻的。

中国的现代社会生活果真像某些学者所幻想的鲜花烂漫般地被"审美化"了吗？社会生活中处处充溢着审美吗？审美化的日常生活就消平了人们日常生活的差异而使人们都诗意地栖居？当西方各种文化思潮涌入中国，开放的窗口在带来新鲜空气的同时也飞进了苍蝇，良莠不齐，沉渣泛起，如果我们对此视而不见，盲目地、不加甄别地将之一概归入"审美"范畴的做法似乎不妥。然而，有的学者认为，就连崇尚读书为理性知识行为的网站——"新浪读书网"的"经典热词"的列居排行榜首的不过是"性、美女、性丑闻、同居"之类的词，足见"审美化"的浪潮强烈地冲击着我们思想文化的每一个方面。持论者将上述包含低级趣味的、甚至藏污纳垢的内容也视为"审美"，可见，"审美"的内涵被"异化"到何种程度，这与真正的审美所追求的提升人生境界的初衷可谓南辕北辙。审美的日常生活化并不能消除人们日常生活的差异，更不是衡量现实生活的标尺："社会较高阶层的时尚把他们自己和较低阶层区分开来，而当较低阶层开始模仿较高阶层时尚时，较高阶层就会抛弃这种时尚，重新制造另外

[①] 参见童庆炳先生对此的批评，《"日常生活审美化"与文艺学》，《中华读书报》2005年1月26日第12版。

的时尚"①，于是，社会又重新形成新的差异。从表面上看，日常生活审美化的宣称似乎可以使天下大同而普天同庆，各个阶层的人们都奔向了审美化的日常生活，然而，事实却非如此，当有的人徜徉于如诗如画般的山水之间，流连于云雾缭绕之中审美时，祖祖辈辈耕耘于此地的人们却未必也能同样陶醉于再熟悉不过的生于此、长于此的山水，接踵而至的游客与其说带来的是审美愉悦倒不如说是看到挣钱谋生的窃喜更准确。

总之，面对多元化的文艺理论的格局，任何单一的研究视角与方法都有其真理性的一面，这是进一步进行宏观的、系统的、整体的、综合的把握的基础和环节而不是全部，审美化研究模式也是如此。我们应该善于借鉴不同理论学说的合理之处，以整体的眼光运用宏观辩证思维，在综合互补中以求更为全面而系统地把握文艺的特质。

第三节 近年文艺创作中的人学问题辨析

人学问题是任何文艺活动所无法回避的。当下文艺创作继续保持改革开放以来多元化并置的繁荣格局，在一定程度和层面上丰富人们的文化生活，满足社会不同层次的精神娱乐需求，取得了令人瞩目的成绩。但同时，也出现了一些值得商榷的倾向，突出表现为文艺创作中对"人"这一文艺活动核心范畴应有之义把握的偏差：有的试图塑造超越不同社会历史条件具体规定限制的具有永恒"人性"品格的精神化、符号化的艺术形象，使其成为某种抽象人性、永恒精神的象征符号，有的在人物形象刻画上忽视、轻视乃至漠视人之为人的社会性、精神性与文化性的根本所在而陷入片面、单一地凸显人的生物性、动物性、自然性的泥潭，等等，其实质是割裂人的丰富内涵的辩证统一性。导致这些偏颇的根本原因在于不能正确认识和准确揭示文艺活动中"人"这一范畴的丰富内涵，将人的自然性、社会性与精神性相割裂。

---

① [德] 齐奥尔格·西美尔著，费勇等译：《时尚的哲学》，文化艺术出版社2002年版，第72页。

一、"文学是人学"命题的现实意义

"文学是人学"这一命题在新时期的重新正名使文艺逐步摆脱单一的政治工具主义桎梏的束缚而走向自律,凸显了人学在文艺中的核心地位。文艺是一种极为复杂的社会文化现象,是人以"实践—精神"的方式把握世界的实践活动,文艺活动的主体是人,没有主体人的存在,就不会有复杂的文艺活动,就不会有作为人的独特的精神活动、精神创造的文艺作品的诞生。同时,文艺消费、文艺鉴赏与文艺批评的主体仍然是人。可见,不论是文艺活动中的文艺创作的由外界客观生活内化(主体化)为艺术家的意识形态,从而物化(客体化)为文艺作品,还是文艺接受过程的由物化意识形态的文本经过文艺媒介传播而被社会接受,又意识化为受众的意识,进而实现文艺的社会功能,文艺活动的所有环节都是围绕着人这一中心展开的。因此,可以毫不夸张地说,人是文艺活动不同层面的诸多因素所构成的立体网络复合关系结构的核心。同时,更为重要的是,文艺虽然也表现自然、表现物,但主要还是以物来反映人,尤其是倡导作为社会人的精神世界、精神面貌,中国古代的"借景抒情""咏物言志"便是典型。一言以蔽之,文艺是以人为立足点和出发点,通过"人"这一中介来反映世界、反映人类自身的,是作家看世界的独特"窗口",这也就决定了"人"必然是文艺活动的轴心。因此,对"文艺所反映与表现的人应该具有怎样的内涵,人的本质规定性究竟是什么"等问题的追问具有基础性、前提性的研究意义,它将直接影响,甚至决定文艺的性质与特点。

既然文艺与"人"结下了不解之缘,那么,文艺所表现的"人"的内涵究竟是什么?千百年来对于"人的本质规定性是什么"的问题众说纷纭,有的侧重揭示人的自然性特征,有的突出人的社会性特征,有的则张扬人的精神性特征。总之,各种观点从不同的层面和角度揭示了人的某方面的特征,取得许多富有价值的成果。古希腊认为人"一半是天使,一半是野兽";宗教神学认为上帝创造人,所以人的本质就是由上帝主宰的灵魂;康德认为人的本质是理性,黑格尔认为绝对理念是人的本质;语言学家则认为人是"符号的动物",而文化学家以人类社会文化的视角界定人的本质。以往的这些对人的本质的探讨与界定,虽然都有真理性的一面,但由于不能准确地揭示人的存在方式——人类社会实践活动,失去了人与外在客观物质世界以及人与自身相联系的现实基础，也就失去了对"现实的、活生生"人的肯定，这些理论或者单纯地强调外在世界对人的直观的决定作用而相对忽视人的主体性、精神性，虽然坚持唯物论，但陷入形而上学的窠臼；或者抽象地发展了人的主观性、能动性而忽视人存在的现实性、具体性的内涵与规定，又重蹈唯心主义泥潭。因此，对人的本质问题探讨的结论必然是片面的，难以正确而全面揭示人之为人的根本所在。马克思主义在前人研究成果的基础上，辩证地否定康德、黑格尔等哲学流派的理论学说，将对人的研究立足于坚实的唯物论基石之上，通过对人的具体存在方式这一正确途径，运用辩证法为有力武器，科学地揭示了人的本质规定性。

马克思主义认为，"一个种的全部特性、种的类特性就在于生命活动的性质"[1]，人的本质必然蕴涵于人的生命活动的形式中，人的生命活动的形式就是人的存在方式，而人的存在方式又是以其生命的维持为前提，由此可见，能够为人类生存提供基本物质条件的人类社会物质实践活动才是人的生命活动的形式，即人的存在方式。由于马克思主义哲学确定了作为人的存在方式的社会实践是探讨人的本质规定性的基本原则和正确研究途径，这为正确把握与准确揭示人的本质规定性找到了科学的路径与方法，深刻剖析了以往哲学一直在苦思冥想而又因各自理论的局限性、片面性导致最终百思不解的问题。当然，这也为我们的文艺研究与文艺创作奠定了正确的关于"人"范畴界定的思想观念与方法论基础。

人的类的特征的丰富性与多层次性的统一恰恰在人类社会实践中得以现实生成与充分展现。人的现实存在与展现方式是人的社会实践，在实践中形成了人与自然、人与人以及人的自身主体与自身客体之间的诸多对象性关系，人的全部丰富性内涵通过人类的社会实践的主体与客体对象之间构成的不同关系体系而得以存在与呈现。正是在实践中，人由自然存在物通过对象化过程转化为社会的、有意识的、能动的、具有主体性的类的存在物，并且，作为人的存在方式的实践使主体的人与客体的世界在互为条件、互为前提、互相影响、互相促进中，不断相应地提高到一个新的水平。正是在这个主客体之间互动建构的过程中，人的本质得到不断完善与

---

[1] 《马克思恩格斯全集》第42卷，人民出版社1979年版，第96页。

发展，自然性、社会性与精神性相统一的完整的人的概念才得以展现给我们，因此，对人的认识与把握的实质就是以实践为基点的对人的自然性、社会性与精神性的辩证统一性的全面揭示。

物质生产活动构成了人类社会实践的基础层面，由此生成了人与自然、人与社会的多重复合关系结构并通过这种多重复合关系结构显示出人的内在规定的多样性统一与不同层面的复杂特征。首先，物质生产实践活动是人与自然之间进行的物质交换活动，是人类生命维系与传承之最基本、最前提的条件，它确定了人与自然的对象性关系，使人由自然、自在的存在物转化为具有主体性的有意识的、有别于自然原生态的类的存在物。其次，在人与自然的物质交换过程中还萌生了人与人之间的交换活动，形成了人类的社会关系，从而使人类成为社会性的存在物。人与人之间的社会关系依赖于人与自然关系，同时，人与人之间的社会关系又制约着人与自然的关系。再次，在物质生产实践不断提高的基础上，人类的精神文化活动实践逐步发展并丰富起来。

既然对人的界定是以人的社会实践为基础与前提，那么，社会实践又有什么特点呢？作为人的存在方式的社会实践具有三个突出特点：客观现实性、自觉能动性和社会历史性。客观现实性是指实践活动本身就是以感性的方式客观存在的，在人与自然之间构成的对象性关系中，无论是作为客体存在的自然还是作为主体存在的人都是以感性的方式显现的，实践活动不仅要在一定的客观物质条件下进行，而且受制于客观物质条件，实践还得遵循客观规律——合规律性，规律又具客观现实性，在生产实践中形成的人与人之间的社会关系并由此产生的协调、组织或变革社会关系的活动也是客观现实存在。自觉能动性表现为实践主体的特性，自由、自觉是人的类的本质特征，如果说动物更多地表现为被动适应环境，那么，人的社会实践活动则是主体主动地按照人的主观意愿与自身需求去征服、改造自然的活动，在主体的人与客体的自然形成对象性关系结构的过程中，人的主动选择性接受可以将客体的自然属性内化为主体的本质力量，实践的能动性更为集中地体现为人在改造自然之前就已经主观地创造性地构建了实践结果的"宏伟蓝图"，并通过实践将主观的"蓝图"对象化为客观现实物质世界，使人的本质力量外化为物质性的存在，使自在之物转化为"为我之物"。实践的历史性是指实践是历史性地发生与存在的，这不仅表现为实践活动受到特定历史条件制约——人所处于的社会生产关系也是客观存在的特定历史时期的产物，主体人的主观与主体自身客体受到限制，实践的对象、范围、规模、手段、方式与媒介以及实践的结果都受制于其赖于产生的历史条件，而且，人类的实践本身作为历史事件而存在于历史长河之中。[1]

把握社会实践的特点有利于我们揭示人的本质规定性，因为实践是人的存在方式，人的本质在实践中得以展现并不断完善、提高。人类的生产实践既是人类最早出现的实践活动，也是人类自身维系生命存在与繁衍的最基本的具有前提性、基础性的实践活动方式。正是在这种最基本的社会实践活动中，人与自然的对象性关系日臻完善，趋向和谐，人的本质也在这个不断完善的主体与客体的双向建构过程中得以丰富与提升。人类的社会实践活动决定了人的实践既要求真，又要求善，还要求美，由此形成了人与自然的不同的对象性关系。求真是指人类为了自身的存在与发展必须遵循客观规律，否则就会遭到大自然的报复和惩罚，甚至会招致灭顶之灾，遵循客观规律的前提是认识客观规律，因此，人类在实践中就要不断探索大自然的奥秘，揭开其神秘的面纱，由此形成了人与自然的认识关系。认识关系在客体方面表现为自然规律，主体方面表现为求真的科学意识。在认识自然规律、掌握自然规律的基础上运用自然规律以实现趋利避害的目的——这就是人类社会实践的合目的性所在。人类社会实践的合规律性的"合"本身就隐含着目的性——即以人类自身的存在与发展为目的和出发点，这表现为人的自觉性，是人与客体对象之间形成的一种价值关系，反映了人类区别于动物的根本性："动物的生产是片面的，而人的生产是全面的……动物只是按照它所属的那个种的尺度和需要来建造，而人却懂得按照任何一个种的尺度来进行生产，并且懂得怎样处处都把内在的尺度运用到对象上去。"[2] 人的目的性表现为价值判断与价值取向。人类存在的合规律性驱动人的科学研究与科学探索，由此推动自然科学的不断发展，表现在客体方面是人类改造自然能力的提高，表现在主体方面则是人

---

[1] 参见李秀林等主编：《辩证唯物主义和历史唯物主义原理（第五版）》，中国人民大学出版社2004年版，第67—69页。

[2] 马克思：《1844年经济学哲学手稿》，《马克思恩格斯全集》第42卷，人民出版社1979年版，第96—97页。

的科学意识和科学精神的形成与提升；人类存在的合目的性激发人类以更高的热情和更顽强的意志去从事科学研究，探寻自然规律，由此形成了人类社会的人文精神。科学精神要求人的科学意识遵从自然规律，主体受制于客体；人文精神要求客体服务于主体，主体驾驭客体，客体服从主体，这样，主体受制于客体与客体受制于主体之间就形成了矛盾对立，要实现人的存在与发展的和谐，就要将人的科学精神与人文精神协调一致，那就是合规律性与合目的性的统一，也就是马克思所讲的"美的规律"，即人与客体之间形成的审美关系，这是一种和谐自由的关系。在生产实践的过程中，现实的主体不仅要与自然客体形成特定的对象性关系，而且，还要"以一定的方式进行生产活动"，由此而"发生一定的社会关系和政治关系"[1]，于是，人与人之间便形成了特殊的社会关系，这时的人就表现为社会的属性，因此，"人的本质不是单个人所固有的抽象物，在其现实性上，它是一切社会关系的总和"[2]。同时，人还是精神性存在物，主体具有知情意相统一的意识体系，人类实践的结果预先已观念性存在，这就如马克思所深刻指出的，"最蹩脚的建筑师从一开始就比最灵巧的蜜蜂高明的地方，是它在用蜂蜡建筑蜂房以前，已经在自己头脑中把它建成了。劳动过程结束时得到的结果，在这个过程开始时就已经在劳动者的表象中存在着，即已经观念地存在着"[3]。人可以超越物质生存层次而追求精神愉悦。

由此可见，马克思主义哲学对人的本质的规定是以实践这一人的基本存在方式为研究基点，通过人在社会实践中表现出的自然性、社会性和精神性的不同层面特征的分析，揭示出人的本质规定是丰富性与多样性相统一的特点。因此，如果我们仅仅以人的自然属性、生物属性视角研究人的本质，或者单纯以人的社会性或精神性对人进行厘定，或者将人的科学精神与人文精神予以割裂而将其中的某个方面无限放大上升为人的全部本质规定，或者只看到人的感性、生物性的一面而忽视人的理性、精神性的存在的特征，或者相反，等等，这些对人的本质特征的片面、静止、孤立的界定都偏离了人之为人的应有的内涵，以此观念为指导的文艺研究与文艺创作走入歧途是必然的。

---

[1] 《马克思恩格斯选集》第1卷，人民出版社1995年版，第71页。
[2] 《马克思恩格斯全集》第23卷，人民出版社1972年版，第66页。
[3] 《马克思恩格斯全集》第23卷，人民出版社1972年版，第202页。

二、近年文艺创作中的"人学"误区的主要表现

后现代主义文艺思潮在中国的蔓延，使近年来文艺创作的多元化转型更为明显，同时，文艺创作中围绕人的本质规定性的各种问题也日趋突出。产生于西方资本主义社会后工业时代的后现代主义"要从根本上动摇现代主义确定性的信念，瓦解由个体信念支撑的精英文化秩序，填平雅俗文化的鸿沟。在后现代主义的文化图式里，没有了等级秩序和在场的优越地位，也没有了真实和虚构、过去和现在、重点与非重点的区别。我们看到的是诸如对价值中心的消解，对某种伟大叙事或'元叙事'的怀疑和对'稗史''新历史'的兴趣，对形而上的沉思的摒弃和对平面的反讽和戏拟的使用，对终极意义的不屑一顾和对羊皮纸上书写以获得快乐的迷恋，本体论意义上确定性已不复存在而代之以失去本体确定性支持后的游移、漂浮和不确定性"①。杰姆逊认为后现代主义的突出特点是削平深度模式、消解历史意识、摒弃主体性和取消距离感。与此思潮相一致，近年来文艺创作实践也有了后现代主义色彩的深深的烙印——真理被悬置，整个世界嬗变为一堆堆用于表述的文本，于是，表层与深层、能指与所指、现象与本质、真实与虚假等被视作建立在传统哲学认识论基础之上的二元对立的诸多元素遭到消解而融为不分彼此的物我一体、现象与本质一体、物质与精神一体，以对现象的描摹替代对本质的探索，以对事物表层的浮光掠影式扫描代替对深度内涵的考问，以对神圣性的解构走向对"恶之花"的张扬，以对真实客观性的否定而陷入相对主义泥潭，以对客观史实的质疑走向主观唯心史观，以对人的理性的放逐走向对感性欲望的沉迷，以对人之存在现实内涵的抽空走向超越社会历史具体规定性的虚幻的感性与理性、物质与精神的统一。

后现代主义思潮对中国当前文艺创作实践的负面影响比较明显，集中反映在对文艺活动的中心和文艺创作核心"人"的形象塑造上。概括地说，突出表现在两个方面：一是文艺塑造人物形象时凸显人的感性、自然性、生物性特征，认为这就是人的"本真性"，是人的"诗意地""存在"

---

① 詹明信著，张旭东编，陈清桥等译：《晚期资本主义的文化逻辑》，三联书店1997年版，第724页。

状态，而绝然忽视人之为人的精神性、社会性的根本所在；二是将人物形象精神化、符号化，成为某种抽象人性、永恒精神的象征符号，而这种抽象的人物形象又是能够超越不同社会时期政治、经济、文化等具体历史限制的永恒符号化的存在。两种文艺创作的共同失误在于将人的自然性、社会性与精神性相割裂。

就上述文艺创作的第一种倾向而言，琐碎的日常社会生活成为文艺创作关注的焦点，持论者高举"新现实主义""新写实主义"的大旗，追求文艺创作的"零度情感""生存意识"和"纯态事实"，力图还原生活本相，否定对人物形象的丰富思想意识和精神世界的深度剖析，代之对以人的生存处境和生存方式，以及生存中感性、生理层面的描写，热衷于传递所谓被政治权力话语和知识分子话语遮蔽的民间信息。因此，不论是对待现实生活还是历史题材，都仅仅依靠体验、领悟来感知、把握，极力塑造貌似鲜活的充满个性的但失却深刻内涵的新的扁平人物，因此，此类作品对社会、历史认识的浅薄与思想深度的铲平、历史意识的淡漠就成为必然，其认识充其量不过只能停留在表面肤浅的层次上，无论是在广度还是在深度上都难以揭示与展示人类社会历史的进程。文艺创作中的艺术世界就变成一个平面的、没有历史感、厚重感的无序的、零散的存在。受后现代思潮的影响，这种文艺将创作探头伸向现实社会生活的不同层面，尤其关注"小人物"的生存空间，从一定程度上讲，这种文艺创作的基本准则是极度崇尚强调文艺再现的客观真实性的，然而，他们所展现给我们的却是"一地鸡毛"式的平庸而琐碎的生活，认为他们所挖潜的"本真"人性就深深存在于这种"锅碗瓢勺"的现实生活之中，他们否认崇高与低俗的差异，颠覆公共价值，在集体意识之外谋求探寻所谓的私人生存空间并予以过度张扬，极力塑造这种具有私人生存价值和意义的人物形象，嘲笑、蔑视以往的文艺实践所推崇的对人的丰富精神世界把握和展现的文艺观念。这种现实主义精神缺失的所谓"现实主义"文艺创作实质坠入自然主义泥潭。

就上述的第二种文艺创作倾向讲，有的文艺作品试图创造一种具有虚幻的"人性"特征的艺术形象，他们把作为社会关系总和而存在的具有主体意识和精神意志的丰富的人的内涵予以抽空，追捧塑造可以超越不同历史时期具体政治、经济、文化、风俗等客观限制的，特别是超然于中国当代社会现实实际的所谓"人性"，将人的自然性与社会性、精神性予以割裂，甚至截然对立，主张以抽象的"人性论"作为文艺创作和人物形象塑造的思想指南和方法论原则，并将此视作衡量文艺活动与文艺创作水平高低与成败的金科玉律。这种文艺创作倾向置人类社会历史的客观事实于不顾，漠视中国当代社会发展的现实情况，不能历史地把握与区分文艺在各种历史阶段中表现出的既密切联系又相互区别的辩证关系，把历史与现实社会中的具体存在的人予以悬置、隔离，斩断与人相联系的各种社会关系这一客观事实，试图塑造代表某种精神的象征符号，为达此目的，不惜主观、个性化地解构与虚构现实的或历史的一切客观事实，全面颠覆中华民族几千年来积淀形成的社会道德观念与核心价值体系，置历史客观事实于不顾，将历史随意解构，对红色经典文本任意篡改，对历史定论随意翻案，对宏大历史着力屏蔽，对非主流的零散的、边缘化的"诸历史"极力彰显，更有采取歪曲历史、颠倒黑白的手段以实现凸显其主观的历史英雄人物之目的。

改革开放以来文艺创作活动中表现出的对人以及所谓"人性"的把握与表现出的两种较有代表性的倾向都没有准确揭示文艺活动的核心"人"的应有内涵，其失误的共同之处在于将自然性、社会性与精神性相统一的人予以分裂，片面地将其中的某种属性孤立出来加以宣扬，并恶性膨胀、放大，以此作为人的全部本质而加以凸显。这种文艺观和创作方法脱离人的社会实践，割裂了人之规定性的丰富内涵及其之间的辩证关系，只是从某一方面、某一角度、某一层面去孤立、静止、分解地理解人的某一特性，而缺乏综合、动态、全面地将之纳入人的全部整体中予以观照、探讨，充其量不过是对"人"的认识过程中一个环节、一个侧面的把握，以致出现将本应内涵丰富的"人"片面地厘定为或是自然的、感性的，或是纯粹抽象精神的人的本质规定性的偏颇，这难以全面而正确地揭示人的应有内涵。因此，对"人"之内涵的领悟与展现的偏差成为近年来文艺创作实践中存在的最为明显的问题，直接影响文艺的健康发展和作为社会意识形态的积极效用的发挥。

三、唯物史观视野中的人学问题

改革开放以来文艺创作实践关注现实社会和人的感性生活有其积极的一面。"文革"时期，以"样板戏"为典型代表的文艺作品中的人物多是

"时代传声筒"型的扁平形象,其存在状态是"不食人间烟火"般的生活,缺失正常人的七情六欲,作品中塑造的人物"可敬而不可爱"的根本原因是脱离现实社会生活而成为空洞的政治符号。因此,新时期以来的文艺创作关注、反映现实社会生活并以芸芸众生为人物形象"模特"的纠偏是值得肯定的。同时,我们不能忽视问题的另一方面,那就是这种感性的、私人化的人性观以及在此观念驱使下进行的文艺创作却是丧失现实主义精神的"写实主义",并没有能真正地、全面地、准确地把握人的应有之义。这种创作倾向极力张扬人的感性欲望,认为感官才是精致的根本不说谎的观察工具,将感性视作超然的人的本质——"要以肉体为准绳",因为"身体乃是比陈旧的'灵魂'更令人惊异的思想",因此,"相信肉体都胜似相信我们无比实在的产业和最可靠的存在"①。在此观念牵引下,文艺创作由尊奉感性到膜拜感觉,最终沉沦于肤觉,而这时的"身体"已经全然摒弃了人的理性,如果说在弗洛伊德的理论中的"身体"还拥有深度模式的话(本我、自我和超我),那么,在这种创作倾向中,深度模式则被解构成为"单面性","身体"被简化为不受任何理性束缚的感官,其鼓吹的"身体写作""下半身写作",其实质则是"写作身体""写作下半身",而"身体""下半身"又不过是人的生物性、动物性、原始本能的肉体感官欲望的代名词,他们误认为只有描绘出感性的乃至感觉、肤觉的情欲才是"真正"的人,才是"活生生"的人,于是,竭力倡导"真实"地再现、"直录"地临摹现实生活,尤其是迷恋于"个体"的私人感性生活空间,即以此为"本真"生活,就是那些琐碎、世俗、偶然性、碎片式的日常的甚至是庸俗的"现在"——一个没有历史也没有未来,没有内在性的废墟,他们全然悬置作为人的本质的社会性、精神性存在。于是,正如许多学者所深刻揭示的,文艺创作难免陷入了种种悖论:为了"真实"展现"感性的人"生存的"原生态"而极力渲染支离破碎的"一地鸡毛",无视现实生活细节与社会历史进程"总画面"之间内在的、必然的逻辑关系;强调对个体生命体验的书写,但又仅仅局限于那些个人的、情欲化的感受和体验之中,将生物性的"身体"视为创作的"源泉";强调个性解放,为人的各种欲望正名,但仅仅局限于人的原始的、本能的情欲一面,

---

① 朱立元:《现代西方美学史》,上海文艺出版社1983年版,第114页。

全然不顾那些作为类存在的人之为人的理性的、精神的家园的存在，将社会的人"还原"为生物的人；陶醉于对那些弥漫着世俗快乐的狂欢欲望的体味，但忘却了福柯的忠告——纯粹的完全的快乐是同死亡联系在一起的；强调"人"的个性独立，但却逾越了意识形态文化和精英文化所划定的伦理与道德底线；而恰恰就在这所谓的"客观真实"追逐中，丧失了积极健康的人生精神和创作主体应有的价值取向和社会责任感，使文艺滑入了自然主义的泥坑，其边缘化、世俗化、反理性、反崇高以及精神萎缩、价值迷失的不足却带有强烈的颓废主义色彩。

固然，世俗化的生活与平民百姓的喜怒哀乐完全可以成为文艺创作的对象，人的自然性、生物性——即生理结构系统——也是人的社会性与精神性赖以产生与存在的客观基础和生化载体，人的社会活动、心理活动、意识活动发出的指令必须经过生理结构系统的传输、调控和能量释放才能获得实现，也就是说，人的社会活动、意识活动必然受制于人自身的自然性，受到人自身生理机制的制约，人的社会性、精神性特征的发挥是难以超越自身自然性水平的限制的，离开人的生理结构系统这一坚实的物质基础，人的更为高级的社会心理结构、意识活动都将成为空中楼阁，人的社会性与精神性特征也就无从谈起。然而，问题的关键却是，文艺活动所把握和揭示的人的类的特征难道就仅仅是人的自然性、生物性？

其实，上述文艺创作实践中呈现出的第一种倾向，其对"人"这一范畴把握的偏差实质上又重蹈了机械唯物主义的弊病。机械唯物主义用以说明生物界现象乃至整个世界的是物理学和化学元素原理，他们认为，世界是由最基本的原子组成——从无机界到有机界不过都是这样，既然它们由共同的原子构成，也就不存在什么本质性不同了，同样，精神与物质也是一样的，前者不过是后者的特殊状态或机能，因此，自然界的一切都可以从世界的原子或物质构成中得到还原。辩证唯物主义从历史演变的动态过程中来审视研究对象，不是把它们看成一个凝固的存在，而是视作一个不断演进、变化的动态。以历史的观点审视，便会发现生命的出现和精神的产生不仅在漫漫的历史长河中具有不容忽视的重要地位和意义，而且，这些事物和现象一经产生就成为既定事实，更不能被还原为初级低等的生物。马克思主义超越机械唯物主义，认识到这样的客观事实——自然界不仅存在不同等级层次这一客观存在的事实，而且，低层次的不具有高层次的属性特征,还看到了精神是人类社会长期发展的结果,是人脑的机能,由此深刻地认识到精神自产生始就具有的社会性质以及与物质之间的辩证关系。因此,马克思主义从现实的人(即从人生存于其中的社会现实)的客观实际出发,具体地把握体现着人的本质,这种本质并不表现为人的某种抽象的规定性,而是在社会实践活动中栩栩如生地呈现出来的丰富的内涵。马克思主义克服了以往哲学研究从抽象的人性出发的弊端,否定过去一切先验的、抽象的哲学体系,包括各种对"人"的非历史的界定,因此,马克思主义哲学准确地揭示了在历史发展的动态过程中存在和展现自己的本质的作为历史的产物与历史性存在的"人"的本质。由此可见,世界上并不存在某种抽象的、凝固的、永恒不变的人的"类本质"。人的本质特征绝不是那些沉溺于动物性、自然性、感性欲望的人的本能层面的快感。

况且,人的感性与理性是难以分割的。人类发展的历史就表现为在实践活动中建立起来并不断得以完善的人与世界的对象性关系,在这个过程中,人类在改造客体世界的同时也在改造主体自身,两者互为前提、互为条件,在双向建构中相应地都提高到新的水平,改造客观世界的结果表现为物质文明的发展,人类改造自身的结果表现为精神文明的提升。从主体角度讲,人类的历史就展现为主体的感性与理性不断走向和谐发展的过程,因此,无论是排斥理性还是压抑感性都违背人的和谐发展规律,即使是极力倡导非理性的叔本华也非常客观地肯定了理性对于人的不可或缺性:"在我们所有的一切表象中的主要区别即直观表象和抽象表象的区别。后者只构成表象的一个类,即概念。而概念在地球上只为人类所专有。这使人异于动物的能力,自来就被称为理性。"[1] 叔本华的观点很值得我们回味思考。感性与理性的任何一方不仅不可缺失,而且还需要密切配合,只有感性与理性和谐统一才使得人能够具有完整的意识体系,才能够在创造物质财富满足人类自身生存物质条件的同时从事精神创造活动。没有理性制约的感性极易滑向危险的边缘。

近年来文艺创作中反映出的此类错误倾向值得引起我们关注。这正如许多学者所深刻认识到并尖锐指出的,张扬个体存在,是定位于感性、感觉等生理性身体,还是关注精神世界,文艺的社会价值和效果可能完全不

---

[1] 叔本华:《作为意志和表象的世界》,商务印书馆1982年版,第30页。

同，提升国民文明意识水准的精神文明建设是改革开放以来一项决不能忽视的国策。由诸多社会事件和种种不良社会现象折射出来的当代中国社会存在的普遍的精神匮乏与信仰危机问题，由社会变迁、经济转轨引发的如何辩证认识与正确对待正当利益与"拜物教"之间的伦理道德规范问题，都足以说明提高国民素质、改善精神面貌的迫切性。现代化建设需要身心健康的现代国民，这绝不同于某些文艺所尊崇的那些追求感性欲望享受而缺乏社会责任感的个体，社会主义文艺的历史责任就是陶冶国民性情、提升民众人生境界。经济时代的文艺固然拥有商品属性，固然可以表现人的七情六欲，但是不要忘记：人不仅具有感官的本能欲望，还应对正确的道德的底线保持敬畏感。要实现对人与现实关系的深刻揭示，强烈的人文意识、高雅的情趣、远大的人生目标、健康的人生观和无畏的批评精神都是文艺主体必备的素质。与上述将人的本质规定性界定为感性欲望并加以极力宣扬的文艺创作倾向不同，近年来文艺活动表现出另一种创作倾向是将"人"抽象为永恒的人性加以刻画、彰显，使其成为某种精神的象征符号。文艺创作的这种观念充分认识到人的精神活动的重要性，肯定了作为类的存在物的人与自然界动物的本质区别在于自由自觉。然而，如果置不同社会历史时期的政治、经济、文化状况的具体限制于不顾，尤其是忽视当今中国的时代精神的统领而抽象地将人的精神性特征从人的整体中孤立出来，予以静止、割裂并无限膨胀为人的全部本质规定性进行文艺形象塑造，这就背离了客观实际。

　　这种文艺创作倾向，在主观上秉持一个能够超越时空限制，放之四海皆适用的"人性"论，并以此观念为思想指导试图塑造那种代表永恒不变的人类共同的"人文精神"的符号化的人物形象。然而，这种文艺观念与创作却忽视了人类社会发展进程以及文艺嬗变的历史事实，把本应拥有丰富内涵的立体多维的现实存在的"人"抽象为静止、空洞的抽象概念，以某种驰骋古今中外的泛化的"人文精神"置换当代中国的与时俱进的充满朝气的时代精神，把作为"社会关系总和"的有血有肉的活生生存在的人抽象为能够超越历史、超越人类社会实践的纯粹精神性的"人性"，以此为逻辑起点塑造可以天马行空般超然并游走于不同历史时期政治、经济、文化和意识形态的特立独行的人物形象，而且，认为由此获得了某种高贵的、潇洒的"人性"品格，并以此"超然性"与"独立性"作为判别文艺创作水平高低与艺术家禀赋才华多少的尺度。近年来文艺活动的这种观念，在客观上误导文艺创作实践远离现实生活、漠视历史史实的倾向。

文艺不可能制造某种虚幻的超历史的抽象永恒的人性。所谓"人性"就是人通过自身生存的社会、社会关系所表现出来的属性，包括自然性、社会性和精神性三个方面。自然性是人的社会性、精神性的生理基础，人首先作为自然性的存在，正如马克思所说的"人直接地是自然存在物。人作为自然存在物，而且作为有生命的自然存在物，一方面具有自然力、生命力，是能动的自然存在物；这些力量作为天赋和才能、作为欲望存在于人身上"；同时，我们决不能忽视的是，"作为自然的、肉体的、感性的、对象性的存在物，和动植物一样，是受动的、受制约的和受限制的存在物"①，可见，人的自然性特征在深层次上决定了人的受动性是能动性的基础，社会性、精神性所表现出的主动性其实是来源于受动性的。因此，作为一切社会关系总和的人不是抽象的符号性的存在，而是实践着的、具体的、现实的、社会的人——他总是生活在一定的社会关系中，离开人的社会关系，就难以界定具体的人性，就无从了解人的本质，因为"生产关系总和起来就构成所谓社会关系，构成所谓社会，并且是构成一个处于一定历史发展阶段上的社会，具有独特的特征的社会。古典古代社会、封建社会和资产阶级社会都是这样的生产关系总和，而其中每一个生产关系的总和同时又标志着人类历史发展中的一个特殊的阶段"②。德国著名哲学家卡西尔也认识到社会实践的重要意义："我们不能以任何构成人的形而上学本质的内在原则来给人下定义，我们也不可能用可以靠经验的观察来确定的天生能力或本能来给人下定义。人的突出特征，人与众不同的标志，既不是他的形而上学本性，也不是他的物理本性，而是人的劳作。正是这种劳作，正是这种人类活动的体系，规定和划定了'人性'的圆周。语言、神话、宗教、艺术、科学、历史，都是这个圆的组成部分和各个扇面。"③

近年文艺创作中追求的抽象的人性论恰恰是恩格斯所深刻批评的费尔巴哈哲学的致命弊端——不能把人当作在历史中行动的现实的、活生生的人去研究，因为，费尔巴哈不理解实践与生活的真实关系，只是从客体的

---

① 《马克思恩格斯全集》第42卷，人民出版社1979年版，第167页。
② 《马克思恩格斯选集》第1卷，人民出版社1995年版，第345页。
③ 恩斯特·卡西尔著，甘阳译：《人论》，上海译文出版社1985年版，第87页。

形式去理解"对象、现实、感性",抛开了人之存在的历史性——即将特定的历史时期的人的社会关系予以搁置——而直观地抽象出人的"类"本质,认为人的"生活"就是人的生理需求的满足。唯心主义把人与世界还原为"绝对精神"或"先验意识"。机械唯物主义与唯心主义哲学分别从对立的自然和精神的两极去探讨人与世界的关系,前者以自然为本体,只能看到人与自然关系中的人的受动性一面而忽视人的主动性的存在;后者以精神为本体,看到的只是人与自然关系中的人的能动性一面,忽视了受动性这一人的能动性发挥的前提而抽象地发展了人的能动性。二者错误的实质是不能从实践的角度审视人,也就难以正确认识和准确揭示人的自然性、社会性与精神性之间的辩证关系,对人的本质规定性的阐释走入误区就成为必然。然而,上述形而上学与唯心主义抽象出的"类"特征不是虚无缥缈的,只能存在于现实社会的个体之中,"人不是抽象的蛰居于世界之外的存在物。人就是人的世界,就是国家,社会"[①]。由此审视,在近年来文艺创作中存在的那种由某种抽象的永恒的人性出发来塑造人物形象的做法同样难以正确而深刻地揭示人的本质。

现实的人的本质必然存在于具体的人性之中,现实的人作为主体是一切社会关系的总和,而现实的社会关系总是以具体的方式得以呈现,因而,现实的人的本质规定也表现为具体性,人的社会关系的具体性与复杂性就决定了社会对人的规定的具体性与复杂性,现实人就是诸多社会规定性的辩证统一。无论是人生存与活动的自然环境还是社会环境都是特定历史条件下的时空,都是具体而现实的存在,所以人的本质规定性是历史性的规定,处于不同历史形态的社会关系中的人的本质规定性的具体内涵具有历史性的差异。

可见,既然人是社会性存在,那么必然是历史性存在,历史是人的历史,作为社会实践的主体的人的存在本身就构成历史。也就是说,人的社会性构成人的本质,是历史对作为实践主体人的现实规定性。黑格尔充分地认识到人与历史的辩证关系:"我们之所以是我们,乃是由于我们有历史……构成我们现在的,那个有共同性和永久性的成分,与我们的历史性也是不可分离地结合着的。我们在现实世界所具有的自觉的理性,并不是

[①] 《马克思恩格斯全集》第23卷,人民出版社1972年版,第1页。

一下子得来的，也不只是从现在的基础上生长起来的，而是本质上原来就具有的一种遗产，确切地说，乃是一种工作的成果，——人类所有过去各时代工作的成果。"① 马克思主义认为"创造这一切，拥有这一切，并为这一切而斗争的，不是'历史'而正是人，现实的、活生生的人。'历史'并不把人当作达到自己目的的工具来利用的某种特殊的人格。历史不过是追求着自己目的的人的活动而已"②。因此，在马克思主义看来，历史不过是主体人存在的现实而不是某种精神的异在形式或者如康德所讲的物自体。人类发展的历史轨迹证明，各个不同时期、不同时代人的具体存在构成了人类的历史的联结，人的本质不仅历史地形成并存在于各个不同时期中，而且伴随历史的流动发生着变化。由此可见，任何先验的可以超越不同历史时期具体社会历史条件的抽象、永恒的人的本质是虚无缥缈的。与此恰恰相反，人在不同历史时期和不同历史条件下就会形成不同社会存在的具体形态，就会具有不同的人的本质规定性。作为历史性存在的人类社会实践，其有意识的、能动的活动在不同的方面以不同的程度影响并构成社会进程，同时，又受到特定社会历史条件和主体自身客体的限制。因为人既是已有文化的继承者，同时，又创造着未来可以继承的新的历史文化，就在这种文化的绵绵承袭中，人类不仅创造和书写着自己的文明发展史，还留下自己本质不断得以完善的进步脚印。文艺只能展现这种变化和发展中的人的本质，而不是相反。

应该说，近年来文艺创作中的"人性论"观念误区是有其历史渊源的，其错误的实质也是相同的——由于这种历史方法用思辨的抽象的联系置换了现实的具体联系，以永恒的人性置换不同历史时期人的具体特点，以泛化的人文精神置换不同时期的时代精神特征，以此奢望能够跨越人类各个历史客观实际的制约，然而，"这种必然性、普遍性范畴一方面缺乏现实的、具体的依据，因而缺少丰富的规定性；另一方面，又使一般脱离个别，把来自个别的一般规律抽象为实体，再进一步把实体理解为主体，理解为内部的过程，理解为绝对的人格。从而，普遍的必然的东西成了凝固不变的模式或公式，并用来剪裁历史材料"③。

---

① 黑格尔：《哲学讲演录》第1卷，商务印书馆1959年版，第78页。
② 《马克思恩格斯全集》第2卷，人民出版社1973年版，第96—97页。
③ 参见庄国雄等：《历史哲学》，复旦大学出版社2004年版，第14—16页。

可见，改革开放以来文艺创作中所追求塑造的具有"永恒人性"特征的人物形象，由于背离了人的客观历史实际，即不同的历史时期的物质条件和社会关系，其实质只能是抽象的人，成为某种精神的符号，这与"文革"时期的类型化的人物形象并无本质性差异。

"文学是人学"命题的价值与意义在于它深刻地揭示出文艺与人之间的不可分割的密切关系以及人在文艺活动中不可或缺的地位。人不是单纯的生物学意义上的人，也不是纯粹的自然存在物，更不是空洞抽象的符号式的概念躯壳，具体的人总是生活在某种特定的现实社会关系中活生生的、实践着的具有自然性、社会性和精神性相统一的丰富内涵的人，离开具体的社会历史条件，将人的自然性、社会性、精神性等辩证统一性截然割裂而仅仅将其中的某点无限放大为人的全部本质规定性的观念与做法必将把文艺创作引入歧途。

只有正确把握与准确阐释"人"的内在本质规定性问题才能使文艺研究与文艺创作走出各种误区而驶入健康发展的轨道，因此，澄清已有的文艺中存在的对人学问题认识的错误观念具有重要的理论研究价值和现实指导意义。

第四节　历史题材文艺的基本规定

在拥有悠久灿烂历史文化的中国，历史题材文艺创作与理论研究的繁荣是必然的，由此而引发的关于历史题材文艺创作问题的探讨、争鸣也是情理之中，这为文坛平添了一道独特而绚丽的风景线。在论争中，有的学者强调历史题材文艺创作应该"真实地再现历史"，有的学者倡导"艺术性（虚构性）"特征，由此形成了理论界关于历史题材文艺创作的"历史派"与"艺术派"观点的对立和冲突。客观地说，这两种具有代表性的观点都具有各自的合理性、正确性的一面，都在一定层面、一定程度上揭示了其某方面特征，但又都是"片面的真理"，其"盲区"的共同点在于陷入了二元对立的划界式的决定与被决定关系的思维误区。历史题材文艺既不等同于一般概念上的艺术，也绝非历史学科意义上的历史，而是融历史与艺术因素于一体的一种新的文艺存在形态。此时的历史与艺术作为组成要素而进入历史题材文艺这一复合关系结构并作为这一复合结构的有机组成部分而获得了这个新的结构赋予它们的既不同于原有的艺术，也有别于历史的新的质的规定性。正是在历史题材文艺复合关系结构中，通过历史与艺术的双向逆反建构过程形成的动态关系给予其以内在质的规定。当我们把历史题材文艺视作复合关系结构时①，或许能在较为准确地把握、阐释历史题材文艺创作本质特征的基础上获得对当代中国历史题材文艺创作论争问题的较为科学的阐释。

同时，近年历史题材文艺创作实践与理论研究中呈现出的种种误区都能够得以澄清。突出表现为这样一些倾向：有的混淆了"历史"与"艺术"之间的差异性，误将历史真实作为衡量历史题材文艺成败得失的唯一标尺，重蹈"历史决定文艺"的思维模式；有的抽空"历史"的具体内涵，试图创造一个艺术家心目中的"主观历史"而陷入了历史相对主义或历史虚无主义的窠臼；有的以张扬"人性论"为大旗，极力追寻一个超越具体历史规定的拥有普适性的抽象人性论而重塑一个置历史史实于不顾的"主观英雄"；等等。这些具有代表性倾向的共同之处在于，它们都未能正确地把握历史题材文艺的本质，不能辩证地阐释"历史"与"艺术"两个维度在历史题材文艺中的作用、地位和相互之间的关系——或者在一定程度上沿袭了二元对立的思维模式，只看到了它们之间的"异"而忽视其内在沟通性的"同"，将二者的关系予以划界式的割裂甚至截然对立；或者走向另一个极端，只看到了它们之间的沟通性，却忽视了"历史"与"艺术"毕竟分属于不同学科的本质区别，要么将历史题材文艺等同于学科意义上的"历史"，要么将其与一般意义上的虚构"艺术"相混淆而忽视了历史题材文艺特有的内在规定性。

一、历史题材文艺论争问题概述

历史题材文艺的本质特征究竟是"历史性"还是"艺术性（虚构性）"问题一直是学界争论的焦点之一，早在20世纪50、60年代，学界

---

① "复合关系结构"理论参见马龙潜：《主客体结构论文艺学的观念与体系构架》，广西师范大学出版社2005年版；《当代文艺学—美学观念引论》，山东大学出版社2000年版；董学文主编：《文艺学当代形态论》第四章，北京大学出版社1998版。本文以此理论为方法论阐释历史剧问题。

就曾围绕历史题材文艺创作问题展开甚为热烈的讨论，当时的《文汇报》《光明日报》等报刊专门开辟了关于历史剧论战的"阵地"，虽然论争涉及的具体问题较多，但概括起来基本可以归纳为一个核心问题，即历史题材文艺的本质规定性是什么。围绕这一焦点问题，学界大体形成了两种较有代表性的观点：一是历史题材文艺创作的"历史派"，他们坚持历史题材文艺创作的"历史性"维度为其基本特征的观点，认为历史题材文艺创作必须以史实为准绳，真实地再现历史；一是历史题材文艺创作的"艺术派"，推崇历史题材文艺创作的"艺术性"维度是其根本所在，认为历史题材文艺创作毕竟属于艺术范畴，是创作者主体性表现的载体，艺术虚构的存在是必然的，不必拘泥于历史史实。实质上，两派的论争恰恰反映了对历史题材文艺本质规定性问题认识的不同观点。由于对历史题材文艺创作内涵的认识不同，导致对历史题材文艺创作边界问题厘定的差异，甚至出现了观点迥然不同的对立。譬如，"历史派"学者就认为诸如《杨门女将》《秦香莲》等戏剧只能被视作"故事剧"而非历史剧，如果不加以区分的话就极易在观众中造成混乱，容易使观众误把"故事"当作"历史"去理解，反而歪曲了对历史本来面貌的理解。因为历史剧是与历史紧密相连的，历史剧所包含的人物、史实等要素必须有历史根据，不仅人物是历史人物，事件也是历史上的确曾经发生过的，"历史剧对历史实际大纲节目基本情况要注意，必须力求其符合历史真实，不许有歪曲、臆造"[1]。此观点严格地要求历史剧与历史史实必须"符合"，应该追求历史的"真"，认为这才是历史剧的生命所在。与此观点相左，"艺术派"针锋相对地提出自己的不同主张，认为历史剧就是反映历史生活的戏，其"题材是和重大的历史斗争、历史运动密切相关的"，"可以在历史真实的基础上，以虚构的人物和故事为情节线索"，即使是"取材于真人真事的历史剧"也"必须允许虚构"[2]，因为，"历史剧和历史虽然有'联系'，却是在性质上完全不同的东西——历史剧是文艺创作，而历史则是过去时代事实的记录"，"在历史剧的创作中，是必须忠实于历史生活的，但不能把这条忠实的线，划在忠实于一切历史事实、细节的基础上，而是忠实于历史生活、

---

[1] 吴晗：《再谈历史剧》，《文汇报》1961年5月3日。
[2] 李希凡：《历史剧问题的再商榷》，《艺术评论》1963年第1期。

历史精神的本质真实，也只能是特定事件重大关节的史实，而不是一切史实和细节"，"历史剧终归是戏，历史只是它的素材，却不能完全成为衡量它的真实性的唯一标准。因为作为戏，它还有必须遵循的艺术真实的准则"，因此，历史剧"在不违反历史生活、历史精神的本质真实的准则下，写戏应该有艺术虚构、艺术创造的广阔的天地，它可以完全以一个历史事件的中心内容作为艺术再创造的对象，它也可以以这个历史事件作为血脉，却完全从侧面创造一个艺术形象的新世界，烘托、表演这个历史事件"。所以，"艺术的虚构，在任何品种的艺术里，都是它区别其他科学意识形态的特征，可以说没有虚构也就没有艺术，这个特征也绝不能由于历史剧而废除"[1]，有的学者甚至直截了当地宣称"历史剧是艺术，不是历史"[2]。一言以蔽之，当时关于历史题材文艺创作的论争主要是围绕着"历史题材文艺创作的本质规定性是艺术性还是历史性"这一问题展开的。这个悬而未决的问题伴随着新时期历史题材文艺创作的再度繁荣而又浮现于新时期文艺争鸣的视野中。

　　进入新时期，对历史题材文艺创作的探讨得以不断延续、拓展和深化，当然，这与前期的论争存在差异，那就是上世纪60年代的论争是在一元化的主导意识形态笼罩下进行的，表现为视野较为狭窄，思维僵化，研究方法单一，而新时期改革开放的新气象则使人们禁锢已久的思想观念得以解放，无论是历史题材的创作实践还是理论研究的观念与方法，都呈现出多元化的格局和日趋开放、兼容并蓄、多元互补的态势。有的学者针对历史题材文艺创作虚构中的典型化问题提出了建设性的"七条建议"[3]，有的重申了亚里士多德的"诗描写可能发生的事"的观点，提倡历史题材文艺虚构的原则是"可能怎样"和"应该怎样"，因此，历史题材文艺创作

---

[1] 李希凡：《"史实"和"虚构"》，《戏剧报》1962年第2期。
[2] 王子野：《历史剧是艺术，不是历史》，《戏剧报》1962年第5期。
[3] 这"七条建议"是：一、著名历史事件的大纲一般不能虚构；二、历史上实际存在的重要人物的基本面貌一般不能虚构，当他们成为剧中主角时更应慎重；三、历史的顺序不能颠倒，特定的时代面目、历史气氛、社会环境须力求真实；四、剧中纯属虚构部分的内容，即所谓"假人假事"，要符合充分的历史可能性；五、"真人假事"，其事除了要符合历史可能性外，还应符合"真人"的性格发展逻辑；六、"假人真事"，即虚构的一个人物来承担历史上真有过的事件，必须要让这个"假人"的性格与这件事具有内在的统一性；七、对于剧中非虚构的部分，即"真人真事"的处理，不要对其中有历史价值的关节任意改动。参见余秋雨：《历史剧简论》，《文艺研究》1980年第6期。

要将顺应历史发展趋势与人民愿望相统一。当然，由于对历史题材文艺创作内涵的理解不同，进一步导致了对历史剧分类划分标准的差异，有的学者认为历史题材文艺创作包含两个大类：历史化的历史题材文艺与非历史化的历史题材文艺。非历史化的历史题材文艺创作强调对创作主体主观性的表现，并不追求历史的"原汁原味"的真实性，而是仅仅依托某个历史时代作背景，借助某个历史人物为躯体，通过艺术性的表现方式展现作者的主观意图，因此，此类历史题材文艺创作的本质并不是以历史事实为基准，而是"只要能够在历史剧中准确地表现出当代人民群众的真实愿望、情感，那么不论艺术家对于历史事实作何种更动，不论是否有历史记载，是否违反具体历史阶段的可能性，假定性都是成立的"[①]。可见，这时的讨论逐渐倾向于对历史的虚构性（艺术性）特征的肯定。

　　90年代后期以来，历史题材文艺的"戏说"之风涌起，在高扬戏剧性（虚构性）大旗的同时表现出对历史客观性的蔑视，于是，历史题材文艺创作问题再度被推上风口浪尖。这时的论争，一方面受到各种热播的历史题材文艺带来的震荡波的冲击，一方面又受到西方各种理论学说的影响，人们的眼界变得更加开阔，思维更加活跃，突破了以往的历史唯物主义与历史唯心主义之间的二元对立模式的思维局限，呈现出多元化的历史观与多元化的创作风格，这使我国的历史题材文艺达到前所未有的繁荣，从不同的方面和层次试图满足社会各阶层的审美需求，由此引领历史题材文艺创作的论争进一步深化，并形成多种历史观与各种理论观点的复调式众声喧哗的新格局。就历史题材文艺创作实践看，既有包括红色经典在内的经典历史题材文艺，也有解构甚至颠覆传统经典的"新编历史剧"，还有纯粹娱乐消遣的带有浓厚消费主义色彩的"戏说"剧；表现在历史观上，既有唯物史观，也有唯心史观；既有历史决定论史观，也有历史相对论史观，还有新历史主义史观以及后现代大众文化的消费史观和历史虚无主义史观，等等。于是，在不同的历史观指导下的历史题材文艺创作以及围绕历史题材文艺创作实践展开了各种理论论争，在纷杂的论争深层，又将矛盾核心聚焦到对历史题材文艺特征如何界定这一关键问题上。然而，这种"百家争鸣"的局面更多地呈现为缺乏行之有效的对话语境，各种具有不

---

① 北淮：《历史剧的历史化和非历史化》，《戏剧艺术》1981年第2期。

同理论背景和不同史学观的学说在各自言说、各执一词，于是出现了"盲人摸象"般的景象，观点各异，甚至南辕北辙，这种众声喧哗的局面难以真正地使大家对历史题材文艺的见解达成共识。究其根本原因在于，争论双方不能正确地认识和阐释历史与艺术二者在历史题材文艺的复合关系结构中的辩证关系，或者将艺术与历史简单地予以划界式割裂甚至截然对立起来，只看到它们之间的差异而忽视其相互之间的内在沟通性；或者仅仅看到它们之间的"同"而忽视其间的"异"，认为历史与文艺一样具有诗性深层结构，都有虚构性特征，等等。这些片面的观点最终导致陷入将历史题材文艺的本质简单地定位于或"历史的"或"艺术的"特征的误区。因此，偏颇的观点与片面的研究方法是难以正确把握和准确揭示历史题材文艺的本质特征，由此而导致了近年历史题材文艺实践陷入了各种误区。

二、历史题材文艺的本质问题探究

历史题材文艺的本质特征是由其复合关系结构所决定的，而不是由"真实地再现历史原貌"的历史性或艺术虚构性单方面所决定，历史性与艺术性二者之间的关系既不是决定与被决定的关系，也不是"内在"与"外在"的关系。因此，如果我们只孤立地强调其整体结构中的某个构成因素或方面，进而将其放大为整个历史题材文艺的本质特性，或许也能揭示其某个层面的特征，然而，从整体上观照却是片面的。以往对历史题材文艺研究中存在的各种偏颇倾向，虽然都包含一定的合理成分，但却常常以自身理论的相对正确性来排斥和否定其他理论的合理性，以对历史题材文艺的某一构成因素的分析来代替对其他因素乃至对整个关系结构的分析。科学的方法论要求我们对历史题材文艺进行研究时，应该跳出只对某个单一因素和关系进行研究的思维局限，代之以通过对其整体关系结构的把握，通过各种构成因素和关系的区别与联系来探讨历史题材文艺的本质。

当我们把历史题材文艺视作一个复合关系结构时，就会发现历史和艺术两个维度与历史题材文艺之间形成一种转换生成关系——历史与艺术由原来的外在于历史题材文艺的自由存在的形态转换为内在于历史题材文艺的复合关系结构的因素，以"不在场"的方式成为历史题材文艺复合关系结构的组成部分并内化于其中，这种"不在场"的形态恰恰体现了历史题材文艺既不同于作为学科的历史，也有别于一般意义上的艺术的本质特征，它是横跨历史与艺术两个领域并蕴含、体现了二者之间内在沟通性的一种新的文艺形态，是历史化的艺术与艺术化的历史之间双向动态建构的结果。在历史题材文艺这个新的形态中的历史和艺术，已成为了这个关系结构的有机组成要素并获得了这个结构所赋予它们的新的性质、功能和作用，并通过其相互间的动态关系规定着历史题材文艺的本质特性。在这里，历史题材文艺作为在场的事物以不在场的历史与艺术所提供的广阔空间为视野，这时我们对历史题材文艺的把握就蕴含着丰富的历史与艺术自由融合的内容。可见，正是历史题材文艺所处于的由历史与艺术相互融会贯通、协调互补而形成的新的文艺形态的多重复合关系结构赋予其新的质的规定性，并且，历史诸要素与艺术诸要素作为历史题材文艺这个多重复合关系结构的有机组成部分，通过其自身诸要素之间以及与其他组成要素之间的对立统一的逆反双向建构活动，以动态的关系和方式显示出历史题材文艺自身既不同于历史也与其他形式艺术相区别的特有的本质特征。

我们所讲的历史题材文艺复合关系结构是一个具有多重层次的立体网络结构体系，涵盖历史意识的审美化与审美意识历史化的各种要素之间关系的相互转换和动态建构过程中形成的特有的"历史—艺术"结构形态，历史题材文艺的本质特征就蕴涵在这种复杂的关系结构之中。历史题材文艺体系结构的核心层面为审美关系结构。历史题材文艺作为人类活动以"实践—精神"方式把握世界的样式决定了我们对其研究应以审美关系结构为基本视角，而历史题材文艺审美关系框架又是由历史的诸多因素和艺术的诸多因素共同融合、构建而形成的整体结构，历史题材文艺的本质规定性是通过历史题材文艺审美关系的多重矛盾运动的交互作用得以产生与展现的，而审美关系的不同矛盾因素的组合方式和具体的存在结构形式的不同又决定了历史题材文艺以不同的具体样式展现出来——有的历史题材文艺偏重于历史维度，这就是我们所说的严格意义上的历史题材文艺；有的偏重于艺术因素，于是便有了以历史为"影子"或"布景"的古装"历史剧"或者"戏说剧"。因此，审美关系复合结构论的研究视角有助于我们深入探寻历史题材文艺的内在规定性及其发展的必然性。

历史题材文艺作为人类审美活动的产物，其最本质的特征就是美，而美处于审美主客体的双向建构所形成的一种自由的关系结构之中。正是在这种关系结构中，审美主体将来自对历史把握的历史意识通过对自身的审美意识的反映为中介，建构起历史题材文艺的审美的意象性客体来反映历史，在把历史客体对象化作为肯定人的审美本质的对象的同时，使主体自身的审美本质也在审美对象（历史）上得到确证，从而产生审美化的历史题材艺术。历史题材文艺的创作主体与历史客体的审美关系结构就成为历史题材文艺复合关系结构的基点，并通过这种结构得到更为集中、更为全面的阐释。进一步说，历史题材文艺的复合关系结构是由历史关系结构与艺术关系结构两个层面组成并在它们之间的双向互反的融合建构过程中获得其自身的本质规定性，这个逆反互动的运动即是历史的艺术化和艺术的历史化的双向建构过程。历史题材文艺复合关系结构中的历史关系结构是历史题材文艺的创作主体与历史题材文艺所反映的历史对象之间形成的对象性关系结构。在历史关系结构中，与历史题材文艺创作主体发生对象性关系的客体对象——历史——是历史题材文艺的本原客体，但这仅仅是历史题材文艺创作的来源与素材，而不能直接构成历史题材文艺本身，作为自然客体的历史要转化为历史题材文艺本身还必须经过特定的中间环节——艺术关系结构。其中，历史题材文艺创作主体与客体之间的双向逆反的运动——主体与客体之间的互为条件、互为基础的双向逆反的建构过程使历史作为历史题材文艺创作对象的外在客体转化为历史题材文艺的内在的审美化的意象性客体。这个主体与客体之间的双向逆反的建构过程决定了历史题材文艺复合关系结构的历史关系结构并以此形成和揭示了其历史性特征。历史题材文艺复合关系结构的艺术关系结构是指在历史题材文艺创作活动中的审美主体与自身客体之间形成的一种主客体关系结构。如果说，在历史关系结构中更为突出地表现为受动性——创作主体的主观意识受制于外界历史客体的话，那么，艺术关系结构则较为偏重于主体的主动性，只不过这时的审美主体的主动性表现为双重受动性的主观能动性——它不仅受制于历史客体的制约，还要受动于审美主体自身客体并以自身客体的客观性为基点，由此提供了主体主动性发挥的可能并以此圈定了审美主体主动性得以施展、发挥的广度和深度。

因此，历史题材文艺的复合关系结构就是，从历史关系结构的角度看，它构成历史题材文艺创作活动中与主体发生对象性关系的历史对象，我们把它称作历史题材文艺的本原客体，历史题材文艺就源于此，这时的客体只是外在于艺术的成分而不能称作历史题材文艺本身，历史题材文艺是艺术家在审美主客体关系中以审美的视野、通过审美的方式对客体历史的审美反映与审美建构相统一的文艺活动形成的一种主体性的艺术客体，我们借用现象学术语称作"意向性客体"。历史题材文艺作为意向性客体，虽然是客体历史意识化的产物，是艺术家精神活动的能动反映，但它却内含客体历史的内容，历史作为先在的本原客体而潜在地规范和制约艺术活动，这就是我们所说的历史题材文艺的历史性特征。与此同时，在艺术家意识化本原客体的过程中，即历史题材文艺的历史关系结构的形成过程中，与历史关系结构相对应，同时也形成了主体自身的艺术关系结构系统，历史题材文艺的主体性就存在于这个关系结构系统中。在历史题材文艺创作活动中，创作主体所要反映的历史必须通过艺术关系结构的艺术化环节才能转化为审美反映对象，即"意向性客体"。也就是说，历史关系结构要通过艺术关系结构这一中介环节才能成为历史题材文艺，否则只能是历史而非文艺，这正是历史题材文艺的艺术性所在。反之，如果只有艺术性特征而缺失历史性维度，那仅仅是通常意义上的艺术，而不能再称作历史题材文艺了。历史题材文艺的本质规定性就是这样存在于历史关系结构和艺术关系结构、本原客体（历史）与审美意向性客体等多种关系的往返交互建构过程中，在它们之间的相互转换和生成中，形成了自己独特的复合关系结构系统，历史题材文艺的本质就内蕴于这种关系结构中。

在历史题材文艺的复合关系结构中，最基本的层面是历史题材文艺与历史之间关系，即艺术主体对本原客体——历史——的审美反映层面，它表现为审美主客体的双向建构过程，即主体的客体化与客体的主体化两者之间互动。在这一过程中，历史与艺术双方的本质发生了对应性互动，即在客体历史变为审美化（艺术的）历史的同时，审美意识也走向主体的客体性历史，从而共同构成了对历史进行艺术反映的历史题材文艺特定内容，这即是历史题材文艺复合关系结构的历史关系结构，或可称之为对历史题材文艺本质的历史关系结构的规定。历史题材文艺对历史的审美反映是通过历史题材文艺的审美与历史之间双向互反的建构得以完成的。在这个过程中，历史与艺术之间发生本质的对应性交互运动，于是，历史与艺术双方各自都改变了原先的属性而获得了对方的特征。这时的历史与艺术已经不再是进入历史题材文艺之前先在的状态,而变成了一种同构关系的产物,变成了这个复合关系结构中的两个互相依存而在的成分,它们两者之间进行着双向逆反的同化:一方面艺术改变着、同化着历史,即客体历史被主体所观照而印有主体审美意识的痕迹;另一方面,客体也改变着、同化着主体,即历史进入主体的视野并内化为主体的历史意识。正是历史题材文艺的历史与艺术在主体审美化的活动中所实现的历史艺术化和艺术历史化的双向同构活动,构成了主客体相统一的审美心理。这种审美结构形态的内质,就是历史题材文艺的内容和表现对象。

从历史题材文艺复合关系结构的历史关系结构层面看,即历史题材文艺创作主体对客体对象——历史的反映看,历史题材文艺创作主体所把握的历史已经不单纯是客观存在的作为审美观照的客体历史,而是一种主体化了的历史,这时的主体对客体的反映也是主体对他所反映的客体——历史——的建构,即在主体对客体的反映中建构起来的具有主体审美性的历史。客体历史必须经过主体的审美心理结构的甄别和加工才能成为被主体审美心理结构同化了的对象,它们才能成为艺术化的客体历史。这时的客体历史已经改变了原有客体的结构形态,不再是原有的历史,而具有了主体审美性质并成为主体的结构因素。显然,这里的艺术主体对历史客体反映的本身也包含了审美主体对客体历史的建构。当然,主体所具有的个性独特的审美意识就成为审美主体对历史客体的反映和建构的前提和基础。面对同一个事件、同一段历史,不同的历史题材文艺主体的创作实践结果之间会产生见仁见智,不同甚至出现截然对立的现象,其根源在于历史客体的性质不仅取决于其自身客体结构与内涵本身,同时也取决于艺术活动主体个体的审美心理特征与结构的独特性。客体历史对象只有与艺术主体审美心理产生异质同构关系,它才能成为历史题材文艺活动的客体历史,才能成为历史题材文艺反映与建构的对象。[①]

三、历史题材文艺中的历史与审美关系问题

因此,我们说,历史题材文艺是艺术化的历史与历史的艺术化的统

[①] 参见马龙潜《主客体结构论文艺学的观念与体系构架》,广西师范大学出版社 2005 年版,第二编"文艺的主客体关系结构特性"。本书以此为方法论分析历史剧问题。

一。如果将历史题材文艺单纯地归结为是对历史的"真实再现"或对主体情感表现的"艺术",这实际上是将历史与审美予以割裂、对立,或者把历史本身视作了历史题材文艺反映与表现的对象,或者将历史题材文艺等同于一般的审美化的虚构艺术,两者都把历史题材文艺复合关系结构诸要素之间运动的交互建构关系看成是凝固的对峙关系,因此也就自然地把历史题材文艺对主体审美情感的表现性与对历史对象的反映性对立起来,把艺术化的历史与历史的艺术化对立起来。我们认为,历史题材文艺在本质上具有对历史反映性和艺术表现性的特征和功能,那种排斥历史题材文艺对历史的反映性,否定客观历史对历史题材文艺的客观规定性,把艺术性作为历史题材文艺消解历史事实的独立实体来表现的"艺术论"的观点难以立足。同时,任何历史题材文艺的历史性又是审美化的具有艺术性的历史反映——一种具有艺术性特征的建构性反映。历史题材文艺所要再现和反映的历史客体,并不单纯是一个客观存在的历史史实,而是一个肯定人的本质力量的艺术化的历史,它既包含客体历史的本质,也包含主体审美的本质,是历史性维度与艺术性维度相统一的复合关系结构。因此,那种只强调历史题材文艺的历史性而忽视其艺术性的观点,实质是将历史题材文艺等同于作为学科而存在的"历史",也就失去了历史题材文艺应有之义,自然也是片面的。历史题材文艺的这种历史性与艺术性相融合与统一的特殊的关系结构决定了历史题材文艺在本质上是历史特性与艺术特性的辩证统一,意向性客体的本身就既包含历史维度也包含着艺术性维度,而艺术性正是在对历史的反映中展现,历史性则通过艺术性的建构得以再现。

　　由此可见,当代中国历史题材文艺争论中将历史题材文艺的本质特征或者定位于"真实再现历史"的"历史论",或者将其极端化地界定为审美化的"艺术论"的观点与做法都是片面的。尽管这些观点在一定层面上揭示了历史题材文艺的某个方面的特征——譬如历史的特性或者艺术的特性,具有一定的合理性与"真理性",但都有局限性。因此,以往历史题材文艺研究中出现的将其本质特征简单地归为或历史的,或审美艺术的,或主观的,或客观的等某一方面特性的观点和做法无疑都是片面的,难以科学地揭示历史题材文艺的应有内涵。

　　客观地说,当代中国伴随着历史题材文艺创作的多元化繁荣的局面,关于历史题材文艺问题的论争深化了对问题的认识。同时，我们也应该清醒地意识到，论争本身反映出的对许多问题——尤其是对历史题材文艺的本质特征这一理论争鸣的焦点问题——的把握还有待于我们进一步深入探讨。对其中存在的种种误区的澄清将有力推动该问题研究的不断深入和创作实践的健康发展。纵观当代中国历史题材文艺状况，似乎存在这样几种值得我们关注的倾向：有的混淆了"历史"与"艺术"之间的差异性，误将历史真实作为衡量历史题材文艺成败高低的唯一标尺，重蹈"历史决定文学艺术"的思维模式；有的抽空"历史"的具体内涵，试图创造一个艺术家心目中的"主观历史"而陷入了历史相对主义或历史虚无主义的窠臼；有的以张扬"人性论"为大旗，极力追寻一个超越具体历史规定的拥有普适性的抽象的人性论而重塑一个置历史史实于不顾的"虚拟英雄"；等等。这些具有代表性倾向的共同之处在于，它们都未能正确地把握历史题材文艺的本质，不能辩证地阐释"历史"与"艺术"两个维度在历史题材文艺复合关系结构中的作用、地位和相互之间的关系——或者在一定程度上沿袭了二元对立的思维模式，只看到了它们之间的"异"而忽视其内在沟通性的"同"，将二者的关系予以划界式的割裂甚至截然对立；或者走向另一个极端，只看到了它们之间的沟通性，却忽视了"历史"与"艺术"毕竟分属于不同学科的本质区别，要么将历史题材文艺等同于学科意义上的"历史"，要么将其与一般意义上的"艺术"相混淆而忽视了历史题材文艺特有的内在规定性。总之，由于这些误区的屏蔽导致难以正确把握历史题材文艺的应有之义和准确地阐释其基本特征。

就第一种错误倾向讲，持论者过分地强调历史题材文艺的"真实性"维度，以历史的具体史实"比照"历史题材文艺的情节并以此作为判断历史题材文艺优劣成败与否的"尚方宝剑"，这种观念与方法只机械地看到历史题材文艺复合关系结构中的历史维度而忽视了艺术维度的存在，由于混淆了作为艺术门类的历史题材文艺与作为学科的历史之间的根本差异性而以历史替代了历史题材文艺，其实质是取消了历史题材文艺存在的意义和价值。

客观说，以历史作为判别文艺水平高低的观念由来已久。在文艺与历史的关系问题上，亚里斯多德的文艺观成为影响深远的始作俑者，于是，文艺的虚构性几乎等同于不真实。至文艺复兴后，自然科学成为备受推崇的"唯一真理",与此相反,文艺由于缺少"历史的真实"而走向边缘。弗莱就认为文艺是属于人文学科中间的,其一侧是历史,而另一侧则是哲学。由于文艺本身不具备一个系统的知识结构,批评家只好向历史学家的观念框架中寻求事件,又到哲学家的观念框架中借求思想[①],因此,文艺只能通过历史获得自身存在的根据和价值。这种根深蒂固的文艺观——文艺主司虚构,以对具有普遍性的特殊事物的想象性虚构为职责——流传至今;而历史则主司真实,以对个别事件的再现为天职——直接影响到历史题材文艺的创作和理论研究。受此观念影响,将"历史"视作衡量历史题材文艺的成败优劣的金科玉律,而作为标尺的"历史"则被看作是客观的、绝对的。以此观念审视,历史作为"背景"而成为文艺研究的参照坐标,认为历史题材文艺是对作为"反映对象"历史的反映,因此,就要力图反映、复制、再现历史的"真实"。如果我们苛求历史题材文艺必须"恪守"历史的"真实"而不能越雷池半步,认为唯有如此才能称得上"尊重历史""忠于历史",那么,这种观点与做法是片面的,因为它只看到历史题材文艺的历史维度而忽视了艺术的维度,在某种程度上将历史题材文艺等同于历史(学科),实际上消解了历史题材文艺存在的意义。

况且,更为重要的是,历史题材文艺作为特殊的艺术门类对历史这一特定对象的反映不同于历史学科对历史的反映,其根本差异之处在于它是以艺术的方式进行的审美反映。如果说历史学科研究是求"真",那么,历史题材文艺则是追求真善美的统一,以塑造"艺术美"的方式实现对客体历史"真"与主体意志"善"的和谐统一的追求。历史题材文艺对历史的反映是审美反映,是历史题材文艺创作主体通过自身的审美心理折射出的意向性客体——一个既不同于客观史实也有别于历史学家案头的独特的历史(艺术化的历史),因此,每一部历史题材文艺就成为艺术家看历史的独特的"窗口"。原有的历史——不管是客观存在的历史史实还是经过历史学家书写的"历史"——要转化为历史题材文艺的内容,它必须经过创作主体审美心理的过滤、吸收和加工等中介环节,而艺术家的审美心理不仅包括其历史观、文艺观,还有艺术家的审美理想、审美情趣等诸多成分在内,它们共同融合成为艺术家独特的审美心理世界,当原有的历史走

---

① Northrop Frye, *Anatomy of Criticism*, Princeton University Press, 1957, p.12。

入艺术家的审美心理时,其实并非全部的历史都能够主体化,而是只有那些"符合"艺术家历史观和审美心理需求的并与其能够形成"异质同构"关系的历史才能被艺术家接受并转化为艺术家主体化的历史,再经过虚构等艺术审美加工而物化为艺术化的历史。可见,只有历史维度并不一定就物化为历史题材文艺,那种只片面强调历史题材文艺的"历史真实"维度的观点和研究方法有其正确性的一面,因为它充分认识到历史在其中的重要作用,但同时又是片面的。这正如理论家所评述的:"历史家只是简单地、单纯地写下所发生的事实,因此不一定尽他们的所能把人物突出;也没有尽可能去感动人,去提起人的兴趣。如果是诗人的话,他就会写出一切他以为最能动人的东西,他会想象出一些事件,他可以杜撰些言辞,他会对历史条件添枝加叶。对于他重要的一点是做到惊奇而不失为逼真。"①马尔库斯说过:"艺术正是借助形式,才超越了现存的现实,才成为在现存现实中,与现存现实作对的作品。这种超越的成分内在于艺术中,它处于艺术本身的维度上。艺术通过重建经验的对象,即通过重构语词、音调、意象而改变经验。"② 上述论断较为准确地揭示出文艺不同于历史学科的本质差异。

因此,我们应该正视作为独立学科而存在的历史与作为艺术门类而存在的历史题材文艺毕竟有别这一事实。当我们以大量笔墨讨论文艺与历史的内在相通性的时候,不仅仅要看到它们之间存在的"异中之同",还应该看到它们的"同中之异",清醒地意识到历史题材文艺与历史本身毕竟是分属两个不同的领域,它们之间有着本质性差异,如果只看到"异中之同"而看不到"同中之异",其结局必然是——要么取消历史存在的必要性,要么以历史取代历史题材文艺而消解后者存在的价值。

与上述第一种"史""剧"不分、以历史性消解艺术性的错误倾向截然不同,当前历史题材文艺创作的第二个值得关注的倾向是过度张扬其艺术性(虚构性),消解、颠覆历史史实的客观性、真实性、必然性和规律性而陷入历史相对主义或历史虚无主义的泥潭,从而走向了问题的另一个极端——否定历史题材文艺的历史性。这种倾向具体表现为:抽空不同历

---

① [德]狄德罗:《论戏剧艺术》,《文艺理论译丛》第1期,人民文艺出版社1958年版,第169—170页。

② [德]马尔库塞:《美之维》,上海三联书店1989年版,第169—170页。

史时期的特定内涵的差异性而试图创造一个超越时空限制的具有普适性的"主观历史";在历史人物塑造方面则是漠视不同历史时期的社会关系的具体规定性而追求塑造抽象的"人性"。于是,有的持论者彪炳"创新"旗帜,对现有的一切进行主观的、个性化的"大胆"改造,甚至是彻底的消解、颠覆,无论是对传统的、已有的社会道德价值中心体系,还是对经典文本或者历史事实、历史人物,都进行全面的颠覆,置历史事实于不顾,有意消解中心话语、权力话语,突显非主流意识、非宏大历史事件等边缘化、零散化视点,将历史随意解构;他们在书写历史的事件时,淡化历史概念,甚至为刻画、重树自己心目中的"主观英雄"形象而不惜歪曲历史、颠倒黑白;有的持论者强调抒写自我的个体感受与体验,充分重视并且尽情张扬、施展主体的创造精神,淋漓尽致地表现主体对历史事件和历史人物的主观感受和个体的情感倾向,表现出蔑视一切已有的伦理道德价值体系,颠覆现有"历史教科书"成论的错误倾向。①

克罗齐的"一切真历史都是当代史"②的论断鲜明地代表了唯心论史观,他认为只有用"心"去写历史,才能写出真正的历史。这种过度张扬主观相对性的历史观和文艺观存在着严重的逻辑误区。诚然,我们不可能亲自经历或体悟那个业已逝去的物质世界的历史,但是,那个曾经确确实实存在过的真实的历史难道仅仅因为我们无法触及而被彻底否定?难道我们就不应该保留对真正历史的执着追求与敬畏感?历史题材文艺创作中如此将主观性无限放大而成为绝对化的倾向,其最终结果必然导致由于过度张扬历史阐释与历史文本的主观性特征来否定历史事件的客观性而滑入历史相对主义和历史虚无主义的泥潭。有人认为历史文本是一种虚构游戏的娱乐所在,是"我以为"的话语历史,强调历史叙述的关键是讲述话语的年代而非话语讲述的年代。这种观点值得质疑。固然,我们更多的是通过历史文本理解历史,而历史文本又是对历史事件的某种理解和采用一定叙事方式的文本,以此视角审视,我们必须面对和承认对历史意义的阐释某种程度上存在主观倾向性的事实,这是一个不争的事实。然而,任何历史文本都是对那些曾经发生过、存在过的客观事件的叙述、描绘和阐释,绝

---

① 参见杨杰:《对当前文艺创作现状的反思》,《江淮论坛》2006年第5期。
② 克罗齐:《历史学的理论和实际》,商务印书馆1997年版,第2页。

不是空中楼阁式的对虚无的阐释或可以任意发挥的文本。任何历史事件的发生与存在都是不容置疑的客观事实，都是在一定历史条件和背景下的众多因素合力作用的结果，因此，尽管说每个人的历史观在一定程度和范围内可能相异，对同一历史事件也会出现观点相左的情况，但是，我们必须正视这样一个不容置疑的事实：对历史的书写与理解永远是追寻那个曾经真正发生过、存在过的客观史实，不论"历史"这一范畴的内涵如何被解读、被阐释，我们都应该敬畏历史、尊重历史，而不可藐视、游戏历史。历史题材文艺中的历史问题同样也具有这个性质。

抽空"历史"具体内涵的历史观在近年的历史题材文艺创作中反映的尤为突出，值得我们关注。具体表现为将历史事件"叙事化"，将历史人物"人性化"的倾向①。历史题材文艺毕竟来源于历史，任何历史又是具体的、鲜活的，是由特定时期的社会政治、经济、文化等既存的诸多关系、社会风貌和时代精神组成，并不存在超越具体规定性的抽象的历史；同样，历史又是人的历史，历史人物也是活动在特定而具体的历史时空的有目的、有意识的社会实践的主体，有其内在的人物性格逻辑这同样是由其所在社会关系所规定的，难以挣脱其存在的特定条件的制约，因此，那种抽空历史时期特有内涵的可以超越不同历史时空具体限制的具有普适性的所谓的"人性论"其实是反历史的。他们抛弃对历史主线的关注而凸显"诸历史"的琐碎，屏蔽历史名人而追求描绘世俗化、低俗化甚至庸俗化、欲望化的充满奴性、匪性、野性的"小人物"，为了追寻塑造所谓的"全新"人物形象，有的历史题材文艺在正面人物身上注入"劣性"，在反面人物的身上平添几片"美丽的羽毛"，以期使人物形象更加"丰满"；更为值得关注的倾向是，有的创作者在涉及史学界已有公认的定论的人物形象时，置无数代史学家历史研究的史实、成果于不顾，漠视人物生存活动的具体历史时空，逆历史发展潮流，以机械的"拼盘"的方式和凭空杜撰的手段达到重树自己心目中的"令人耳目一新"的"英雄"形象的目的，在没有任何新的翔实而确凿的史实佐证的前提下随意解构、颠覆历史人物的已有定论，为极有历史影响的历史人物随意"翻案"，甚至指鹿为马、颠倒黑白。在这类历史题材文艺中，历史成为任人摆布的"玩偶"，可以任

---

① 董学文：《唯物史观与文艺创作思想》，《吉林大学社会科学学报》2004 年第 1 期。

意调侃与肆意戏谑。大量虚构的三角戏乃至多角戏情节的掺入，浓墨重彩地对人的感官的、生物的、本能欲望的宣泄与偷香窃玉的行为举止的露骨描写，真是达到了所谓的"武戏上房、文戏上床、官司上堂，爱情、阴谋、武打三合汤"的境地。表面上看，这种"独到的加工"确使历史题材文艺的"故事性"大为生动、大为"有戏"可看，确实迎合了当下社会某些人的消遣性、娱乐性的心理需求，但我们在娱乐、消费"历史"的同时得到的只是轻浮与浅薄的逗乐、搞笑，那种震撼人心的历史的厚重感与责任感却飘然而逝、荡然无存。纯粹的完全的快乐是同死亡联系在一起的——福柯的这句忠告在今天的中国仍是意味深长。

我们并不反对历史题材文艺创作的"创新精神"。然而，历史的创新必须建立在对史实全面、详实的把握和本质的分析的基础上，必须以历史事实为基准，就是要更加准确、更加深刻地揭示历史的真实、历史精神。因此，尊重历史、敬畏历史是历史题材文艺创新的坚实的基石和逻辑起点。历史题材文艺创作，"劈空结撰可也，倒乱史事，殊伤道德。即或比附史事，加以色泽或并穿插其间，世间亦自有此一体。然不应将无作有，以流言掩事实，止可以其事本属离奇，而用文章加甚之。不得节外生枝，纯用指鹿为马方法，对历史肆无忌惮，毁记载之信用。事关公德，不可不辨也"[①]。当前历史题材文艺创作的那种截取某段历史而天马行空式地凭借主观臆断任意戏说、虚构、杜撰、重写历史而又置历史事实于不顾的观念与做法是不可取的。社会历史发展的长河是一个连续不断的有机整体，任何人无法割断历史，也绝不可能将某一特定的历史时期从其所处的历史环节中完全孤立出来，因此，那种断章取义式地对某一历史阶段的把握，可能是片面的甚至是错误的，没有具体历史的参照，我们甚至很难判断这一历史时期或者其中的某一人物、事件的是非与价值，如果一意孤行地仅仅依照个人的主观意识去杜撰历史、随意"改造"历史、"创造"历史，娱乐历史，拿历史做游戏，对历史肯定的人物尽调侃之能事，而对已有历史定论的反面人物却颠倒是非、混淆视听；或者有意回避历史中的宏大事件，对以国家意志和政治权力共同构筑起来的话语系统实施有效的解构，将历史发展的主线索故意隐去，喧宾夺主式地凸现那些细枝末节，甚至热

---

① 孟森：《心史丛刊·董小宛考》，辽宁教育出版社1998年版，第157页。

衷于对那些藏污纳垢内容的叙写，有意夸大非主流因素在历史进程中的推动作用，从抽象的历史决定论与历史成见中出发"还原"和"重构"历史，等等的这些做法，不仅是缺乏历史根基而难以立足，而且这种忽视历史、漠视历史、蔑视历史，甚至颠覆历史的历史题材文艺创作必然表现出浅薄、狭隘、狂妄、刚愎自用的弊端①。

某些持论者宣称历史题材文艺要以"现代意识"阐释历史，此论点也须辨析。固然，当我们审视历史时必然是站在当代的视角进行阐释，必然具有主体性意识。然而问题的关键是，这里的"现代意识"的内涵究竟是什么？当人们大谈"现代"时，有的学者深刻地指出，"现代"并不仅仅是一个时间概念，时间上的"现代"也不等于意识上的现代。因为生活在"现代"的人，只能确认绝对意义上的时间的"现代"，即我们生存的21世纪初的历史阶段；同样生活在"现代"的人，并不一定都能掌握"现代"的科学理论和拥有现代的意识，有的"现代"人脑子里灌满的只有"非现代"的、陈旧落后的，甚至愚昧的观念和意识——如皇权意识、家政意识、人治观念、权谋主义、男权意识、纵欲主义等等，可能早已远远滞后于所生活的"现代"社会。而意识的"现代性"则是一个相对意义上的时间概念，是指站在时代的制高点上审视历史，对历史的把握具有高屋建瓴般的穿透力，是"历史地"看历史。所谓"历史地"是指善于运用历史唯物主义的科学方法论，以动态的、全面的眼光看过去，不仅要看到历史结果，更应关注历史嬗变的"过程"，对主要的历史事件和历史人物要做出总体上符合历史真实的评价，并通过对历史事件的梳理和对历史人物的塑造，揭示其是非成败与是否顺应历史发展的必然趋势——正如孙中山所言的"世界潮流，浩浩荡荡，顺之者昌，逆之者亡"。历史题材文艺应该给人以历史厚重感和睿智感，"留下了令人心惊不止、久久不去的历史意味。这里所说的历史感、历史意味，……它既是历史的，包含着我们民族昨天、过去的思想的积淀，同时又是发展的，包含着今天的反思与自我认知的意绪，这是我国的悠长历史传统与现代意识的反思融合而成的一种进取的历史精神"②。

---

① 参见杨杰：《对当前文艺创作现状的反思》，《江淮论坛》2006年第5期。
② 钱中文：《历史题材创作、史识与史观》，《文艺评论》2004年第3期。

总之，作为历史题材文艺，要有"历史根据，同时又必须进行必要的文艺虚构；没有根据的虚构，就超出了历史题材文艺的范围；没有虚构的历史，就超出了文艺创作的范围"[①]，这正是历史题材文艺的复合关系结构框架视野中的历史性与艺术性两个维度之间的辩证关系，偏离任何一端都将失之偏颇。

准确地把握历史题材文艺的本质特征，这是走出其理论研究与创作实践误区的关键。

[①] 焦菊隐：《武则天导演杂记》，《焦菊隐戏剧论文集》，上海文艺出版社1979年版，第10页。

结　语

纵观文艺研究的历史变迁，尤其是各种新史学理论形成的一波又一波的对传统客观史学观与研究思路、方法的批驳，以及由此推动的文艺研究中对历史维度的排斥，直到20世纪后结构主义孕育并逐渐形成规模的回归社会历史的文艺思潮，呈现出美学的与史学的观点走向辩证统一的发展态势。在这期间，历史维度就如同审美维度一样，是任何文艺创作活动与文艺批评研究所必须正视与重视的坐标轴。海登·怀特的理论研究在一定程度上顺应了这种发展趋势。

以不同的理论背景审视，会对怀特的元史学观与元史学理论提出各异的看法，大加褒奖者有之，愤而斥之者有之，毁誉参半者更有之。然而，正如前言所指出的，他的理论探讨的文史并举、综合互补的观念与方法对我国文艺理论研究无疑具有积极的借鉴意义，也符合当今社会发展的历史趋势。

第一节　元史学理论对文艺研究的现实意义

我国当前的文艺研究呈现为一个思想观念开放，研究方法多元化并存的状态，但又不乏自我封闭弊端的存在。客观地说，新时期以来的思想解放与改革开放使得文革时期的一元化的局面得以根本性改变，无论是来自西方的哲学观念、文化思潮，还是来自我国传统的文化不断交汇、撞击、融合，呈现出不同流派、不同理论、不同论调众声喧哗的开放性社会的特征；同时，众多的理论学派之间又不同程度地表现出固步自封、唯我独尊的局限性，正是这种弊端制约了文艺研究的健康发展，甚至出现与文艺应有本色背道而驰的某些错误的暗流，值得引起我们足够注意。

怀特的元史学理论研究，大胆地跨越历史学、文学、人类学、政治学、经济学等各学科，对各种相互对抗、差别悬殊的文艺理论流派进行了概括与综合，把当代社会科学研究中的新观念、新方法运用于对文艺与历史关系问题的探讨中，这种兼容并蓄的学术胸襟与理论品质使他的研究视野开阔，其研究方法不仅关注文艺的"内部"，同时也以辐射式展开了"外部"研究，进而步入意识形态、权力话语层面的探讨；在方法上，广纳形式主义批评、西方马克思主义、后现代主义等理论，直面社会权力、社会控制、压迫，强调从意识形态、政治权力、文化霸权等多维视角对文艺进行综合性解读，一改过去划界式的"单向度"研究策略，试图重构过去与现在的"双向"对话、交流的关系，这种过去现实化、现实历史化、以当代阐释过去、以过去塑造当代的研究模式使得文艺参与到历史之中而成为建构历史的力量。将文艺研究置于由文艺与政治、个人与群体、权力话语与非权力话语等各种力量相撞击的"作用力场"中，从而获得了更为广阔的研究视角。这对我们今天的语声嘈杂的文艺研究具有重要启迪意义。他的这种虚怀若谷、海纳百川的学术精神和不断走向综合、互补的方法论意识，正是一个理论、一个理论家所必备的优秀品质之一，值得我们认真学习。

近年文艺研究伴随改革的不断深化而发展，有力地推动了社会主义文化的繁荣。同时，也出现了诸如消解传统价值体系、历史虚无主义、拜金主义、过度娱乐化等倾向，不同程度地阻碍了文艺研究乃至文艺创作实践的健康发展。诸多问题集中表现为科学方法论的欠缺，因此，强化方法论意识，走出文艺研究的误区就成为当前文艺研究亟待解决的核心问题。

20世纪文艺研究走过的历史轨迹再次以雄辩的事实印证了马克思主义"美学的与史学的观点"的统一作为文艺研究科学方法论的正确性，任何试图割裂二者辩证统一关系的观念与做法必将误入歧途。然而，在我国当前文艺研究中不同程度地出现了忽视"美学的与史学的观点"相统一的方法的运用，突出表现为：或者将"美学的"与"史学的"观点割裂甚至对立，或者曲解这一马克思主义文艺研究的经典方法，或者以追求文艺"背后"的历史真实而忽视"美学的"维度存在；或者在所谓的"回归文艺自身"的旗帜下凸显文艺的审美性的同时消解、摒弃、文艺的历史维度，取消了文艺研究中应有的历史意识和历史方法；有的理论研究以反对"历史决定论"为旗帜，走向了另一个极端——历史相对主义；有的将"历史的观点"曲解为"思辨历史"的"历史决定论"，或认为是"庸俗社会学"而加以否定；有的简单地将"历史的观点"与"外部研究"和"美学的观点"与"内部研究"之间画上等号；有的虽然标榜坚持"美学的与史学的观点"这一批评标准，但却是"非历史"地去理解、阐释"历史"，并不能准确把握"历史"范畴的应有之义，实质上还是曲解了马克思主义文艺批评的标准。当我们重新审视、思考马克思主义"美学的与史学的观点"这一经典文艺批评原则时，也许就会发现以上这些具有代表性失误的"症结"所在。

自新时期以来，我们在清算以往的文艺研究中存在的片面强调文艺社会政治性特征的弊端时，又矫枉过正地陷入了过分彰显审美性一端，把"审美性"视作文艺的本质规定，以肯定文艺的审美特征来解构、否定一切非审美因素的窠臼，由否定以往的政治化文艺研究模式走向了纯审美化研究模式，其代价是将包括马克思主义"美学的与史学的观点"相统一的文艺研究方法所包含的一切历史方法、历史因素置于文艺研究视野之外的"不在场"。"审美化"的文艺论倡导者凸显了文艺是以"审美"这一特殊的人与世界构建的主客体关系框架下的实践活动的本质特征，有利于我们准确揭示文艺的本质规定性，但是，如果将审美性无限放大而视作文艺的唯一的、全部的内涵，那就会失之偏颇；不仅如此，这种观点指引下的文艺活动可能由宣扬文艺的审美娱乐功能走向过度娱乐化的极端。一些文艺活动，标举"关注民生、走进生活"的旗帜而对社会某些消极甚至是丑恶、迷信等"藏污纳垢"角落不遗余力地"深度"挖掘，金钱、美色和性话题充斥在各个传播媒介中，在一定程度上折射出"庸俗、低俗、媚俗"之风的蔓延。于是，拜金女、富二代等"明星嘉宾"在相亲类节目中层出不穷，各种情感类节目的猎奇、炒作边缘题材等"审丑"行为堂而皇之占据电视黄金时段，为博得观众"眼球"，各种因亲情矛盾、家庭纠纷而导致的极端行为、过激言论成为噱头，"揭伤疤"或恶性案件更是令人"拍案惊奇"；悲情、阴暗、颓废心态被过分渲染，"每天打开电视都是吵架的、打架的，离婚的，找小三儿的"成为观众对当下电视栏目的最好总结。表面上看，貌似是将新闻、娱乐的镜头聚焦到社会生活，"贴近"百姓的日常生活，也的确博得了某些受众的关注与青睐，收视率一度陡然提升,广告收入耀人眼目,甚至成为同行羡慕与效仿的摹本。但其负面作用却是不可忽视,"拜物教"、拜金主义跃然成为人之生存的第一要义和生活的追逐目标,全然忘记了文艺担负着艺术活动、艺术家的社会责任。

有的文艺研究在历史观方面也出现偏差,标举克罗齐所倡导的"一切真历史都是当代史"的旗帜,陷入文艺研究中的历史相对主义泥潭。如果说过度张扬历史研究的相对性的一面,"重构历史论"强调历史的叙事性与主观阐释性维度,有其真理性的一面,那么,我们更应注意历史事实(事件)与文本阐释之间的辩证关系,固然,历史不是对孤立事件的罗列,而是对历史事件的某种理解方式的文本;任何对历史意义的阐释都存在主观性的问题,这是一个无法否定的事实,然而,问题的另一面却是,任何历史文本绝不是阐释"虚无"的文本,绝不是一个可以任意述说的文本,而是对曾经实实在在发生过的"事件"的叙述和阐释,任何对历史(事件)意义的阐释必然是以历史事实为依据的,是对某一特定历史事件的阐释,而这一历史事件的发生、存在却是客观的,如果对此客观性熟视无睹而代之以天马行空式、异想天开般的阐释,完全有可能由此而丧失其阐释存在的意义与价值。不管"历史"这一概念的内涵可能或者正在发生着怎样的变化,甚至变的如何扑朔迷离,然而,一个铁定的事实却是——历史永远指向那个曾经真正发生过的事件,这就如同历史不管怎样书写,任何人都无法否定或"改写"日本侵华历史事实一样。文艺中的历史问题同样也具有这个性质。

因此,面对文艺活动中的种种歪曲历史、消解政治、解构经典、蔑视崇高、戏谑正义、调侃人生、蔑视英雄、嘲笑正直、凸显情欲的做法和文艺批评中的抽空历史、牵强附会、随心所欲、玩世不恭、一叶障目、不见森林的现象,我们更应该回到马克思主义的唯物史观上,以"史学的观点"科学地予以审视。无论是当前文艺创作还是文艺研究中的那些截取某段历史来"重写"历史而又置历史事实于不顾的做法是不可取。社会历史发展的长河是一个连续不断的整体,任何人无法割断历史,也绝不可能将某一特定的历史时期或事件从其所处的历史中完全孤立出来,因此,这就决定了断章取义式地对某一历史阶段的把握,可能是片面的甚至是错误的。没有历史链条的参照,我们甚至很难判断这一历史时期或者其中的某一人物、事件的是非与价值,如果一意孤行地依照个人的主观意识去杜撰历史、随意"改造"历史，颠倒是非、混淆视听；或者有意回避历史中的宏大事件，对以国家意志和政治权力共同构筑起来的话语系统实施彻底解构，将历史发展的主线索故意隐去，喧宾夺主式地凸现那些细枝末节，甚至热衷于对那些藏污纳垢内容的叙写，有意夸大非主流因素在历史进程中的推动作用，从抽象的历史决定论与历史成见中出发"还原"和"重构"历史，等等的这些做法，不仅是缺乏现实根基站不住脚的，而且这种忽视历史、漠视历史甚至蔑视历史的历史虚无主义倾向必然表现出浅薄、狭隘、狂妄、刚愎自用的特点。

第二节 对海登·怀特元史学观问题的思考

回顾文艺发展的脉络，我们可以将文艺研究中对待历史问题的态度大体分作两种：一是历史决定论，一是历史相对论。[①]

旧历史主义视野中的文艺理论，在研究文艺作品时总是重视"语境"，并假定这个语境——历史背景——具有文艺作品本身所无法达到的真实性与具体性，因此，文艺研究的目的就是力图再现作者的原意、作者的世界和当时的文化背景。于是，这些学者把研究重点聚焦于版本真伪、文字校注以及探讨当时的社会状况上，在评判作品时试图恢复与作家同时代的读者的标准，力求"真实地再现"彼时彼地的情形，认为唯有如此才能称得上"尊重历史""忠于历史"。此种文艺研究中的以古论古的态度，人们称之为历史绝对论。

这种研究态度对于考证史迹、钩沉辑佚、订伪辨谬大有作用，还可以帮助读者避免犯时代性错误。但是，我们还应该认识到，如此的文艺研究方法，当面对文艺作品时往往忽视文艺自身的特点，并假定过去与现在之间的关系是有因果关系而具有决定性意义。在批评实践中必然暴露出其局限性。首先，当分析文艺作品时，我们很难鉴定、分辨究竟哪种观点更符合作者同时代读者的看法，更符合那时的社会状况，即使借鉴其他史料文本，还存在一个可靠性与代表性的问题，况且，一个不容忽视的事实是：

[①] 参见徐贲：《走向后现代与后殖民》，中国社会科学出版社1996年版，第6—8页。

许多文艺名著可能在其作者时代（或文本产生时代）备受冷落，甚至被否定，然而却被后世推崇，声名鹊起。其次，这种研究方式的目的与手段的倒置。我们探讨文艺中的历史维度，仅仅是一个文艺研究的手段、方法、途径，其目的是为更好、更准确、更全面地把握、揭示文艺的特征，而不是相反。如果我们混淆了方法与目的，就会把研究历史事实作为文艺研究的目的，就会混淆了文艺理论与历史考证的区别，而把文艺作品视作"文物"，深陷于训诂、校勘式纠缠之中难以自拔。这种偏颇在中外文艺研究中是有例为证的。譬如，自郭沫若历史剧《屈原》，尤其是香港拍摄同题材电影之后，婵娟就成为某些文艺理论家"考证"的焦点，有人猜测说婵娟是屈原的妾，有人臆断为"情人"，更有甚者，还有说婵娟是屈原的"女研究生"；在西方，就有学者苦苦考证莎士比亚十四行诗里的黑妇人的身份，而且乐此不疲。

以历史绝对论的态度去研究文艺，很可能导致出现曾被清代袁枚所批评的"以学为诗"的怪圈，此类考据式的文艺研究"当为考据之学，自成一家。……何必借诗为卖弄"[①]。

与文艺研究中的历史绝对论不同的是历史相对论。文艺研究中的历史相对论的生命不如历史绝对论时间久长，其产生的基础是对思辨历史观的批判乃至否定的观点。海登·怀特的史学观更倾向于此。与历史绝对论对历史客观性肯定的观念截然不同，历史相对论认为在文艺研究、阐释中不存在绝对正确的标准；如果说前者是机械决定论，那么，后者则带有较强的唯意志论的色彩；前者否定研究者的主观性，而后者则抹掉了历史史实的客观性；前者以历史束缚文艺，而后者的"历史"迷失了边界与坐标，成为"任人打扮的小姑娘"。

具体地说，若以海登·怀特的元史学理论审视文艺研究中的历史维度，有几个问题值得引起我们足够的重视，否则，极易滑入历史相对主义泥潭，出现矫枉过正的失误。可见，虽然二者呈现形态不同，其错误实质都是相同的。

剖析元史学理论，首先要区分文本与历史事件的界限。海登·怀特的理论是以"文本"为工作平台的，认为任何一部历史文本必然引诱主观因

---

① 袁枚：《随园诗话》（上册），江苏广陵古籍刻印社1998年版，第78页。

素，难以做到客观而全面地揭示历史真相，因为文本就是话语虚构性与权力性编码的产物。问题的另一方面却是，如果我们的研究对文本与历史事件之间不加以区分，"历史的文本性"极易滑入"历史＝文本"的错误推演中，也就是说，如果没有清醒的意识去界定"历史"与"文本"的差异，就很容易将二者混淆，其结果必然是将历史文本等同于历史史实本身。唯物史观特别重视对历史史实的研究，这是具有基础意义的原则，"我们大家首先是把重点放在从基本经济事实中引出政治的、法律的和其他意识形态观念以及以这些观念为中介的行动，而且必须这样做"[①]。正如列宁深刻指出的，"历史唯物主义"的核心是"历史"，这里的"历史"实质是观念与方法的统一，即恩格斯所说的马克思主义理论方法是"历史的与逻辑的"统一。新历史主义的"兴趣"并不在于历史史实本身，而试图通过对文本叙事模式的研究和对诸多事件的"组合"来"触摸"那个"业已逝去"的过去，实现对历史的重新建构的目的。当我们将单数大写的历史（History）分解为众多的复数的小写的"诸历史"（histories），并进而转换为叙述"故事"（story）时，就会获得无数个关于历史的故事（stories），并以小写历史与复数的历史的书写以对抗、消解、颠覆乃至彻底遮蔽以往的大写的正史，此时的历史已悄然置换为"历史诗学"，那么，难道那个真正的历史由于被认为无法企及而被彻底放逐？难道我们就不应该保留那份对真正历史的追求和向往？若将文本与历史混为一谈，以对文本的研究代替对历史事件的研究，以对文本的主观性的强调置换历史事件的客观性，最终必然导致以文本的真实取代历史事实的真实，以历史文本的主观性否定历史事件的客观性。

第二，要正确看待历史事实（客观事件）与文本阐释之间的辩证关系。固然，历史不是对孤立事件的罗列，而是对历史事件的某种理解方式的文本，任何历史史实本身并不具有意义，更不是讲述什么的"故事"，任何对历史意义的阐释都存在主观性的问题，这是一个无法否定的事实，因此，克罗齐所讲的"一切真历史都是当代史"[②] 有其合理性的一面；然而，问题的另一面却是，任何历史文本绝不是凭空虚构的文本，绝不是一个

[①]《马克思恩格斯选集》第 2 卷，人民出版社 1974 年版，第 43 页。
[②] 克罗齐：《历史学的理论和实际》，商务印书馆 1997 年版，第 2 页。

可以任意杜撰的文本，而是一个对曾经确凿发生过的"事件"的叙述和阐释，任何对历史（事件）意义的阐释必然是以历史事实为依据的，是对某一特定历史事件的阐释，而这一历史事件的发生、存在又是客观的，如果对此客观性熟视无睹而代之"我以为"的阐释，完全可能由此而丧失其阐释存在的意义与价值，近年文艺创作中的解构、颠覆历史的客观性、必然性以及规律性的倾向便是佐证。不管"历史"这一概念的内涵可能或者正在发生着变化，变的怎样扑朔迷离，然而，一个铁定的事实却是：历史永远指向那个曾经实实在在真正发生过的事件。文艺中的历史问题同样如此。

第三，辩证认识历史的客观性与主观性、"大历史"与"小历史"、宏大叙事与碎片化描写、历史必然性与偶然性等范畴之间的辩证关系。正如前文所阐述，无论是思辨历史还是批判历史都存在主体对历史本身、历史研究的认识问题，这就不可避免地受到主体的史学观、价值观、审美观以及性情、好恶等因素左右，至于历史书写过程，哪些历史史实可以进入研究者的问题视野并被编码进史著，如何选择历史书写的叙事模式以及具体写作过程中的想象、虚构等，都说明主观性的存在是必然的；同时，我们更应该清醒地认识到，历史研究的主观性必须以历史史实的客观性为基础和逻辑起点，主观性不能凌驾、超越于客观性的制约，两者的逻辑层次关系是不容置换、颠倒的，否则必然陷入唯心史观的窠臼。"大历史"的演进可能以事件的偶然性为表征，可能由诸多"小历史"汇成，当我们孤立、静止地看待历史的一个又一个事件时，的确可能呈现为偶然性，但是，以联系、运动的视角将某个事件纳入历史整体性审视，我们就会发现，只有将社会生活中的孤立的经验事实作为历史发展的环节并把它们归结为一个总体的情况下，对事实认识才能成为现实的认识[1]，正如我们所熟知的马克思所曾列举的那个再简单不过的例子——"黑人就是黑人。只有在一定的关系下，他才成为奴隶。纺纱机是纺棉花的机器。只有在一定的关系下，它才成为资本。脱离了这种关系，它也就不是资本了，就像黄金并不是货币，砂糖并不是砂糖的价格一样"[2]。在这些貌似偶然的、孤立的一个又一个的事件之中往往蕴含着某种历史的必然规律性，任何一个事件

---

[1] 卢卡奇：《历史与阶级意识》，商务印书馆1992年版，第56页。
[2] 《马克思恩格斯全集》第6卷，人民出版社1961年版，第486页。

可能既是前一事件的结果，同时，又是后一事件的起因，由此组成历史前进的链条。那种以孤立的、个别的事实（小历史）排斥总体性（大历史），把历史的总体性、必然性视作形而上学哲学的"产物"而否定总体对于部分研究的前提性、统摄性的观念，不过是一种抽象的经验论。只是局限于"小历史"的"真实性"，将历史分割为诸多细微的并且彼此外在的"小历史"，而对规律性总结一律剪除的观念与做法实质沿袭了实证主义的历史编纂学的模式，而实证主义"留给近代历史编纂学的遗产，就是空前的掌握小型问题和空前的无力处理大型问题这二者的一种结合"①，这恰恰一语中的地指出新历史主义史学观的局限性所在。同时在历史书写中，如果历史研究不是以历史过程的逻辑性为基本依据，代之以某类叙事模式、话语言说、结构形式为前提，那必然"在简单的过去时背后，隐藏着一个造物主，这就是上帝或叙述人"②，此种观念指导下的文艺创作就会出现"作家毫不在乎地暴露'我'的存在和'我'的主观见解的渗入，甚至常用'我想'、'我猜测'、'我以为'等轻佻的口吻陈述历史，填充各种空白之处，裁断模糊的疑点"③ 的现象。更为重要的是，将大写历史拆卸为众多小写的诸历史的观念实质上陷入历史无差别论。历史事实之间果真就没有任何差异？显然不是，这点无需详述，而且，我们历史研究所认为的历史史实之所以具有某种独特性的价值的甄别只能依赖于通过某种总体（大写历史）获得，否则，这些史实之间的差异性恐怕都难以区分。唯物史观既肯定历史发展过程受到内在客观规律的必然性制约，同时，又承认偶然性在历史复杂进程中的作用，肯定前者是因为人类历史的复杂性归根到底是由经济因素为基础的，如果否定历史发展的必然性，那一切都将变得扑朔迷离、无迹可寻，历史研究就会成为偶因论；肯定后者是因为历史发展不是线性的、单一的，而是充满偶然性，是一切因素相互作用的结果，如果只承认必然性而否定偶然性的存在就会陷入宿命论窠臼。唯物史观要求将历史作为过程表达出来，从而揭示出各个事件和一系列事件的内在因果联系，这就是说，通过种种偶然性的表象揭示历史发展的内在规律性，即必然性。

第四，正视作为独立学科而各自存在的文艺与历史毕竟有别这一事

---

① 科林伍德：《历史的观念》，中国社会科学出版社1986年版，第149页。
② 罗兰·巴尔特：《符号学美学》，辽宁人民出版社1987年版，第154页。
③ 南帆：《文艺的维度》，生活·读书·新知三联书店1998年版，第244页。

实。有人认为,"历史是一个延伸的文本,文本是一段压缩的历史。历史和文本构成生活实际的一个隐喻。文本是历史文本,也是历时与共时统一的文本"[①],固然这种观点有一定道理,但是,当我们以大量笔墨讨论文艺与历史的内在相通性的时候,不仅仅要看到它们之间存在的"异中之同",还应该看到它们的"同中之异",清醒地意识到文艺与历史毕竟是分属两个不同的学科门类,它们之间是有着根本性差异的,如果只看到"异中之同"而看不到"同中之异",其结局必然是要么取消文艺存在的必要性,要么以文艺取代历史从而消解历史存在的价值。近年文艺创作中时常出现标榜"真实地还原、再现历史"却又随意主观想象、虚构所谓历史的"以文代史"的现象,以至于出现有的受众尤其是青少年误以为"文艺中所展现的历史就是历史真貌"的令人担忧的局面。

综上所述,问题的关键是如何辩证理解历史与文本、事件与阐释、客观与主观、绝对与相对等诸范畴之间的辩证关系问题。海登·怀特的理论为我们文艺研究敞开了一扇审视文艺与历史问题的窗子,提供了有益的可资借鉴的方法。其实,怀特本人也已清醒地意识到历史研究与历史书写之间的差距:历史以发现有关过去的真实情况为使命,而历史书写则是由历史史实研究向话语建构的转化,这个转化过程与文艺家的文艺创作有着某些相似性。我们在借鉴怀特理论时应当清楚,如果取消了历史存在的客观性,单凭主观的阐释将变为无意义,甚至是荒谬的。

我们应该防止滑入历史相对主义的旋涡,并不等于就认定海登·怀特的理论已经陷入了历史相对主义。他的理论的提出是针对兰克等人的客观历史主义研究的弊端而言的,带有较强的偏激色彩。海登·怀特的这种跨学科、多视角、多方法的研究观念与实践为我们的文艺理论研究向更深层次发展提供了有益的借鉴,预示着文艺研究必然走向综合与互补,走向美学与史学观点的统一的理论体系。他对历史意识的推进与精神价值重建的追求与探索,也必然对我们的文艺研究产生深远而有意义的影响。

---

① 朱立元主编:《当代西方文艺理论》,华东师范大学出版社1997年版,第396页。

参考文献

外文部分

White, Hayden. （海登·怀特的著述）

WORKS（著作）

1. *Metahistory*: *The Historical Imagination in Nineteenth-Century Europe.* Johns Hopkins University Press, 1973.

2. *Tropics of Discourse. Essays in Cultural Criticism.* The Johns Hopkins University Press, 1978.

3. *The Content of the Form*: *Narrative Discourse and Historical Representation.* The Johns Hopkins University Press, 1987.

4. *Figural Realism.* The Johns Hopkins University Press, 1999.

ARTICLES（论文）

1. Collingwood and Toynbee: Transitions in English Historical Thought. English Miscellany, vol. 7, 1956.

2. The Abiding Relevance of Croce's Idea of History. The Journal of Modern History, June 1963.

3. The Burden of History. History and Theory, vol. 5, no 2, 1966.

4. Hegel: Historicism as Tragic Realism. Colloquium, vol. 5, no 2, 1966.

5. The Task of Intellectual History. The Monist, vol. 53, no 4, October 1969.

6. Literary History: The Point of It All. New Literary History, vol. 2, no 1,

Autumn 1970.

7. Croce and Becker: A Note on the Evidence of Influence. History and Theory, vol. 10, no 2, 1971.

8. The Culture of Criticism, edited by Ihab Hassan. Wesleyan University Press, 1971.

9. The Structure of Historical Narrative. Clio, vol. 1, no 3, 1972.

10. The Irrational and the Problem of Historical Knowledge, The Press of Case Western Reserve University, 1972.

11. The Forms of Wildness: Archeology of an Idea, University of Pittsburgh Press, 1972.

12. What is a Historical System? Plenum Press, 1972.

13. Interpretation in History. New Literary History, vol. 4, no 2, Winter 1972.

14. The Structure of Historical Narrative. Clio, vol. 1, no 3, June 1972.

15. Foucault Decoded: Notes from Underground. History and Theory, vol. 12, no 1, 1973.

16. The Politics of Contemporary Philosophy of History. Clio, vol. 3, no 1, October 1973.

17. Historical Text as Literary Artifact. Clio, vol. 3, no 3, June 1974.

18. Structuralism and Popular Culture. Journal of Popular Culture, vol. 7, no 4, Spring 1974.

19. The Historian at the Bridge of Sights. Reviews in European History, vol. 1, no 4, March 1975.

20. The Problem of Change in Literary History. New Literary History, vol. 7, no 1, Autumn 1975.

21. Historicism, History, and the Figurative Imagination. History and Theory, no 4, 1975.

22. The Tropics of History: The Deep Structure of the New Science, The Johns Hopkins University Press, 1976.

23. The Absurdist Moment in Contemporary Literary Theory. Contemporary Literature, Summer 1976.

24. The Fictions of Factual Representation, Columbia University Press, 1976.

25. Rhetoric and History, William Andrews Clark Memorial Library, 1978.

26. Michel Foucault, Oxford University Press, 1979.

27. The Problem of Style in Realistic Representation: Marx and Flaubert, University of Pennsylvania Press, 1979.

28. The Discourse of History. Humanities in Society, vol. 2, no 1, Winter 1979.

29. Literature and Social Action: Reflections on the Reflection Theory of Literary Art. New Literary History, Winter 1980.

30. The Value of Narrativity in the Representation of Reality. Critical Inquiry, vol. 7, no 1, 1980.

31. Everyman His or Her Own Annalist, New Literary History, vol. 13, no 1, Autumn 1981.

32. The Politics of Historical Interpretation: Discipline and De-Sublimation. Critical Inquiry, September 1982.

33. Getting Out of History. Diacritics, vol. 12, Fall 1982.

34. Method and Ideology in Intellectual History: The Case of Henry Adams, Cornell University Press, 1982.

35. The Limits of Relativism in the Arts, University of Georgia Press, 1982.

36. The Question of Narrative in Contemporary Historical Theory. History and Theory, vol. 23, no 1, 1984.

37. The Italian Difference and the Politics of Culture. Graduate Faculty Philosophical Journal, Spring 1984.

38. The Interpretation of Texts. Berkshire Review, vol. 19, 1984.

39. The Rule of Narrativity. University of Ottawa Quarterly vol. 55, no 4, 1985.

40. Historiography and Historiophoty. The American Historical Review, vol. 95, no 5, December 1988.

41. The Rhetoric of Interpretation. Poetics Today, vol. 9, no 2, 1988.

42. New Historicism: A Comment, in: The New Historicism, edited by H. Aram Vesser. Routledge, 1989.

43. Figuring the Nature of the Times Deceased: Literary Theory and Historical Writing, Routledge, 1989.

44. Ideology and Counterideology in the Anatomy, Peter Lang, 1991.

45. Writing in the Middle Voice. Stanford Literature Review, vol. 9, no 2, Fall 1992.

46. Historiography as Narration, The Johns Hopkins University Press, 1992.

47. Frye's Place in Contemporary Cultural Studies, University of Toronto Press, 1994.

48. Bodies and Their Plots, edited by Susan Leigh Foster. University of Indiana Press, 1995.

49. Storytelling: Historical and Ideological, Narrative Means, edited by Robert Newman. Stanford University Press, 1996.

50. Postmodernism, Textualism, and History, edited by Eckart Goebel and Wolfgang Klein. Akademie Verlag, 1999.

51. Historical Fiction, Fictional History, and Historical Reality. Rethinking History, vol. 9, no 2-3, 2005.

OTHER WORKS AND ARTICLES (其他外文文献)

1. *Aristotle, Rhetoric and Poetics*. New York: The Modern Library, 1954.

2. *A Course of Dramatic Art and Literature*. Trans, John Black and A. J. W. Morrison, London, 1846.

3. Bal, Mieke, *Narratology: Introduction to the Theory of Narrative*. University of Toronto Press, 1997.

4. Bakhtin, Mikhail. *Marxism and the Philosophy of language*. Seminar Press. 1973.

5. Barthes, R., S/Z, New York: Hill & Wang, 1974.

6. Black, John and Morrison, A. J. W., *A Course of Dramatic Art and Literature*. Trans, London, 1846.

7. Black, M., More About Metaphor. in Ortony (ed). 1979.

8. Brannigan, John. *New Historicism and Cultural Materialism*, Macmillan Press Ltd., 1998.

9. Colebrook, Claire. *New Literary Histories*, Manchester University Press, 1997.

10. Cook, Guy. *Discourse and Literature*, Oxford University Press, 1994.

11. Cox, J. N. & Reynold, L. J. ed. *New Historical Literary Study*, Princeton University Press, 1993.

12. Dollimore, J. & Sinfield, A. *Political Shakespeare*, Manchester University Press, 1985.

13. Derrida, Jacques, *Of Grammatology*. Trans. G. Spivak. Baltimore: Johns Hopkins University Press, 1976.

14. Eagleton, Terry. *The Ideology of the Aesthetic*, Oxford: Basil Blackwell Inc., 1990.

15. Fish, Stanley, Interpreting the Variorum. ed. Robert Con Davis, Longman, 1986.

16. Foucault, M, *The Order of Things*, Vintage Books, 1970.

17. Foucault, M, *The Archaeology of Knowledge*, New York: Randon Honse / Pantheon, 1972.

18. Foucault, M, *The History of Sexuality*, Vol. 1, Harmondsworth, 1978.

19. Foucault, M, *Order of Discours: The Archaeology of knowledge*. New York: Random Honse /Pantheon, 1992.

20. Frow, John. *Marxism and Literary History*, Basil Blackwell Ltd., 1986.

21. Frye, Northrop. *Anatomy of Criticism*, Princeton University Press, 1957.

22. Frye, Northrop, The Archetypes of Literature, In 20*th Century Literary Criticism: A Reader*. (Ed.) David Lodge. London: Longman, 1972.

23. Gallagher, Catherine, *Nobody's Story*, University of California Press, 1994.

24. Gallerher, C. &Greenblatt, S. *Practicing New Historicism*, The University of Chicago Press, 2000.

25. Greenblatt, S & G. Gunn. *Redrawing the Boundaries*. New York, 1992.

26. Greenblatt, S. *Renaissance Self-fashioning*, The University of Chicago Press, 1980.

27. Greenblatt, S. *Shakespearean Negotiations*, University of California Press,

1988.

28. George Watson, *The Literary Critics*, Penguin Books, 1962.

29. Hamilton, Paul. *Historicism*, London: Routledge, 1996.

30. Herman David, *Introduction: Narratologies.* Ohio University Press, 1999.

31. Karl, Mannheim, *Ideology and Utopia: An Introduction to the Sociology of Knowledge.* Translated by Louis Wirth and Edward Shils. Harcount, Brace & Co. , 1946.

32. Krieger, Murry. *The Ideological Imperative*, The Institute of European and American Studies, 1993.

33. Kristeva, Julia. *Revolution In Poetic Language*, Columbia University Press. 1984.

34. Kuhn, Thomas. *The Structure of Scientific Revolutions*, Chicago: University of Chicago Press, 1962.

35. Lakoff, G. & Johnson, M. , *Metaphors We Live By.* University of Chicago Press, 1980.

36. Lentricchia, Frank, *After the New Criticism*, The University of Chicago Press, 1980.

37. Leo Lowenthal: "Literature and Sociology", in *Relations of Literary Study*, ed. James Thorpe George, Banta Company, 1967.

38. *Literature: The Human Experienc*, ed, by Richard Abcarian, etc, St. Martin's Press, 1978.

39. Meyerhoff, Hans, *Time in Literature*, University of California Press, 1955.

40. McGann, Jerome J. , *Historical Studies and Literary Criticism*, The University of Wisconsin Press, 1985.

41. Miller, J. Hillis, *Narrative and History.* ELH, 41 (1974): 455—73.

42. Milner Andrew, *Cultural Materialism*, Melbourne University Press, 1993.

43. Monika, Fludernik, *Towards a "Natural" Narratology.* London: Ronrledge, 1996.

44. Montrose, Lonis A. "Shaping Fantasies" Elizabethan Culture, Represantations 2, Spring 1983.

45. Moore, F. C. T. , On Taking Metaphors Literally, in D. S. Miall (ed) .

Metaphor: *Problems and Perspectives*, Harvester Press, 1982.

46. Munslow, Alun, *Deconstructing History*, Routledge, 1997.

47. Northrop Frye, *Anatomy of Criticism*, Princeton University Press, 1957.

48. Palmer, William, J. *Dickens and New Historicism*, Macmillan Press Ltd. , 1997.

49. Pepper, Stephen C, *World Hypotheses*: *A Study in Evidence.* Berkley and Los Angles: University of California Press, 1966.

50. Pierters, Jurgen. ed. *Critical Self-Fashioning*: *Stephen Greenblatt and the New Historicism*, 1999.

51. Poppe, Kalr R, *The Porerty of Historicism.* London: Routledge & Kegan Paul, 1961.

52. Prince, Gerald, *A Dictionary of Narratology.* Lincoln: University of Nebraska Press, 1987.

53. Rene Welleck, *Concepts of Criticism.* Richards, A. , *The Philosophy of Rhetoric.* New York: Oxford University Press, 1965.

54. Richer, David H, *The Critical Tradition*: *Classic Texts and Contemporary Trends.* 2nd edition. New York: St. Martin, 1998.

55. Ryan, Kiernan. ed. *New Historicism and Materialism*: *a reader*, London: Arnold, 1996.

56. Terry Eagleton, *Marxism and Literary Criticism.* London: Methuen &Co Ltd. , 1976.

57. Thomas, B. *The New Historicism and Other Old-fashioned Topics*, Princeton University Press, 1991.

58. Veeser, H. A. ed. *The New Historicism*, London: Routledge, 1989.

59. Veeser, H. A. ed. *The New Historicism*: *a Reader*, New York: Routledge, 1994.

60. Williams, Raymond. *Marxist and Literature*, Oxford University Press, 1977.

61. Walsh, W. H, *Introduction to the Philosophy of History.* New York: Harper Torchbooks, 1958.

62. Whedwright, P. , *Metaphor and Reality.* Indiana University Press, 1962.

63. Wilson, R. & Dutton, R. ed. *New Historicism and Renaissance Drama*,

Longman Group UK Limited, 1992.

64. Wilson S. *Cultural Materialism: Theory and Practice*, Blackwell, 1995.

中文部分

著作

1. 艾布拉姆斯：《镜与灯》，北京大学出版社1989年版。

2. 艾思奇：《辩证唯物主义纲要》，人民出版社1978年版。

3. 巴赫金：《巴赫金集》，上海远东出版社1998年版。

4. 巴赫金：《陀斯妥耶夫斯基诗学问题》，三联书店1988年版。

5. 巴赫金：《小说理论》，河北教育出版社1998年版。

6. 保罗·利科尔：《解释学与人文科学》，河北教育出版社1987年版。

7. 本尼迪克：《文化模式》，华夏出版社1987年版。

8. 本雅明：《本雅明文选》，中国社会科学出版社1999年版。

9. 彼得·伯克：《历史学与社会理论》，上海人民出版社2001年版。

10. 别尔嘉耶夫：《历史的意义》，学林出版社2002年版。

11. 波普：《历史主义贫困论》，中国社会科学出版社1998年版。

12. 波普著，郑一明等译：《开放社会及其敌人》，中国社会科学出版社1999年版。

13. 勃兰兑斯：《十九世纪文艺主潮》（第2卷），人们文艺出版社1981年版。

14. 陈启能、倪为国主编：《书写历史》（第一辑），上海三联书店2003年版。

15. 陈晓明：《表意的焦虑：历史祛魅与当代文艺变革》，中央编译出版社2002年版。

16. 陈永国：《文化的政治阐释学》，中国社会科学出版社2000年版。

17. 戴维·莱恩：《马克思主义的艺术理论》，湖南人民出版社1987年版。

18. 戴卫·赫尔曼：《新叙事学》，北京大学出版社2002年版。

19. 丹尼尔·贝尔：《资本主义的文化矛盾》，三联书店 1992 年版。

20. 邓小平：《在中国文艺工作者第四次代表大会上的祝词》，《中国文艺工作者第四次代表大会文集》，四川人民出版社 1980 年版。

21. 丹纳：《艺术哲学》，人民文艺出版社 1983 年版。

22. 丹纳赫等著，刘瑾译：《理解福柯》，百花文艺出版社 2002 年版。

23. 道格拉斯·凯尔纳等：《后现代理论——批评性质疑》，中央编译出版社 1999 年版。

24. 丁宁：《绵延之维——走向艺术史哲学》，三联书店 1997 年版。

25. 董小英：《再登巴比伦塔——巴赫金与对话理论》，三联书店 1994 年版。

26. 董学文：《文艺学当代形态论》，北京大学出版社 1998 年版。

27. 杜夫海纳：《当代艺术科学主潮》，安徽文艺出版社 1991 年版。

28. 杜夫海纳：《审美经验现象学》，文化艺术出版社 1992 年版。

29. 恩格斯：《反杜林论》，人民出版社 1985 年版。

30. 恩斯特·卡西尔著，甘阳译：《人论》，上海译文出版社 1985 年版。

31. 仿生：《后结构主义文论》，山东教育出版社 1999 年版。

32. 冯宪光：《西方马克思主义美学研究》，重庆出版社 1997 年版。

33. 费德里科·佩鲁：《新发展观》，华夏出版社 1987 年版。

34. 焦菊隐：《武则天导演杂记》，《焦菊隐戏剧论文集》，上海文艺出版社 1979 年版。

35. 佛克马、易布思：《二十世纪文艺理论》，三联书店 1988 年版。

36. 弗朗西斯·福山：《历史的终结及最后的人》，中国社会科学出版社 2003 年版。

37. 福柯：《词与物》，上海三联书店 2001 年版。

38. 福柯：《规训与惩罚》，三联书店 1999 年版。

39. 福柯：《性史》，上海科学技术出版社 1989 年版。

40. 福柯：《知识考古学》，三联书店 1999 年版。

41. 伽达默尔：《伽达默尔集》，上海远东出版社 1997 年版。

42. 伽达默尔：《哲学解释学》，上海译文出版社 1994 年版。

43. 伽达默尔：《真理与方法》，上海译文出版社 1992 年版。

44. 高概：《话语符号学》，北京大学出版社 1997 年版。

45. 高辛勇：《修辞学与文艺阅读》，北京大学出版社 1997 年版。

46. 格尔兹：《文化的解释》，上海人民出版社 1999 年版。

47. 格里芬主编：《后现代精神》，中央编译出版社 1998 年版。

48. 格鲁内尔：《历史哲学》，广西师范大学出版社 2003 年版。

49. 葛兰西：《实践哲学》，重庆出版社 1990 年版。

50. 古列维奇：《唯一的门——时间与人生》，东方出版社 1996 年版。

51. 郭宝亮：《洞穿人生与历史的迷雾》，华夏出版社 2000 年版。

52. 哈贝马斯：《交往与社会进化》，重庆出版社 1989 年版。

53. 海德格尔：《存在与时间》，三联书店 1987 年版。

54. 海德格尔：《海德格尔选集》，上海三联书店 1996 年版。

55. 海登·怀特著，陈永国、张万娟译：《后现代叙事学》，中国社会科学出版社 2003 年版。

56. 海登·怀特著，董立河译：《形式的内容》，文津出版社 2005 年版。

57. 海登·怀特著，陈新译：《元史学：十九世纪欧洲的历史想象》，译林出版社 2004 年版。

58. 韩震、孟鸣岐：《历史哲学》，云南人民出版社 2002 年版。

59. 何兆武主编：《历史理论与史学理论》，商务印书馆 1999 年版。

60. 黑格尔：《历史哲学》，三联书店 1956 年版。

61. 黑格尔：《哲学讲演录》，商务印书馆 1959 年版。

62. 黄进兴：《历史主义与历史理论》，陕西师范大学出版社 2002 年版。

63. 霍克海默：《霍克海默集》，上海远东出版社 1992 年版。

64. 霍克海默、阿多诺著，洪佩郁、蔺月峰译：《启蒙辩证法》，重庆出版社 1990 年版。

65. 霍克斯：《结构主义和符号学》，上海译文出版社 1987 年版。

66. 霍伊：《阐释学与文艺》，春风文艺出版社 1988 年版。

67. 伽达默尔著，洪汉鼎译：《真理与方法》，上海译文出版社 1999 年版。

68. 金元浦：《接受反应文论》，山东教育出版社 1998 年版。

69. 金元浦：《文艺解释学》，东北师范大学出版社 1997 年版。

70. 卡勒：《论解构》，中国社会科学出版社 1998 年版。

71. 卡冈：《艺术形态学》，三联书店 1986 年版。

72. 卡西尔：《人论》，上海译文出版社 1985 年版。

73. 卡西勒：《启蒙哲学》，山东人民出版社 1996 年版。

74. 康德：《历史理性批判文集》，商务印书馆 1996 年版。

75. 柯亨：《卡尔·马克思的历史理论》，重庆出版社 1989 年版。

76. 柯林伍德：《历史的观念》，中国社会科学出版社 1986 年版。

77. 克罗齐：《历史学的理论和实际》，商务印书馆 1997 年版。

78. 库恩：《科学革命的结构》，福建人民出版社 1981 年版。

79. 拉尔夫·科恩：《文艺理论的未来》，中国社会科学出版社 1993 年版。

80. 拉曼·塞尔登：《文艺批评理论——从柏拉图到现在》，北京大学出版社 2000 年版。

81. 李超杰：《理解生命——狄尔泰哲学引论》，中央编译出版社 1994 年版。

82. 李秀林等主编：《辩证唯物主义和历史唯物主义原理（第五版）》，中国人民大学出版社 2004 年版。

83. 李幼蒸：《历史符号学》，广西师范大学出版社 2003 年版。

84. 李泽厚：《历史本体论》，三联书店 2002 年版。

85. 李志宏、金永兵主编：《站在新的历史起点上》，时代文艺出版社 2008 年版。

86. 利奥塔：《后现代状态——关于知识的报告》，三联书店 1997 年版。

87. 联合国教科文组织：《发展的新战略》，中国对外翻译出版公司 1990 年版。

88. 罗兰·巴尔特：《符号学美学》，辽宁人民出版社 1987 年版。

89. 廖炳惠：《形式与意识形态》，台北联经 1990 年版。

90. 列维－斯特劳斯：《野性的思维》，商务印书馆 1987 年版。

91. 林赛·沃特斯：《美学权威主义批判》，北京大学出版社 2000 年版。

92. 刘小枫编选：《接受美学译文集》，三联书店 1989 年版。

93. 卢卡契：《历史与阶级意识》，商务印书馆 1995 年版。

94. 卢卡契：《审美特性》，中国社会科学出版社 1981 年版。

95. 陆贵山：《宏观文艺学论纲》，辽宁大学出版社 2000 年版。

96. 陆贵山主编：《唯物史观与文艺思潮》，中国人民大学出版社 2008

年版。

97. 罗兰·巴尔特：《符号学原理》，三联书店 1988 年版。

98. 罗荣渠：《现代化新论》，北京大学出版社 1993 年版。

99. 马驰：《新马克思主义文论》，山东教育出版社 1999 年版。

100. 马尔库斯等：《作为文化批评的人类学》，三联书店 1998 年版。

101. 马尔库赛：《美之维》，上海三联书店 1989 年版。

102. 马克·柯里：《后现代叙事理论》，北京大学出版社 2003 年版。

103. 马克思：《资本论》第 1 卷，人民出版社 1975 年版。

104. 马克思：《1844 年经济学—哲学手稿》，人民出版社 1985 年版。

105. 《马克思恩格斯全集》第 1 卷，人民出版社 1995 年版。

106. 《马克思恩格斯选集》第 2 卷，人民出版社 1972 年版。

107. 《马克思恩格斯全集》第 2 卷，人民出版社 1973 年版。

108. 《马克思恩格斯全集》第 3 卷，人民出版社 1985 年版。

109. 《马克思恩格斯选集》第 4 卷，人民出版社 1995 年版。

110. 《马克思恩格斯全集》第 6 卷，人民出版社 1961 年版。

111. 《马克思恩格斯全集》第 23 卷，人民出版社 1972 年版。

112. 《马克思恩格斯全集》第 39 卷，人民出版社 1972 年版。

113. 《马克思恩格斯全集》第 42 卷，人民出版社 1979 年版。

114. 马克思、恩格斯：《德意志意识形态》，人民出版社 1961 年版。

115. 马龙潜：《主客体结构论文艺学的观念与体系构架》，广西师范大学出版社 2005 年版。

116. 马龙潜：《什么是文艺美学》，《文艺美学研究》（第一辑），山东大学出版社 2002 年版。

117. 马龙潜：《新时期马克思主义文艺理论中国化进程的回顾和反思》，李志宏、金永兵主编：《站在新的历史起点上》，时代文艺出版社 2008 年版。

118. 马龙潜：《当代文艺学——美学观念引论》，山东大学出版社 2000 年版。

119. 马龙潜、杨杰：《知识经济与审美教育》，河南人民出版社 2004 年版。

120. 马泰·卡林内斯库著，顾爱斌、李瑞华译：《现代性的五副面孔》，商务印书馆 2002 年版。

121. 马文·哈里斯：《文化唯物主义》，华夏出版社1989年版。

122. 孟悦：《历史与叙事》，陕西人民出版社1991年版。

123. 孟森：《心史丛刊·董小宛考》，辽宁教育出版社1998年版。

124. 米盖尔·杜夫海纳：《美学与哲学》，中国社会科学出版社1985年版。

125. 米克·巴尔：《叙述学：叙事理论导论》（第二版），中国社会科学出版社2003年版。

126. 米勒：《解读叙事》，北京大学出版社2002年版。

127. 南帆：《文艺的维度》，上海三联书店1998年版。

128. 尼采：《历史的用途与滥用》，上海人民出版社2000年版。

129. 诺斯罗普·弗莱著，陈慧等译：《批评的剖析》，百花文艺出版社1998年版。

130. 皮埃尔·布迪厄：《艺术的法则：文艺场的生成和结构》，中央编译出版社2001年版。

131. 皮亚杰著，倪连生、王琳译：《结构主义》，商务印书馆1987年版。

132. 普列汉诺夫著，曹葆华译：《论艺术〈没有地址的信〉》，生活·读书·新知三联书店版1964年版。

133. 浦安迪：《中国叙事学》，北京大学出版社1996年版。

134. 普实克：《中国与西方的史学和史诗》，人民文艺出版社1997年版。

135. 齐奥尔格·西美尔著，费勇等译：《时尚的哲学》，文化艺术出版社2002年版。

136. 钱中文、李衍柱主编：《文艺理论：面向新世纪》，山东人民出版社1997年版。

137. 钱中文：《文艺理论：走向交往对话的时代》，北京大学出版社1999年版。

138. 乔伊斯·阿普尔比等著，刘北成、薛绚译：《历史的真相》，中央编译出版社1999年版。

139. 荣格：《心理学与文艺》，三联书店1987年版。

140. 萨义德：《文化与帝国主义》，三联书店2003年版。

141. 盛宁：《二十世纪美国文论》，北京大学出版社1994年版。

142. 盛宁：《人文困惑与反思》，三联书店1997年版。

143. 盛宁：《新历史主义》，台湾扬智文化事业公司1996年版。

144. 施密特：《历史和结构》，重庆出版社1993年版。

145. 什克洛夫斯基：《文艺散论·沉思和分析》，莫斯科1961年版。

146. 什克洛夫斯基：《关于散文理论》，苏联创作主体出版社1984年版。

147. 石田一良：《文化诗学：理论与方法》，浙江人民出版社1989年版。

148. 叔本华：《作为意志和表象的世界》，商务印书馆1982年版。

149. 束定芳：《隐喻学研究》，上海外语教育出版社2000年版。

150. 斯蒂芬·贝斯特、斯格拉斯·科尔纳：《后现代转向》，南京大学出版社2002年版。

151. 斯托洛维奇：《审美价值的本质》，中国社会科学出版社1984年版。

152. 索绪尔：《普通语言学教程》，商务印书馆1980年版。

153. 谭好哲：《文艺与意识形态》，山东大学出版社1997年版。

154. 汤普森：《意识形态与现代文化》，译林出版社2005年版。

155. 汤因比：《历史研究》，上海人民出版社1959年版。

156. 汤因比等著：《历史的话语》，广西师范大学出版社2002年版。

157. 陶东风：《文艺史哲学》，福建人民出版社1992年版。

158. 田汝康等选编：《现代西方史学流派文选》，上海人民出版社1982年版。

159. 特里·伊格尔顿著，华明译：《后现代主义的幻象》，商务印书馆2000年版。

160. 特里·伊格尔顿：《历史中的政治、哲学、爱欲》，中国社会科学出版社1999年版。

161. 托多洛夫：《批评的批评》，三联书店1988年版。

162. 汪民安、陈永国、马海良主编：《福柯的面孔》，文化艺术出版社2001年版。

163. 王逢振主编：《最新西方文论选》，漓江出版社1991年版。

164. 王汶成：《文艺语言中介论》，山东大学出版社2002年版。

165. 王岳川：《二十世纪西方哲性诗学》，北京大学出版社1999年版。

166. 王岳川：《后殖民主义与新历史主义文论》，山东教育出版社1999年版。

167. 王岳川：《现象学与解释学文论》，山东教育出版社 1999 年版。

168. 王岳川等编：《后现代主义文化和美学》，北京大学出版社 1993 年版。

169. 威廉·狄尔泰：《历史中的意义》，中国城市出版社 2002 年版。

170. 威廉姆·肖：《马克思的历史理论》，重庆出版社 1989 年版。

171. 维柯：《新科学》，商务印书馆 1989 年版。

172. 维谢洛夫斯基著，刘宁译：《历史诗学》，百花文艺出版社 2003 年版。

173. 沃尔夫冈·维尔施著，陆扬、张岩冰译：《重构美学》，上海译文出版社 2002 年版。

174. 沃尔什：《历史哲学导论》，广西师范大学出版社 2001 年版。

175. 西·海·贝格瑙著，张玉能译：《论德国古典美学》，上海译文出版社 1988 年版。

176. 夏基松、沈斐凤：《历史主义科学哲学》，高等教育出版社 1995 年版。

177. 《现代汉语词典》（第 5 版），商务印书馆 2005 年版。

178. 徐贲：《走向后现代与后殖民》，中国社会科学出版社 1996 年版。

179. 徐崇温：《西方马克思主义》，天津人民出版社 1983 年版。

180. 许苏民：《历史的悲剧意识》，上海人民出版社 1992 年版。

181. 严建强、王渊明：《西方历史哲学》，浙江人民出版社 1997 年版。

182. 杨义：《中国叙事学》，人民出版社 1997 年版。

183. 杨大春：《文本的世界》，中国社会科学出版社 1998 年版。

184. 杨河：《西方时间概念史》，北京大学出版社 1997 年版。

185. 姚斯、霍拉勃：《接受美学与接受理论》，辽宁人民出版社 1987 年版。

186. 叶舒宪：《文艺与人类学》，社会科学文献出版社 2003 年版。

187. 叶秀山：《思·史·诗》，人民出版社 1988 年版。

188. 伊格尔顿：《二十世纪西方文艺理论》，陕西师范大学出版社 1987 年版。

189. 伊格尔顿：《美学意识形态》，广西师范大学出版社 1997 年版。

190. 伊格尔斯：《二十世纪的历史学》，辽宁教育出版社 2003 年版。

191. 易蒲、李金苓：《汉语修辞学史纲》，吉林教育出版社1989年版。

192. 俞可平主编：《全球化时代的马克思主义》，中央编译出版社1998年版。

193. 袁枚：《随园诗话》，江苏广陵古籍刻印社1998年版。

194. 约翰·塞尔著，李步楼译：《心灵、语言和社会》，上海译文出版社2001年版。

195. 曾繁仁：《20世纪欧美文艺热点问题》，高等教育出版社2002年版。

196. 詹明信著，陈清桥等译：《晚期资本主义的文化逻辑》，三联书店1997年版。

197. 曾繁仁：《现代西方美学思潮》，文艺出版社1990年版。

198. 詹姆斯·费伦：《作为修辞的叙事》，北京大学出版社2002年版。

199. 詹姆逊：《后现代主义和文化理论》，陕西师范大学出版社1987年版。

200. 詹姆逊：《文化转向》，中国社会科学出版社2000年版。

201. 詹姆逊：《语言的牢笼、马克思主义与形式》，百花洲文艺出版社1995年版。

202. 詹姆逊：《政治无意识》，中国社会科学出版社1999年版。

203. 詹姆逊：《后现代主义与文化理论》，北京大学出版社1997年版。

204. 张广智、张广勇：《现代西方史学》，复旦大学出版社1996年版。

205. 张进：《新历史主义与历史诗学》，中国社会科学出版社2004年版。

206. 张京媛主编：《新历史主义与文艺批评》，北京大学出版社1993年版。

207. 张文杰等编译：《现代西方历史哲学译文集》，上海译文出版社1984年版。

208. 张英进、于沛主编：《现当代西方文艺社会学探索》，海峡文艺出版社1987年版。

209. 赵家祥等：《历史哲学》，中共中央党校出版社2003年版。

210. 赵宪章：《西方形式美学》，上海人民出版社1996年版。

211. 朱狄：《当代西方艺术哲学》，人民出版社1994年版。

212. 朱立元：《西方美学通史》，上海文艺出版社1999年版。

213. 朱立元主编：《当代西方文艺理论》，华东师范大学出版社1997

年版。

214. 朱立元：《现代西方美学史》，上海文艺出版社 1983 年版。

215. 庄国雄等：《历史哲学》，复旦大学出版社 2004 年版。

论文

1. 毕新伟：《论新历史小说的哲学精神》，《中州学刊》1999 年第 5 期。

2. 北淮：《历史剧的历史化和非历史化》，《戏剧艺术》1981 年第 2 期。

3. 陈浩：《历史维度的阙如》，《绍兴文理学院学报》2004 年第 1 期。

4. 陈浩：《叙事再现、叙事语法与叙事修辞——论西方叙事学发展的三个阶段》，《绍兴文理学院学报》2001 年第 6 期。

5. 陈新：《论西方现代历史叙述范式的形成与嬗变》，《江西师范大学学报》1999 年第 3 期

6. 陈迪泳：《主体与历史——解读海登·怀特〈作为文艺虚构的历史本文〉》，《广东广播电视大学学报》2002 年第 3 期。

7. 陈连锦：《新历史小说的后现代审美取向》，《贵州师范大学学报》2004 年第 3 期。

8. 陈独秀：《敬告青年》，《青年杂志》1915 年第 1 期。

9. 陈松青：《历史母题的悖论式解构——新历史主义小说泛论》，《涪陵师专学报》1999 年第 4 期。

10. 陈永国、朴玉明：《海登·怀特的历史诗学：转义、话语、叙事》，《外国文艺》2001 年第 6 期。

11. 程广云：《宗教与邪教：历史主义的理解》，《首都师范大学学报》2004 年第 3 期。

12. 程锡麟：《叙事理论概述》，《外语研究》2002 年第 3 期。

13. 崔云伟：《两本文艺史和两种文艺史观——兼谈文艺史个人写作的文体构想》，《山东社会科学》2004 年第 10 期。

14. 邓楠：《论叙事表层结构对读者的制约性》，《常德师范学院学报》2003 年第 2 期。

15. 狄德罗：《论戏剧艺术》，《文艺理论译丛》第 1 期，人民文艺出

版社 1958 年版。

16. 董学文：《唯物史观与文艺创作思想》，《吉林大学社会科学学报》2004 年第 1 期。

17. 冯寿农：《语言学转向给文艺批评带来的革命》，《外国语言文艺》2003 年第 1 期。

18. 付建舟、金敬芝：《历史·历史主义·新历史主义》，《新乡师范高等专科学校学报》2002 年第 3 期。

19. 高萍：《历史叙事中虚构、想象语境的营造》，《西北工业大学学报》2003 年第 4 期。

20. 高建青：《从回到历史到历史的虚无——对新历史主义文艺批评的批评》，《江汉大学学报》2004 年第 4 期。

21. 高扬、颜敏：《晦暗的人性与不定的命运——论新历史主义小说》1998 年第 3 期。

22. 郜积意：《转喻：文艺与政治》，《浙江学刊》1999 年第 5 期。

23. 管宁：《90 年代的叙事转型与新世纪的文化转向》，《求是学刊》2003 年第 6 期。

24. 郭贵春、刘俊香：《伽达默尔的真理语境观》，《社会科学研究》2000 年第 6 期。

25. 韩玉洁：《新历史主义和新历史小说》，《郑州航空工业管理学院学报》2003 年第 4 期。

26. 何平：《后现代主义历史观及其方法论》，《社会科学研究》2002 年第 2 期。

27. 何江胜：《西方研究神话研究叙述》，《西安外国语学院学报》1999 年第 4 期。

28. 何小莲、刘平：《科学历史学的反思》，《淮阴师范学院学报》2001 年第 2 期。

29. 何新来：《形式的意识形态——论新历史主义对重写文艺史的方法论意义》，《文艺评论》2003 年第 1 期。

30. 侯运华：《原形与叙事模式》，《中州学刊》2001 年第 3 期。

31. 胡亚敏：《谈詹姆逊的意识形态叙事理论》，《华中师范大学学报》2001 年第 6 期。

32. 黄必康：《试论西方文艺理论中的文本与社会历史语境》，《外国语》1998 年第 4 期。

33. 蒋原伦：《西方神话与叙事艺术》，《外国文艺评论》2004 年第 2 期。

34. 金健人：《叙事研究的轨迹与重心转移》，《浙江大学学报》2001 年第 5 期。

35. 金元浦：《西方批评：从读者中心论到文化的转向》，《浙江社会科学》2002 年第 3 期。

36. 瞿林东：《历史撰述的叙事与议论》，《安徽史学》2004 年第 4 期。

37. 李清：《振摆——新历史主义本文阐释模式》，《成都大学学报》1998 年第 1 期。

38. 李凤亮：《文艺叙事与历史叙事比较的理论基点》，《华中师范大学学报》2004 年第 4 期。

39. 李胜清：《艺术形式的意识形态含义解读》，《北京航空航天大学学报》2003 年第 2 期。

40. 李希凡：《历史剧问题的再商榷》，《艺术评论》1963 年第 1 期。

41. 李希凡：《"史实"和"虚构"》，《戏剧报》1962 年第 2 期。

42. 林静：《试论新历史主义品格形式的一根多源》，《淄博学院学报（社会科学版）》2001 年第 2 期。

43. 林庆新：《历史叙事与修辞》，《国外文艺》（季刊）2003 年第 4 期。

44. 凌晨光：《历史与文艺》，《江海学刊》2001 年第 1 期。

45. 刘程：《维特根斯坦对分析美学的影响和启示》，《华中师范大学学报》2004 年第 3 期。

46. 刘华：《叙事的解构》，《宁波大学学报（人文科学版）》2002 年第 4 期。

47. 刘安军：《作为意识形态生产的话语》，《郑州大学学报》2000 年第 1 期。

48. 刘道明：《论恩格斯晚年对历史唯物主义的新发展》，《中共成都市委党校学报》2003 年第 3 期。

49. 刘洪一：《文化诗学的理念与追求》，《学术研究》2003 年第 12 期。

50. 刘俊香、王中会：《理解的现实性语言》，《晋阳学刊》2004 年第

1 期。

51. 刘谋、刘艳：《谈中西叙事理论》，《徐州教育学院学报》2002 年第 3 期。

52. 刘森林、曾祖红：《新历史主义的文艺观》，《海南大学学报社会科学版》1997 年第 1 期。

53. 龙迪勇：《论叙事作用的意义生成》，《江西社会科学》2003 年第 4 期。

54. 陆贵山：《新历史主义文艺思潮解析》，《中国人民大学学报》2005 年第 5 期。

55. 陆贵山等：《"中国当下文艺历史意识的多元审视"笔谈》，《社会科学》2005 年第 7 期。

56. 路文彬：《历史话语的消亡——论新历史主义小说的后现代主义情怀》，《文艺评论》2002 年第 1 期。

57. 罗执廷：《当代性叙事的话语形态分析》，《扬州大学学报（人文社会科学版）》2000 年第 5 期。

58. 马龙潜：《对当代文艺理论体系哲学基础的认识》，《社会科学战线》2001 年第 2 期。

59. 马龙潜：《方法论意识和问题化意识》，《甘肃社会科学》2002 年第 4 期。

60. 马龙潜：《新世纪马克思主义文艺学研究的基本格局与特点》，《沈阳工程学院学报》2006 年第 4 期。

61. 毛崇杰：《关于新历史主义批评之再探》，《黄河科技大学学报》2001 年第 4 期。

62. 毛崇杰：《本质主义与反本质主义》，《杭州师范学院学报》2003 年第 5 期。

63. 彭兆荣：《神话叙事中的历史真实》，《民族研究》2003 年第 5 期。

64. 钱中文：《历史题材创作、史识与史观》，《文艺评论》2004 年第 3 期。

65. 邱艳：《对历史的解构与重铸》，《涪陵师范学院学报》2003 年第 3 期。

66. 曲春景：《穿越故事的和话语的叙事研究》，《郑州大学学报》2000

年第 5 期。

67. 任绍曾：《虚实语篇的多层次语义结构》，《外语研究》2003 年第 1 期。

68. 邵明：《新历史主义小说的社会历史观》，《安庆师范学院学报》2000 年第 3 期。

69. 佘向军：《论反讽叙事对读者的召唤》，《中国文艺研究》2004 年第 4 期。

70. 申丹：《修辞学还是叙事学》，《外国文艺》2002 年第 3 期。

71. 申丹：《叙事结构与认识过程》，《外语与外语教学》2004 年第 9 期。

72. 申丹：《叙事学》，《外国文艺》2003 年 第 3 期。

73. 施铁如：《后现代思潮与叙事心理学》，《南京师大学报》2003 年第 2 期。

74. 施铁如：《语境论与心理学的隐喻》，《华南师范大学学报》2004 年第 4 期。

75. 石恢：《当代处境与问题视域中的相遇——新历史主义与新历史小说》，《辽宁教育学院学报》2000 年 第 2 期。

76. 苏宏武：《现象学与文艺学的方法论变革》，《广东社会科学》2002 年第 5 期。

77. 孙伯鍨：《作为方法的历史唯物主义》，《河南大学学报》2001 年第 3 期。

78. 孙书磊：《20 世纪历史剧论争之检讨》，《南京师范大学学报》2005 年第 5 期。

79. 谭君强：《叙事理论》，《思想战线》2002 年第 5 期。

80. 唐胜伟：《近三年叙事学在中国的研究述评》，《西南农业大学学报》2003 年第 2 期。

81. 唐伟胜：《范式与层面：国外叙事学研究总述》，《外国语》2003 年第 5 期。

82. 唐伟胜：《国外叙事学研究范式的转移》，《四川外语学院学报》2003 年第 2 期。

83. 田兆耀：《结构主义叙事学透视》，《铁道师院学报》1997 年第 5 期。

84. 田忠辉：《文艺学反思与文化诗学走向》，《汕头大学学报》2004年第4期。

85. 童世骏：《从以我观之到以道观之：20世纪的方法论反思》，《教学与研究》2000年第2期。

86. 童庆炳：《"日常生活审美化"与文艺学》，《中华读书报》2005年1月26日第12版。

87. 王列生：《批评危机：亟待走出的六种缠绕》，《华中师范大学学报》1996年第4期。

88. 王凌：《浅谈新历史主义小说》，《山东教育学院学报》2000年第5期。

89. 王阳：《文史互证的极限》，《文史哲》1999年第5期。

90. 王莹：《詹姆逊新历史主义与文艺批评》，《大连大学学报》1999年第3期。

91. 王爱和：《人类学与历史学：挑战、对话与发展》，《世界民族》2003年第1期。

92. 王春瑜：《尊重历史》，《文艺评论》2004年第3期。

93. 王海涛：《历史学：在现代与后现代之间》，《东岳论丛》2004年第6期。

94. 王洪岳：《元叙事与互文性》，《郑州轻工业学院学报》2004年第4期。

95. 王金福、陈海飞：《解释学的越界与哲学的退缩和唯心主义化》，《苏州大学学报（哲学社会科学版）》2004年第1期。

96. 王金福：《马克思的新唯物主义新在何处》，《苏州职业大学学报》2004年第2期。

97. 王确、张树武：《关于文艺新历史主义的思考》，《吉林大学学报》2002年第6期。

98. 王一川：《后结构历史主义诗学——新历史主义和文化唯物主义述评》，《外国文艺评论》1993年第2期。

99. 王岳川：《海登·怀特的新历史主义理论》，《天津社会科学》1997年第3期。

100. 王岳川：《后现代文艺性消解的当代症候》，《湖南社会科学》2003

年第 6 期。

101. 王岳川：《新历史主义：话语与权力之维》，《益阳师专学报》1999 年第 1 期。

102. 王岳川：《新历史主义的理论盲区》，《广东社会科学》1999 年第 4 期。

103. 王岳川：《新历史主义的文化诗学》，《北京大学学报》1997 年第 3 期。

104. 王岳川：《重写文艺史与新历史精神》，《当代作家评论》1999 第 6 期。

105. 魏丽：《对叙述的再认识》，《中州大学学报》2002 年第 3 期。

106. 王子野：《历史剧是艺术，不是历史》，《戏剧报》1962 年第 5 期。

107. 巫亚祥：《后现代叙事话语》，《厦门大学学报》1999 年第 1 期。

108. 吴晗：《再谈历史剧》，《文汇报》1961 年 5 月 3 日。

109. 吴宏政：《我国学者关于历史唯物主义总体性质的最新解释》，《人文杂志》2003 年第 1 期。

110. 吴武洲：《论利奥塔的叙事与合法化思想》，《嘉应大学学报》2002 年第 5 期。

111. 肖金龙：《试论德里达对结构叙事学理论根基的拆解重构》，《北京师范大学学报》2004 年第 6 期。

112. 谢亚平：《现代西方哲学与美学语言学转向述评》，《内蒙古民族大学学报》2003 年第 1 期。

113. 辛刚国：《新历史主义研究述评》，《学术月刊》2002 年第 8 期。

114. 徐岱：《反本质主义与美学的现代形态》，《文艺研究》2000 年第 3 期。

115. 徐润拓：《对文艺本质论研究的反思》，《广东社会科学》2002 年第 1 期。

116. 徐润拓：《马克思主义与新历史主义批评》，《广西师范大学学报》2001 年第 2 期。

117. 徐颖果：《后现代主义文艺的叙事理念》，《天津外国语学院学报》2004 年第 3 期。

118. 薛若琳：《历史剧的意蕴与建构》，《文艺研究》2003 年第 6 期。

119. 颜敏、姚晓南：《新历史主义小说的文化批判》，《广州教育学院学报》1997 年第 4 期。

120. 杨杰：《论马克思主义美学观元典性研究的当代价值》，《齐鲁学刊》2004 年第 6 期。

121. 杨杰：《历史的与美学的观点：当代文艺批评的科学武器》，《文艺理论研究》2008 年第 1 期。

122. 杨杰：《对当前文艺创作现状的反思》，《江淮论坛》2006 年第 5 期。

123. 杨旭：《新历史主义与传记批评之比较》，《内蒙古电大学刊》2004 年第 6 期。

124. 杨正润：《文艺的颠覆和抑制——新历史主义的文艺功能论和意识形态论述评》，《外国文艺评论》1994 年第 2 期。

125. 姚君喜：《文艺的意义》，《兰州商学院学报》2001 年第 6 期。

126. 姚乃强：《历史的终结和文化的冲突》，《四川外国语学院学报》1997 年第 3 期。

127. 姚振强：《后现代的真实》，《山东大学学报》2003 年第 1 期。

128. 于永顺：《当代主流文艺话语形态概观》，《辽宁工学院学报》2004 年第 4 期。

129. 余秋雨：《历史剧简论》，《文艺研究》1980 年第 6 期。

130. 曾繁仁：《社会文化转型与文艺学学科建设》，《文艺评论》2004 年第 2 期。

131. 曾庆元：《浅谈马克思主义哲学在文艺学发展中的地位与作用》，《甘肃社会科学》2002 年第 4 期。

132. 曾艳兵：《新历史主义与中国历史精神之比较》，《国外文艺》1998 年第 1 期。

133. 张进：《历史的叙事性与叙事的历史性》，《甘肃广播电视大学学报》2003 年第 4 期。

134. 张进：《论新历史主义历史文化诗学的作家主体观》，《燕山大学学报》2001 年 第 3 期。

135. 张进：《新历史主义文艺思潮的悖论性处境》，《兰州大学学报》2001 年第 4 期。

136. 张进：《新历史主义与语言论转向和历史转向》，《甘肃社会科学》2002 年第 2 期。

137. 张进、高红霞：《新历史主义与解释学》，《兰州大学学报》2004 年第 1 期。

138. 张进、刘雪芹：《论新历史主义的读者接受观念》，《外国文学研究》2003 年第 4 期。

139. 张进、仲红卫：《新历史主义与文化人类学》，《韶关学院学报》2004 年第 4 期。

140. 张旭：《〈存在与时间〉的方法、内容和叙事》，《江海学刊》2004 年第 1 期。

141. 张建刚：《情节略论》，《铜仁师范高等专业学校学报》2005 年第 1 期。

142. 张巨青：《现代西方科学方法发展的趋势》，《华南师范大学学报》1997 年 第 6 期。

143. 张开焱：《叙事语法的历史前提》，《社会科学辑刊》2002 年第 2 期。

144. 张立波：《德里达的解构概念及其与马克思的思想关联》，《中国人民大学学报》2000 年第 6 期。

145. 张兴桥：《唯物史观也是新唯物主义世界观》，《理论探讨》2001 年第 6 期。

146. 张秀梅：《新历史主义批评论》，《廊坊师专学报》1999 年第 4 期。

147. 张中锋：《试论马、恩对历史的观点批评方法的不同理解》，《济南大学学报》2002 年第 9 期。

148. 赵国新：《新历史主义文艺批评说略》，《四川外语学院学报》2004 年第 2 期。

149. 赵国新：《契合与分歧：新历史主义与文化唯物论》，《外国文艺研究》2003 年第 3 期。

150. 赵稀方：《当代文艺中的历史叙述》，《东南学术》2003 年第 4 期。

151. 赵新林：《总体性或元叙事的合法性》，《重庆师范大学学报》2003 年第 4 期。

152. 赵轶峰：《东方与西方历史观的对话》，《东北师大学报》2000年第2期。

153. 仲呈祥：《关于加强文艺评论的若干思考》，《文艺报》2009年9月17日。

154. 周小莉：《希腊神话的叙事方式》，《兰州铁道学院学报》2003年第5期。

155. 周志强、邓云川：《历史的叙事化与叙事的历史化》，《滨州师专学报》1998年第3期。

156. 朱文斌、曾一果：《新历史小说新论》，《汕头大学学报》2003年第4期。

后　记

本书稿的形成前后历经十余年时间。2003年攻读博士学位期间，对文艺研究中的历史问题颇感兴趣，于是较为集中地研读包括海登·怀特等学者在内的新历史主义批评等原著及中文译本，之后在"美学的与史学的观点"相统一的理论框架与方法论指导下，不断深化对文学与历史、审美性与历史性等诸多范畴及其之间辩证关系问题的研究，以期对当下中国文学艺术创作与理论体系建构有所启迪。

书稿的完成凝聚了诸多师长和亲朋好友的关爱。衷心感谢我的硕士、博士导师、山东大学文艺美学研究中心马龙潜教授与博士后流动站合作导师、中国传媒大学资深教授张晶先生多年来对我的精心培养与细心呵护，没有他们的关爱，没有他们的鼎力提携，我是不会有今天的学术成果的。

自20世纪90年代师从马龙潜教授攻读硕士研究生、博士研究生，一直到今天，先生的谆谆教诲始终萦绕耳畔，催人发奋。从先生身上不仅学到了专业知识，更学到了严谨的治学态度和正直的人品。博士论文的写作自始至终都是在先生的指导下进行的，若离开了这一指导，论文的完成是难以想象的。虽然离开母校山大已经多年，但马老师仍然一如既往地关心、提携、督促学生，经常询问工作、科研情况，指点迷津。

顺利晋升教授，欣喜之余不免又隐隐感到进取的"动力"不足，唯恐就此懒惰，于是投奔到中国传媒大学张晶教授门下做了艺术学博士后，仍然主研文艺美学方向。慕名而来，一者是张老师的学问做得好——"厚基础、宽口径"——学术背景是中国古代文学批评，但在文艺学、美学传媒艺术等领域建树颇多；二者，他做人的一身正气与为人的豪爽之气，既有知识分子严谨学风、刚正不阿的品行，亦有对朋友肝胆相照的赤诚。每次拜访，总会受到张老师夫妇如老朋友般的热情款待，亦师亦友，甚有"人逢知己千杯少"之感，温馨如春。如今更是近水楼台先得月，不断得到张晶先生的提携。

如果说这几年在学业上有所进步、有点收获的话，与众多恩师的指导与良友的帮助戚戚相关。感谢山东大学文艺美学研究中心的曾繁仁教授、谭好哲教授、王汶成教授、仪平策教授和程相占教授，还有已故的陈炎教授，诸位先生在我博士论文写作过程中都曾给予的热情。

感谢中国社会科学院文学研究所的党圣元先生、中国人民大学文学院张永青先生、北京师范大学文艺学研究中心的李春青先生、中国传媒大学胡智锋先生、白岚玲教授，作为博士后出站报告评审专家，他们都对我的学术研究给了无私的关怀与帮助。

感谢中国传媒大学学科建设办公室主任云贵彬教授，他的尊重知识、尊重人才、严谨治学的精神与态度令人钦佩，感谢博士后管理办公室的张宏磊、张蔚老师的支持与帮助，她们热情、周到的服务增添了流动站工作期间的融融温情。

此外，感谢感谢我的学妹庞璃，她帮我查阅有关的外文资料并解决了翻译中的一些疑难问题；感谢同门屈勇披阅文稿，亲自修订部分章节，还有高迎刚、张宏等的关心与帮助；感谢中国传媒大学范周教授和刘书峰博士的热心牵线，使我有缘于中国传媒大学；感谢同门张国涛研究员、谭旭东副教授以及师妹钟丽茜、陈莉、杜莹杰、陈曼冬对我的博士后工作、生活给予的大力支持。在此一并表示衷心的感谢！

当然，项目的顺利完成得益于课题组通力合作。济南大学潘晓生教授参与拟定课题框架纲目，倪万副教授、胡庆玲博士帮助查阅、检索外文资料，高波博士参与书稿的审阅工作。学校社科处以及文学院的领导以及文艺学专业同仁对我的日常科研工作鼎力相助，在此表达我深深的谢意。

更为重要的是，本文的写作借鉴了国内外学者的大量已有研究成果，陈新、陈永国博士以及董立河先生翻译的海登·怀特的部分著作更是有助于理解怀特的艰涩理论，屈勇博士的论文也富有启发作用。对于他们默默的无私帮助，由衷地表示谢意。

马龙潜先生、张晶先生百忙之中为本书作序，饱含浓浓的关怀与提携之情，更是化作今后努力的不懈动力。感激之情难以言表。

最后，还要感谢我的妻子万华副主任医师。在我攻读博士学位以及从事博士后流动站研究期间，她除了完成医院紧张而辛苦的工作外，还几乎包揽了全部家务，使我能将充足的时间和精力投入到学习、工作以及研究论文的构思和写作中去。如果没有她默默无语的奉献，本课题的写作过程将会更为漫长而艰苦。还有我的女儿杨雅凝，时常"督促"我"赶快写作业"，警告说，否则要受到"马爷爷（马龙潜先生）的批评"了，当年稚嫩的声音至今时常萦绕于耳畔，充满温馨的回忆。这些年，她与我"一同成长"，以全"A"的成绩圆满完成初中学业学习，并以优异成绩免试推荐到省属重点高中，如今已由人大附中毕业考入华中科技大学同济医学院，这一切都令我兴奋不已，成为时刻激励我发奋努力的不竭动力。

杨　杰

2017 年 5 月